本書出版得到國家古籍整理出版專項經費資助

明詩綜

朱彝尊 辑録

第一册

中華書局

圖書在版編目(CIP)數據

明詩綜/(清)朱彝尊選編. —北京:中華書局,2007.3
(2022.4 重印)
ISBN 978-7-101-05052-3

Ⅰ.明… Ⅱ.朱… Ⅲ.古典詩歌-作品集-中國-明代 Ⅳ.I222.748

中國版本圖書館 CIP 數據核字(2006)第 016510 號

責任編輯:聶麗娟

明 詩 綜
(全八册)
〔清〕朱彝尊 選編
*
中 華 書 局 出 版 發 行
(北京市豐臺區太平橋西里 38 號 100073)
http://www.zhbc.com.cn
E-mail:zhbc@zhbc.com.cn
三河市中晟雅豪印務有限公司印刷
*
850×1168 毫米 1/32 · 151¾印張 · 2800 千字
2007 年 3 月第 1 版 2022 年 4 月第 4 次印刷
印數:2601-3100 册 定價:880.00 元

ISBN 978-7-101-05052-3

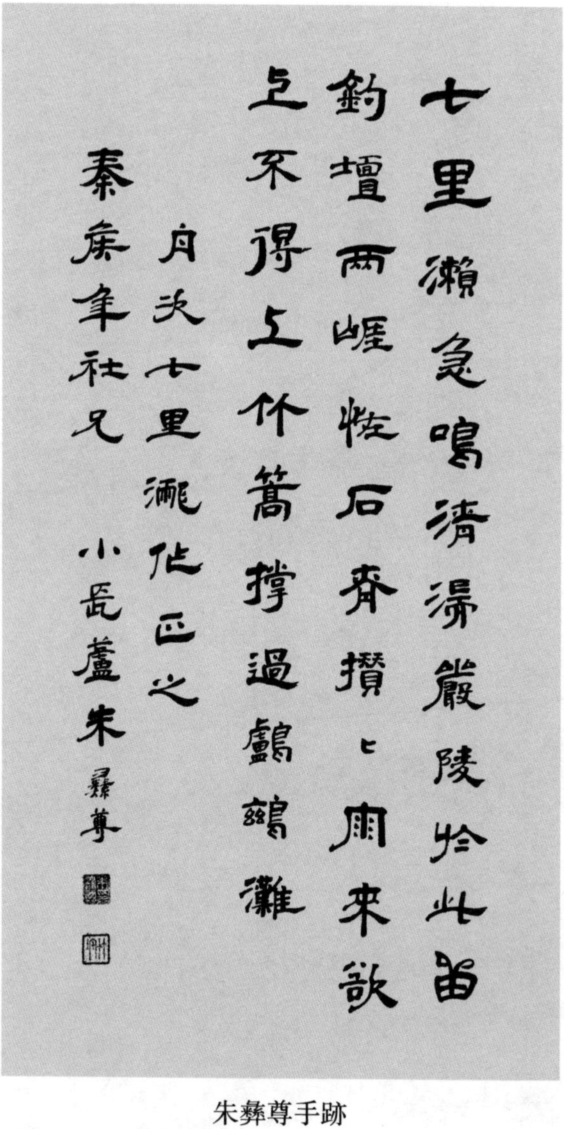
七里瀨急鳴清湍嚴陵於此留
釣壇兩崖怪石齊攢攢雨來欲
上不得上竹篙撐過鸕鷀灘
右次七里瀨作正之
秦庚年社兄
小長蘆朱彝尊

朱彝尊手跡

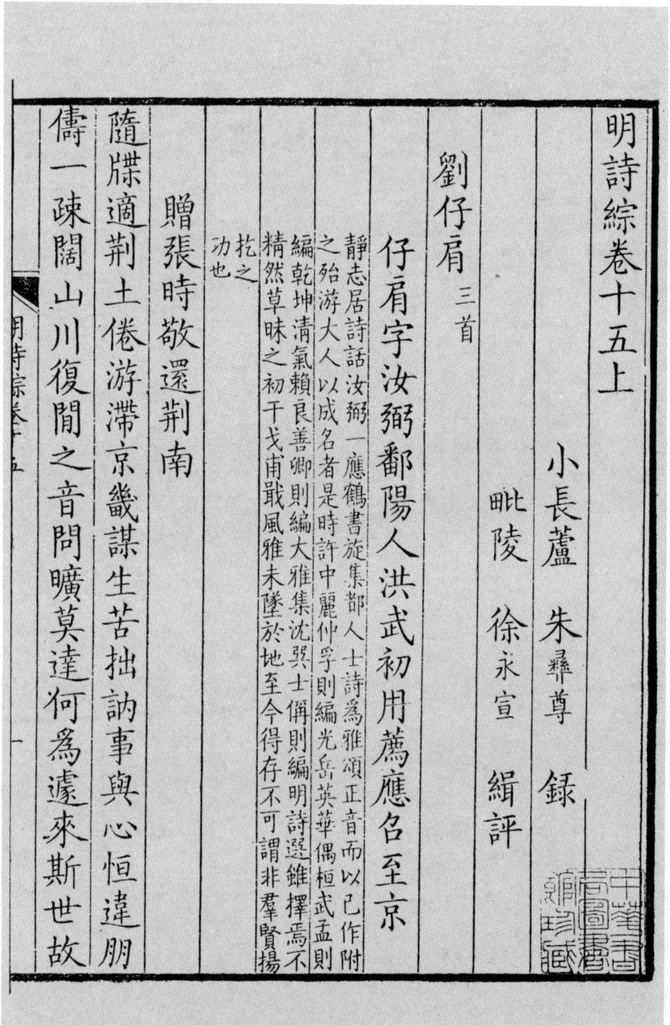
明詩綜卷十五上
小長蘆　朱彝尊　錄
毗陵　徐永宣　緝評
劉仔肩　三首
仔肩字汝弼鄱陽人洪武初用薦應名至京
靜志居詩話汝弼一應鶴書旋集都人士詩爲雅頌正音而以己作附之殆游大人以成名者是時許中麗仲孚則編光岳英華偶桓武孟則編乾坤清氣賴良善卿則編大雅集沈巽士偁則編明詩選雖擇焉不精然草昧之初干戈甫戢風雅未墜於地至今得存不可謂非羣賢揚扢之功也
贈張時敬還荊南
隨牒適荊土倦游滯京畿謀生苦拙訥事與心恒違朋
儔一踈闊山川復間之音問曠莫達何爲遽來斯世故
明詩綜卷十五　一

白蓮涇刊本《明詩綜》書影

總目録

出版説明

《明詩綜》一百卷，清朱彝尊輯録，其友汪森、朱端、張大受等人分卷輯評。朱彝尊（一六二九—一七〇九），字錫鬯，號竹垞，晚號小長蘆釣魚師，秀水（今浙江嘉興）人。朱氏爲明朝宰輔朱國祚曾孫，早年曾參與抗清復明活動，事敗出走，游幕四方，以布衣自尊。康熙十八年（一六七九）舉博學鴻詞科，授翰林院檢討，充《明史》纂修官。宦海沈浮十數載，於康熙三十一年（一六九二）罷官，遂賦歸與，潛心著述。朱氏博學多聞，號爲通才，「當時王士禛工詩，汪琬工文，毛奇齡工考據，獨彝尊兼有眾長」（《清史稿》本傳）。其詩與王士禛齊名，稱南朱北王二家；詞與陳維崧並駕，開浙西陽羡兩派。朱氏著《經義考》三百卷、《日下舊聞》四十二卷、《曝書亭集》八十卷、《曝書亭集外稿》八卷及《騰笑集》八卷外，於詞則編《詞綜》三十六卷，於詩則輯《明詩綜》一百卷，並傳於世。

朱氏以爲「明詩之盛，無過正德」（《與高念祖論詩書》），至「明嘉靖七子，徒率仿其聲音笑貌，形則似而神愈非」（《郎梅溪詩序》），迨鍾譚諸作，「枯槁幽冥，風雅掃地」（《明詩綜》卷七十四），直「如摩登伽女之淫咒，聞者皆爲所攝。正聲微茫，蚓竅蠅鳴，鏤肝鉥腎，幾欲走入醋甕，遁入藕絲，充其意不讀一卷書便可臻於作者」，實是「亡國之音」（《明詩綜》卷六十六）。而「明自萬曆後，作者散而無紀，常熟錢氏不加審擇，甄綜寥寥。……若高景逸之恬雅，大類柴桑，且人倫規矩，乃錢氏概爲抹殺，止推松圓一老，似非公論矣。故彝尊於公安、竟陵之前，詮次稍詳，意在補《列朝》選本之闕漏。若啟禎死事諸臣，復社文章之士，亦當力爲表揚之，非寬於近代也」（《答刑部王尚書論明詩書》），是知朱氏輯纂此書，非僅爲補《列朝詩集》之闕漏及表揚明之遺民，更欲「成一代之書，竊取國史之義，俾覽者可以明夫得失之故」，故求全圖備，録存明代三千四百餘人詩作，「或因詩而存其人，或因人而存其詩」（《明詩綜序》）。此種編排，體現朱氏以詩俾史之深旨，而其所録之詩、所輯之評、所撰詩人之小傳及所附之詩話，亦寓深意焉。

是書卷一録明室諸帝王之作；卷二至八十二，依時代先後編入諸家詩作，而對於明末「死封疆之臣、亡國之大夫、黨錮之士，暨遺民之在野者」特致注意，廣爲搜羅。然以錢氏前車之鑒，更因懼觸時忌，故所選含蓄不露、清醇雅逸者爲多；卷八十三至九十九，分别輯録樂章、宮掖、宗潢、閨門、中涓、外臣、羽士、釋子、女冠、土司、屬國、雜流、妓女、神鬼等詩；末卷録雜謠歌辭里諺百五十五首，以備一格。其選詩範圍之廣，於斯可見。

是書之輯，據朱氏自謂「老而阨窮，兼又喪子，無以遣日……編成《經義考》三百卷。……近又輯《明詩綜》百卷，亦就其半」（《寄禮部韓尚書書》），朱氏子崑田卒於康熙三十八年（一六九九）；又謂「予近録明三百年詩，閲集不下四千部」（《成周卜詩集序》），然則其於資料之搜集誠遠早於此時。康熙四十一年（一七〇二）朱氏始著手編次，釐定全書，「開雕於吳門白蓮涇之慧慶寺」，至四十三年（一七〇四）「雕刻竣工」（楊謙《朱竹垞先生年譜》），次年正月序而刊之，即所謂白蓮涇刻本是也。

早於《明詩綜》五十餘年有錢謙益《列朝詩集》一書，由於錢氏著作遭清廷禁燬，故《列朝詩集》亦列入專案查辦應燬書目，致使湮没無聞。四庫館臣更是詆錢氏「以記醜言僞之才，濟以黨同伐異之見，逞其恩怨，顛倒是非，黑白混淆，無復公論」，而朱氏「因衆情之弗協，乃編纂此書，以糾其謬」，故「六七十年以來，謙益之書久已澌滅無遺，而彝尊此編獨爲詩家所傳誦」（《四庫全書總目》卷一百九十）。一揚一抑之間，存亡之命定矣。然《明詩綜》亦不免遭到禁燬，兩江總督以其「内有應行敬避字樣，應行敬避；其屈大均、金寶等語並錢謙益詩話，均應鏟除」，於乾隆四十九年（一七八四）正月初四奏准禁燬。故寫入文淵閣《四庫全書》者，較原本删除四百餘人，詩作亦削去一千餘首。至是，據白蓮涇版重印之本（朱氏六峰閣本在准燬之前，悉依原版），凡遇違礙處殆皆删削挖改之。自《明詩綜》出，其與《列朝詩集》之是非優劣，二百年來毁譽不一。容庚先生曾撰一文，詳述二書之編纂、異同及優劣，兹附書末，以便察觀。

朱氏自謂輯是書「閲集不下四千部」，故可略存有明一代詩歌概貌。除此之外，朱氏别有《明詩綜采摭書目》一份，兹據宣統元年（一九〇九）番禺沈氏所刻《潛采堂書目四種》本排印，置諸書末，以爲參考。

此次點校整理，以白蓮涇刊本爲底本。考慮到朱氏輯録時對原詩亦偶有删改，故此次整理，只限於加新式標點，改正刊誤字，統一異體字，並重新設計全書版式；餘則一仍其舊。讀者幸鑒及之。

整理工作由劉尚榮（卷一——四八、五四——六三、七六——八〇）、孫通海（卷一一〇、八一——一〇〇）、王秀梅（卷四九——五三、六四——七五）擔任。

《作者索引》繫於全書之末，以便讀者使用。

中華書局編輯部

二〇〇七年一月

序

合洪武迄崇禎詩甄綜之，上自帝后，近而宫壼宗潢，遠而蕃服，旁及婦寺僧尼道流，幽索之鬼神，下徵諸謡諺，入選者三千四百餘家。或因詩而存其人，或因人而存其詩，間綴以詩話，述其本事，期不失作者之旨。明命既訖，死封疆之臣、亡國之大夫、黨錮之士，暨遺民之在野者，槩著於録焉。析爲百卷，庶幾成一代之書，竊取國史之義，俾覽者可以明夫得失之故矣。

康熙四十有四年月正人日小長蘆朱彝尊序。

目録

明詩綜卷一上

明詩綜卷一下

明詩綜卷二

明詩綜卷三

明詩綜卷四

明詩綜卷五

明詩綜卷六

明詩綜卷七

明詩綜卷八

明詩綜卷九

明詩綜卷十

明詩綜卷十一

明詩綜卷十二

明詩綜卷十三

明詩綜卷十四

明詩綜卷十五上

明詩綜卷十五下

明詩綜卷十六

明詩綜卷十七

明詩綜卷十八上

明詩綜卷十八下

明詩綜卷十九上

明詩綜卷十九下

明詩綜卷二十

明詩綜卷二十一

明詩綜卷二十二

明詩綜卷二十三

明詩綜卷二十四

明詩綜卷二十五

明詩綜卷二十六

明詩綜卷二十七上

明詩綜卷二十七下

明詩綜卷二十八

明詩綜卷二十九

明詩綜卷三十

明詩綜卷三十一

明詩綜卷三十二

明詩綜卷三十三

明詩綜卷三十四

明詩綜卷三十五

明詩綜卷三十六

明詩綜卷三十七

明詩綜卷三十八

明詩綜卷三十九

明詩綜卷四十

明詩綜卷四十一

明詩綜卷四十二

明詩綜卷四十三

明詩綜卷四十四

明詩綜卷四十五

明詩綜卷四十六

明詩綜卷四十七

明詩綜卷四十八

明詩綜卷四十九

明詩綜卷五十

明詩綜卷五十一

明詩綜卷五十二

明詩綜卷五十三

明詩綜卷五十四

明詩綜卷五十五

明詩綜卷五十六

明詩綜卷五十七

明詩綜卷五十八

明詩綜卷五十九

明詩綜卷六十

明詩綜卷六十一

明詩綜卷六十二

明詩綜卷六十三

明詩綜卷六十四

明詩綜卷六十五

明詩綜卷六十六

明詩綜卷六十七

明詩綜卷六十八

明詩綜卷六十九上

明詩綜卷六十九下

明詩綜卷七十

明詩綜卷七十一

明詩綜卷七十二

明詩綜卷七十三

明詩綜卷七十四

明詩綜卷七十五

明詩綜卷七十六

明詩綜卷七十七

明詩綜卷七十八

明詩綜卷七十九

明詩綜卷八十上

明詩綜卷八十下

明詩綜卷八十一上

明詩綜卷八十一下

明詩綜卷八十二

明詩綜卷八十三　樂章

明詩綜卷八十四　宫掖

明詩綜卷八十五　宗潢

明詩綜卷八十六　閨門

明詩綜卷八十七 中涓

明詩綜卷八十八 外臣

明詩綜卷八十九 羽士

明詩綜卷九十 釋子上

明詩綜卷九十一 釋子中

明詩綜卷九十二 釋子下

明詩綜卷九十三　女冠　尼

明詩綜卷九十四 土司

明詩綜卷九十五上 屬國上

明詩綜卷九十五下 屬國下

明詩綜卷九十六　无名子

明詩綜卷九十七　雜流

明詩綜卷九十八　妓女

明詩綜卷九十九 神鬼

明詩綜卷一百　雜謠歌辭

明詩綜卷一上

小長蘆　朱彝尊　録
休陽　汪　森　緝評

太祖高皇帝三首

帝諱元璋，姓朱氏，字國瑞，濠之鍾離東鄉人。元至正十一年辛卯起兵，丁未稱吳元年，戊申建元洪武。在位三十一年，崩葬孝陵。在應天府治東北，鍾山之陽。永樂元年，上尊謚曰「聖神文武欽明啓運俊德成功統天大孝高皇帝」。廟號太祖。嘉靖十七年，改上尊謚曰「開天行道肇紀立極大聖至神仁文義武俊德成功高皇帝」。有御製詩集五卷。

神鳳操

鈞天奏兮列丹墀，俄翩翩兮鳳皇儀。斂翱翔兮棲梧枝，彼觀德兮直爲我辭。

鍾山賡吳沉韻

嵯峨倚空碧，環山皆拱伏。遥岑如劍戟，邃洞非茅屋。青松秀紫崖，白石生玄谷。巖畔毓靈芝，峰頂森神木。時時風雨生，日日山林沐。和鳴盡啼鶯，善舉皆飛鵠。山中道者禪，隴頭童子牧。試問幾經年，答云常辟穀。

春望牛首

遥岑峙立勢蒼然，春日鶯啼景物鮮。疊嶂倚天江月外，三山映帶石城邊。

劉基曰：皇帝提一旅之衆，龍飛淮甸，不十年間，奄有區宇，自古以來，武功之盛未之有也。及夫萬幾之暇，作爲文章，舉筆立就，莫不雄深宏偉，言雅而旨遠，真所謂天生聰明，可望而不可及者矣。

宋濂曰：皇帝臨御以來，用人文化成天下，天縱聖能，形諸篇翰，揮灑之際，不待凝神，而思若淵泉，有長江大河一瀉萬里之勢，自然度越千古。

郭傳曰：　自漢而下，興王代作，然文經武緯，一弛一張，率不能兼濟其美。　惟唐太宗以兵力定亂，及踐祚之後，詞章奮發，論者以其雕奇鏤彩，徒與騷人韻士爭錙銖之巧；　惟皇上以一旅取天下，不數年間，混一南北，至萬幾之暇，復游心道學，志存詩書，寓辭竹帛，親榻管翰，意無停機，一揮數千百言，粹然出於情性之正。

解縉曰：　臣少侍高皇帝，早暮載筆墨楮以俟。　聖情尤喜爲詩歌，睿思英發，雷轟電燭，玉音沛然，數千百言一息無滯。　臣輒草書連幅，筆不及成點畫，上進，才點定數韻而已，或不更一字。　故嘗喜誦古人鏗鍧炳朗之作，尤惡寒酸咿嚶、齪齷鄙陋，以爲衰世之調，爲不足觀。　詩僧宗泐進所精思刻苦，以爲得意之作百餘篇，上一覽，不竟日盡和其韻，雄深闊偉，下視泐詩，真大明之於爝火也。

陸釴曰：　洪惟太祖，應天順人，創業垂統，巍乎成功，煥乎文章，稱盛美矣。

鄭曉曰：　上初不識書，每退朝暇，延接儒士，講論經典，又取古帝王嘉言善行，書之殿廡，出入省視，作爲文章，揮筆立就。　或命侍臣立榻下操觚，授詞混混千言，皆淳雅高簡，洞達物情動引經史，足法萬世。

高岱曰：　太祖以武功定天下，而崇尚文學，如飢渴之於飲食，每得儒臣，皆待以腹心帷幄，朝夕諮訪不倦。　至於解析經義，又多天縱神啓，有非老師宿儒之所能及者。

朱國祚曰：高皇帝詩發乎天籟，自然成音，當日賡歌颺言，匪僅詹、吳、樂、宋四學士而已，若答禄與權、吳伯宗、劉仲質、張翼、宋璲、朱芾、桂慎、戴安、王鼇、周衡、吳喆、馬從、馬懿、易毅、盧均、裴植、李睿、韓文輝、曹文壽、單仲右諸臣進詩，咸賡其韻。今諸臣之作十九無聞，而聖藻長垂宇宙，高矣美矣。

《靜志居詩話》：孝陵不以「馬上治天下」，雲雨賢才，天地大文，形諸篇翰，七年而御製成集，八年而《正韻》成書。題詩不惹之菴，置酒滕王之閣，賞心胡閏蒼龍之詠，擊節王佐黄馬之謡。日曆成編，和黄秀才有作；大官設宴，醉宋學士有歌。顧天禄經進詩篇，披之便殿；桂彦良臨池聯句，媲於颺言。韻事特多，更僕難數。惟其愛才不及，因之觸物成章；宜其開創之初，遂見文明之治。江左則高、楊、張、徐，中朝則詹、吳、樂、宋，五先生蜚聲嶺表，十才子奮起閩中，而三百年詩教之盛，遂超軼前代矣。

成祖文皇帝 一首

帝諱棣，高皇帝第四子，初封燕王，之國北平。建文元年，稱兵靖難。四年，入金川門，建文帝自焚，或傳出亡。帝即位，革除建文年號，稱洪武三十五年。踰年，建元永樂。在位二十二年，崩於榆木川，葬長陵。在昌平州北一十八里天壽山。謚曰「體天弘道高明廣嘉靖十七年更「廣」爲「肇」。運聖武神功純仁至孝文皇帝」。廟號太宗。嘉靖中，更成祖。有御製集。

勃泥長寧鎮國山詩

《實録》：永樂六年十二月丁丑，遣中官張謙、行人周航，護送嗣浡泥國王遐旺等還國。初，故浡泥國王麻那惹加耶乃言蒙朝廷厚恩，賜封王爵，國之境土皆屬職方，而國有後山，乞封爲一國之鎮。至是，其子遐旺復以爲請，遂封其山爲長寧鎮國之山，命謙等即其地樹碑，上親製文，系之以詩。

炎海之墟，浡泥所處。煦仁漸義，有順無忤。慺慺賢王，惟化之慕。導以象胥，遹來奔赴。同其婦子，兄弟陪臣。稽顙闕下，有言是陳。謂君猶天，遣其休樂。一視同仁，匪偏厚薄。顧兹鮮德，弗稱所云。浪舶風檣，實勞懇勤。稽古遠臣，順來怒赽。以躬或難，矧曰家室。王心亶誠，金石其堅。西南蕃長，疇與王賢。矗矗高山，以鎮王國。鑱文於石，懋昭王德。王德克昭，王國休寧。於萬斯年，仰我大明。

錢謙益曰：帝神武丕烈，戎馬之餘，鋪張文治，御製集藏弆天府，不傳人間，惟賜棨公詩，御書用紫粉金龍箋，後題云：「八月十三日。」旁有「爲善最樂圖書」。少師攜至常熟，入餘慶書院。守僧淨心少與棨公同衣鉢，謂之曰：「御製第二詩有『餘慶』二字，留此永鎮山門。」今在院中。

沈德符曰：文皇帝封外國山者凡四：永樂三年十月，封滿剌加國西山曰「鎮國山」；四年正月，封日本國鎮山曰「壽安鎮國之山」；六年十二月，封浡泥後山曰「長寧鎮國之山」；十四年十二月，封柯枝國中山曰「鎮國山」。皆出御製詩文，以炳燿海外，且詞旨雋蔚，斷非視草解、楊諸臣所能辦。因思唐文皇兵力僅伸於漠北，而屈於遼水，若文皇帝威德直被東南，古所未賓之國，贔屓穹碑，昭回雲漢，萬禩所無也。

《詩話》：長陵稱兵靖難，踐位之後，加意人文，成均視學有碑，闕里褒崇有述，以及姑蘇寶山之石，武當太岳之宫，靡不親製宸章，勒之豐碣。而又《五經》、《四書》、《性理大全》有書，《聖學心法》有書，《大典》有書，《文華寶鑑》有書，爲善陰隲有書，孝順事實有書，務本之訓有書，不獨紀之以事，抑且系之以詩。至於過兖州，則賜魯藩，於吴則壽榮國，交阯明經甘潤祖等一十一人，庶常吉士曾棨等二十八宿，咸承寵渥。三勒石於幕南之廷，四建碑於海外之國，此謚法之所以定爲文與？由是文子文孫，復加繼述。内閣則有三楊，翰林則有四王，尚書則東王西王，祭酒則南陳北李，觀燈侍宴，拜手賡歌，嗚呼盛矣！

仁宗昭皇帝二首

帝諱高熾，成祖長子。建元洪熙，在位一年。崩，葬獻陵。在天壽山西峰之下。謚曰「敬天體道純誠至德弘文欽武章聖達孝昭皇帝」。廟號仁宗。有御製文集二十卷，詩集二卷。

冬至賜贊善徐好古

清朝盛文治，輔德資儒者。念彼筋力倦，趨朝諒非宜。賦詩有佳致，納誨多良規。起予得深趣，歡懷浩無涯。新陽屆初復，況此承平時。酬勞有尊酒，庶以勞期頤。

池亭納凉

夏日多炎熱，臨池憩午凉。雨滋槐葉翠，風過藕花香。舞燕來青瑣，流鶯出建章。援琴彈雅操，民物樂時康。

《詩話》：獻陵天稟純明，雅志經術。東朝監國，命徐贊善善述纂《尚書直指》進講。詩成，亦命善述改竄，令旨呼其字而不名。又嘗與曾少詹棨賡和，如《江樓秋望》詩云：「蘋洲晴亦雪，楓岸晝常霞。」絶似唐太宗。設享年加永，則成功文章，巍焕何如焉。

宣宗章皇帝九首

帝諱瞻基，仁宗長子。建元宣德，在位十年。崩，葬景陵。在天壽山東峰之下。謚曰「憲天崇道英明神聖欽文昭武寬仁純孝章皇帝」。廟號宣宗。有御製文集四十四卷，詩集六卷。

猗蘭操有序

昔孔子自衞反魯，隱居國中，見蘭之茂與衆草伍，自傷不逢時，而託爲此操。予慮在野之賢，有未出者，故擬作焉。

蘭生中谷兮，曄曄其芳。賢人在野兮，其道則光。嗟蘭之茂兮，與衆草爲伍。嗚呼賢人兮，汝其予輔。

思賢詩有序　宣德九年正月

予嗣守祖宗大位，夙夜兢惕，思惟致治之道，必有賢臣相與贊輔，雖屢詔求賢，然恭默之思未已，乃作詩以著予志。詩曰。

天命有赫，付畀萬方。肆予承之，夙夜弗違。亮天之工，其責在予。亦惟求賢，以作心膂。堯舜大聖，咨于臣鄰。湯武致治，敷求哲人。稷契皋夔，周召伊傅，同德一心，以匡以輔。惟時匡輔，百工允釐。治效之隆，臻于皞熙。悠悠我心，念之勿置。欲得群賢，以弼予治。告言惓惓，束帛戔戔。命彼皇華，歷于丘園。庶幾多才，拔茅連茹。奮其功庸，翼我王度。惟天昭昭，維嶽降靈。篤生賢哲，聿馳駿聲。啓心沃朕，以迪先德。揚其耿光，有永無斁。

賜許廓巡撫河南

《實録》：許廓，字文超，河南襄城人。由國子生授錦衣衛經歷，擢工科給事中，轉鴻臚左寺丞，升兵部右侍郎。洪熙元年，轉左侍郎。宣德六年，升兵部尚書。嘗扈從北征，董饟運。交阯入職方，朝廷遣廓往，覆實戶口田賦，尋召還。後命招撫河南，流民歸者數萬戶。尚書張本卒，以廓代之。

河南百州縣，七郡所分治。前歲農事缺，旱潦始復繼。衣食既無資，民生曷由遂。顧予位民上，日夕懷憂愧。爾有敦厚資，其往勤撫字。徙者必輯綏，饑者必賑濟。咨詢必周歷，毋憚躬勞勩。虚文徒瑣碎，所至皆實惠。勉旃罄乃誠，庶用副予意。

憫農詩示吏部尚書郭璡

雷禮《列卿紀》：郭璡，初名進，字時用，保定新安人。由國子生出身。永樂初，爲户部主事，歷遷福建參議，山東參政，進工部右侍郎，改吏部。洪熙初，兼少詹事。宣德初，命掌行在詹事府事，進尚書。

農者國所重，八政之本源。辛苦事耕作，憂勞亘晨昏。豐年僅能給，歉歲安可論。既無糠覈肥，安得緼絮温。恭惟祖宗法，周悉今具存。遐邇同一視，覆育如乾坤。嘗聞古循吏，卓有父母恩。惟當慎所擇，庶用安黎元。

示户部尚書夏原吉

關中歲屢歉，民食無所資。郡縣既上言，能不軫恤之？周禮十二政，散貨首所宜。給帛遣使者，發廩飭有司。臨軒戒將命，遄往毋遲遲。命下苟或後，施濟安所期？吾聞有道世，民免寒與饑。循已不遑寧，因請書媿詞。

捕蝗詩示尚書郭敦

雷禮《列卿紀》：郭敦，字仲厚，東昌棠邑人。洪武癸酉中鄉試，後入太學，擢戶部主事，出知衢州府，庶務畢，舉召爲監察御史，升河南布政司左參政，調陝西，以禮部尚書胡濙薦擢禮部右侍郎，巡撫順天等處。洪熙初，降太僕卿，旋進戶部左侍郎，兼詹事府少詹事。宣德二年，升戶部尚書。

蝗螽雖微物，爲患良不細。其生實蕃滋，殄滅端匪易。方秋禾黍茂，芃芃各生遂。所忻歲將登，奄忽蝗已至。害苗及根節，而况葉與穗。傷哉隴畝植，民命之所繫。一旦盡于斯，何以卒年歲。上帝仁下民，詎非人所致。修省勿敢怠，民患可坐視。去螟古有詩，捕蝗亦有使。除患與養患，昔人論已備。拯民於水火，勗哉勿玩愒。

減租詩

《實録》：宣德七年三月庚申朔，勑諭行在部院，近年百姓税糧遠運艱難，官田糧重，艱難尤甚。自宣德七年爲始，但係官田塘地税糧，不分古額近額，悉依五年二月勑諭恩例減免，中外該管官不許故違。辛酉，上退朝御左順門，謂尚書胡濙曰：「朕昨以官田賦重，百姓苦之，詔減十之三，以蘇民力。嘗聞外間有言：朝廷每下詔蠲租稅，而戶部皆不準，甚者文移戒約，有司『有勿以詔書爲詞』之語。若果然，則是廢格詔，言壅遏，恩澤不使下流，其咎若何？今減租之令務在必行。書曰：『民惟邦本，本固邦寧。』有子曰：『百姓不足，君孰與足？』卿等皆士人，豈不知此朕昨有詩述此意，卿當體念勿忘也。」六月戊子朔，知蘇州府事况鍾上言：「近奉詔書，官民田地有荒蕪者，召人佃種，官田準民田起科，無糧者勘實除豁租額。臣勘得崑山等縣，民以死、徙、從軍除籍者，三萬三千四百七十二戶，所遺官田召人佃種，應準民田科者，二千九百八十二頃，其間應減秋糧一十四萬九千五百一十石。已嘗申達戶部，未奉處分。况官田有沒入海者，糧額尚在，乞皆如詔書除豁。」從之。七月戊午，戶部奏直隸松江府，屬舊設官田宜準民田例起科，古額官田積年逋負稅糧請蠲，以甦民困。上從之，仍命今後各處官田糧俱準此例。

官租頗繁重，在昔蓋有因。而此服田者，本皆貧下民。耕作既勤勞，輸納亦苦辛。遂令衣食微，曷以贍其身。殷念惻予懷，故跡安得循。下詔減十三，行之四方均。先王視萬姓，有若父子親。茲惟重邦本，豈曰矜吾仁？

憫旱詩

《實録》：宣德六年乙酉，上以天久不雨禱祠，未應，憂之作《憫旱詩》。

亢陽久不雨，夏景將及終。禾稼紛欲槁，望霓切三農。祠神既無益，老壯憂忡忡。饘粥不得繼，何以至歲窮。予爲兆民主，所憂與民同。仰首瞻紫微，籲天攄精忠。天德在發育，豈忍民瘝痌。施霖貴及早，其必昭感通。翹跂望有滂，冀以蘇疲癃。

草書歌賜程南雲有序　宣德七年二月

朕幾務之餘，游心載籍，及徧觀古人翰墨，有契於懷，嘗賦《草書歌》以寓意焉。以爾日侍之勞，書以賜之。

草書所自何所授，初變楷法爲章奏。當時作者最得名，崔瑗杜度張伯英。三人真蹟已罕見，後來繼之有羲獻。筆端變化妙入神，逸態雄姿看勁健。風驚電掣浮雲飛，蛟龍奮躍猛虎馳。漢晉草法千載師，張顛藏真亦絶奇。一代精藝才數輩，遺墨千人萬人愛。固知頓挫出腕力，亦用飛動生神采。古來篆籒今已譌，何况隸草譌愈多。吾書豈必論工緻，誠懸有言當默識。

何喬遠曰：章皇寤寐思賢，未嘗一日去書。下筆灑涌，皆傳修齊治平之道。翰墨圖画，隨意所在，盡極精妙。

錢謙益曰：帝天縱神敏，遜志經史，長篇短歌，援筆立就，每試進士，輒自撰程文，曰：「此不當會元及第耶？」萬幾之暇，游戲翰墨，點染寫生，遂與宣和爭勝。而運際雍熙，治隆文景，君臣同游，賡歌繼作，則尤千古帝王所希遘也。

《詩話》：景陵當海宇承平之日，肆意篇章，嘗於九年元夕，群臣觀燈，各獻詩賦，彙成六册，惜今已無存。即所遺御製集諸詩，視民如傷，從善不及，宜薛禄武人比之南仲、山甫，而拊心感泣也。

英宗睿皇帝 一首

帝諱祁鎮，宣宗長子。建元正統。十四年，北狩；皇弟郕王祁鈺，奉皇太后令即皇帝位，改元景泰，尊帝爲太上皇帝。景泰元年，帝還自迤北，居南宫。七年，奪門復辟，改元天順。八年崩，葬裕陵。在石門山，距獻陵西三里。謚曰「法天立道仁明誠敬昭文憲武至德廣孝睿皇帝」。廟號英宗。有御製詩文一卷。

漢江歌賜襄王

漢江滔滔出嶓冢兮，偉兹巨浸壯南邦兮。萬有千里流無窮兮，逶逶迤迤志必東兮。於戲漢水，殆與天地同始終兮。

廖道南曰：粤稽諸古，大舜《卿雲》之歌，文王《鳳鳥》之詩，太和氤氲，溢於帝藻；逮乎漢祖《大風》之詞，霸心猶在；唐宗《興慶》之詠，王跡斯微；惟吾皇祖親撰《鍾山》之賦及《閱江》諸詩，英廟載製《峴山》之賦及《漢水》諸詠，直可追軼虞休，上媲姬美，豈漢唐諸君所可企及哉！

《詩話》：裕陵以冲齡繼寶命，即崇尚文治，賜循良以招隱之歌。及翠華返駕，紫禁奪門，而《峴首》、《襄陽》，頻頒宸藻，《昭同》、《雲漢》爛若星辰。固知朔漠驚塵，南宮夜雨，文字之助，所得良深耳。御製詩文一冊，後附寶文圖書，《春對》、《酒帘》諸作，今亡。襄王，憲王瞻墡也，仁宗第五子。宣德四年，受封之國長沙。正統元年，遷襄陽府。

憲宗純皇帝 一首

帝諱見濟，初名見深，英宗長子。建元成化。在位二十三年。崩，葬茂陵。在聚寶山，距裕陵西一里。謚曰「繼天凝道誠明仁敬崇文肅武宏德聖孝純皇帝」。廟號憲宗。有詩集四卷。

闕里孔子廟詩

天生孔子，縱之爲聖。生知安行，仁義中正。師道興起，從游三千。往聖是繼，道統流傳。六經既明，以詔後世。三綱五常，昭然不替。道德高厚，教化無窮。人極斯立，天地同功。生民以來，卓乎獨盛。

允集大成，實天所命。有天下者，是尊是崇。曰性聖道，曷敢勿宗？顧予眇躬，承此大業。惟聖之謨，於心乃愜。用之爲治，以康兆民。聖澤流被，萬世聿新。報典之隆，尤在闕里。廟宇巍巍，于兹重美。文諸貞石，以光于前。木鐸遺響，於千萬年。成化四年六月。

《詩話》：茂陵撰《文華大訓》一十八卷，以進學養德、厚倫明治爲綱。聖敬日躋，終始典學，間留意於詩章。益莊王《勿齋集》有《恭次皇祖憲宗皇帝四景連環詩韻》四首，則當時天藻曾頒諸藩服，惜乎今不得而見之矣。

孝宗敬皇帝 一首

帝諱祐樘，憲宗長子。建元弘治。在位十八年。崩，葬泰陵。在史家山，距茂陵西少北二里。謚曰「建天明道誠純中正聖文神武至仁大德敬皇帝」。廟號孝宗。

闕里孔子廟詩

聖人之生，天豈偶然？命之大君，俾贊化權。二帝三王，君焉克聖。繼天立極，道形於政。大化既洽，至治斯成。巍巍蕩蕩，渾乎難名。周政不綱，道隨時墜。孔子聖人，而不得位。乃稽群聖，乃定六經。萬世之師，於焉足徵。自漢而下，數千餘歲。褒典代加，有隆無替。於皇吾祖，居正體元。六經是師，卓爾化原。列聖相承，先後一揆。逮及朕躬，思弘前軌。廟貌載崇，祀事孔禋。經言典訓，彌謹彌敦。俗化治成，日升川至。斯道之光，允垂萬世。弘治十七年閏四月。

李東陽記曰：弘治甲子春正月，重建闕里孔子廟成，上親製碑文祝辭，遣臣東陽奉命以閏四月丁卯陛辭，癸未至于廟。衍聖公臣聞韶率族人迓于郊，遠近大小來會者數百計。前三日時雨降，及期雨霽。禮成之後，星月朗耀，神人懽暢，歌工舞佾奉器執事之臣，下逮胥史僕從，皆忻忻然如雲之從風，水之赴壑，有不令而集者。敢紀成事，用告來世。若闡揚道德，以彰教化，則奎章宸翰，昭如日星，有目者所共覩，臣何敢贊一辭哉！

朱國祚曰：敬皇帝恭儉玆恕，寬仁愛人，清閒之燕，端坐肅然，檢束身心，謂嘗宜如是。至於臨朝聽政，剛毅果斷，人莫敢撓。而又霽色虛懷，勵精訪落，諫說雖切，每見優容，顧問大臣，殆無虛日。減膳節用，尚德緩刑，織造之役常紓，蠲租之詔屢下，十八年間，與民休息，培養太和，跡其治効已，庶幾於唐虞三代之盛矣。

《詩話》：泰陵聖學緝熙，德修時敏，非惟政事之勤，實啓人文之化。置《永樂大典》于便殿，暇即省覽。又命儒臣集歷代御製詩，以爲規範。其賜李東陽《靜中吟》一首，論者謂同二帝典謨、三王訓誥焉。帝既殂落，群臣哀輓之章，徧於朝野。有云：「日月無私照，乾坤仰聖功」，

「孝可通金石，誠能動鬼神」，「雲容常昃日，露禱必深更」，「歲旱憂疑獄，天寒憫戍兵」，「近臣常造膝，元老不呼名」，「孝宗天子真聖人，平生好武復好文。文多咨謀武籌略，坐鎮海宇清風塵」，李東陽詩也。「人間何日忘弘治，天下茲辰哭孝宗」，楊一清詩也。「惻怛綢祖詔，丁寧醜戍金」，儲巏詩也。「年年揮淚地，不見長蒼苔」，顧璘詩也。「十年放逐同梁苑，中夜悲歌泣孝宗」，李夢陽詩也。「彌留念諸將，顧命託三公」，何景明詩也。「當時侍從者，慟哭幾人存」，徐禎卿詩也。「祠官如可乞，長奉泰陵園」，邊貢詩也。「誰期陵樹果，猶許侍臣嘗」，王廷相詩也。「微官渾忘却，唯記孝皇年」，鄭善夫詩也。「弓劍仙原閟，謳歌帝德昭」，王謳詩也。要其觸景傷情，引端而出，雖不足包帝德之大，而公是之不可泯，固灼然矣。近聞史局有專毁泰陵非令主者，將使是非混淆，是不可以不辨。

世宗肅皇帝二首

帝諱厚熜，興獻王子，憲宗之孫。武宗無子，入繼大統。建元嘉靖。在位四十五年。崩，葬永陵。在陽翠嶺，距長陵東南三里。謚曰「欽天履道英毅聖神宣文廣武洪仁大孝肅皇帝」。廟號世宗。有御製詩賦集共七卷。

御經筵講大學衍義有感賦此

帝王所圖治，務學當爲先。下作民之主，上乃承之天。致治貴有本，本端化自平。人君所學者，其序有後前。正心誠其意，志定必不遷。吾志既能定，理道豈復顛？身修本心正，家國治同然。國治乃昭明，萬邦斯協焉。於變帝堯典，思齊文王篇。萬國修身始，朕念方拳拳。

張萱等重編《内府書目》曰：嘉靖六年，大學士楊一清、賈詠、翰林學士翟鑾進講《大學衍義》，御製五言古詩一章，用金龍箋書，一清等恭和，集爲一册，名《翊學詩》。降勅諭荅，上用欽，又之寶勅首三臣銜，皆御筆也。

賜賈詠詩

卿本中州俊，簡在登台衡。君臣際良難，所貴德業并。朕固亮卿志，夙夜懷忠貞。卷阿有遺響，終聽鳳皇鳴。

譚希思曰：帝博綜經史，親禮儒臣，平臺召對，西苑賡歌，藹然如家人父子，然終不少假以威福。纂言屬意，直抒自得，往往有發前聖所未發者。

錢謙益曰：帝萬幾之暇，喜爲詩文，嘗與閣臣費宏等賡唱，張桂忌而阻之，以爲雕蟲小技，不足勞聖慮。是時，館閣大臣乏黼黻之才，不能有光聖學，可歎也。

《詩話》：世廟受天永命，樂備禮明，尤勤勤于韻語。當時受賜者，郭武定勛、費文憲宏、楊文襄一清、石文介珤、張文忠孚敬、李文康時、夏文愍言、朱尚書衡。他若席文襄書，以病目期以弼亮；趙尚書鑑，以致仕嘉其止足。龍箋御墨，往往傳之世家。而一清當歸田時，武皇南巡，親幸其第，賜之絶句十二首。其在政府，《詠元宵》有「愛看冰輪明似鏡」之句，世廟以其類中秋，易以「愛看金蓮明似月」。兩朝寵遇，宸翰煒煌，尤稱千古盛事云。

神宗顯皇帝二首

帝諱翊鈞，穆宗莊皇帝長子。建元萬曆。在位四十八年。葬定陵。在大峪山，距昭陵北一里。謚曰「範天合道哲肅敦簡光文章武安仁止孝顯皇帝」。廟號神宗。有集一卷。

画眉山龍王廟碑詩有序

画眉山龍王廟在都城西一舍，其地故有泉潭，相傳以爲龍之所居，即其旁爲廟，祀龍王焉。成化壬辰，憲宗純皇帝禱雨有應，新其廟而勒辭于豐碑。萬曆十有三年，春夏不雨，麥稼焦枯，以五月往禱于廟，浹旬之間，嘉澍屢霈，郊野霑足，三農忭舞。爰出内帑金錢重增葺之，爲之記而系以銘詩。

於赫龍王，不顯其光。上下帝旁，噓翕無方。爲雷爲霆，爲雲爲雨，有開必先，靡求不與。我求伊何，黍稷稻粱。爾與伊何，千倉萬箱。眉山之下，龍王之宇，迄用康年，穀我士女。

漷縣景命殿詩

《實録》：萬曆三十六年，勑建景命殿于漷縣永樂店，聖母皇太后誕育之地。上御製碑文，系之以詩。

翼翼京邑，漷水縈之。璇源遠濬，載奠坤維。尊靈長樂，歡洽重闈。繇繇景命，百禄咸宜。睠兹湯沐，啓瑞集禧。周原膴膴，寶殿攸基。重門邃閣，崇敞逶迤。仁祠左拱，靈宇右麗。甍連棟接，鳥革翬飛。虹祥式闡，慈念載怡。爰及薄海，耀景咸熙。聖母之德，綏此蒸黎。百千萬禩，永永無隳。

錢謙益曰：帝天藻飛翔，留心翰墨，每攜大令《鴨頭九帖》、虞世南臨《樂毅論》、米芾《文賦》以自隨。内府藏顔魯公書，得之如拱璧，命江陵相裝潢題識，珠囊綈几，未嘗一日去左右。若《勸學詩》一章，御書賜太監孫隆，刻石吳中者也。

沈德符曰：帝髫年即工八法，賜江陵吳門諸輔臣堂扁，已極偉麗，其後漸入神化。批答詔旨，間有改竄，龍翔鳳翥，運筆之妙，有顔柳所不逮者，可謂天縱多能矣。

《詩話》：定陵筆精墨妙，嘗覩先文恪公暨唐文恪公殿試卷，御書「第一甲第一名」六字，皆瘦硬通神。餘如來青閣海淀諸扁，亦然。嘗序《草韻辨體》一書，備古今翰墨之變。内府向藏御製詩文一卷，今已無存。《列朝詩集》所載《勸學詩》一章，未必出於御製也。謹録《龍王廟》、《景命殿》二碑銘詩。廟在画眉山，俗名金山口，成化中禱雨有應而建。是碑立于萬曆十三年。殿在滒縣永樂店，萬曆三十六年勅建，爲孝定皇太后祝釐，俗所稱九蓮菩薩者是。

莊烈愍皇帝 一首

帝諱由檢，光宗貞皇帝第五子。天啓七年，以信王入踐位，建元崇禎。臨御十七年。寇陷京師，殉社稷，葬思陵。在鹿馬山。

賜石砫土司秦良玉

蜀錦征袍手製成，桃花馬上請長纓。世間不少奇男子，誰肯沙場萬里行？

王世德曰：四川石砫土司女帥秦良玉帥師勤王，召見，賜綵幣、羊酒、銀牌、御製四詩旌之。帝即位，春秋方十七，魏璫竊國柄，積威震天下，乃不動聲色翦除之，其才豈中主所可及？而畏天災，遵祖訓，勤經筵，崇節儉，察吏治，求民瘼，種種聖德，朝野共聞，使得才堪辦賊之臣爲之輔，君臣一德，將相同心，則太平何難致？乃不幸有君無臣，卒致身殉社稷，悲夫！

《詩話》：思陵聖學時敏，甲乙之夜，不輟經書。又妙解音律，嘗於深宫鳴琴，製《於變時雍》之曲。躬幸太學，御經筵，會稡四聲之書，特擢五經之士，用人惟己，立賢無方。萬幾餘暇，灑墨爲行草書，龍跳虎卧。嘗書「視民如傷，望道未見」八字於便殿。詩不多作，然長牋小扇，往往流傳人間。其最傳者，賜秦良玉、楊嗣昌五絶句也。良玉者，石砫掌印宣撫使。其兄邦屏、邦翰，皆以援遼力戰死。幼弟民屏，被創潰圍出，歸不能視事。諸部以良玉忠勇多大略，遂襲宣撫使。敗奢崇明于佛圖關，破安邦彦于平越，功居第一。野紀謂良玉有男妾數十人，而夔州李吉士長祥力辯其誣，謂川撫嘗遣陸緜州遜之按行諸營，良玉冠帶飾佩刀出見，設饗禮。酒數巡，論兵事，遜之誤曳其袖，良玉引佩刀自斷之，其嚴肅若是。張獻忠僭號四川，良玉號咷曰：「吾兄弟三人皆死王事，吾以一婦人受國恩二十年，不幸至此，其敢以餘年事逆賊哉？」悉召所部約曰：「有從賊者殺無赦」。獻忠鑄金印齎之，易其官，不爲動，賊黨無敢入其境者，亦勝於丈夫矣。思陵葬日，皇朝未收江南，福藩稱制，遥上帝謚曰「紹天繹道剛明恪儉揆文奮武敦仁懋孝烈皇帝」，廟號思宗，后謚曰「孝節貞肅淵恭莊毅奉天靖聖烈皇后」。尋改帝廟號曰「毅宗」，唐藩稱制，復改威宗。皇朝順治初，更謚帝曰「欽天守道敏毅敦儉弘文襄武體仁致孝懷宗端皇帝」，后曰「孝敬貞烈慈惠莊敏承天配聖端皇后」，既而改稱「莊烈愍皇帝」，凡五易而後定焉。今神牌所書，即順治初定一十六字，第其下改書莊烈愍皇帝云。當李自成陷京師，思陵將殉社稷，傳旨後宫令自裁，而宫監王永壽從懿安皇后宫至，白帝曰：「懿安皇后業自縊矣」。帝連稱好好，乃走煤山，經於海棠花下。福藩遥上懿安后謚曰「孝哀慈靖恭惠溫貞偕天協聖悊皇后」，詔云：「既慷慨以捐軀，亦從容以就義」。而《順治實録》於甲申五月，大書葬明崇禎帝后及天啓皇后張氏於昌平州陵。《國史》存據可以無疑。其後有魏忠賢養女任氏進之，德陵立爲貴妃，寇亂後流轉民間，詐稱天啓皇后，因送于官，光禄寺月有廩給，人遂疑后失節，沉冤莫雪，故附白之。又按明自太祖至愍皇帝，累朝多有御製詩文，或傳或不傳，敬録十帝之詩於卷首。若武宗南巡，過鎮江幸大學士楊一清第，賜以十二詩，命其和韻，自題錦堂老人；又於宣府製小詞，有「野花偏有色，村酒醉人多」之句，傳誦人間，惜乎未覩其全也。

昭皇后 一首

后姓張氏，永城人，彭城伯麒女。洪武二十八年，冊爲燕世子妃。永樂二年，封皇太子妃。二十二年，仁宗即位，冊立爲皇后。正統七年崩，合葬獻陵。謚曰「誠孝恭肅明德弘仁順天啓聖昭皇后」。

送司寶黄維德歸南海

皇朝列聖御寰宇，偉烈宏謨冠千古。重惟仁化本家邦，内庭百職需賢良。咨爾維德女中士，自少從容知禮義。一從應召入皇宫，夙夜孜孜勤乃事。昔時黑髮今如霜，歲月悠悠老將至。九重聖主天地仁，欲使萬物同陽春。體兹德意賜歸去，乃心感激情忻忻。嶺海迢迢千萬里，潞河官櫂春風裏。賜衣宫錦生光輝，親戚相迎人總喜。喜爾富貴歸故鄉，我心念爾恒不忘。彩筆題詩意難盡，目極天南去雁翔。

明詩綜卷一下

小長蘆　朱彝尊　録
錢唐　龔翔麟　緝評

周定王橚六首

王，高皇帝第五子。洪武三年封吳，十一年改封周，洪熙年薨。著《元宮詞》一卷。《靜志居詩話》：《元宮詞》百首，宛平劉效祖序稱周恭王所撰，固繆。錢氏《列朝詩集》作「周憲王」，亦非也。其自序云：「元起沙漠，其宮庭事蹟無足觀者，然要知一代之事，以紀其實，亦可備史氏之采擇焉。永樂元年，欽賜予家一老嫗，年七十矣，迺元后之乳姆女，常居宮中，知元舊事。間嘗訪之，備陳其事，故予詩百篇，皆元宮中實事，亦有史未曾載，外人不得而知者。遺之後人，以廣多聞焉」。末書「永樂四年，春二月朔日，蘭雪軒製」。按序所云《元宮詞》，當是定王作。考定王以洪武十四年之國，至洪熙元年薨，序題「永樂四年」，則爲定王無疑矣。

元宮詞 六首

大安樓閣聳雲霄，列坐三宮御早朝。政是太平無事日，九重深處奏簫韶。

玉京涼早是初秋，銀漢斜分大火流。吹徹洞簫天似水，半鉤新月挂西樓。

背番蓮掌舞天魔，二八嬌娃賽月娥。本是河西參佛曲，把來宮苑席前歌。

月宮小殿賞中秋，玉宇銀蟾素色浮。官裏猶思舊風俗，鷓鴣長篴序梁州。

江南名伎號穿鍼，貢入天家抵萬金。莫向人前唱南曲，内中都是北方音。

興聖宮中侍太皇，十三初到捧鑪香。如今白髮成衰老，四十年如夢一場。

蜀獻王椿 一首

王，高皇帝第十一子。洪武十一年封，二十三年之國成都，永樂末薨。有《獻園集》。

錢謙益云：王孝友慈祥，博綜典籍，容止都麗，雅尚儒素，嘗奉命閱兵中都，即闢西堂，延攬名士。李叔荊、蘇伯衡等，既封國即聘漢中教授，方孝孺爲世子傅，待以賓師之禮。名其讀書之齋曰「正學」，方「正學」之稱自此始也。

《詩話》：明開國諸王，文學首稱蜀府，孝陵恒以蜀秀才呼之，惜《獻園集》罕傳於世。王孫定王友垓有集十卷，曾孫惠王申鑿有《惠園集》，惠王孫成王讓栩有《長春競辰集》，成王孫端王宣圻有《端園集》。五葉皆有集著録，亦盛事也。

送方希直先生還漢中

岷山峩峩，江水泱泱。我疆我理，俾我以康。靡言匪衣，靡善匪得。閲士孔多，我敬希直。侍我經筵，不倦以勤。非德不言，非道不陳。職思其歸，義不可奪。采采者芹，伺教如渴。爰秣其馬，爰振其衣。拜手稽首，載辭而歸。昔者之來，春日遲遲。維今之歸，凉風凄凄。悠悠我心，念子良苦。爰命詞臣，飲餞江滸。王道如砥，既歌且詠。八月初吉，抵于南鄭。沔彼江漢，亦合而流。瞻彼岷峨，鬱其相繆。心之知矣，臨別繾綣。子如我思，道豈云遠？

湘獻王柏 一首

王，高皇帝第十二子。洪武十一年封，之國荆州。建文初，或告王反，王無以自明，闔宫焚死。謚曰戾，成祖更謚曰獻。朱睦㮮云：王嗜學讀書，開景玄閣以延士。被服儒雅，尤善道家言，嘗自號紫虚子。

太和山尋張三丰故居

張玄玄朝飲九渡之清流，暮宿南巖之紫烟。好山浩劫知幾度，不與景物同推遷。我來不見徒悽然，孤廬高出古松頂，第有老猿接臂相攀緣。

遼簡王植 二首

王，高皇帝第十五子。洪武十四年封，二十六年之國遼東廣寧州。永樂二年，遷荆州。二十二年，薨。有遺集。

《詩話》：簡王遺集五卷，曾孫惠王恩鐕所刊，大率不經意之作。所與酬和程通、鍾洪範、林源、曹鐸、吴鼎、項允清、朱忲、胡俊、王用才、胡庭禮之徒，咸無詩名，宜其淮南自尊也。

暮春

鞍馬辭京去，維時已暮春。殘花留舞蝶，飛絮逐行人。樹暗啼黄鳥，波澂躍紫鱗。白雲晴冉冉，瞻望重思親。

秋江

楊柳渡頭烟漠漠，峨眉山下水潨潨。月明沙渚晚風急，漁笛一聲江上秋。

寧獻王權 三首

王，高皇帝第十六子。洪武二十四年封，二十七年之國大寧。永樂二年，移南昌。正統末薨。有《采芝吟》。

錢謙益云：王博學好古，諸書無所不窺，旁通釋老，尤長於史。文皇踐祚，改封南昌。恃靖難功，頗驕恣，晚年深自韜晦，搆精廬一區，蒔花藝竹，鼓琴著書。其間志慕冲舉，自號臞仙。令人往廬山之巔，囊雲以歸。結小屋曰雲齋，障以簾幙，每日放雲一囊，四壁氤氳裊動，如在巖洞。注纂經、子、九流、星曆、醫卜、黄冶諸術皆具。凡群書有祕本，莫不刊布國中。古今著述之富，無逾王者。

《詩話》：獻王助長陵靖難，以善謀稱。及徙封豫章，頗多觖望。晚乃折節讀書，開雕祕笈，囊雲廬山之巔，鼓琴緱嶺之上，其有淮南八公之思乎？

宮詞 三首

忽聞天外玉簫聲，花下聽來獨自行。三十六宮秋一色，不知何處月偏明。

太液池中翻翠荷，小娃學唱采蓮歌。畫船不繫垂楊下，盡日隨風漾碧波。

庭梧秋薄夜生寒，誰把箜篌別調彈。睡覺滿身花影亂，池塘風定月團團。

漢庶人高煦 一首

庶人，文皇帝第二子。永樂二年，封漢王。十五年，之國樂安州。宣德八年叛，縶逍遥城死，國除。有《擬古感興詩》。

錢謙益云：漢王恃靖難功傾動東朝，太宗幾爲所惑。其在藩邸，製《擬古感興詩》二十八篇，臣僚鏤版行之。盛稱其英資睿智，雄才蓋世，合二聖之規模，成一代之製作。蓋其奪嫡深謀，頗見於此。而史稱其專事游嬉，不肯學問，或未可盡信也。

擬古

自古寺人職，司閽供灑埽。秦漢始撓政，國本亦枯槁。唐初任猶輕，高貴在天寶。淪胥宣懿間，神器猶顛倒。門生詆天子，尊重壓元老。社稷遂已墟，群閹那自保？嗟哉太宗業，家奴壞王道。後世宜鑒之，慮患防須早。

周憲王有燉二首

王，周定王長子，高皇帝孫。洪熙元年襲封，景泰三年薨。有《誠齋録》、《新録》。

錢謙益云：憲王遭世隆平，奉藩多暇，勤學好古。集名蹟，手自臨摹，勒石名東書堂。集古法帖，歷代重之。所製《誠齋樂府傳奇》，音律諧美，流傳内府，至今中原絃索多用之。詩有《誠齋録》、《新録》諸集，風華和婉，渢渢乎盛世之音。

《詩話》：憲園留心翰墨，譜曲尤工，中原絃索，往往藉以爲師。李景文夢陽詩云「齊唱憲王新樂府，金梁橋外月如霜」，牛左史恒詩云「唱徹憲王新樂府，不知明月下樊樓」，是也。其詩不事嘔心，頗能合格。梅花、牡丹、玉堂春，一題動成百詠，才思不窮，誠宗藩之雋矣。

竹枝歌二首

五溪春雨杜鵑時，桂嶺西風八月期。一帶湘山南北路，請郎聽唱竹枝詞。

春風滿山花正開，春衫女兒紅杏顋。儂家盪槳過江去，試問阿郎來不來。

楚莊王孟烷一首

王，昭王楨之子，高皇帝孫。永樂二十二年襲封，正統四年薨。有《勤有堂詩集》。

九峰寺

細路千盤迴，高峰九疊奇。松陰深入寺，泉脈遠通池。雲鎖禪棲室，巖鐫御製碑。來游乘暇日，林下盡幽期。

魯靖王肇㷶二首

王，荒王檀之子，高皇帝孫。永樂元年襲封，成化二年薨。有《憑虚稿》。《詩話》：《魯藩別乘》首載靖王詩，但著集名。詩有《過甓社湖》及《游朝天宫》、《登鍾山謁孝陵》作，知是王朝南京時所賦詩。

江樓秋望

百尺危樓上，憑高極杳冥。水雲連楚白，島嶼入淮青。潮起魚龍窟，風生蒲蓼汀。倚闌凝竚久，目斷是滄溟。

秋日江行

策馬行行出郭遥，平沙水落未生潮。楓林兩岸經霜老，紅葉無風落小橋。

秦康王志㙺 一首首

王，隱王尚炳第三子，愍王楧之孫，高皇帝曾孫也。宣德三年，以富平王進封，景泰六年薨。有《默菴集》。

送醫士凌漢章還苕

術傳盧扁字鍾王，底事來遊便趣裝。熟路也知車載穩，清時何用劍生鋩。雞鳴函谷三更月，楓落吴江兩岸霜。歸到苕溪尋舊侶，画船詩酒水雲鄉。

楚憲王季堄 一首

王，莊王之子，高皇帝曾孫。初封武陵王。正統五年襲封，八年薨。有《毓秀軒集》。

《詩話》：憲園夢筆，符於文通，述德同乎靈運，九原可作，寧媿河間。

衡山

衡山高峩峩，根盤幾百里。危峰插層霄，巨岳奠南紀。空中紫蓋峰，有若芙蓉蕊。欲泛洞庭舟，瀟湘正秋水。

魯惠王泰堪 一首

王，靖王嫡子，高皇帝曾孫。成化三年襲封，九年薨。有《悔齋稿》。

春晴

膏雨初收日載陽，眼前景物富韶光。碧池一夜水平岸，紅杏數枝花出牆。芳草不隨蓂莢換，游絲欲共柳條長。海棠庭院偏明媚，莫遣東風又作狂。

魯莊王陽鑄 三首

王，惠王嫡子，高皇帝玄孫。成化十二年襲封，嘉靖二年薨。有《尊德堂稿》。

《詩話》：莊王朱邸，優游不忘恭敬，情親棣蕚，於弘治癸亥，聚兄弟於一堂，王始倡七言近體二首，於是鉅野恭定王陽鍌、樂陵宣懿王陽錧、鄒平恭懿王陽鏞、東阿榮靖王陽鏢、鎮國將軍陽銖、陽鉞、陽鑋、陽鋑竝和之。工繪爲圖，左長史郁珍、右長史石磐、紀善芮鎬紀其事，陽銖爲作序焉。王有《介山懷古》作，中一聯云：「古冢已無雙鶴弔，荒林猶爲一蛇憐。」亦佳句也。

塞上逢故人

久歷風霜鬢欲華，故人相憶各天涯。幾年出塞常爲客，今日逢君似到家。薄酒暫宜酬雪月，敝衣堪歎染風沙。明朝又恐河梁别，愁聽江城奏暮笳。

秋日閒居

地僻柴門静不開，明牕虚室絶塵埃。應無酷吏催租到，忽有白衣送酒來。坐聽風聲敲翠竹，吟看日影上蒼苔。乘閒歲月心無累，客至須留泛酒杯。

江樓秋望

江城秋暮葉初飛，獨上高樓望夕暉。忽見一行沙雁起，西風遥送片帆歸。

唐成王彌鍗 一首

王，莊王芝址庶長子，定王桱曾孫，高皇帝玄孫也。初封潁昌王，弘治二年嗣爵，嘉靖二年薨。有《甕天小稿》。

《詩話》：成王廣置精慮，集國中俊秀子弟資給之，俾肄業。又闢蔬圃一區，建養正書院，泰陵頒五經子史賚之。迨康陵游幸，王作《憂國詩》八章以諷。暇則聯句藏春之塢，開講保和之堂。又精於書法繪事，皆入能品云。

久雨

春雨同秋雨，輕寒作峭寒。鶯聲猶蹇澀，花片漸摧殘。宿霧難開日，層波正湧瀾。韶華寧久戀，轉眼惜春闌。

唐恭王彌鉗 一首

王，莊王第三子，成王彌鍗之弟，定王桱曾孫，高皇帝玄孫。初封交城王。正德中薨，謚恭靖。後以子宇溫襲王，改稱唐王。定謚曰恭。有《謙光堂詩集》。

《詩話》：恭王下筆不能自休，一韻每至百篇，未免率易。

宮詞

長門芳草緑茸茸，輦路年來草漸封。怪殺海棠花上月，夜深偏照繡幃重。

瀋安王詮鉌 一首

王，瀋莊王幼學次子，簡王模曾孫，高皇帝玄孫也。初封靈川王。正德四年薨，謚榮毅。後以孫憲王胤栘進封，更謚安。有《凝齋稿》。

李騰鵬云：王所作如太羹玄酒，不求濃麗而至味有餘，令人嗜之不厭。絶句更有新意。

春日有懷

小圃辛夷漸發芽，禁城殘柳欲飛花。最憐九十春光去，未遂還家只夢家。

秦簡王成泳 八首

王，惠王公錫之子，康王之孫，高皇帝來孫。弘治元年，以鎮安王襲封。十一年薨。有《賔竹小鳴稿》。

錢謙益云：王醇雅有簡押，博通群書。布衣蔬食，延攬文儒，談論不倦。王府護儀子弟，得入黌宮，自王始也。

《詩話》：王年十齡，嫡母陳妃以唐詩教之，日記一篇。嗣位後，日賦一篇，三十年靡間。至於延致士大夫，脱略勢分，撤鷹房以創儒臣之館，闢隙地以益書院之基，善行匪一。許伯誠《過墓詩》云：「河間明禮樂，淮海好神仙。」則并留心服食之術矣。既薨，紀善强晟校刻其詩。嘉靖初，王孫定王惟焯表上之，詔送史館。

楊白花

楊白花，隨風無定止。飄然一去太無情，飛度江南幾千里。可憐落水化浮萍，浮萍無復隨風起。宮中美人連臂歌，此情不斷如春水。

折楊柳

靈州城下柳，多被官軍竊。猶餘拂地條，更苦行人折。今君赴玉關，將何贈離別。

西城路

西城路，半是平田半墳墓。平田漸少墳漸多，酸風苦雨泣銅駝。人生少年胡不樂，世間那有蘇耽鶴。

感寓三首

爲善爲君子，君子喻于義。爲惡爲小人，小人喻于利。所喻既不同，善惡豈相類。義利自兩塗，理欲所由異。譬之食飲然，而各有所嗜。惡臭與馨香，伊人自知味。吁嗟義利門，愼毋迷厥志。

仲尼初相魯，魯人興謗辭。子產聽鄭政，鄭人亦毀之。人心苦不同，衆口生瑕疵。賢聖且不免，吾人莫嗟咨。

相君椒百斛，領軍鞵一屋。爲利日孳孳，於心苦無足。貪夫出見客，佩鑰聲相觸。算緡極錙銖，餬口損饘粥。恨不馬重騶，恨不牛兩犢。家盈萬鎰金，身兼九州牧。憫彼心太勞，一笑捧吾腹。

武功道中

五原三時隔西東，此地人言是武功。楊柳池塘科斗水，杏花村店酒旗風。農耕緑野春臺裏，客在青山罨画中。日暮官程催去馬，樹頭微雨正濛濛。

春游曲

新柳迎游騎，飛花趁酒甌。年年三二月，爛醉曲江頭。

肅靖王真淤二首

王，恭王貢錝之子，高皇帝來孫，莊王楧玄孫。成化中，封世子。嘉靖五年薨，以子定王弼桄襲王，追謚。有《星海集》。

錢謙益云：王博雅好文，詩調高古，邊塞事尤感慨有意。

《詩話》：宗正謀𡊮稱靖王《塞上曲》「旨趣沉雄，王龍標不能過」，未免譽失其實，要其風格，髣髴唐人。

塞上

黄雲白草出關多，颯颯風吹積石河。少婦愁添閨裏思，征人淚落隴頭歌。

步虚詞

瑤壇深處磬聲微，羽客朝元午夜歸。劒佩幾回翔碧落，天風吹冷六銖衣。

潘憲王胤栘 二首

王，惠王勛潪之子，安王孫，簡王來孫，高皇帝曷孫也。自號南山道人。嘉靖五年，封靈川王。九年，懷王胤檟絶奉，勅管理府事。十年，進封。二十年，薨。有《保和齋稿》。

謝榛云：王素嗜談禪，詩亦有妙悟。

李騰鵬云：王詩沉著痛快，時出新語，多得性情之正。《詩話》：憲王以好學聞，嘗上書乞内府諸書，永陵以五經四子書賜焉。《枕上》詩云：「展轉殊無寐，深秋感二毛。城鴉催曉色，庭樹起寒濤。往事意何拙，浮生心自勞。河間今已矣，寧不媿吾曹。」蓋以自勉云。

送汪内史南歸

滄江遠渚暮烟收，南望千山樹色秋。明日别君漳水畔，相思還上驛西樓。

秋雁

北來征雁下寒塘，水食沙眠足稻粱。不寄行人一封信，却因何事到衡陽。

趙康王厚煜五首

王，文皇帝第三子，趙簡王高燧之來孫。正德十六年襲封，嘉靖三十九年薨。有《居敬堂集》。

穆文熙云：康王詩雄渾，迥出時作。

錢謙益云：王性和厚，嗜學博古，文藻弘麗。折節愛賓客，户屨恒滿。文酒讌游，有淮南梁苑之風。

《詩話》：崑山鄭若庸曳裾王門，康王從若庸所，見臨清謝榛《竹枝詞》，命所幸琵琶妓賈扣度而歌之。既而榛過鄴，偕若庸見王。王宴之便殿，酒行樂作，王曰：「止命緪瑟以琵琶佐之。」曰：「此先生所製《竹枝詞》也，譜其聲不識其人可乎？」命諸伎擁姬出拜。榛謝曰：「此山人鄙俚之詞，請更製《竹枝》以備房中之樂。」王曰：「幸甚。」榛力不勝酒，醉卧山亭下。王命姬以衽代薦，承之以肱。明日上《新竹枝》十四闋，姬按而譜之。元夕便殿奏伎，酒闌送客，即盛禮而歸賈乎榛邸。王嘗與榛聯句百卉亭，鄭、謝之外，若顧聖少、仲春龍、尤莊輩，皆王客也。平臺小山，無此盛事。

擬秋夜長

漫漫秋夜長，唧唧寒蛩吟。白露下青草，悠悠傷我心。傷心耿不寐，孤坐鳴素琴。朱絃中斷絶，轉軫悲餘音。推琴步微月，仰見雙飛禽。緬懷牧犢子，潸潸淚沾襟。丰神宛如在，悵望空梁陰。

戎寇

聞說西羌種，今秋復寇邊。三軍憂戰伐，百里絶人煙。衰草依孤壘，寒雲起暮天。九重宵旰切，何日下祁連？

七夕後作

銀河昨夜渡牽牛，玉露凉侵院院秋。一葉芭蕉數聲雨，人間何事不堪愁。

宫詞

薄鬢斜鬟十五餘，妝成猶未下庭除。納凉記得君王作，私把泥金小扇書。

聞砧

瑶琴停響緑尊空，何處寒砧擣月中。最是今宵最愁絶，碧梧陰下粉牆東。

益莊王厚燁四首

王，端王祐檳之子，憲宗之孫。藩封建昌府。嘉靖二十年襲封，三十五年薨。有《勿齋集》、《詠史詩》。

《詩話》：莊王留心理學，序莫氏《學業須知》、張氏《理學類編》、陳氏《道學傳》、趙氏《學範》以行。又博覽經史，撰《勿齋臆說》，正譌糾謬，不畢儒生。鬱儀王孫《藩獻志》稱其「聲色珠綺，一無所好」，蓋天下之賢王也。集五卷，弟崇仁王厚炫嗣封，編輯以行。分校者，左長史張默、右長史李敉。

春雁

北上三湘路，南辭七澤雲。已甘同出塞，不忍更離群。永夜空中唳，幽人枕上聞。汀洲爭宿處，昧旦起紛紛。

早秋

庭樹初飛葉，天高爽氣澄。檻花藏晚蝶，簾竹聚秋蠅。紅熟枝頭棗，青浮水面菱。金風蘋末起，頓喜失炎蒸。

秋熱

節已過寒露，秋陽尚逼人。蒲葵仍在手，荃葛未離身。籬落黄花綻，階除緑草勻。憂時占月令，休咎竟何因。

新晴

連旬淫雨降，今喜見朝暾。徑路泥猶滑，池塘水尚渾。輪蹄喧野市，網罟曬漁村。風埽殘雲斂，青山復對門。

蜀成王讓栩五首

王，昭王賓瀚之子，高皇帝曷孫。正德五年襲封，嘉靖二十六年薨。有《長春競辰集》。

楊慎云：成王懷古雜擬，式遵溫柔敦厚之旨。

錢謙益云：成王好學，觀經史，臨法書，作詩屬對，皆有程要。

《詩話》：《長春競辰集》，成都楊慎序之，而《升菴集》不載。《宮詞》一百，雖題曰「擬古」，然如「翠華一去寂無蹤」，疑諷康陵而作；「只恐君王道院行」，疑諷永陵而作也。

玉階怨

落日下西苑，深宮風雨多。定嫌蒼蘚滑，玉輦不曾過。

早秋

郊原正早秋，露下蘆汀濕。忽見一禽來，只傍疎枝立。

擬古宮詞三首

青春一去豈重來，轉轂韶光日夜催。三百六旬空悵望，朱門經歲不曾開。
紫禁鴉啼曙色明，麗譙隱隱不聞聲。各宮裝束焚香候，只恐君王道院行。
新觀玉曆識正初，泰運三陽藹帝居。御座今安圓閣子，内中欲置女尚書。

瀋宣王恬烄二首

王，憲王次子，高皇帝仍孫，自號西屏道人。嘉靖三十一年襲封，萬曆初薨。有《緑筠軒稿》。

穆文熙云：宣王音調超拔，綽有陳思之風。

李騰鵬云：王所作和平爾雅，諸體各擅其長。

錢謙益云：宣王博學工詩，才藻秀逸。

《詩話》：宣王逸思清才，金枝之秀。

秋興

池閣蕭條竹徑通，閒來幽興檢詩筒。未須絃管翻新曲，自有琴尊對晚風。斜日斷雲簾影外，疎林落葉杵聲中。悲秋莫話當年事，且向遥天數塞鴻。

山行

爲訪林棲叟，何妨石逕長。白雲生谷口，處處藥苗香。

瀋定王珵堯二首

王，宣王之子，高皇帝雲孫。嘉靖三十七年封世子，萬曆十二年襲封，天啓元年薨。有《修業堂》、《崇玉山房》二稿。

穆文熙云：王詩音韻悠揚，若叩洪鐘，餘響不絶。

李騰鵬云：王諸作音節鏗鏘，詞氣閒適，有韋、柳風，非富貴人所能道。

《詩話》：定王師吕時臣，猶沈昜之師謝榛也，所師高下不同，體製亦少遜。

擬古宫詞

聞道收遼左，中宫上壽卮。隨班春殿裏，消息未全知。金縷麒麟服，傳宣賜太師。

李騰鵬云：足稱大雅。

秋宫怨

月落湘簾錦瑟停，西風高下度流螢。不知今夜長生殿，誰看牽牛織女星。

鄭世子載堉二十五首

昭皇帝第二子鄭靖王瞻埈，歷四世爲恭王厚烷，嘉靖二十七年，建言時政，降爲庶人，發高牆禁錮，隆慶元年赦回，復爵王。恭王子。著《樂書》。

補亡詩

南陔有風，吹彼苞棘。厥景婆娑，欲靜弗得。孝子事親，當竭其力。父母之恩，昊天罔極。
南陔有風，吹彼桑梓。慕我父母，终身敬止。勗哉伯仲，以及娣姒。恪爾晨昏，絜爾甘旨。
景薄桑榆，日亦云暮。父母俱存，兄弟無故。雖有至樂，寧不深慮。一則以喜，一則以懼。

右《南陔》三首

嗟彼白華，瑩然如玉。君子立身，必慎其獨。無貽親辱。
嗟彼白華，瑩然如琇。君子立身，必謹所守。無貽親咎。
嗟彼白華，瑩然如霜。君子立身，如圭如璋。爲親之光。
嗟彼白華，瑩然如雪。君子立身，清清絜絜。庶無玷缺。
嗟彼白華，瑩然如冰。君子立身，戰戰兢兢。庶無怨憎。

右《白華》五首

彼華者黍，彼實者稷。相彼秋成，時萬時億。
彼華者黍，彼實者麥。時和歲豐，囷盈倉積。
彼華者黍，彼實者菽。農夫之慶，邦家之福。
彼華者黍，彼實者麻。君子愛民，不驕不奢。
彼華者黍，彼實者禾。君子愛物，不溢不過。

右《華黍》五首

天運元亨，萬物由庚。王道正直，蕩蕩平平。
寒暑以序，雨暘以時。百穀用成，庶績咸熙。

草木蕃庶，鳥獸咸若。仰覩鳶飛，俯窺魚躍。
習習景風，甘雨其濛。醴泉洩洩，玉燭融融。

右《由庚》四首

瞻彼崇丘，積土成高。相彼大海，積水成濤。
卷石積多，其形嵯峨。勺水積久，勢若江河。
寶藏貨財，靡所不足。積善之家，必有餘福。
鳥獸魚龍，咸遂其性。積善之家，必有餘慶。

右《崇丘》四首

肅肅令儀，君子由之。秩秩彝倫，君子求之。率性之道，君子修之。
何謂彝倫，父子有親。君臣有義，朋友有信。兄愛弟敬，夫和妻順。
君令臣恭，父慈子孝。夫妻相敬，兄弟相好。惠于朋友，無德不報。
維物有則，維民秉彝。好斯美德，由此令儀。上和下睦，皞皞熙熙。

右《由儀》四首

《詩話》：世子研精樂典，按律審音，察及銖黍，歷辨劉歆、何妥、李照、范鎮、陳暘、蔡元定之失。近代若李文利、李文察、劉濂、張敔，皆駁其非。所著《樂書曆論》，宜采入國史。迹其《補亡詩》六篇，檃括古訓，比之夏侯湛、束皙似爲過之。至於念嚴君之囚，席藁門外；因長幼之序，讓國盟津，尤非人所幾及。

光澤榮端王寵瀼 一首

王，遼惠王成鍊次子，高皇帝來孫。成化二十三年封，嘉靖二十五年薨。有《博文堂稿》。

何喬遠云：王積書萬卷，世宗賜堂名曰「博文」。

登仲宣樓懷古

憶昔登樓日，天涯事轉違。計依劉表得，書授蔡邕稀。南國方羇旅，西京未解圍。秦川空在眼，公子乃忘歸。

衡陽安懿王寵淹 一首

王，悼僖王恩鐕子，高皇帝來孫。弘治六年襲封，嘉靖十八年薨。

登仲宣樓懷古

尋芳踐嘉約，乘暇一登樓。野樹連雲合，清江繞郭流。遺文鄴下重，舊井峴山留。洵美開襟地，無妨續勝遊。

永壽恭和王秉欓一首

王，莊僖王誠淋子，高皇帝曷孫。弘治十年襲封，嘉靖十七年薨。

正德己卯九日登說經臺

隱隱樓臺雲外重，一溪活水過仙宮。上師已化青牛老，萬木驚秋墜晚風。

顧炎武曰：是詩刻石草樓。

武岡保康王顯槐 二首

王，楚端王榮滅第三子，昭王來孫，高皇帝曷孫也。嘉靖十七年封。有《少鶴山人正續集》。

《詩話》：王詩平正無溢幅。

走狗烹

走狗烹，走狗烹，蒯生識鑒通神明。漢基甫創身即死，當日假王何爲爾？相面止封侯，相背貴無極，淮陰聞言兩耳逆。婦人擅執生殺權，猶豫自將身弃捐，噫嚱英彭尤可憐。

次鄒卹部穎泉謝宴

小園一雨足，次第百花開。江白孤舟去，天青一鳥來。林香時撲坐，柳色競侵杯。借問西鄰客，懷人日幾回。

德平榮順王胤樋一首

王，瀋惠王勛潪之次子，高皇帝曻孫。嘉靖三十七年封。有《集書樓稿》。

李騰鵬云：王所作沉著嚴整，不尚綺靡，自饒深致。

送焦明府之鳳翔

馬首蠶叢路，兹行亦壯游。天青三峽曉，雲碧萬山秋。鷺浴盤渦水，猿啼古驛樓。君才非百里，早晚夢刀州。

鎮康王恬焯一首

王，瀋憲王胤栘第五子，高皇帝仍孫。嘉靖二十四年封。有《西巖漫稿》。

穆文熙云：王詩調高意永，自是盛唐風味。

謝榛云：西巖《題瞻遠樓》詩：「江樓懸樹杪，山色到牕中。」精拔有骨。

同呂二人話別

此會情何極，明朝遽别筵。霜清楓葉路，秋老菊花天。百越家鄰海，三垂地近邊。相思應有賦，月定幾回圓？

保定惠順王理坦一首

王，藩宣王次子，高皇帝雲孫。嘉靖三十八年封。有《清苑山房集》。

穆文熙云：王詩格調高古，思致雋永，當於貞元中求之。

李騰鵬云：王善書法，其詩音格響亮。

春日游柏谷寺

曉霧危巖合，烟蘿仄徑懸。浮圖開佛日，沙界接人天。獨鶴銜雲起，愁猿枕石眠。逃禪如可醉，莫負杖頭錢。

沁水昭定王恬烄一首

藩簡王第八子悼懷王佶熅封沁水王。簡王來孫，高皇帝曷孫也。嘉靖二十五年襲封，四十年薨。有《遜學書院集》。

春日閒述

睡起情逾嬾，烟蘿地自迷。開尊惜遲暮，片月挂松西。

沁水王珵堦一首

王，昭定王子，高皇帝仍孫。隆慶元年襲封。有《滄海披沙集》。

穆文熙云：王詩丰神俊逸，思致雅澹，大曆前之調也。

李騰鵬云：王所作爾雅典麗，蓋荆金楚玉也。

彰法寺

嶽勢何穹窿，躋攀竟日至。絶澗來巖椒，沿洄轉幽邃。其陽開招提，不知幾千歲。宫殿羅虚空，俯視下無地。樵子雲際行，石磬風前墜。境疑兜率天，巖紀司空字。日晏憺忘歸，暫遠塵煩累。

安慶王恬熾二首

王，藩憲王第七子，高皇帝仍孫，自號西池道人。嘉靖三十一年封。有《嘉慶集》。

何喬遠云：王於穆宗朝以孝敬旌。

李騰鵬云：王詩和平爾雅，已入作者之門。

夏夜寄懷謝山人時客汾陽

良夜孤清賞，懷君倍黯然。離居三歲似，明月幾回圓。紫塞雲邊樹，青山雨後天。相思寫不盡，寂寞有冰絃。

聞砧

何處砧聲急，空閨入夜聞。哀音流素月，寒響徹秋雲。夢斷盧龍遠，天高白雁分。誰能將妾意，萬里報夫君？

慶成王慎鍾 一首

晉恭王棡第四子濟炫封慶成王，謚莊惠王。安穆王知㸂之孫，恭王之仍孫，高皇帝之雲孫也。隆慶六年襲封。有《太霞稿》。

穆文熙云：王以賢孝稱，其器質敦厚醇雅，詩亦有體裁，不失風人遺旨。

夏日登萬佛樓次朱使君韻

天半岧嶢峻閣開，自公多暇興悠哉。憑虛幾見空王在，結夏誰招使者來？貝葉迎風翻鹿苑，香雲散雨落蜂臺。倚闌欲和陽春曲，慚媿登高作賦才。

明詩綜卷二

小長蘆　朱彝尊　録
武陵　胡期恒　緝評

劉基 一百四首

基字伯温，青田人。元進士。洪武初，官至御史中丞。論佐命功，封誠意伯。爲胡惟庸毒死。正德中，追謚文成。有《覆瓿集》、《犂眉公集》。

楊維新云：子房不見詞章，玄齡僅辨符檄，公勳業造邦，文章名世，可謂千古人豪。

徐子元云：青田鈞天廣樂，聲容不凡，開國宗工，不在兹乎？

陳彝仲云：洪武間，高侍郎先鳴，文成次之，固已咀其精華，窺其堂奧。

王元美云：劉伯温如劉宋好武諸王，事力既稱，服藝華整，見王、謝衣冠子弟，不免低眉。又云：明興，立赤幟者二家而已，才情之美無過季迪，聲容之壯次及伯温。當是時，孟載、景文、子高輩實爲之羽翼。而談者尚以元習短之，謂辭美於宋所乏老蒼，格不及唐僅窺季晚。然是二三君子，工力深重，風調諧美，不得中行，猶稱殆庶翩翩一時之選也。

穆敬甫云：劉公詩如乘風載響，音徽遠播。

胡元瑞云：青田才情不若楊孟載，氣骨稍減汪忠勤，以較張、徐諸子，不妨上座。

何稺孝云：伯温詩沿元習，其精者學韓退之。

蔣仲舒云：劉詩如河朔少年，充悦忼健。

錢受之云：公自編其詩文，曰《覆瓿集》者，元季作也；曰《犂眉公集》者，國初作也。公負命世之才，丁元之季，沉淪下僚，籌策齟齬，哀時憤世，幾欲草野自屏。然其在幕府，與石抹艱危共事，遇知己効馳驅，作爲歌詩，魁壘頓挫，使讀者憤張興起，如欲奮臂出其間者。遭逢明祖，佐命帷幄，列爵五等，蔚爲宗臣，斯可謂得志大行矣。乃其爲詩，悲窮歎老，咨嗟幽憂，昔年飛揚硉矹之氣，澌然無有存者，豈古之大人志士，義心苦調，有非旂常竹帛可以測量其淺深者乎！嗚呼，其可感也。又云：合觀《覆瓿》、《犂眉》二集，竊窺其所爲歌詩，悲惋哀颯，先後異致，其深衷託寄，有非國史家狀所能表其微者，每盡然傷之。近讀永新劉定之《呆齋集》撰其鄉人王子讓《詩集序》云：「子讓當元時舉于鄉，從藩省辟佐主帥全普菴，戡定江湖，間志弗遂，遂歸隱麟原，終其身弗仕。予讀其詩文，深惜永歎。嗟乎子讓，其奇氣硉矹胸臆，猶若佐全普菴時，以未裸將周京故也。有與子讓同出元科目，佐石抹主帥定婺越，幕府唱和，其氣亦將掣碧海，弋蒼旻。後攀附龍鳳，捫舌騂顔，曩昔氣澌滅無餘矣。」呆齋之論，其所以責備文成者，亦已苛矣，雖然史家鋪張佐命，論蹙項之殊勳，永新留連幕府，惜爲韓之雅志，其事固不容相掩，其義亦各有攸當也。誦《犂眉》之志，而推見其心事，安知不以永新爲後世之子雲乎？

陳卧子云：文成雅辭，微傷婉弱，令人思留侯之貌。

王介人云：文成詩體純正，較之四傑，雖縱横少遜，而似覺寡疵。

陸冰脩云：伯温早見知於虞道園，道園稱其詩云：「發感慨於情性之正，存憂患於敦厚之言，是不可及。若其體製音韻，無媿盛唐。」其推奬至矣。特不與楊廉夫、顧仲瑛輩結詩酒之社，然視四傑十友，皆後進也。

沈山子云：誠意樂府古詩勝近體，《覆瓿集》勝《犂眉公集》，固當與季迪爭長竝驅。王元美以劉次於高，胡元瑞以劉爲高之羽翼，要非篤論。至何仲默以袁景文爲明初詩人之冠，則置二公於何地乎？

鍾廣漢云：文成論詩，謂今天下爲詩者，取則於達官貴人而不師古。此語深中元人之病。試讀公集中詩，皆有古人之一體，可謂善於師古者也。

《靜志居詩話》：樂府辭，自唐以前，詩人多擬之，至宋而埽除殆盡。元季楊廉夫、李季和輩交相唱荅，然多構新題爲古體，惟劉誠意鋭意摹古，所作特多，遂開明三百年風氣。其五言古詩專倣韋左司，要其神詣，與相伯仲。諸體均純正無疵，若《二鬼》一篇直欲破劉叉之膽矣。公在元時，有《和王文明絶句》云：「夜凉月白西湖水，坐看三台上將星。」好事者遂傅會之，謂公望西湖雲氣，語坐客云：「後十年有帝者起，吾當輔之。」此妄也。當公羈管紹興時，感憤至欲自殺，藉門人密里沙抱持，得不死。明初，既定婺州，猶佐石抹宜孫拒守。即其酬和詩句，如「中夜登高樓，遥瞻太微座」，「衆星各參差，威弧何時正」，「鴻雁西北來，安能從之飛」，「周嫠不恤緯，楚放常懷闕」，「却秦慕魯連，存齊想田單」，蓋未嘗終食忘大都也。是豈預自負身爲佐命者邪？其《題太公釣渭圖》云：「偶應飛熊，兆尊爲帝者師。」則公自道也，世人多以前知目公。至凡緯讖、堪輿，若《披肝露膽》等書，皆指爲公作，豈其然乎？

思美人

雨欲來，風蕭蕭。披桂枝，拂陵苕。繁英隕，鮮葉飄。揚煙埃，靡招摇。激房帷，發綺綃。中髮膚，憯寂寥。思美人，隔青霄。水渺茫，山岧嶤。雲中鳥，何翛翛。欲寄書，天路遥。東逝川，不可要。芳蘭華，日夜彫。掩瑶琴，閒玉簫。魂睘睘，心摇摇。望明月，歌且謡。聊逍遥，永今宵。顧玄言云：出入騷雅。

寒夜謡

今夕何夕，歲聿其徂。草木彫落，山川縈紆。瞻彼鴻雁，拂翼天衢。雝雝和鳴，載悠載徐。雖無羽翰，心與之俱。華月出雲，青燈在隅。歌以寫懷，云何其吁。

秋懷

喓喓草蟲，慄慄其股。歲暮如何，爾獨良苦。瞻望日月，緜緜我愁。如彼逝矢，一往不留。嗟爾小子，時不再得。匪緡曷魚，不藝胡稷。蕭蕭草蟲，烈烈其音。歲暮何爲，祇攪我心。

思歸引

山高高兮，可以望四方。胡躋爾巔兮，不見我故鄉。歲云暮兮，無衣裳。車罷馬羸兮，僕夫頓僵。水有蛟鼉兮，陸有虎狼。吁嗟奈何兮，惟懷永傷。

牆上難爲趨行

弱水不可以航，石林不可以車。人生貴守分，牆上難爲趨。茫茫八極内，狹徑交通衢。紛紛皆轍迹，擾擾論錙銖。焦原詫齊踵，龍頷夸探珠。片言取卿相，杯酒興剪屠。機事一朝露，妻子化爲魚。林閒有一士，蓬蒿翳窮廬。種稻十數畝，種桑八九株。有酒且飲之，無事即安居。孰知五鼎食，聊保百年軀。悠悠身後事，汲汲復何如。

夜夜曲

冬夜恒苦長，夏夜恒苦短。短長相蔽虧，殷勤望推輓。紉茅作繩繩易斷，汲水作池池易旱。故鏡塵昏難遠照，故衣絮敝無新暖。西風嫋嫋吹桂枝，白露點苔黄葉滿。

東飛伯勞歌

南飛鷓鴣北飛鵠，黄昏雞鳴白日燭。珊瑚石上栽兔絲，鴛鴦獨宿枯桑枝。永夜凉蟾入羅幕，蟬翼不如秋鬢薄。寒塘露蓮千葉紅，可憐零落空隨風。

走馬引

天冥冥，雲濛濛，當天白日中貫虹。壯士拔劒出門去，手提仇頭擲草中。擲草中，血漉漉，追兵夜至深谷伏。精誠感天天心哀，太一乃遣天馬從天來，揮霍雷電揚風埃。壯士呼，天馬馳，横行白晝，吏不敢窺。戴天之恥自古有必報，天地亦與相扶持。夫差徒能不忘而報越，棲於會稽又縱之。始知壯士獨無媿，魯莊何以爲人爲？

錢受之云：明宗被弒于晃忽，又庚申帝即位七年，乃以尚書之言，撤文宗主于太廟，而詔書但以私圖傳子爲言，昧于《春秋》復讎之大義矣。公此詩蓋深譏之。

長安道

長安道，送盡芳菲到枯槁。人生衰盛苦不嘗，何異長安道旁草。漢家將軍初拜官，門前上客車班班。一朝勢衰煙燄歇，車輪無聲馬蹄絶。明年有詔封冠軍，依舊車馬來如雲。

鳴雁行

嗈嗈鳴雁鳴達旦，舉翼相連拂雲漢。平原漠漠生野煙，雁飛只向江南天。江南十月多禾黍，一半輸官半供汝。明年二月歸養雛，雛成又望江南去。

隔谷歌

戰鼓咽悲風，弓折不可把。弟兄隔谷不相聞，咫尺人間與泉下。丈夫誓許國，殺身非所憐。兩心本一氣，何能坐相捐。登埤四顧望，慷慨肝膽裂。不見救兵來，但見繞城鐵甲光如雪。飛禽在羅網，尚或念其饑。身爲高官馬食粟，忍見手足居重圍。相彼鴻與雁，亦各顧匹儔。挽弓射一猨，群猨拔箭聲啾啾。鳥獸且有情，人心獨何尤？嗚呼，田家紫荆雖微木，不忍聽君歌隔谷。

冬暖行

孟冬十月暖，桃李花盛開。蝴蝶草間出，飛上花枝來。蝶知愛花爲花出，不知冬暖無多日。霜風一夕花作塵，墜粉飄黄愁殺人。

築城詞

君不見杭州無城賊直入，台州有城賊不入。重門擊柝自古來，而况四郊多警急。愚民莫可與慮始，見説築城俱不喜。一朝城成不可踰，挈家却向城中居。寄語築城人，城高固自好。更須足食仍足兵，不然劔閣潼關且難保。獨不念至元延祐年，天下無城亦無盗。

畦桑詞

編竹爲籬更栽刺，高門大寫畦桑字。縣官要備六事忙，村村巷巷催畦桑。桑畦有增不可減，準備上司來計點。新官下馬舊官行，牌上却改新官名。君不見古人樹桑在牆下，五十衣帛無凍者。今日路旁桑滿畦，茅屋苦寒中夜啼。

瑯琊王歌

駿馬須好鞍，強弓須勁箭。將軍不知兵，健兒空自健。

薤露歌

人生無百歲，百歲復如何？古來英雄士，各已歸山阿。

鍾廣漢云：音韻悲凉，初讀之嗚咽，再讀之慷慨。

懊憹歌

白鴉養雛時，夜夜啼達曙。如何羽翼成，各自東西去。

宗子相云：古韻淒調。

玉階怨

長門燈下淚，滴作玉階苔。年年傍春雨，一上苑牆來。

長門怨

白露下玉除，風清月如練。坐看池上螢，飛入昭陽殿。

宗子相云：不作怨語，怨已自深。

感懷四首

驅車出門去，四顧不見人。回風卷落葉，颯颯帶沙塵。平原曠千里，莽莽盡荊榛。緐華能幾何，憔悴及茲辰。所以芳桂枝，不爭桃李春。雲林耿幽獨，霜雪空相親。

啾啾草閒雀，日隨黄口飛。爭先赴稻粱，寧顧野人機。便便善柔子，懷利近相依。但慕春荑好，不見秋霜霏。驅車逐走鹿，中路忘所歸。豈不愛其躬，天命與心違。古道今已矣，感寤空涕歔。

結髮事遠游，逍遥觀四方。天地一何闊，山川杳茫茫。衆鳥各自飛，喬木空蒼凉。登高見萬里，懷古使心傷。竚立望浮雲，安得凌風翔。

槁葉寒摵摵，羅帳秋風生。悽悽候蟲鳴，嚦嚦賓鴻驚。美人抱瑶瑟，仰視河漢明。絲桐豈殊音，古調非今聲。沉思空幽寂，歲月已徂征。

感時述事八首

十羊煩九牧，自古貽笑嗤。任賢苟不貳，焉用多人爲。師行仰供給，州縣方告疲。差徭逮所歷，添官有權宜。奈何乘此勢，爭先植其私。百私竝效尤，貨賄縱横飛。列坐隘公堂，號令紛披離。名稱到輿隸，混雜無尊卑。正官反差出，道路不停馳。狗禄積日月，官吏之所希。此輩欲何求，朘剥圖身肥。世皇一宇宙，四海均惠慈。盜賊乘間發，咎實由官司。云何未悔禍，救焚用膏脂。婣婭遂連茹，公介棄草茨。農郊日增壘，良民死無期。天關深虎豹，欲語當因誰。

先王制民産，曷分兵與農。三時事耕稼，閲武在嚴冬。亂略齊慣疾，戰伐厥有庸。那令異編籍，自使殊心胸。坐食不知恩，怙勢含威兇。將官用世襲，生長值時雍。豈惟昧韜略，且不習擊剸。悍卒等驕子，有令亦無從。跳踉恣豪横，鼓氣陵愚惷。所以喪紀律，安能當賊鋒。崩騰去部曲，蟻合尋歸蹤。時方務姑息，枉法稱寬容。寧知養豺虎，反噬中自鐘。國家立制度，恃此爲垣墉。積弊有根源，終成腸肺癰。何由復古道，一視均堯封。

豢狗不噬禦，星馳募民兵。民兵盡烏合，何以壯干城。百姓雖云庶，教養素無行。譬彼原上草，自死還自生。安知狗大義，捐命爲父兄。利財來應召，早懷逃竄情。出門即剽掠，所過沸如羹。總戎無節制，顛倒迷章程。威權付便嬖，賞罰昧公平。饑寒莫與恤，鋭挫怨乃萌。見賊不須多，奔潰土瓦傾。旌旗委曲野，鳥雀噪空營。將軍與左右，相顧但目瞠。此事已習慣，智巧莫能爭。廟堂忽遠算，胸次猜疑并。豈乏計策士，用之非至誠。德威兩不立，何以御群氓。慷慨思古人，惻愴淚霑纓。

五谿舊三苗，蛇蚓相雜處。其人近禽獸，巢穴依險阻。起居任情欲，鬬狠競爪距。未能識君臣，且不顧子父。所以稱爲凶，分北勞舜禹。先朝慎羈縻，罔俾來中土。胡爲倏而至，馳驟如風雨。見賊但趦趄，逢民輒俘虜。腰纏皆金銀，衣被俱繡組。所過惡少年，改服投其伍。農家劫掠盡，何人種禾黍。盜賊有根源，厥咎由官府。任將匪能賢，敗衄乃自取。奇材何代無，推誠即心膂。誰哉倡此計，延寇入堂宇。割鼻救眼睛，於身竟奚補。浙西耕桑地，百載安生聚。自從甲兵興，徵斂空柚杼。疲氓真可憐，忍令飼豺虎。追憶至元年，憂來傷肺腑。

虞刑論小過，夏誓殄渠魁。好生雖大德，縱惡非聖裁。官吏逞貪婪，樹怨結禍胎。法當究其源，剪鉏去根荄。蒙蘢曲全宥，貽患於後來。濫觴不堙塞，滔天谷陵頹。總戎用高官，沐猴戴母頔。玉帳飫酒肉，士卒食菜薹。未戰已離心，望風遂崩摧。招安乃倡議，和者聲如雷。天高豹關遠，日月照不該。俱曰賊有神，討之則蒙災。大臣怨及己，相視若銜枚。阿諛就姑息，華紱被死灰。姦宄爭效尤，無風自揚埃。嘯聚逞強力，謂是爵禄媒。黎民亦何辜，骨肉散草萊。傾家事守禦，反以結嫌猜。慟哭浮雲黑，悲風爲徘徊。赤子毋不憐，不如絶其胚。養梟逐鳳皇，此事天所哀。胡爲尚靡定，顛倒胜與頦。春秋戒肆眚，念此良悠哉。

八政首食貨，錢幣通有無。國朝幣用楮，流行比金珠。至今垂百年，轉布彌寰區。此物豈足貴，實由威令敷。廟堂喜新政，躁議違老夫。悠悠祖宗訓，變之在朝晡。瞿然駭群目，疑怪仍揶揄。至寶惟艱得，韞櫝斯藏諸。假令多若土，賤棄復誰沽。錢幣相比較，好醜天然殊。譬彼絺與綌，長短價相如。互市從所取，孰肯要其觕。此理實易解，無用論智愚。矧兹四海内，五載横戈殳。赤子投枳棘，不知所歸塗。一口當萬喙，脣縮舌亦瘏。導水必尋源，源達流乃疏。藝木必培根，根固葉不枯。慎勿庸邇言，揚火自焚軀。尚克詰戎兵，丕顯厥祖謨。

惟民食爲命，王政之所先。海鹺實天産，厥利何可專。貪臣務聚財，張羅密於氈。厲禁及魚鰕，鹵水不得煎。出門即陷阱，舉足遭纏牽。炰烋用鞭箠，寃痛聲相連。高牙開怨府，積貨重姦權。分攤筭户口，滲漉盡微涓。官征勢既迫，私販理則然。遂令無賴兒，睚眦操戈鋋。出没山谷裏，陸梁江海邊。横行荷纂籠，方駕列船舷。拒捕斥後懦，爭彊夸直前。盗賊由此起，狼籍成蔓延。先王務廣德，如川出深淵。外本而内末，民俗隨之遷。自從甲兵興，奄忽五六年。借籌計得喪，耗費倍萬千。回憶至元初，禁網疎且平。家家有衣食，畏刑思保全。後來法轉細，百體皆拘攣。厚利入私家，官府任其愆。大哉乃祖訓，典章尚流傳。有舉斯可復，庶用康迍邅。

秦皇縣九宇，三代法乃變。漢祖都咸陽，一統制荒甸。豪雄既鏟削，瘡痍獲休宴。文皇繼鴻業，垂拱未央殿。累歲減田租，頻年賜縑絹。太倉積陳紅，圜府朽貫線。是時江南粟，未盡輸赤縣。方今貢賦區，兩際日月竄。胡爲倚東吳，轉餉給豐饍。徑危冒不測，勢與蛟龍戰。遂令鯨與鯢，掉尾乘利便。

扼肮要國寵，金紫被下賤。忠良怒切齒，姦宄競攀援。包羞屈政典，尾大不可轉。聖人别九州，田賦揚爲殿。中原一何膴，所務非所先。豳風重稼穡，王業丘山奠。夫征厲末習，孰敢事游燕。衷哉罔稽古，生齒徒蕃羨。一羹而食十，何以奉征繕。長歌寄愁思，涕淚如流霰。

程孟陽云：《感時》諸詩，可謂詩史，追配杜老，邁元白矣。

旅興十四首

秋氣肅萬物，百蟲競號鳴。蟪蛄最可憐，切切悲其生。屣履步庭除，素月員且明。翫之不可掇，渺焉忽西傾。回身掩房闥，愴怳煩慮盈。太息以終宵，展轉難爲情。

窮巷屏人跡，開門見青山。青山似故鄉，客子何當還。蟪蛄日夜鳴，緑樹亦已殷。白日馳西征，浮雲不可攀。安得生羽翼，奮飛出玄閒。

雨來群山暗，雨過群山明。山明援鳥喜，山暗猨鳥驚。歲暮陰風起，白日西南傾。寒蟬枝上號，阜螽草間鳴。人生非草木，能無感中情。

别離多苦懷，三年當百載。來者非所知，往者今安在。浮雲旦夕起，白日黤光彩。天地亦有形，豈能長不改。

忡忡坐虚室，曖曖日向暮。空煙斂曾岑，暝色半高樹。緬邈起遐思，逍遥散輕步。嬋娟天上月，的皪草間露。物情豈異昔，人事殊非故。芳歲不可淹，衰年況多慮。諒無彭鏗術，頹齡那能駐。

人生如浮雲，聚散無定期。驚風一飄蕩，各自東西之。粲粲陵苕花，淒淒寒露時。浮雲不可駐，顧盼空齎咨。

青青瀟湘竹，漪漪被寒水。遊子如飛蓬，佳人曠千里。登高左右望，但見黄塵起。鳳皇翔不下，梧桐化爲枳。傷懷不可道，憂念何時已。

吾觀穹壤間，萬變皆有窮。何如順天道，原始以知終。清晨攬衣起，絺綌生秋風。雝雝鳴雁來，灼灼酸棗紅。悵焉念所思，悲感集予衷。佳期在何許，瑶草成枯蓬。佇立望日月，勞心極忡忡。

烏鳴朝啞啞，鵲鳴暮啾啾。聞鵲既不喜，聞烏復何憂。世人務苟得，君子絶外求。滄浪迅風波，無風即安流。胡爲自冰炭，以貽達者羞。

寒燈耿幽幕，蟲鳴清夜闌。起行望青天，明月在雲端。美人隔千里，山河杳漫漫。玄雲翳崇岡，白露凋芳蘭。願以緑綺琴，寫作行路難。憂來無和聲，絃絶空長歎。

泊舟嚴子瀨，遥望仙華山。中有騎羊人，皓齒赬玉顔。餐霞飲沆瀣，坐石濯潺湲。長嘯起天風，落日爲之還。悠悠隔雲雨，杳杳不可攀。

日落天氣凉，逍遥步庭墀。蟋蟀已在宇，鴻雁來何遲。少壯輕遠游，衰老傷别離。念我親與友，各在天一涯。音容兩契闊，悲歡絶相知。鎩羽懷舊林，茸鱗思故池。百年能幾何，逝者無還期。俛仰增感歎，有懷當語誰。殷勤託宵夢，聊用慰所思。

久旱草不生，一雨青滿地。新荑與舊枿，好醜各自媚。喈喈黄鶯吟，習習玄鳥至。閒庭人跡稀，白日澹清氣。平生孟公綽，庶足無妄覬。但願長若斯，撥置身外事。

秋高潦水涸，旻天亦淒清。枯籜響悲音，羈蟲振餘聲。曀曀落日暉，慘慘游子情。風林無定枝，馳車鮮安旌。自媿匪賢達，默默嗟其生。

遣興

避地適他鄉，息肩謝羈束。生事未有涯，暫止聊自足。南園實清曠，可以永幽獨。曾樓面群山，俯見湖水緑。雜英被郊甸，魚鳥得棲宿。登臨且慰意，未暇計遠躅。聖賢有遺訓，知命夫何卜。

琴清堂詩

亭亭嶧陽桐，斲爲緑綺琴。緪之朱絲絃，彈我白雪音。虚堂夜迢迢，華月耿疎林。鳳皇天上來，虬龍水中吟。曲罷起太息，無人知此心。

周青士云：神似蘇州。

晚同方舟上人登師子巖作

落日下前峰，輕煙生遠林。雲霞媚餘姿，松柏澹清陰。振策縱幽步，披榛陟層岑。槿花籬上明，莎雞草間吟。凉風自西來，飀飀吹我襟。榮華能幾時，摇落方自今。逝川無停波，急絃有哀音。顧瞻望四方，悵焉愁思深。

謝茂秦云：逸韻飈舉，幽思泉發。

新春

昨夜東風來，吹我門前柳。柳芽黄未全，草根青已有。鵓鳩屋上鳴，勸我嘗春酒。我髮日已白，我顔日已醜。開尊聊怡情，誰能計身後。

和石抹公得令字

勾芒發陳根，北斗轉東柄。衆星各參差，威弧何時正。好生雖聖心，明刑亦王政。哲人慎謀始，斯焉獲終慶。徒言兩階舞，可以懷逆命。不見三危山，萬里竄梟獍。世德異唐虞，民情好爭競。那無跗扁醫，尚有膏肓病。波濤地軸虹，虎豹天關敻。雨露當春滋，風霜及秋勁。誰能奉明王，順天行號令。

送普顔子壽赴廣西憲幕

離維荆衡南，迤邐走蠻徼。民風雜猺蜑，地勢帶蒙詔。迢迢商周前，風水絶纖竅。後王務廣土，懷柔倚攻剽。羈縻非本情，疲疴復誰療。大明侔日月，幽裔靡不照。化育之所加，欣榮及蓬藋。憲府僶百司，選擇自廊廟。偏方異習俗，賦性實同調。培養自殊塗，激揚貴知要。願言崇令業，以繼南國召。

望武夷山作

飲馬九曲溪，遥望武夷峰。長林抱回合，丹厓造空濛。浮暉澹寒翠，水木皆曼容。薄游限塵務，促景尼奇蹤。緬懷紫陽子，千載誰與同。瓊佩邈煙霧，石函閟遺封。羉猿怨幽澗，飛蘿冒芳叢。瑶琴空流泉，桂枝徒秋風。悵望佳期阻，纏緜憂思重。殷勤尺素書，願寄雲間鴻。

早發建寧至興田驛

雞鳴戒晨裝，上馬見初日。露泫葉尚俯，霧重山未出。客塗得霽景，緩步非縱佚。矧玆歲有秋，高下俱穎栗。牛羊散原野，鵝鴨滿阡術。懷抱既夷曠，神情自清謐。寒花蔓籬落，候蟲響蒙密。霞標青楓林，雪綻烏臼實。幽覽雖云遽，佳趣領已悉。我行固無期，況乃塵事畢。

自衢州至蘭溪

秋郊斂微雨，霽色澄人心。振策率廣路，逍遥散煩襟。疎煙帶平原，薄雲去高岑。湛湛水凝碧，離離稻垂金。薺麥霜始秀，玄蟬寒更吟。幽懷耿虛寂，好景自相尋。心契清川流，目翫嘉樹林。歌傳滄浪調，曲繼白雪音。仙山在咫尺，早晚期登臨。

壬辰歲八月自台州之永嘉度蒼嶺

昨暮辭赤城，今朝度蒼嶺。山峻路屈盤，峽束迷晷景。谽谺出風門，坎窞入天井。冥行九地底，高闞群木頂。瀑泉流其中，皭若洩溟涬。哀猨嘯無外，去鳥飛更永。僕夫怨跋涉，瘦馬悲項領。盜賊逭天誅，平人遘災眚。佇立盼嶔岑，心亂難爲整。

夢草堂遺懷

即事在自得，強歌非正音。所以春草句，聲價重兼金。若人千載下，遺響邈難尋。淒涼一池塘，賴爾得至今。我來當杪秋，天淨橫潦沈。枯荷有餘馨，衰柳無殘陰。鼓鼙響未已，山水意徒深。感時念兄弟，惻愴傷我心。

在永嘉作

高屋集飛雨，蕭條生早寒。我來復幾時，明月缺已團。浮雲蔽青天，山川杳漫漫。狐狸嘯悲風，鯨鯢嘖重瀾。孤雁號南飛，音聲淒以酸。顧瞻望桑梓，慷慨起長歎。願欲凌風翔，惜哉無羽翰。中夜百感生，展轉不遑安。枯荷響西池，槁葉鳴林端。寥寥天宇空，冉冉時節闌。舉俗愛文身，誰識章甫冠。河流未到海，平陸皆驚湍。旗幟滿山澤，嗚呼行路難。

晨詣祥符寺

上馬雞始鳴，入寺鐘未歇。草際起微風，林端澹斜月。僧房湛幽寂，假寐待明發。松徑斷無人，經聲在清樾。

登安仁驛

雞鳴發山驛，天黑路彌險。煙樹出猨聲，風枝落螢點。江秋氣轉炎，嶂濕雲難斂。佇立山雨來，客愁紛冉冉。

題山水圖

江上何所有，高低千萬峰。結廬覆以茅，取足聊自容。綠樹既蓊鬱，清溪亦油溶。地僻無車馬，猨鳥多相從。日落沙際明，寒煙澹疎松。蒼茫雲霞外，隱見青芙蓉。悠然一舸還，好景時獨逢。歸來山月出，古刹鳴昏鍾。

别峰和尚方丈題唐子華山陰圖

連山走坡陀，大谷入晻曖。屋藏深樹中，路出巨石背。煙雨時有無，澗壑互顯晦。輕盈曳飛綃，縹緲沃浮黛。雄梁矯脩鼉，騂壁駁文瑇。峥嶸紫霞高，屈曲白水匯。陰森神鬼宅，奮迅龍馬隊。風雲氣象寬，日月光炯碎。借問此何鄉，或有捐余佩。答云越山陰，信美無與對。自從永和來，燕游推勝槩。佳人去不還，盛集嗟未再。唐令實好奇，掇拾歸画繪。上人遠公徒，我亦淵明輩。會晤屬時艱，觀覽增慷慨。故園没灌莽，舉足蛇豕礙。放歌自太息，激烈驚厚載。

寄江西黄伯善兄弟

我思美人，乃在洞庭之陽，彭蠡之陰。衝波亘天三百里，離恨比之應更深。揚瀾咆哮左蠡怒，白日慘慘玄猨吟，欲往從之憒余心。鼋鼉鱆魧不可以駕，風摐摐兮雨淫淫。望厭原之飛煙，邈匡廬之高岑。虹旌兮翠羽，昌容兮鳳皇，舞菽衣兮茝襟。玉笙吹兮紫鸞音，望不見兮悲莫任。

徐資生華山圖歌

華嶽插天七千丈，丹厓翠壁開仙掌。壁間擘出黄河流，大禹以之分九州。河流袞袞赴溟漲，華嶽拔出天河上。雲宫霧窟疑本無，石室金臺儼相向。玉泉高通玉井津，中有蓮實如車輪。世人肉食未羽化，可望不得聊相親。高堂晚晴圖画展，眼明一見心目遠。世間塵土今紛紛，吾當拂衣卧山雲。

夏夜台州城中作

江上火雲蒸熱風，欲雨不雨天蒙蒙。良田半作龜兆拆，秔稻日夕成蒿蓬。去年海賊殺元帥，黎民星散劫火紅。耕牛剥皮作戰具，鉏犁化盡刀劒鋒。農夫有田不得種，白日慘澹衡茅空。將軍虎毛深玉帳，野哭不入轅門中。健兒鬬死烏自食，何人幕下矜奇功。今年大軍蕩淮甸，分命上宰麾元戎。舞干再見有苗格，山川鬼神當效忠。何爲旱魃還肆虐，坐令毒沴傷和沖。傳聞逆黨尚攻剽，所過丘壟皆成童。閫司恐畏破和議，斥堠悉罷雲邊烽。殺降共説有大禁，無人更敢彎弧弓。山中悲啼海中笑，蜃氣繞日生長虹。古時東海辟孝婦，草木枯瘁連三冬。六月降霜良有以，天公未必長瘖聾。只今幅員廣無外，東至日出西太蒙。一民一物吾肺腑，仁者自是哀癏痌。養梟殈鳳天所厭，誰能抗疏回宸衷。夜涼木末挂河漢，海嶠月出光玲瓏。仰視皇天轉北斗，嗚呼愁歎何時終。

陳彥德以画見贈詩以酬之

君不見昔日米南宫，又不見今時趙學士，能將翰墨爭鬼工。天下流傳名父子，栝蒼處士身姓陳，小郎英俊尤可人。欲收大地入掌握，筆意所到如有神。曉移小幅來贈我，紅日滿窗花婀娜。開軒展視心眼寬，如在岳陽樓上坐。湖波吹煙入遠山，君山乃在湖中間。蒼梧九疑隔湘浦，孤雲目斷幽篁斑。漁舟一葉來何處，巫峽雨昏啼鴂暮。澤畔行人久不歸，沙上輕鷗自飛去。陳公子，聽我歌，深林大谷龍蛇多。蓬萊三島可避世，欲往其奈風濤何。

題富好禮所畜村樂圖

我昔住在南山頭，連山下帶清溪幽。山巔出泉宜種稻，繞屋盡是良田疇。家家種田恥商販，有足嬾踏縣與州。西風八月淋潦盡，稻穗櫛比無蝗蟊。黄雞長大白鴨重，瓦甕琥珀香新篘。芋魁如拳栗殼赤，獻罷地主還相酬。東鄰西舍迭賓主，老幼合坐意綢繆。山花野葉插巾帽，竹箸漆椀兼甆甌。酒酣大笑雜語謔，跪拜交錯禮數稠。或起頓足舞侏儒，或坐拍手歌甌窶。傾盆倒榼混醯醬，爛熳霑漬方未休。兒童跳躍坐諠譟，執遁逐走同俘囚。出門不記舍前路，顛倒扶掖迷去留。朝陽照屋且熟睡，官府亦簡少所求。寧知宴安含酖毒，未耜一變成戈矛。高門大宅化灰燼，蓬蒿瓦礫塞道周。春燕營巢在林木，深山露宿隨猨猴。三年避亂客異縣，側身天地如浮漚。親朋阻隔童僕散，疏食水飲不自謀。有時惝怳夢閭里，驚覺五内攢百憂。君家画圖稱絶妙，鑒别曾遇柯丹丘。想應臨搨出祕府，筆意精到世罕儔。村歌社舞自真率，何用廣樂張公侯。太平氣象忽在眼，令我感愴涕淚流。近者鄉人來報喜，今歲高下俱有秋。豺狼食飽卧窟穴，軍師已運招安籌。人情自古共懷土，况乃霜雨凄松楸。神龜且被豫且困，予所勿念天我尤。積薪厝火非遠計，誰能獻納陳嘉猷。長江波浪接淮泗，白日慘澹騰蛟虬。天下農夫總供給，隴畝不得安鉏耰。市中食物貴百倍，一豕之價過於牛。魚鹽菜果悉買米，官幣束閣若贅瘤。朝餐僅了愁夕膳，誰復有酒澆其喉。循環天運往必復，邪氣暫至不遠瘳。此生此景須再覩，引領悵望心悠悠。

寄宋景濂

我思美人，乃在仙華之山。山前夜半挂河漢，天津兩旗俯可攀，我欲從之阻河關。初平不來白羊死，瘦骨蝕盡莓苔頑。風沙蕭蕭隔人間，玄霜日夕凋玉顔。有鳥有鳥丁令威，側身下上空孤飛。女媧石墜鼇脚折，海水散作雲霏霏。山中有奇樹，一華一千秋。美人何不折，寄我使我歎恨長凝眸。深沉洞谷山鬼集，陰氣六月冰霜留。嗟哉美人誰與儔，明年定約赤松子，與爾群峰頂上遊。

二鬼

憶昔盤古初開天地時，以土爲肉石爲骨，水爲血脈天爲皮。崑崙爲頭顱，江海爲胃腸，嵩嶽爲背膂。其外四岳爲四肢。四肢百體咸定位，乃以日月爲兩眼，循環照燭三百六十骨節，八萬四千毛竅，勿使淫邪發洩生瘡痍。兩眼相逐走不歇，天帝愍其勞逸不調生病患，申命守以兩鬼，名曰結璘與鬱儀。鬱儀手捉三足老鴉脚，脚踏火輪蟠九螭。咀嚼五色若木英，身上五色光陸離。朝發暘谷暮金樞，清晨還上扶桑枝。結璘坐在廣寒桂樹根，漱噏桂露芬香菲。啖服白兔所擣之靈藥，跳上蟾蜍背脊騎。掐光弄影蕩雲漢，閃奎爍璧葩花摛。手摘桂樹子，撒入大海中，散與蚌蛤爲珠璣。或落巖谷間，化作珣玕琪。人拾得喫者，胸臆生明翬。内外星官各職職，惟有兩鬼兩眼晝夜長相追。有物來掩犯，兩鬼隨即揮刀鈹禁制。蝦蟇與老鴉，低頭屏氣服役使，不敢起意爲姦欺。天帝憐兩鬼，暫放兩鬼人間嬉。一鬼乘白狗，走向織女黄姑磯。槌河鼓，褰兩旗，跳下黄初平牧羊群，烹羊食肉口吻流膏脂。却入天台山，呼龍喚虎聽指麾。東巖鑿石取金卯，西巖掘土求瓊蕤。巖訇洞砉石梁折，驚起五百羅漢半夜撥刺衝天飛。一鬼乘白豕，從以青羊青兔赤鼠兒，便從閣道出西清，入少微，浴咸池。身騎青田鶴，去採青田芝。仙都赤城三十六洞主，騎鸞翳鳳來陪隨。神魅清唱毛女和，長煙梟梟飄熊旂。蜚廉吹笙虎擊筑，罔象出舞奔馮夷。兩鬼自從天上别，别後道路阻隔不得相聞知。忽聞寒山子，往來説因依。兩鬼各借問，始知相去近不遠，何得不一相見敘情詞。情詞不得敘，焉得不相思。相思人間五十年，未抵天上五十炊。忽然宇宙變差異，六月落雪冰天逵。鼂鼉山上作窟穴，蛇頭生角角有岐。鱷魚掉尾斫折巨鼇脚，蓬萊宫倒水沒楣。攙槍枉矢爭出逞妖怪，或大如甕盎，或長如委蛇。光爍爍，形躨躨。叫鹿豕，呼熊羆。煽吳回，翔魌魑。天帝左右無扶持，蚊蝱蚤蝨蠅蚋蜞，嚼膚咂血圖飽肥，擾擾不可揮。筋節解折兩眼蠛，不辨妍與媸。兩鬼大愓傷身，如受榜笞，便欲相約，討藥與天帝醫。先去兩眼翳，使識青黃紅白黑。便下天潢天一水，洗滌盤古腸胃心腎肝肺脾。却取女媧所摶黄土塊，改換耳目口鼻牙舌眉。然後請軒轅，邀伏羲，風后力牧老龍吉，泰山稽。命魯般，詔工倕。使豐隆，役黔羸。礪斧鑿，具鑪鎚。取金蓐收，伐材尾箕。修理南極北極樞，斡運太陰太陽機。檄召皇地示，部署岳瀆神，受約天皇墀。生鳥必鳳皇，勿生梟與鴟。生獸必麒麟，勿生豺與貍。生鱗必龍鯉，勿生蛇與蠬。生甲必龜貝，勿生蝓與蜞。生木必松柟，生草必薺葵，勿生鉤吻含毒斷人腸，勿生枳棘覃利傷人肌。螟蝗害禾稼，必絕其蝝蚳。虎狼妨畜牧，必遏其孕孳。啓迪天下蠢蠢氓，悉蹈禮義尊父師，奉事周文公魯仲尼。曾子輿，孔子思，敬習書易禮樂春秋詩，履正直屏邪攲。引頑嚚，入矩規，雍雍熙熙，不凍不饑，避刑遠罪趨祥祺。謀之不能行，不意天帝錯怪恚，謂此是我所當爲。眇眇末兩鬼，何敢越分生思惟。呶呶向瘖盲，洩漏造化微。急詔飛天神王，與我捉此兩鬼拘囚之。勿使在人寰，做出妖怪奇。飛天神王得天帝詔，立召五百夜叉，帶金繩，將鐵網，尋蹤逐跡，莫放兩鬼走逸入嶮巇。五百夜叉个个口吐火，搜天刮地走不疲。吹風放火烈山谷，不問杉柏樗櫟蘭艾蒿芷蘅茅茨，燔焱熨灼無餘遺。搜到九萬九千九百九十九仞幽谷底，捉住兩鬼眼睛光活如琉璃。養在銀絲鐵柵内，衣以文采食以麋。莫教突出籠絡外，踏折地軸傾天維。兩鬼亦自相顧笑，但得不寒不餒長樂無憂悲，自可等待天帝息怒解猜惑，依舊天上作伴同遊戲。

錢受之云：此詩蓋擬昌黎《二鳥》而作。所謂二鬼，公蓋自謂及金華太史公也。其推挹金華如此。

程孟陽云：公樂府多似太白、少陵，間學張文昌、王仲初。此又在盧仝、馬異間，奇怪直仿佛昌黎矣。

過南望時守閘不得行

客路三千里，舟行二月餘。壯顔隨日減，衰鬢受風疎。蔓草須句國，浮雲少昊墟。愁心如汶水，蕩漾遶青徐。

殺氣

殺氣乾坤黑，陰氛日月黄。已成心曲亂，不復鬢毛蒼。夜哭城笳裏，朝煙野戍傍。扶傾無郭李，何地尚耕桑。

望孤山作

返照千山赤，寒煙一島青。羈心霜下草，生態水中萍。黄屋迷襄野，蒼梧隔洞庭。空將垂老淚，灑恨到滄溟。

青絲馬

蹀躞青絲馬，艱難赤伏符。窮陰歲欲暮，落日鬼相呼。見雁愁心裂，看天淚眼枯。殷勤夜深月，還照旅魂孤。

古戍

古戍連山火，新城殷地笳。九州猶虎豹，四海未桑麻。天迥雲垂草，江空雪覆沙。野梅燒不盡，時見兩三花。

客路

客路秋風裏，扁舟夕照時。渚鴻魚復陳，江樹井陘旗。衰朽嗟誰與，愚蒙荷帝慈。山中牧羊子，歲暮爾相期。

不寐

不寐月當户，起行風滿天。山河青靄裏，刁斗白雲邊。避世慚商綺，匡時媿魯連。徘徊懷往事，惻愴感衰年。

夏日雜興

曾樓迢遞俯清郊，天際群山檻外交，日暖水禽鳴哺子，風輕沙燕語尋巢。緑荷雨洗藏龜葉，翠竹煙寒集鳳梢。可歎仲宣歸未得，苦吟終日倚衡茅。

二月七日夜泊許村遇雨

漫喜晴天出北門，還愁急雨送黄昏，山風度水喧林麓，野樹翻雲動石根。宿麥已隨江草爛，新泉休共井泥渾。魚龍浩漫滄溟闊，澤畔誰招楚客魂。

二月二十三日自黄岡還杭塗中作

日照江邊春樹林，緐花亂葉感人心。花間蛺蜨漫多事，葉底杜鵑非好音。舉目山川成皓首，側身天地一霑襟。解愁唯有尊中酒，疾病年來已厭斟。

春興

深春積雨感年芳，暮館輕寒透客裳。翠柳條柔先改色，紫蘭花冷不飄香。山中虎豹人煙少，海上樓臺蜃氣長。燕子新來畏霑濕，一雙相對立空梁。

次韻和新羅嚴上人秋日見寄

愛汝精藍抱翠微，青松緑竹共依依。龜臺落日明霞綺，鰻井寒潮長石衣。銀杏子成邊雁到，木犀花發野鶯飛。鐘殘永夜禪心定，一任秋蟲促杼機。

宿賈性之市隱

今年冬雨不作雪，屋頭鳥聲渾似春。絶憐草色緑鋪地，可愛梅花白照人。時物已迎新歲換，交情空向異鄉親。忽思昨夜殘燈裏，錯認還家夢是真。

次韻和孟伯真感興二首

五載江淮百戰場，乾坤舉目總堪傷。已聞盜賊多于蟻，無奈官軍暴似狼。緑水青山人寂寂，長煙蔓草日荒荒。弟兄零落音書絶，腸斷春風雁一行。

無用文章豈療飢，勞生筋骨已支離。窮愁杜甫家何在，落魄陳平志未奇。草澤狐狸三窟固，江湖波浪一帆危。故園春色年年到，緑葉紅花好爲誰。

感興

二月江南雪始飛，吳山寒色動征衣。莫尋花徑防泥滑，且掩衡門待日晞。弱柳先舒應自損，蟄蟲已出更安歸。乾坤處處旌旗滿，肉食何人問采薇。

廢雲山堂有感堂在府治聽事後，郡守退食之所。

雲山堂畔垂楊柳，曾見新堂結構成。一吏傳言奔里役，幾家掩淚輟農耕。花明粉黛春開宴，月照樓臺夜按箏。破瓦斷塼今滿地，緑莎青草爲誰生。

次韻和林彦文在縉雲見寄

十年井邑化爲墟，滿眼荊榛塞路衢。雞犬真成天上去，神仙不復好樓居。風凋野樹無棲鳥，水落池蓮有涸魚。欲訪軒轅問消息，太微風雨隔清都。

丙申歲十月還鄉作 三首

故園梅蕊依時發，異縣歸人見却悲。花自别來難獨立，人今老去復何之。未能荷鍤除叢棘，且可隨方著短籬。等待熏風暄暖後，枝間看取實離離。

手種庭前安石榴，開花結子到深秋。可憐枝葉從人折，尚有根株爲客留。枳枸悲風吹白日，若華高影隔青丘。壞垣蟋蟀知離恨，長夜淒涼弔獨愁。

小舟衝雨清溪上，雨密溪深宿霧昏。游子到家無舊物，故人留客欲空尊。荒畦蔓草纏蒿草，落日青猨叫白猨。語罷不須還秉燭，耳聞目見總銷魂。

聞盜過界首季君山亦蒙訪及以詩唁之

妖星何故犯奎躔，鶴上雲霄鯉入淵。寇退喜聞曾子反，書焚尚賴伏生傳。虀酸并與青氈去，瓜苦空餘綠蔓牽。慚媿北郊湯博士，白鹽赤米數相憐。

贈西巖道元和尚

西巖寺裏雲巢子，不到人間幾十年。杖錫野猨迎路側，談經山鬼立燈前。塵飛劫火青春夢，雪滿長松白日眠。近得淵明入蓮社，興來時復有詩篇。

愁感代哭

燕鴻北去又南來，斷壠荒岡幾劫灰。慈母磯寒風落木，望夫石老雨添苔。江流定與天河合，客淚還經地底回。未必春光便銷歇，白華猶發燒殘梅。

感興

百年強半已無能，愁入膏肓病自增。千里江山雙白鬢，五更風雨一青燈。繁絃急管誰家宅，廢圃荒窰昔代陵。不寐坐聽雞唱盡，素光穿牖日華升。

江上曲

數樹垂楊緑水邊，問郎何不繫蘭船。浦沙新漲看山遠，半夜月明無杜鵑。

題沙溪驛

澗水彎彎繞郡城，老蟬嘶作車輪聲。西風吹客上馬去，夕照滿川紅葉明。

送鮑生之閩中

青青芳草夾長堤，漠漠輕煙送馬蹄。他日相思建溪上，棠黎花發鷓鴣啼。

絶句漫興

莫道花開便是春，莫言沙漲即成津。北風過了東風起，愁殺江頭待渡人。

江行雜興二首

馬當之山中江中，其下乃是馮夷宫。良宵月出江水底，行人喜值天無風。
九龍山西西日沉，江雲壓地生層陰。汀洲無人蘆葉響，哮虎一聲風滿林。

過閩關二首

關頭霧露白濛濛，關下斜陽照樹紅。過了秋風渾未覺，滿山秔稻入閩中。
峻嶺如弓驛路賒，清溪一帶抱山斜。高秋八月崇安道，時見棠黎三兩花。

過蘇州二首

姑蘇臺下垂楊柳，曾爲張王護禁城。今日淡煙芳草裏，暮蟬猶作管絃聲。
陌上清歌最可聽，誰知此是斷腸聲。就中更有楊枝曲，恨殺昏鴉及曉鶯。

有感

魚鹽充牣稻粱肥，誰寤繁華是禍機。日暮無人唁亡國，寒鴉猶帶夕陽飛。

明詩綜卷三

小長蘆　朱彝尊　録
舊吳　何　焜　輯評

汪廣洋三十一首

廣洋字朝宗，高郵人。洪武初，爲中書左丞，封忠勤伯，拜右丞相，尋貶廣東。有詔數其罪，自縊死。有《鳳池吟稿》。

宋景濂云：　右丞以絶人之資，博極群籍，作爲詩章。從征伐，則震蕩超越。在廊廟，則莊雅尊嚴。

徐子元云：　忠勤詩如瑶臺月明，鳳笙獨奏。

王元美云：　汪朝宗如胡琴羌管，雖非太常樂，琅琅有致。

俞汝成云：右丞氣骨雄渾，語意爽朗，卓然可傳。

顧玄言云：忠勤詞新調間不失唐人大簡。

穆敬甫云：汪詩如春林舒葉，嬌鳥群飛。又云：高朗有致，構思頗覺不苦。

《靜志居詩話》：忠勤詩饒清剛之氣，一洗元人纖縟之態。五言如「平沙誰戲馬，落日自登臺」，「湖水當門落，松雲傍枕浮」，「懷人當永夜，看月上疎桐」，「對客開春酒，當門埽落花」，「天垂芳草地，漁唱夕陽村」，「倒藤懸宿鳥，絕壁挂晴霓」，「暮雲生楚樹，凉雨過邗溝」，「碧樹藏鸞邏，清歌發蜑舟」，「江雲垂暝遠，楚樹入秋多」，「濁酒傳杯重，烏絲界紙勻」，「岸沙留醉卧，山鳥荅行歌」，「晴光生北固，暮雨隔西津，」「涇雲纏戍鼓，高柳聚城鴉」，「濁浪横衝海，斜陽半在船」，「雲木深藏廟，淮流直到門」，「沙明宜見雪，月上可行舟」，「凉風吹雨過，好鳥背人還」，「春杯黄秫酒，野飯碧芹羹」，「欲往尋芝草，因之采茯苓」，可入唐人《主客圖》。靜居、北郭猶當遜之，毋論孟載也。

别知己

北風吹征帆，飄飄西南馳。山川聿修阻，霜露忽淒其。今我遠行邁，豈不念歲時。翩彼晨飛鴻，翱翔亦何之。感我同袍友，慼慼懷仳離。仳離雖可懷，觴酒當載持。各言崇令德，金石以爲期。

明發

膏車待明發，逶迤上河梁。親朋羅祖餞，冠蓋燦成章。條風被原隰，春日當載陽。鳴鳥餘好音，雜葩紛衆芳。魴魚始登薦，旨酒屢充觴。既醉復讌言，欲去故徬徨。維周仲山甫，王命慎所將。夙夜無有懈，庶幾終允臧。斯言啟深省，勗哉何日忘。

過宜興西氿《廣韻》於蹇切。

青青銅棺山，下有郡西氿。氿鹵居者多，頗與市聲遠。野篠接深塢，疎梅照清淺。一丘與一壑，安分良足遣。我行日驅馳，適此遂遊衍。

登忠勤樓聽久孚賀架閣彈琴

画棟棲朝霞，層檐宿秋霧。振衣坐前楹，援琴寫中素。幽泉鳴澗深，落花傷春暮。油然聞至音，令人起遐慕。

繁昌夾

繁昌夾，繁昌夾口江流狹。波濤洶洶雲冥冥，蘆葦蕭蕭風颯颯。櫂郎三日無北風，背牽百丈行澤中。前歌未斷後歌發，野煙孤没驚飛鴻。繁昌夾流深幾許，繁昌人民夾前住。苦竹截篙蘆縛舟，打魚燒山自成趣。人生處世何者榮，一褐足以安其生。但得有溪可漁，有土可耕，何用出入誇肥輕。君不聞五陵公子多豪舉，甲第連雲耀飛翥。朝聞鼉鼓擊春風，暮見彤扉鏁秋雨。

寄西掖諸友

玉簫吹鳳皇，闕月寫滄浪。故國幾時到，高樓今夜長。候蟲啼露壁，凉葉下銀牀。無限懷人意，裁詩遠寄將。

忠勤樓諸老夜直余時守省作詩寄之

西掖延秋爽，高樓倚太清。玉繩當坐轉，銀漢近人明。上相思經濟，諸公任老成。不知前席夜，曾語及蒼生。

晚晴江上

江水鴨頭緑，楚山螺髻青。鷓鴣啼不盡，花發樹冥冥。微風汎蘭槳，落日過松亭。勝境思彌愜，漁歌隨處聽。

登蔣山望江亭次韻

絶頂出華構，有時來一登。曾將六朝事，閒問百年僧。寓目誠多感，投身媿未能。暫留林下夕，江浦散漁燈。

送院判俞子茂進兵番易

江東風日晴，把酒送君行。好慰三千士，將收七十城。煙花催疊鼓，雲騎擁連營。山國人爭喜，殊方自此清。

寄崔元初

晴軒種竹罷，好月到窗時。坐我長松下，歌君流水詩。墓田歸野雀，疎雨落山葵。偶值南來使，殷勤寄所思。

嶺南道中

過盡梅關路，灘行喜順流。湛江元到海，横石不容輈。嶺樹垂紅果，汀沙聚白鷗。從來交廣地，還是古揚州。

灘行

灘上水平沙，梭舟蕩落花。吳儂不相識，對面浣春紗。

蘇溪亭

蘇溪亭上草漫漫，誰倚東風十二闌。燕子不歸春事晚，一汀煙雨杏花寒。

山行

米家圖畫不易得，今日見山如見之。偶上層巒縱游目，不知駐馬已多時。

江上三首

大山小山松樹齊，千聲萬聲子規啼。攬衣起舞夕露下，三更月落吳城西。
渚磯口闊浪如山，官船客船前後灣。明日天晴大家喜，看我鼓枻中流還。
象牙灘上百花開，參差時復見樓臺。翠香芹菜緣沙出，雪色鰣魚上水來。

夜泊楊子橋

楊子橋頭夜泊船，水波纔定月初圓。不眠細數經行日，笑隔東風又一年。

嶺南雜詠五首

牂牁流水碧潺潺，潮落潮生草木閒。一片海雲吹不起，越人遥指是崖山。
雁翅城東湧怒濤，外洋水長蜑船高。莫言昨夜南風急，今日登盤有海蠔。
越鹽如雪賽吳鹽，藷蕷初肥竹筍甜。何事眉山蘇太守，只將雙蟹較團尖。
村團社日喜晴和，銅鼓齊敲唱海歌。都道二年生計足，五收蠶繭兩收禾。
蠻落人家厭食魚，兒孫生長不知書。桄榔滿種緑山邏，翡翠新收越海墟。

涼州曲

琵琶初調古涼州，萬壑風泉指下流。好是貞元無事日，玉宸宮裏按新秋。

竹枝詞

三百六十灘水清，桃花春漲近來生。催歸不待臨歧語，昨夜子規啼到明。

東吳櫂歌二首

太湖茫茫水拍天，吳儂只慣夜行船。竹枝敲罷燈將滅，風雨蕭蕭人未眠。

艇子搶風過太湖，水雲行盡是東吳。阿誰坐理青絲綱，遮得松江巨口鱸。

蘭溪櫂歌二首

涼月如眉挂柳灣，越中山色鏡中看。蘭溪三日桃花雨，夜半鯉魚來上灘。

櫂郎歌到竹枝詞，一寸心腸一寸絲。莫倚官船聽此曲，白沙洲畔月生時。

晚過青河驛

遡流西望渺如煙，黄帽齊將百尺牽。日暮雨來風浪惡，隔河撾鼓换官船。

陶安二首

安字主敬，太平府人。元末爲明道書院山長。王師渡江，首率父老奉迎，留置幕府。歷左司郎中，出知黄州，降桐城令，移知饒州，仍改知黄州。召爲翰林院學士，尋擢江西行中書省參知政事。卒於官，贈姑孰郡公，追謚文憲。有《知新稿》、《江行雜詠》。

俞右吉云：郡公謀略文章，孝陵推爲第一。詩亦拔俗，五古未免冗長耳。

寄豐叔良

阿咸九月到，寄我尺書看。盡日不釋手，空江頻倚闌。鄉山微雨外，客夢一窗寒。遥想林泉勝，無憂寢食安。

湖鄉

淝水新無警，湖鄉頗有年。稻田驅夜豕，蓮蕩捕秋鯿。邏卒黄茅戍，歸人白板船。數家依緑樹，斜日照炊煙。

孫炎三首

炎字伯融，句容人。國初，辟行省掾，尋以省都事總制處州。會苗將叛，被擒，罵賊死。追封丹陽縣男，謚忠愍。有《左司集》。

徐子元云：左司詞氣豪邁，類其爲人。渥洼神駒，一蹴千里。

王元美云：孫伯融如新就銜馬，步驟未熟，時見輕快。

《詩話》：伯融，至正中，與天台丁復、同郡夏煜，皆以詩名。下筆百紙立盡，譎處似李長吉，質處似元次山。在處時，明祖命招致伯温，伯温堅不肯出，以寶劍遺伯融。伯融作詩，以爲劍當獻天子，封還之。伯温無以答，乃逡巡就見。而李時遠《詩統》謂此劍左司家藏，作歌以贈劉者，誤也。

寶劍歌

寶劍光耿耿，佩之可以當一龍。直是陰山太古雪，爲誰結此青芙蓉。明珠爲寶錦爲帶，三尺枯蛟出冰海。自從虎革裹干戈，飛入芒碭育光彩。青田劉郎漢諸孫，傳家惟有此物存。匣中千年睡不醒，白帝血染桃花痕。山童神全眼如日，時見蜿蜒走虚室。我逢龍精不敢彈，正氣直貫青天寒。還君持之獻明主，若歲大旱爲霖雨。

題好溪圖送憲使黄繼先

君乘馬，望君來，栝蒼下。君乘舟，望君來，好溪頭。好溪水生玳瑁魚，好溪水生明月珠，好溪水生青珊瑚，使君來此月再樞。惟飲此水無一需，使君之清水。不如臨别贈君青絲轡，隨君馬頭行萬里，相思之心有如水。

贈黄鍊師

留侯弟子有初平，九歲從師往玉京。天與數書皆鳥迹，家傳一劍是龍精。瑶池桃核無消息，海水桑田又淺清。我爲紫芝歌一曲，夜深相答洞簫聲。

全思誠一首

思誠字希賢，上海人。洪武十五年，以耆儒召爲文華殿大學士，兼左中允，致仕。有《砂岡集》。

寄題玉山草堂

草堂中人天下奇，昔聞盧鴻今見之。鯨牙已出滄海底，鳳雛猶隱崑山陲。村醪醉客飛鑿落，竹牀卧月吹參差。相知何必曾相識，画裹題詩寄所思。

鮑恂三首

恂字仲孚，崇德人。元末薦授翰林，不就。洪武四年，會試充考試官。十五年，詔徵耆儒入見，命爲文華殿大學士，固辭放歸。有《西溪漫稿》。

周青士云：西溪詩傳者絶少，曩聞海鹽胡氏有刊本，求之不得。嘗見其《題画》詩云：「山横紅葉晚，寺鎖碧雲凉。」亦佳句也。

《詩話》：湖州、嘉興二《志》竝云：「仲孚與安吉余詮、上海全思誠、高郵張長年四人就徵。」

考《實録》，入見祇三人，其同徵一人未至，乃登州張紳，非思誠也。又洪武四年會試，仲孚以前貢士與翰林院侍讀學士詹同同文、國子監司業宋濂景濂、吏部員外郎原本景道，同充考試官。是年，主文官則禮部尚書陶凱中立、前翰林院侍講學士潘庭堅升聞也。王元美別集所述未合。

寓感

迢迢漢川上，有女麗且閒。佩以雙明珠，游戲清波間。翩然若飛鴻，可望不可攀。贈我翡翠羽，報之以秋蘭。徘徊碧雲暮，引領空長歎。

題吳仲圭平遠圖

蒼山遥遥幾千里，緑樹參差碧煙起。雙帆忽從江上歸，影落斜陽濕秋水。林陰蒼莽鳥不飛，石徑蹭蹬行人稀。松根似可縛茅屋，沙尾亦足容漁磯。我嘗西遊倚江閣，極目長空入寥廓。好山不肯過江來，恨不乘風跨黄鶴。吳君画手當代無，落筆何年成此圖。安能著我巖壑底，相覓老樵尋釣徒。

盛叔章画

煙濕空林翠靄飄，渚花汀草共蕭蕭。仙家應在雲深處，秖許人間到石橋。

朱善 一首

善字備萬，豐城人。洪武初，官至文淵閣大學士。卒謚文恪。有《一齋集》。

遠別辭送餘干令李謙山

風淅淅兮雲悠悠，木葉落兮天宇秋。君胡爲兮不返，嗟久客兮淹留。攬西山兮秀色，泛東湖兮弄明月。樂莫樂兮新知，心奚忍兮輕別。山有虎兮湫有龍，勞余思兮忡忡。眇餘干兮何許，揮五絃兮送孤鴻。父老兮扶藜，兒童兮竹馬。侯之去兮我心悲，侯之來兮我憂。寫桂櫂兮蘭舟，摻子袪兮夷猶。南州雖好兮不可以久處，嗟子去兮何以慰我之離愁。

宋訥 八首

訥字仲敏，滑縣人。元季官鹽山知縣。國初徵爲國子助教，陞翰林院學士，文淵閣大學士，遷祭酒。卒于官。正德中，追謚文恪。有《西隱稿》。

李時遠云：宋公師道尊嚴，爲一代典型。詩文渾健古雅，同游諸儒皆推之。

《詩話》： 高季迪之文，蘇平仲之表箋，泐公之詩，當時文字之禍烈矣。然其間遺民諸集，類不避諱。當王師之入燕也，若王原吉、丁鶴年、戴叔能、陳敬初輩，其詩詞指斥，未易更僕數。宋公身歷通顯，其《過元宫》諸詩，悲凉酸楚，雖初明《通天》之表，子山《江南》之賦，無以踰之。宋他若「華表柱頭相語鶴，秣陵江上獨歸鴻」，「半船凉色潮生海，兩岸秋風浪拍沙」，「縛蘆密覆低低屋，把竹輕撐小小船」，「野航招客買蓮子，沙鳥驚人入荻花」，「夕陽野飯烹魚釜，秋水蒲帆賣蟹船」，「斷壁野花迎客櫂，壞牆津柳曬魚罾」，句亦自佳。

壬子秋過故宫八首

離宫别館樹森森，秋色荒寒上苑深。北塞君臣方駐足，中華將帥已離心。興隆有管鸞笙歇，劈正無官玉斧沉。落日凭高望燕薊，黄金臺上棘如林。

萬國朝宗拜紫宸，于今誰望屬車塵。名聞少室徵奇士，驛斷高麗進美人。朝會寶燈沉轉漏，授時玉曆罷頒春。街頭野服儒冠老，曾是花塼視草臣。

黄葉西風海子橋，橋頭行客弔前朝。鳳皇城改佳游歇，龍虎臺荒王氣消。十六天魔金屋貯，八千霜塞玉鞭揺。不知亡國瀘溝水，依舊東風接海潮。

鬱葱佳氣散無蹤，宫外行人認九重。一曲歌殘羽衣舞，五更妝罷景陽鐘。雲間有闕摧雙鳳，天外無車駕六龍。欲訪當時泛舟處，滿池風雨脱芙蓉。

五雲雙闕俯人間，歲晏天王狩未還。鸚鵡認人宮漏斷，水沉銷篆御牀閒。朝儀無復風雲會，郊祀空遺日月顔。莫向邊陲動戎馬，漢兵已過鐵門關。

萬年海岳作金湯，一望凄然感恨長。禾黍秋風周洛邑，山河殘照漢咸陽。上林春去宮花落，金水霜來御柳黄。虎衛龍墀人不見，戍兵騎馬出蕭牆。

清寧宮殿閉殘花，塵世回頭換物華。寶鼎百年歸漢室，錦帆千古似隋家。後宮鸞鏡投江渚，北狩龍旗沒塞沙。想見扶蘇城上月，照人清淚落悲笳。

雲霄宮闕錦山川，不在穹廬毳幕前。螢燭夜游隋苑圃，羊車春醉晉嬋娟。翠華去國三千里，玉璽傳家四十年。今日消沉何處問，居庸關外草連天。

詹同 十二首

同字同文，初名書，婺源人。元末爲郴州路學正，遇亂家黄州，仕陳友諒爲翰林學士承旨。歸附後，賜今名。授國子一云中書。博士，累官吏部尚書，改翰林學士承旨。謚文憲。有《天衢舒嘯》。

宋景濂云：同文襟期瀟灑，濟以雄博之學，故體物瀏亮，鏗鏗作金石聲。

徐子元云：同文赤色精金，與鍮鉐自別。

《詩話》：同文與吳濬仲、樂致和、宋景濂齊名，號中朝四學士。吳、樂韻語寥寥，宋亦非其本色，於四子中遂爲翹楚。

清江曲

清江水清峽水黄，清江之上多緑楊。浣花女兒立沙際，青裙白足如秋霜。蜀山雪消十日雨，一夜扁舟欲齊樹。兩岸猨聲不肯休，送君流過峽川去。

北邙行

纍纍北邙墳，鑿石爲虎羊。憶昔葬此初，爵封侯與王。導以方相氏，飄飄銘旌揚。紫車雜縞騎，鐃鼓喧周行，執紼人如蟻，哭聲動穹蒼。相送至窀穸，日暮下黄腸，生既享華榮，死亦增輝光。焉知千載後，無人奠殽漿。寶氣夜忽露，大盜發所藏。不見馬鬣封，但見白骨荒。空留一斷碑，龜趺卧夕陽。遂令往來者，過此生感傷。感傷亦何爲，生死人之常。陰陽有晝夜，誰云無興亡。萬物終消盡，天地復渾茫。何史垂功名，何世存文章。金石且不堅，豈獨人久長。

秋夜吟

桂樹叢叢月如霧，山中故人讀書處，白露濕衣不可去。

題方壺水石圖

古壁之間屋漏痕，淋漓元氣凝清渾。道人山中守龍虎，十日不見煙塵昏。拂拭塡作一枯木，下有碎石分崑崙。斷劍插入怪厓底，老蛟迸出秋雲根。神君怒立被玄髮，欲騎鐵驥超天門。當時揮灑妙莫測，鬼物驚走如星奔。青城仙伯絕筆久，覩此髣髴其人存。玄同隱者臥松雪，得画遠寄來江村。却憶麻姑洞口樹，使人一夜勞心魂。

題善原道韓幹黑馬圖

善家堂上書滿廚，古今名画頻卷舒。我來一見韓幹筆，龍精自與凡馬殊。玄鬣披披首渴烏，紫瞳睒睒雙明珠。黑雲一片忽墜地，房星半夜飛神都。御溝流水柳千樹，圉人騎出拂春露。黃金腰帶素花衣，馬上回頭看飛絮。絲韁在手不敢縱，追風恐過龍樓去。君不見向來画馬只画肉，神逸之氣多不足。幹遺真蹟世所稀，使我見此思天育。善家兄弟一馬驄，此馬真與麒麟同。白璧玉斗亦不換，早晚持獻明光宫。

送德安張用周遊廬山

匡廬山高雲氣多，老木如石盤紫蘿。松橋流水度金澗，我昔結屋山之阿。桑落洲邊種柑橘，蓮花峰下尋芝朮。仙宫臺榭作比鄰，每欲相從候丹術。寄詩晝喚白猨來，巡杏夜驅玄虎出。飛仙别去今幾年，海上不見回樓船。思之夢繞瀑布水，玉琴爲奏冰絲絃。張君多古學，才器何卓犖。紛紛文狸赤豹間，五色麒麟生一角。朝辭白兆山，暮過黄鶴樓。去觀五老峰，翠色連天浮。醉揮緑玉杯，笑贈珊瑚鈎。商婦亭前歌窈窕，灌嬰井上嘶驊騮。讀書白鹿之洞裏，寫字洗墨之池頭。匡廬清泉消百憂，我所樂處君當遊。霓旌羽駕在丘壑，相逢往往皆仙流。與君大藥駐光景，人間回首三千秋。

高暹獻天馬圖歌

蜀人高暹能画馬，令人往往愁龍化。凡夫肉眼匪方歅，世間誰是識龍者。前年曉御慈仁殿，拂郎之國天馬獻。蘭筋虎脊渥洼姿，長風西來起雷電。侍臣傳敕貎真龍，周郎爲圖圖最工。玉堂學士揭曼碩，早朝奏賦蓬萊宫。當時觀者集如堵，敕賜金盤五色露。天馬出馳海子東，但見中天黑煙霧。君不聞太宗奔虹赤，玄宗照夜白唐初。曾數江都王，今之名画亦難得。吾聞高暹善草書，墨池向復飛龍駒。

黄鶴樓中獻馬圖，藩王一見極所娱。天機剪取雲錦段，玉盌分賜葡萄珠。好去京師謁周郎，應見揮毫九天上。翠華所駕皆龍媒，何事江南繪屏障。

出獵圖

朔風凛凛吹龍沙，年年馬上長爲家。陰山大漠百草死，獵遍青海濵天涯。旌旗裂盡霜華濕，萬騎貔貅似雲集。蒼鷹欻起若飛電，四尺神獒作人立。什圍五攻兵法存，發蹤指示知何人。豈無詭遇獲禽者，誰能爲爾鸞梟分。直將勇氣飽所欲，寢虎之皮食虎肉。生擒山下九青兕，射殺巖前雙白鹿。日暮歸來雪洗箭，血灑腥風滿河曲。穹廬散野如繁星，凉月蕭蕭照平陸。酪漿跪進瑪瑙盌，黄面奚奴眼睛緑。明朝滿馬馱斕斑，蕃王喜生紅玉顔。焉知祝網三驅意，但醉氍毹紫塞閒。君不見暴殄天物焚咸丘，画師之筆學春秋。還君此圖長太息，使我忽憶比蒲蒐。

題松鶴蔡先生家藏李伯時西嶽降靈圖

前二人騎行，後三人徒步，狀若馳獵者。其最後，則有雲氣，神人居中。嗟夫，禹鼎象姦，齊諧志怪，世或有之，但恨無胥臣之多聞，子産之博物，歷覽載籍，未遑夷考，模寫画像，爲作短篇，以俟知者。

龍眠居士画入神，展画冥搜画中意。白日杲杲人出畋，長風蕭蕭雲拂地。前有一匹雪色駄，次有一匹玄花驄。兩人冠服何其雄，若非將相應王公。繁纓寶鞍金叵匝，各持羽箭懸雕弓。後有三人總徒步，蒼鷹黄犬行相從。雲中欻見光燦爛，玉輅瑶輿下霄漢。不駕紫鳳白麒麟，海犀天馴多奇玩。鸞旌虎節旋低昂，星仗霞幢互繚亂。無乃朝辭太華峰，得非曉過雲臺觀。輦中坐者真天人，冕珠龍衮儼昭煥。金童玉女繽往來，慶雲爲馭天爲階。長眉刷翠面如月，知有道骨無塵埃。令人可望不可及，恍惚雲中相出入。衣霑玉井碧蓮香，旗翻仙掌露華濕。我識泰山封禪書，不識此画當何如。人言西嶽降靈圖，西嶽或有人間無。

送黎蘭谷遊永川

舟子開帆日，天風吹雪時。關河歲將晏，荊楚客何之。水接三苗國，雲迷二女祠。經過逢北雁，應有寄來詩。

題雲林丹房爲葛元德賦

盤龍菴前翠可食，道人鑿雲開竹房。丹光出林如月白，石髓滿山連水香。每聞向此采芝术，欲往從君愁虎狼。展圖使我空歎息，三十六峰清夢長。

題山陰草堂

草堂正在匡廬山，山陰緑玉相對閒。雲從雙劒峰前下，潮到小孤江上還。茶煙滿室寫墨竹，花雨一簾觀白鷳。誰似南宫能篆古，爲君高置軒窗間。

宋濂五首

濂字景濂，浦江人。元末用薦除翰林編修，以親老辭，入仙華山爲道士。國初徵至，授皇太子經，居禮賢館修《元史》，充總裁官。仕至翰林學士承旨，兼太子賛善大夫。正德中，追謚文憲。有《潛溪》、《翰苑》、《芝園》、《蘿山》諸集。

俞汝成云：學士詩文俱著，而文勝於詩。然開國文獻之傳，集固不可闕者。

王元美云：宋景濂、王子充雖以文名，而詩亦嚴整妥切。

顧玄言云：公文既博綜，詩稍平易。

李舒章云：公開國文士之冠，猶襲元調。

朱朗詣云：太史之文，舍人璲之書，評者以本朝第一目之。韻語則非所長，集雖多不作可也。

《詩話》：王子充《敘景濂集》云：「古今文章，作者未易悉數。即婺而論，南渡後，有東萊呂氏、説齊唐氏、龍川陳氏，各自成家。而香溪范氏、所性時氏，先後又間出。近則浦陽柳公、烏傷黃公，竝時而作。踵二公而起者，爲吳正傳氏、張子長氏、吳立夫氏。當吕氏、唐氏、陳氏之竝起也，新安朱子弟子曰：『勉齋黃氏，寔以其學傳之北山何氏，而魯齋王氏、仁山金氏、白雲許氏，以次相傳。』二胡仲申《敘王子充集》云：「吾婺以學術稱者，至元中，則金公吉甫、胡公汲仲爲之倡。汲仲之後，則許公益之、柳公道傳、黃公晉卿、吳公正傳、胡公古愚，卓立竝起，而張公子長、陳公君采、王公叔善，又皆彬彬附和於下。言文獻之緒者，以婺爲首稱。」合兩公之言，繹之，金華文章理學之源，備於是矣。景濂於詩亦用全力爲之，蓋心慕韓、蘇而具體者。

哀海東有序

客有吏於海東者，以能擊貪暴聞，然終用是受誣，嘔血死。予友胡徵君爲著《哀辭》一通，予讀之甚悲，竊取其意，作《哀海東》、《傷姝女》二操，使善琴者彈而和之。

我哀東海，而思之苦。彼何人斯，猛噬如虎。我不擊之，我民之憂。縱不我與，覆以我爲仇。蒼天雖高，寃其有極。非血之嘔，曷明心赤。泱泱大風，沉沉寒泉。舍旃舍旃，我尚何言。

傷妖女

有妖者女，顔如舜英。詆我以醜，我其何傷。眩白爲黑，古亦多有。自尤不遑，敢誰之咎。黄鵠飛來，其音闇闇。我心苟安，何戚弗欣。天上地下，命也奈何，我焉知其他。

灘哥石硯歌有序

朱舍人芾，雅士也。近見灘哥石硯禁中，遂摹搨一本，裝池成軸，懸之書齋。命予作歌，填其空處。歌曰。

朱君嗜古米黻同，三代彝器藏心胸。灘哥古硯近獲見，驚喜奚翅逢黄琮。研煤敷紙巧摹搨，訪我一一陳始終。有唐四葉崇象教，梵僧航海來番禺。手持貝葉寫健相，翻譯華竺談玄空。辭義幽深衆莫識，當時授筆唯房融。硯中淋漓墨花濕，助演真乘誠有功。愛其厚重爲題識，七月七日元神龍。鬼工雷斧琢削古，天光電影生新容。裒將四尺廣踰半，作鎮弗遷猶華嵩。涉唐入宋歲五百，但見寶氣浮晴虹。南渡群公競賞識，氏名環列縈秋蟲。朔元雖以實内府，棄寘但使煙埃封。方今聖人重文獻，氈蒙舟載來江東。風磨雨濯露精彩，奉勅舁入文華宫。宫中日昃萬幾暇，侍臣左右咸雲從。紫端玄歙盡斥去，欣然爲此回重瞳。重瞳一顧光照日，天章奎画分纖穠。有才沉霾恨已久，石如能語誇奇逢。維昔成周全盛日，兑戈胤衣并大弓。藏諸天府遺孫子，用以鎮國昭無窮。願將斯硯傳萬世，什襲不下古鼎鐘，上明文德化八極，下書寬詔蘇疲癃。君方執筆掌綸誥，願以此言聞帝聰。老臣作歌在何日，洪武戊午當嚴冬。

題長白山居圖

滿地雲林稱隱居，燕泥污我讀殘書。五更風急鳥聲散，時有隔花人賣魚。

宜興強如心避地而歸扁其居曰復初齋來徵予詩

昔日攙槍照五兵，今歸喜得見時平。春風緑酒扶殘醉，斜立官橋聽早鶯。

王禕十一首

禕字子充，義烏人。國初，徵爲中書省掾，詔修《元史》，與宋濂同爲總裁官。書成，拜翰林待制。奉使招吐蕃，至蘭州召還，改使雲南，抗節死。建文元年，贈翰林學士，謚文節。正統中，改謚忠文。有《華川》、《玉堂》二集。

徐子元云：子充詩亦純雅。

俞汝成云：忠文詩平易切實，然在當時，與宋潛溪首倡浙東，功不可泯。

《詩話》：子充文脱去元人宂沓之病，體製明潔，當在景濂之右。惟詩亦然。

南康郡齋書事

郡廨新落成，繁木蔭階戺。稍欣吏牘稀，麤覺民事理。檐雀不相猜，群飲硯池水。

長安雜詩四首

崔嵬終南山，形勢甚磅礴。西來挾崆峒，東亘聯華嶽。長雲覆重巒，紫翠入寥廓。杞梓産深林，龍蛇蟄幽壑。淑靈之所鍾，宜有異人作。如何千載間，蹤跡轉蕭索。姬旦不復生，三代已云邈。後來王佐才，勞我思景略。

群經載聖道，昭昭如日星。秦火一何烈，燒燔滅其形。漢儒事掇拾，區區補殘零。雖然有遺闕，其功亦已宏。唐世尚文學，君臣益留情。琬琰刻文字，後先十三經。謂兹金石堅，不與竹帛并。自從鴻都後，此刻最爲精。羅列黌舍内，奎璧映晶瑩。我言金與石，有時亦銷崩。有形必有弊，斯理詎難徵。安知聖人道，所託非所憑。天地共終始，猗歟罔能名。

步出城東門，穹然見丹牆。不知何王宮，金碧猶煒煌。云是元帝子，分茅鎮此疆。傳世僅三葉，嗣胤今滅亡。深宫閟珍果，回溝亂垂楊。撫物足流盼，感時忽凝傷。自古有興廢，天道非茫茫。人生百年中，窮通無定跡。譬如風前花，榮謝亦頃刻。當時牧羊豎，尊貴今誰敵。顛頷種瓜翁，乃是封侯客。丈夫苟得時，糞土成拱璧。一朝恩寵衰，黄金失顔色。古昔諒皆然，今我何歎息。

送許時用歸越

舊擢庚寅第，新題甲子篇。老來諸事廢，歸去此身全。煙樹藏溪館，霜禾被石田。鑑湖求一曲，吾計尚茫然。

秦州

水積從天降，山連與蜀通。遺碑李廣宅，廢寺隗囂宫。度隴遲回際，游秦感慨中。長憐少陵老，曾此歎途窮。

澠池道中

九月忽又暮，吾行祗自傷。秋兼人共老，愁與路俱長。野果迎霜赤，園花帶雪黄。故人相慰藉，日晚引壺觴。

春日繡湖與德元同行

十里華川上，年來足勝游。雨花林下寺，風柳驛邊樓。漠漠芙蓉浦，依依杜若洲。平生身外事，未許付浮鷗。

吳江客中冬至日

十年奔走竟何依，轉覺謀生事事非。時序每驚愁裏換，家山長向夢中歸。吳江歲晚寒波積，楚塞天空鴻雁稀。酒後登樓倍惆悵，緇塵猶滿舊征衣。

桐廬舟中

瀟灑溪山夢此邦，輕風細雨過桐江。川回幾訝船無路，林缺時看屋有窗。野果青包垂个个，水禽白羽去雙雙。到家會值重陽節，新釀村醅正滿缸。

張以寧十五首

以寧字志道，古田人。元末官翰林學士承旨，明初例徙南京，召爲侍讀學士。三使安南，道卒。有《翠屏》前後集。

陳廷器云：學士詩沉鬱雄健者，可追漢魏。清婉俊逸者，足配盛唐。

徐子元云：志道高雅俊逸，超絶畦畛。《翠屏》千仞，可望不可躋。

王元美云：學士韻語亦健，氣格少完。

穆敬甫云：《翠屏》健翮凌風，急疾無前。

《詩話》：承旨《重峰送别》一篇，仿太白，可稱合作。李方伯楨《題雙燕圖寄人詩》云：「君家吟谿北，我家郡北西。君家梁間燕，我家梁間栖。」周尚書忱《送人詩》云：「我家白沙渚，君家桐江頭。我家門前水，亦向桐江流。」當皆從此出，可知是作膾炙當時。

送重峰阮子敬南還

君家重峰下，我家大溪頭。君家門前水，我家門前流。我行久别家，思憶故鄉水。况乃一作何况。故鄉人，相見六千里。十年在揚州，五年在京城。不見故鄉人，見君難爲情。見君情尚爾，别君奈何許。送君遽不堪，憶君良獨苦。君歸過江上，爲問水中魚。别時魚尾赤，别後今何如。

林志尹秋江漁父圖

江風摇柳雲冥冥，小艚釣歸潮滿汀。賣魚得錢共秋酌，白酒船頭青瓦缾。樵青勸酒漁童舞，擊甌唱歌無曲譜。船前野鴨莫驚飛，我有竹弓不射汝。

予别黄巖十又六年謭焉德薄父老當不復記然區區常往來於懷也如晦上人來見語亹亹不能休别又依依不忍釋予不知何也賦此以贈

朗公相見廣陵春，自云家世黄山人。老夫疇昔黄山客，江海見之情轉親。坡陀石上曾波雪，遍海蓮峰白於月。新詩句句鬬清妍，高誦長風動疎樾。清晨言别索題詩，我衰詩減黄山時。春潮日夕海門去，歸報山中耆舊知。

題海陵石仲銘所藏淵明歸隱圖

昔無劉豫州，隆中老諸葛。所以陶彭澤，歸興不可遏。凌歊讌功臣，旌旗蔽轇轕。一壺從杖藜，獨視天壤闊。風吹黄金花，南山在我闉。蕭條蓬門秋，稺子候明發。豈知英雄人，有志不得豁。高詠荊軻篇，竦然動毛髮。

題句容同林景和縣尹子尚規登僧伽塔賦

嵯峩崇明塔，拔地一千丈。我攀青雲梯，倏到飛鳥上。微風韻金鐸，初日麗銀牓。維時十月交，葉脱天宇曠。群山東南奔，平川疊波浪。雲間三茅峰，圜立儼相向。碧瓦浮鱗鱗，兹邑亦云壯。雞鳴四闢開，攘攘異得喪。塔中宴坐仙，憐汝在塵坱。古時登臨人，今者亦何往。俯觀世蜉蝣，仰歎彼龍象。乃知崑崙巔，可以小穹壤。同游皆雋英，超遥寄心賞。霜飈天際來，毛髮颯森爽。太白去千年，吾何獨惆悵。

嚴州大浪灘

東來亂石如山高，長江斗瀉湍聲豪，蛟鼉奔走亡其曹。青天白雲揚洪濤，舟子撐殺白木篙，長牽百丈嗟爾勞。側身赤足如猨猱，舟中行子心忉忉，山木蘢蓯杜鵑號。

夜飲醉歸贈王伯純是日王德容程子初同飲

歲云莫矣客不樂，青雨亭前翫孤鶴。城頭愔愔雲下垂，竹外騷騷風微作。亭中王郎風格奇，愛竹愛雪仍愛詩。開尊酒好客更好，坐中王程俱白眉。紅爐照閣生春霧，詩思騰騰天外去。玉姬舞倦回風來，吹倒三山見瓊樹。馬蹄蹴響客歸時，留我更盡金屈卮。塵空祇覺乾坤白，飲醉那知賓主誰。坐聞一聲兩聲折，攜燈起看竹上雪。瑶華翠色森陸離，人影燈光兩清絶。却歸覓紙醉自題，烏啼古寺風淒淒。明年此夜知何處，興發還應訪剡溪。

題馬致遠清溪曉渡圖

致遠，廣西憲掾子琬，從予學。

今晨高卧不出戸，歲晏黄塵九逵霧。美人遠别索題詩，眼明見此清溪之曉渡。溪旁秀林昨夜雨，落花一寸無行路。歌欄桃葉人斷腸，艇子招招過溪去。紅日青霞半晦明，白雲碧嶂相吞吐。詩成君别我亦歸，此景宛是經行處。我呼九曲峰前船，君帆正渡瀟湘渚。雁去冥冥紅葉天，猨啼歷歷青楓樹。是時美人不相見，我思美人美無度。美人之材濟時具，我老但有滄洲趣。他日開圖思我時，溪上春深采芳杜。

送同年江學庭弟學文歸建昌

白髮江夫子，青雲信獨稀。故人長北望，令弟又南歸。庭樹烏先喜，江帆雁共飛。東湖春柳色，到日上君衣。

泊河頭水長

客路春將晚，征帆日又曛。深山昨夜雨，流水滿溪雲。渡黑漁舟集，村空戍鼓聞。故園頻夢去，植杖已堪耘。

寄廣西參政劉允中

重臣授鉞殿南邦，五月旌旗過上江。青帶碧簪環畫省，緑沉金鎖護油幢。峒丁萬笠春耕野，海估千帆曉渡瀧。銅柱南邊相憶處，尺書難寄鯉魚雙。

杭州歌

西陵渡口潮水平，十十五五放舟行。樓中燕子慣見客，不怕渡頭津鼓聲。

泊沽頭

楚客歸心河水流，三更月暈長年愁。沙河雨漲催開閘，半夜櫓聲無數舟。

有感

馬首桓州又懿州，朔風秋冷黑貂裘。可憐吹得頭如雪，更上安南萬里舟。

遇故人胡居敬臨江府送至新淦

翠竹蒼松映白沙，清江西畔是君家。明年歸路重相問，分食東陵五色瓜。

劉三吾四首

三吾初名如孫，字坦甫，茶陵人。元末提舉靖江學。洪武中，用薦除左贊善，陞學士。三十年，主會試，以多中南人坐罪戍邊。永樂中，卒。有《璚署》、《春坊》、《北園》、《知非》、《化鶴》、《正氣》等集。桐江俞藎知茶陵，合爲《坦坦齋集》。

錢受之云：學士老於文學，典司文章，當宿老凋謝之日，朝廷大制作皆出其手。其詩文膚棘不中程度。

《詩話》：學士元之故老，其詩雖不中程，足補庚申外史。當張士誠在吳，海運阻遏，元主以御酒龍衣請之不得。及蘇州既平，學士賦詩云：「姑蘇自王亦豪雄，藩屏東南一旦空。稉稻祗今誰阻遏，海門元與直沽通。」又云：「吳中既失無門戶，海道長驅有舳艫。」蓋猶覬元之未亡。其云：「廉藺同心如結好，蜀吳異地豈俱亡」，則有感群雄之失策。至云：「萬年圖籍來江表，一曲琵琶度塞門」，斯與宋文恪過《元故宮》詩，竝其悽切矣。

餞周左丞

從戎江漢亦多年，又領王師過極邊。已展召公新土宇，載開馬援舊山川。諸生俎豆陳兵後，父老壺漿拜馬前。最是老儒淹滯久，乞將骸骨早歸田。

次蔡元禮過洞庭

翠湖渺渺共天寬，過客登臨足解顏。兵後已非前殿閣，望中仍是舊江山。凉雲隱映波光裏，壞棟欹斜樹杪間。欲向黃陵懷帝子，鷓鴣啼處雨斑斑。

寄家

離别家山已數年，故園桃李想依然。東風客外歸心切，落日雲邊望眼穿。龍虎衛前花夾道，鳳皇臺畔水連天。丁寧爲護溪邊石，留取歸來繫釣船。

墨竹

奎章閣老天邊字，薊北山人霜後枝。想見披圖明寫處，循籬看罷落花時。

魏觀 七首

觀初名巳孫，字杞山，蒲圻人。洪武初就徵，授平江州學正，遷國子助教，歷兩浙都轉運使，入爲起居注，進太常卿，翰林侍讀學士，遷國子祭酒，尋兩知蘇州府事，坐法死。有《蒲山牧唱》。

《詩話》：明初循吏，政教兼行，稱蘇守魏公。其修府學，則宋景濂記之；舉鄉飲酒禮，則王常宗述之；乞言養老，賔饌有儀，三代以後不多見也。其五言古詩，念切民瘼，纏緜悱惻，不減元道州。近體亦清脱可誦。當日高皇游觀上苑，召與危素、宋濂、詹同、吳琳同宴奉天門東紫閣，謂曰：「前日送卿還，今日與卿飲，何其樂也。」命各賦詩紀之。亦稱殊渥矣。乃緣誣善之人一言，坐以慘法。甚矣，君恩之不可恃也。

大同江口舍舟而塗抵樊昌四十里紀實

扁舟畏風濤，上馬遵大路。馬喜大路平，騫然欲馳騖。手疲兩足痛，縱逸恐顛仆。呼奴執其轡，控馭使徐步。前村望煙火，稍遠得農扈。蔬筍兼可求，午膳當不誤。少頃聞病翁，喚出蓬頭婦。婦出拜且言，窮苦日難度。夫遠充民兵，兒小當遞鋪。翁病經半年，寒餒缺調護。軍需未離門，活計不成作。荒山要收絲，荒畝要輸賦。誅求里長急，責罰官府怒。近來點弓兵，拘貧放權富。迫并多逃亡，蒼黄互號愬。左右三五家，春深失耕務。紛紜下牌帖，勾捉猶未杜。所言盡真悉，俾我心駭怖。玆行事咨詢，拯恤懼遲暮。州縣嗟匪才，瑣屑誠可惡。喪亂民瘼深，君王重憂顧。所以諭旨勤，赤子相託付。民爲邦之本，綏撫在完固。胡爲重剝剥，上德阻宣布。明當抗封章，爲爾除巨蠹。

建德縣三十韻

乘舟至建德，頗愛山水清。山水雖可愛，人煙苦凋零。種麥當縣前，迂徑入縣庭。瓦礫存故基，小小才有廳。父老匍匐來，形影何伶仃。再拜泣且言，弊邑頻遭兵。大則吴楚交，陳畢張。小則侯許征。

（阻兵者二人。）逆彼族必夷，順此身必刑。逃者凍餒連，竄者疾疫并。所剩無幾家，家戶無全丁。爰從甲辰秋，始見官府明。令簿來撫綏，曲盡父母誠。流離漸懷歸，沈痾漸蘇醒。田萊固多荒，未免賦役徵。里長紛竝緣，科需取餘贏。語意殊可憐，推言慰其情。去歲郡守朝，綸音細丁寧。民爲邦之本，本固邦則寧。今而重傷殘，救恤誠在卿。譬猶澗中魚，魚樂澗欲盈。又如水載舟，水激舟必傾。此道垂昭昭，卿等當力行。軍乏捐冗條，力役止繕營。治則待以寬，罰則裁以輕。耕稼勗有時，教養資有成。苟或負所期，憲度亟爾懲。懇懇數百言，官庶曾共聽。矧是半月餘，捷音下三城。疆土益廣遠，禮樂逾作興。於叟宜勉旃，行將慶昇平。

次韻陳廉使見寄

三月雱雱雨，曾無兩日晴。旅懷常寂寞，佳節負清明。野樹暮雲合，山溪春水平。彭郎有音信，處處避回兵。

寧國溪上

轇轕山環水，沿洄水繞山。鳥啼山翠裏，人語水聲間。茆屋連溪塢，松舟繫淺灣。村翁驅犢去，溪女得魚還。

遂安舟中

溪徑斜斜入，柴門側側開。一牛臨水立，雙鴨避舟回。病眼青山豁，歸心白髮催。何因蒓浦上，野老共傳杯。

都昌懷舊隱

江霧仍爲雨，山花故作容。秋風餘鼠雀，寒水落魚龍。慷慨心雖壯，羈棲力已慵。白雲蒓浦上，悵望最高峰。

夜宿江夏水驛將往衡湘留贈親友

茆屋江聲合，松舟月色遲。把杯頻改席，翦燭共題詩。攬瑟清湘夜，聞簫赤壁時。美人千里外，迢遞寄相思。

吴伯宗一首

伯宗名佑，以字行，金溪人。洪武辛亥初開科，帝親擢第一，授禮部員外郎。歷武英殿大學士，尋降檢討。有《南宫》、《使交》、《成均》、《玉堂》四集。

《詩話》：閣老首科狀頭，自後西江人物繼起，於是有「狀元多吉水，朝士半江西」之諺。予嘗購得是科《會試録》，就試者一百八十九人，中式一百二十人：浙江三十一，江西二十七，福建二十二，山西一十三，北平六，河南、廣東各五，陝西四，山東三，廣西、高麗各一，直隸止二人。考宋景濂《會試録》，稱先是京畿遵行鄉試，中程式者七十二，未及貢南宫，上求治之切，皆采用之。蓋庚戌京畿所取士，先會試而授之官矣。

題李氏棲碧樓

唐有謫仙人，風骨特高妙。晚愛棲碧山，閒心付登眺。桃花與流水，目擊領其要。遐觀窮有象，幽討入無竅。不知誰相問，但覺遺一笑。聲落天地間，松風紫鸞叫。諸孫企高躅，異世頗同調。璚樓睇空青，銀牓生光耀。予亦愛其人，臨風劃長嘯。

危素四首

素字太樸，金谿人。仕元至翰林學士承旨。洪武初，授翰林侍講學士，兼弘文館學士。謫佃和州。有《雲林詩集》。

《詩話》：太樸居大都鐘樓街，明師入燕，走報恩寺，將入井，僧大梓挽出之，謂曰：「國史非公莫知，公死是死國史也。」由是不死。兵垂及史庫，言於主帥，輦而出之，累朝《實録》得無恙。然《元史》成日，曾未獲與筆削。近錢受之尚書亦以國史自任，乃絳雲樓一炬，史稿盡亡，將無兩公是非未必皆公，故天有意阨之邪？太樸《説學齋文》傳鈔都非足本。《雲林集》係葛邏禄易之所編，前有虞伯生《送行序》。

梁國狄文惠公新廟詩

大江從西來，萬里流湯湯。維唐社稷臣，勳業載旂常。天子在房陵，女后御明堂。晨聞牝雞鳴，腥聞溢穹蒼。猗公秉忠義，耿耿立廟廊。周旋極黽勉，論議忽慨慷。載御卷冕歸，宗社煒有光。豈徒保國祚，實欲扶天常。雲孫江州牧，思聖。宮廟薦烝嘗。豆籩孔嚴潔，絲石載鏗鏘。再拜久屏息，低徊想忠良。

作歌勸臣子，百代踵遺芳。

泊宫步門

人歸石城邊，鳥没白沙尾。秋風涼蕭蕭，波静月如洗。水鳧栖不定，半夜猶飛起。

後買琴歌爲鄧旭甫作

鄧敦好琴如好色，十年買琴不可得。南城縣裏客攜來，百鎰兼金君不惜。竹林踞坐江盈盈，臨江三奏魚龍聽。蕭森巖壑秋氣肅，洶湧天地霜風清。商聲洋洋羽聲苦，月墮寒光君罷撫。餘音寄意愁人心，别思蒼茫正如許。爲余再控白玉絃，長謡楚語招飛仙。招飛仙，安得見，獨立乾坤淚如霰。

期馮祥甫不至

寒山壓樓三日雨，風卷崩雲亞高樹。山人無事不下樓。空谷寂寥誰與語？平生故人大馮君，約之不來歲聿暮。歲聿暮，君何之？側聞他日撫州去。又恐促駕江東歸，梅花千樹化爲雪，寄贈惟有長相思。

明詩綜卷四

小長蘆　朱彝尊　録
練川　張大受　緝評

劉崧五十首

崧字子高，泰和人。明初以人材舉授兵部職方司郎中，遷北平按察司副使。坐事輸作京師，尋放還，徵拜禮部侍郎，署吏部尚書。請老許之，復召爲國子司業。有《槎翁集》。

宋景濂云：子高天賦超逸之才，加以稽古之力，雕肝琢膂，宵吟夕詠，而又得師友之資，江山之助，五美云備。詩於是乎大昌，淩厲頓迅，鼓行無前，緩急豐約，隱顯出没，皆中繩尺。

劉仲修云：子高日課一詩，多至千餘篇。遭亂，崎嶇轉側，二十餘年不爲少折。既貴，澹然如布衣。北平去家五千里，惟一僮侍側，已復遣還。晡時吏退，獨處一室，據几吟詠，夜分不休。

其年愈老，思愈壯，詩愈工。時豫章萬白、大梁辛敬、襄城楊士弘、秣陵周湞、鄭大同，皆以歌詩自雄。子高與之馳騁上下，名聲相埒。

王元美云：劉子高如雨中素馨，雖復嫣然，不作寒梅老樹風骨。

胡元瑞云：國初，吴詩派昉高季迪，越詩派昉劉伯温，閩詩派昉林子羽，嶺南詩派昉孫仲衍，江右詩派昉劉子高，五家才力，咸足雄據一方，先驅當代，第格不甚高，體不甚大耳。

顧文玉云：子高虚澹，不墮習氣。

《静志居詩話》：子高句鏤字琢，頗具苦心。惜其體弱，局於方程，不能展拓。於唐近大曆十子，於宋類永嘉四靈，於元最肖薩天錫。

東方行

東方閃閃啼早鴉，美人愁眠隔窗紗。桐華樹下人來往，銀牀轆轤夢中響。

姑蘇曲

姑蘇城頭烏夜啼，姑蘇臺上風淒淒。芙蓉露冷秋香死，美人夜泣雙蛾低。銅龍咽寒更漏促，手撥繁絃轉紅玉。鴛鴦飛去屧廊空，猶唱吴宫舊時曲。

過南圳訪友同王子與羅子理分韻得滿字

連皋衍平皋，深林閟虚館。揚襟暢遐思，散帙延清款。溪蕁花羃羃，田黍實纂纂。逕回阡彌永，水落澗初滿。載欣秋稼登，矧愜人事罕。欲往悲曠塗，言歸理修疃。

歲暮南歸留别蕭翀

旅寐不能旦，披衣坐牀帷。屋角曉色動，鳥鳴已多時。起坐出庭際，雲物正華滋。殘雪未盡消，群山鬱參差。即此念故園，焉得不懷思。矧屬歲運周，返駕固其宜。理策望前路，揖君從此辭。窮檐有稺子，但訝歸來遲。

辛丑正月二十二日述志

經年掩扉卧，迹與城市遥。誰爲拔茹計，乃以仕見招。本昧平生素，敢勞中道要。公檄臨我門，戒命在夕朝。九江今雄州，邁往方迢迢。有母誰與居，念之中心焦。起揖謝來客，我何希市朝？澹然一室内，宴坐風寥寥。

游三華山

龍門兩山負，一水下回繞。蒼峽忽中開，飛橋出林杪。盤盤石磴引，冪冪松林窅。危闌正西挂，層閣復東繚。樹暗盡含雲，花明忽聞鳥。懸厓傍架棧，鑿石潛通突。早聞三仙人，棲化迹已杳。常疑雲月上，顏色覿清皎。丹井舊時深，朝真亂來少。荒壇翳霜蒹，虛館閟叢篠。凝神觀衆妙，屏迹謝群擾。懷賢嘅重憩，振翼思遠矯。佳境能娛人，何因致清醥。

早行霧中過田家失道

我行煙霧中，不復辨原陸。幽幽聞雞犬，隱隱見松竹。田家迷遠近，阪路有崎曲。已覺瞻望勞，誰云往來熟？

舍弟往三堳嶺尋觶子日夕未歸坐候林下

西林已雞棲，北澗復蟲響。沉沉四山暝，寥寥一星上。時危劇鍾情，期逝勞紆想。悵立此溪陰，欲休未能往。

江干草居

江干愜幽屏，草扉亦常關。晚途斷歸人，虚市見寒山。林木變冬候，繁緑忽已殷。鳴鳥相因依，孤雲時去還。唐虞既云遠，慨此時獨艱。四體豈不勤，我髮日已斑。遨遊千載上，偃仰一室間。樂詠古人書，庶幾無靦顔。

和答蕭國録八月十一夜對月有懷之作

林塘澹清華，庭宇豁虚朗。露井波澄輝，風林葉交響。高言倡令德，孤吟振遐想。亭亭江上月，肅肅雲雁往。美人浩前期，令節延遠望。池魚既堪綸，旨酒亦可釀。永懷契天游，庶以會心賞。宇宙本達觀，如何較銖兩。

題秋江待渡圖爲蕭學士賦

小航衝風岸將及，行人下馬沙頭立。水闊雲深野渡閒，天寒日暮歸心急。人生行役安可休，到江路盡還通舟。誰能裹足山中老，不識風波一日愁。

題余仲揚画山水圖爲余自安賦

金華仙人余仲揚，筆墨蕭踈開老蒼。昨看新圖湖上宅，烟霧白日生高堂。層峰上蟠石嵪嵪，絶島下瞰江茫茫。長松竝立各千丈，間以灌木相低昂。松下上人坐碧草，秋影忽落衣巾涼。囊琴未發絃未奏，已覺流水聲洋洋。赤城霞氣通鴈蕩，巫峽雨色來瀟湘。誰能千里坐致此，欲往又歎河無梁。風塵漲天蔽吳楚，六年悵望神慘傷。玄猨苦啼巖北樹，白雁不到江南鄉。赭山焚林絶人迹，如此山水非尋常。此圖本爲自安寫，亦感同姓悲殊方。幽軒素壁泉聲動，對此令我心爲狂。何由捫蘿逐麋鹿，振衣直上雲中岡。登臨一寫漂泊恨，長嘯清風生八荒。

題溪山春曉圖寄贈蕭翀

土山戴石石角傾，偃樹雜出如幢旌。青天微茫曉色動，雨氣合沓千峰晴。野橋西邊有村路，之子鳴鞘踏雲去。重巖花發似聞香，隔水鶯啼不知處。東南連年飛戰塵，如此山水何清新？石田到處長荆棘，豈有荷耒春耕人？我昨西遊登武姥，手抉雲霞望仙府。把酒忽逢東海生，醉臥溪南紫蘿雨。紫蘿陰陰覆巖扉，十日尋幽行未歸。雲峰流泉半空落，六月飛雪灑人衣。拂衣歸隱知何日，却對画圖心若失。不聞流水渡溪還，時見浮雲向山出。懷哉桃花修竹林，江海秋高煙霧深。豈無耕釣在田野，誰識悠悠沮溺心？

寄曾郁文短歌

澄江水，向東流，流向東昌江上頭。我有故人在江上，十年不見增煩憂。白沙水聲寒活活，黄巖雲氣凝清秋。豈無沙棠枻，吳女謳，可載酒，同遨遊。狂風吹山波浪惡，使我不得回輕舟。翩翩雲中雙飛燕，銜書寄我頻留戀。書中展轉道深情，但恨相思不相見。春燕飛來秋復歸，報書不遣壯心違。碧蘭紫蕙何由采，即恐蕭條霜露稀。

題曾郁文所藏山水小景

隔溪望見林間屋，沙潊陰陰俯群木。溪流合處一橋孤，春雨來時萬山緑。江南此景真可憐，米家筆意誰能傳？却憶故廬珠浦上，短籬長繫釣魚船。

題山水画軸

瀑布雙垂下，屏風九疊張。波光混彭蠡，山勢似潯陽。松塢棲茅屋，楓林帶石梁。扁舟如可具，吾意在滄浪。

張氏溪亭雜興二首

草閣經秋静，紫扉近水開。霜林收橘柚，風磴坐莓苔。釣艇寒初放，樵歌晚獨回。城南車馬地，欲往更徘徊。

寒霧依山斂，晴沙與岸頹。林塘無路入，窗户有時開。野客鈔書去，鄰翁送酒來。幽期在蘿薜，莫遣暮鐘催。

題陽靈洞

仙宇何年闢，靈泉盡日聞。石門通别殿，木棧倚高雲。鸞鳳時來下，獼猴近作群。春風城郭暮，煙霧正紛紛。

題彭氏背郭茅堂圖

日薄金華嶺，雲深白石塘。茅茨元背郭，水竹自成鄉。圖画看逾好，登臨興不忘。門前雙杏樹，葉葉是秋霜。

過龍灣五王閣訪友人不遇

野橋秋水落，江閣暝煙微。白日又欲午，高人猶未歸。青林依石塔，虛館淨紫扉。坐久思題字，翻憐柿葉稀。

再懷伯兄子中時有同客興國者從間道先歸兄以道阻後期不果

貧賤輕離別，艱危昧死生。獨違同里伴，仍阻異鄉程。愛想深山憩，愁聞間道行。幾時秋樹下，慰此淚縱横。

玉華山

翠巘千峰合，丹厓一逕通。樓臺上雲氣，草木動天風。野曠行人外，江平落雁中。傷心俯城郭，煙雨正溟濛。

題李志謙書舍

温家亭子三江口，坐對東風兔子寮。錦石白沙寒歷歷，碧雲紅樹晚蕭蕭。簾虛易覺天光切，衣潤常疑霧氣飄。賴有石門支遁在，題詩長日出溪橋。

舟次樵墩憶故人鄭同夫

浦口維舟日欲晡，柳村桑塢帶縈紆。獨尋古道黄埃滿，忽憶故人秋興孤。螺蚌儘供溪女拾，雞豚偏稱野人呼。西山隔水清如玉，誰與題詩送酒壺？

奉同曠伯逵周叔用徐仲孺登秋屏閣是日聞淮郡有警風沙黯然賦呈萬德躬孫伯虞諸君子

古刹蕭條隱石根，荒城高下帶沙墩。斷雲南雁日初出，曠野北風天正昏。羽檄屢傳淮甸急，龍艘猶滯海門屯。湖山不盡登臨興，回首鄉園獨愴魂。

入城

江水依然抱石磯，獨行空感舊游非。晚山當戶日初落，秋草滿城人未歸。田鼠引群穿井出，山雞求食傍簷飛。向來車馬東門路，忽憶朋游淚滿衣。

漫興

山下碧溪渾欲平，溪邊春事總關情。定巢新燕忽雙過，隔水雛鶯時一鳴。凍入秧畦愁近雪，光涵風浦愛新晴。南園草緑無人到，應是滿林春筍生。

客情

清明已過寒雨稀，客情物色共依微。庭前幽草忽如積，江上落花渾欲飛。風雲慘澹隨長戟，塵土蕭條上短衣。雲亭江上麥田熟，昨夜月明還夢歸。

將歸南平發舟戲賦

梅演山前聞雁來，珠湖渡口放船回。晚雲出嶺作踈雨，秋水滿江生緑苔。故里風煙頻入夢，中年世事獨興哀。飄摇莫戀詩千首，斷送深憑酒一杯。

秋日承廬陵曲山蕭壽春過林居臨别賦贈

秋露滿園桑葉飛，遠煩江上問紫扉。青山古道獨行晚，白髮故人相見稀。細雨高原禾黍熟，斜陽踈樹橘橙肥。殘年甚欲留君住，何事驪駒只賦歸。

早春燕城懷古二首

金水河枯禁苑荒，東風吹雨入宫牆。樹頭槐子乾未落，沙際草芽青已黄。北口晚陰猶有雪，薊門春早漸無霜。城樓隱映山如戟，笳鼓蕭蕭送夕陽。

宫樓粉暗女垣欹，禁苑塵飛輦路移。花外斷橋支贔屭，草間壞壁綴罘罳。酒坊當户懸荷葉，兵壘緣渠插柳枝。不見當年歌舞地，空餘松柏鎖荒祠。

陶皮石室

自注：即今北巖，古陶皮二仙修鍊之所。天將雨，則巖竇有泉出焉，禱者嘗以爲候。舊名觀音巖，今正之。

北巖極谽谺，三面環絶壁。聞有山雨來，石泉先暗滴。

峭壁蘭

巖石下陰陰，猗蘭緑如翦。花發人不知，秋香入苔蘚。

題李唐牧牛圖二首

天寒放牛遲，野曠風獵獵。獨來長林下，吹火燒山葉。
日夕山氣昏，獨歸愁路遠。猶戀草青青，遲回下長阪。

江上

沙觜微波漾緑蘋，山頭落日駐紅輪。依稀燈火楓林鼓，岸上人家賽水神。

步月

乘凉步月過西鄰，草露霏微濕葛巾。一逕竹陰無犬吠，飛螢來往暗隨人。

八月十一日自水南渡江道金華過北巖訪蕭鵬舉是日雲陰掩冉不見日色道中賦絶句

八月棠梨露葉紅，荒陂古水湛青銅。秋風依舊巖前路，高下寒山落日中。

正月十九日

金魚洲下放船開，華石潭邊看雨來。愛殺南天雙白鷺，青山盡處却飛回。

題枯木竹石二首

木葉欲脱天雨霜，竹枝乍低風已凉。三湘落日流波白，行子繫船思故鄉。
平沙竹樹晚毿毿，楚客維舟近峽南。忽憶微雲將雨過，滿林秋色照江潭。

題超上人墨菊

露香秋色淺深中，青蕊黄花自一叢。最憶南園微雨過，短籬扶杖看西風。

蒼石峽中見道人菴居隔水山花盛開

蒼石峽中花藥欄，舊時草屋傍巖安。道人去後松橋斷，縱有花開隔水看。

題三岡寺

石橋流水帶人家，紫殿春陰閣岸沙。啼鳥數聲山雨歇，門前落盡白桐花。

寒夜

馬齕枯荄寒夜長，風如箭鏃射陰房。不知門外三更雪，誤起開門看月光。

送别叔銘出順承門

送客出城秋已凉，太行南上楚天長。順承門外斜陽裏，蕎麥花開似故鄉。

望漢獻王陵

單家橋下雪横冰，草樹連雲掠凍鷹。漢業已荒河水在，行人遥指獻王陵。

高唐州道中

北風吹沙官道長，兩旁楊柳間榆桑。何時走馬重來此，要看清陰六月涼。

周湞三首

湞字伯寧，江寧人。明初任饒州長史，陞湖廣都事，旋擢刑部尚書，降惠州經歷。

周吉父云：伯寧《望九華》詩云：「巖回氣如熕，峰去勢猶引。」佳句也。

始發建業登龍江山祠感懷有作

去國思舊遊，尋山發幽眺。遥凌天門石，恍對臨海嶠。神關列雄鎮，危堞抱遺廟。秋陰散氛翳，炎景扇餘燎。天水遠自空，雲霞近爭耀。客行始多感，世事紛難料。同俗豈素懷，趨時固殊調。既爲達士恥，復被逐臣誚。行矣庶無欺，忠信將可劭。

舟中望九華山

貞履無素期，勞生意恒窘。誰云戒戎路，曾是返初隱。水宿淹長晷，山行阻修畛。縹緲對雄標，巑岏發奇藴。巖回氣如熂，峰去勢猶引。刻削冠青蓮，雕鏤矗丹筍。崕霞上斑剥，石乳下碖磵。山鬼從文貍，淵靈閟玄蜃。睠言志藜藿，未遂采芝菌。即事情已悲，懷賢迹俱泯。潛吳媿梅福，去汶羞閔損。人德險未夷，天道明可準。皋蘭豈徒歇，巖桂芳未隕。歲暮山中人，寤歌一作結言。候歸軫。

賽小姑廟

育秀凌華嵩，標奇奠淮楚。陽闢啓神關，陰沉開水府。林林聚商舳，淵淵聞戍鼓。陳瑟會安歌，傳芭紛代舞。椒漿既芬潔，桂櫂方容與。日暮懷歸情，含涕望修渚。

黄肅五首

肅字子邕，江西新城人。元季官禮部主事，自北平來見，命仍故官。陞侍郎，已降郎中，復陞工部侍郎，任尚書。未幾，出參政廣西，坐黨禍死。有《醉夢稿》。

王子充云：子邕詩簡易平質，一本漢魏，絶去近代聲律之習。《詩話》：尚書《匣鏡》一篇，當是懷故主遠在沙漠而作。其云「夫子新好合，不能思故家」，則刺同時佐命之臣也。

短歌行

來日苦少，去日苦多。人生不滿百，痛當奈何！不如沽美酒，與君長笑歌。峻坂無停車，急川無停波。人生不滿百，當復奈何！來日苦少，去日苦多。

詠懷三首

少壯好游覽，不知中道憂。方兹懷故土，眷此成淹留。員闕蔽朝暉，玄雲陰以浮。徘徊當永夕，嬿婉將焉逑？棲鳥翔不息，鳴蟲亦啾啾。人生無定止，卒歲何能休！

流水日夜流，厚土何不盈。人生自不已，四運迭相承。達士識物化，昧者徒營營。蕩蕩晨風來，悠悠天宇清。會當撥塵務，聊復從吾生。追呼心所歡，置酒坐中庭。忘言勿復辨，觴盡還復傾。

匣鏡三十年，塵暗不復治。停餐且不寐，所思知爲誰。蕩子不復返，眇在天一涯。綻衣終當組，道遠何能持？明明天邊月，三五入中閨。念與子歡愛，不得同光輝。寤言相與共，既覺將何依。

客中書懷

竹裏山雞啼未休，江南二月景如秋。半簾花雨寒侵袂，一片江雲晚傍樓。亂世青春如過夢，少年華髮忽盈頭。故園動是經年別，滿眼干戈添客愁。

牛諒 三首

諒字士良，東平人，流寓吳興。以秀才舉除翰林典簿。使安南還，擢工部員外郎。歷禮部尚書，降主事，尋復任免。有《尚友齋集》。

郁伯承云：《弇州别集》以公從主事爲尚書收入超遷之例。予檢《科試考》有掌卷官工部員外郎牛諒，又宋學士《慶成宴詩序》有工部侍郎牛諒，是由員外侍郎而至尚書，亦循序而遷也。公優於文學，嘗與唐應奉肅有《丁未九月聯句》，蓋國初才士。

鄭芷畦云：《實録》洪武七年十二月癸丑，罷禮部尚書牛諒官。諒初爲禮部尚書，以怠職降爲本部主事，未幾復爲尚書，至是又以不任職罷，是諒爲工部員外侍郎，皆在洪武七年。禮部尚書之前，《弇州别集》謂公從主事爲尚書收入超遷之例，似與《實録》及《科試考》、《慶成宴詩序》不合。

《詩話》：尚書流寓吳興，時過檇李，與鮑恂仲孚、丘民克莊、張翼翔南、王綸昌言、聞人麟彥昭、曹睿新民、徐一夔大章、尤存以仁及吕安坦、來志道、周棐、常真、釋智寬等，集郭西景德寺，攜酒賦詩。其在南京，則與唐肅處敬、林公慶孟善、陳世昌彥博、徐一夔大章、張翼翔南、朱升允升，會飲聯句。及同張以寧志道使安南，志道賦長句以贈，有云：「更喜清詩慰遲暮。」蓋當日風雅之林，每屈一指，不徒以功名顯也。又在元時中甲午大魁，亦見志道詩句。

西郭憩景德寺分韻

靈湫閟白龍，古殿敞金粟。僧歸林下定，雲傍巖端宿。伊余陪勝引，於此避炎酷。息陰悟道性，習靜外榮辱。坐石飛清觴，每歎白日速。別去將何如，留詩滿青竹。

紅梅

隴頭人未來，江南春幾許。惆悵玉簫聲，吹落臙脂雨。

画梅

梨花雲底路參差，折得春風玉一枝。南雪未消江月曉，欲從何處寄相思。

朱夢炎一首

夢炎字仲雅，進賢人。元進士。入明爲國子博士，遷翰林修撰，出爲浙江按察司經歷，轉山西行省員外郎，入爲禮部員外郎，擢本部侍郎，陞尚書。

錢塘西湖

萬戶煙消一鏡空，水光山色画圖中。青樓燕子家家雨，錦浪桃花岸岸風。櫂轉舞衣凝暮紫，簾開歌扇露春紅。蘇公堤上垂楊柳，尚想重來試玉驄。

楊訓文二首

訓文字克明，潼川人。元淮海書院山長，遇亂居江都。明初，徵爲起居注，兩遷左司郎中。丙午年，自太常卿知湖州，移知汀州，歷禮部尚書，改戶部，出爲河南行省參知政事，卒。《詩話》：元詩華者易流於穢，貫酸齋輩是也。清者每失之弱，薩天錫等是也。明初若劉子高、蘇平仲、楊克明，其源皆出於天錫，質羸之恨，諸公不免。

贈友

與子分攜後，星霜二十年。重逢驚老大，惜别更留連。花落春江雨，鵑啼緑樹煙。幽懷浩難寫，愁隨酒尊前。

寄石仲文

故人别後復如何，不寄新詩到薜蘿。賈誼書成何日上，張衡愁比向時多。江城木落霜連地，澤國天寒水不波。重約明年秋八月，紫薇花底共嗚珂。

滕毅三首

毅字仲弘，鎮江人。以儒士徵授起居注，擢吏部尚書，出参政江西。

《詩話》：尚書詩不多傳，亦具風骨。《秋興》二詩，仿佛宋文恪過故宫之作。

妹歸即楚王臺舊基爲新城

春風夔子國，落日楚王臺。江遶西陵下，雲從上峽來。壯遊今已遂，幽思獨難裁。關塞猶戎馬，吟邊首重回。

次韻黄秀才秋興 二首

西風如水灑絺衣，無數南來候雁飛。朔漠地寒收王氣，岷峨秋盡斂餘暉。三泉忽報金棺葬，萬國同瞻玉璽歸。相見不須談往事，百年耆舊眼中稀。

虎戰龍爭二十秋，江波日夜自東流。道旁無語王孫泣，天際含嚬帝子愁。苜蓿風煙空壁壘，蒹葭霜露滿汀洲。古來維有西山月，永夜依依照白頭。

錢用壬 一首

用壬字成夫，廣德人。元翰林國史院編修，出爲江浙行省左右司員外郎。既而參平章張士信軍事於淮安，陞參政。歸附後，授按察副使，歷禮部尚書。洪武元年十二月，告老賜居湖州。

題米敷文煙巒曉景

江上亂峰生暮煙，隔江遥望水雲連。西風戰艦今無數，不見米家書画船。

李質　一首

質字文彬，德慶人。元末，以府掾聚兵二萬，保障封川等四郡者十五年。全城歸附，授中書斷事，遷大都督府。洪武五年，任刑部尚書，出爲浙江參政，終靖江王相。有《樵雲集》。

玉臺驛亭子

春去臺空迹已陳，危亭傑出澗之濱。清溪繞屋可濯足，好鳥隔江如喚人。明月委波金瀲灩，青山帶雪玉嶙峋。桃花流水非人世，或有漁郎來問津。

吳雲　一首

雲字友雲，宜興人。洪武初，授弘文館校書郎，歷刑部尚書。參政湖廣，奉詔招諭雲南，死之。

《詩話》：尚書送李民瞻一律，體格極似高季迪送沈左司詩，而聲色不同，未免近於土木形骸矣。録之以諗知言之君子。

送李民瞻侍郎宣諭陝西

侍郎將命出金鑾，道路傳呼遠近歡。關内官曹迎使節，秦中父老識衣冠。雲開太華三峰秀，水遶黄河九曲寒。寄語渭川千畝竹，西風還解報平安。

張籌 一首

籌字惟中，無錫人。以薦授翰林應奉。洪武八年，任禮部尚書，降員外郎。

徐子元云：惟中剛健之氣未能全融，而金石鏘然，足洗俗樂之耳。

朱中舍惠麓秋晴圖

湖上群山卧九龍，泉頭一客坐雙松。定知别去還相憶，夢入秋雲第幾重。

吴琳一首

琳字朝錫，黄岡人。召爲博士，歷浙江按察僉事，入充起居注。洪武三年，吏部尚書，出知黄州，以老致仕。

開化道中

重岡狹路倦登臨，喜見溪流華步深。楊柳樹邊舟小小，海棠花上雨沈沈。一春王事過三月，千里家書繫寸心。無補盛時縻好爵，不才端合老雲林。

嚴震直二首

震直初名子敏，字震直，因御稱其字乃互易焉。烏程人。明初，由糧長授河南布政司參議，累官工部尚書，致仕。永樂初，召令宣諭山西，卒於澤州。有《遺興集》。

朱平涵云：嚴公遇建文帝吞金事，見《吾學編》、《名卿績紀》二書，世所尊信，無有易者。然文皇入京在壬午六月，而嚴公之卒即在是年九月。是時，但知建文帝焚死，後數年漸有傳在西南徼者。於是使胡尚書訪張邋遢，鄭太監賞賜西域。此時，嚴公捐館已久矣。今其子孫據二書請於所司立祠立碑，不知前後迥不相及也。

《詩話》：尚書由運糧萬石長舉爲布政司參議，未之官，留署通政司事，歷工部尚書。洪武三十一年春，致仕。建文元年己卯，復以年老辭不與事，帝念其任事久，留住京師。考《遺興集》，中有《讌集賜第之葵心堂》詩，乃是年三月十五日事。分韻者，爲董學士倫、茹尚書瑺、高太常遜志、任尚書亨泰、程都御史本立、李尚書至剛、鄭庶子濟、黄侍郎福、張尚書紞、高經歷德暘，凡十有一人。太常詩云：「偉哉尚書公，致政鳴珂里。賜第最幽敞，迥出京塵裏。」庶子詩云：「尚書遂休致，賜第居京洛。」侍郎詩云：「司空居廟堂，憂國髩如絲。挂冠神武門，賜第留京師。」歷歷可證。而《續藏書》謂：「尚書歸老在里，長陵以兩馬夾袋舁至京。」《致身録》又稱：「靖難兵起時，督餉山東。」皆妄也。載攷《文皇帝實録》壬午七月二十三日詔云：「朕居藩邸，凡百姓艱苦，靡不知之。數年來兵興，北方之民疲勞尤甚。朕所以舉義者，爲宗社生民計。今宗社既安，而北方之民未安，朕夙夜不安。乃命前工部尚書嚴震直、户部致仕尚書王鈍、應天府尹薛正言等，分往山西、山東、陝西等布政司，巡視民瘼，何弊當革，何利當建，速具奏來。」尚書受詔往山西，是秋九月十一日病卒於澤州公廨。合之忠誠伯茹瑺所撰《嚴公神道碑》無異，初不聞奉長陵密詔往雲南訪建文帝也。《吾學編》、《遜國表》、《忠紀》等書不知何所據，信呑金爲實，列尚書爲後死忠臣之首。萬曆十九年，巡按御史黄鍾疏請建祠，榜曰：

「旌忠」，列在祀典。越數十年，其裔孫祗字文昭作《祠祀辨》，大指謂：「吾祖功業，炳燿史冊，何藉吞金一死，以罔天下。後世黄公，欲顯吾祖，適足以誣吾祖也。」噫，文昭不欲誣其祖，可謂賢子孫矣。

棲霞真境

棲霞有真境，遠在桂林間。春風洞中瑶草緑，桃花滿樹春斑斑。群峰拔地幾千尺，上有樓臺耀金碧。興來直欲一登臨，王事有程留不得。

永州舟中

瀟湘二水會零陵，灘響惟聞浪作聲。兩岸青山明月夜，画船行過永州城。

朱同 一首

同字大同，自號紫陽山樵。休寧人。洪武中，以人材舉爲東宫，官進禮部侍郎，尋被誣得罪。有《覆瓿集》。

題画

紫陌紅塵沒馬頭，人來人去幾時休。誰家有酒身無事，長對青山不下樓。

丘民一首

民字克莊，揚州人，徙居嘉興。洪武初，爲松江學官。後至禮部侍郎。

送友人至杭

又隨南雁度錢唐，不道他鄉是故鄉。江上秋風蓴菜美，山中春雨石田荒。杜陵老去寧忘蜀，江總歸來不是梁。欲采芙蓉贈君去，錦雲零落倍淒涼。

秦約四首

約字文仲，鹽城人，徙居崑山。仕元爲崇德教授。洪武初，召拜禮部侍郎，以親老辭歸。再徵爲溧陽教諭。有《樵海集》。

江之水寄楊鐵厓

江之水，流瀰瀰。蕩漾雙鳧舟，涉江采蘭芷。蘭芷青青露如洗，下有一雙魴與鯉。美人美人胡不來，相思日暮江風起。

雜興

元冬十月交，蟋蟀近我牀。傷彼苕之華，含英委清霜。丈夫四方志，千金戒垂堂。壯日不奮迅，老矣徒慨慷。

紀夢簡陳簡討二首

宮車轆轆過神皋，五色雲中望赭袍。野膳不嫌凉餅滑，小奴花下翦春蒿。

查夏重云：是詩似指庚申君北狩時事。

吳蠶入繭染春紅，繅盡柔絲未論功。若得君王回一顧，不辭白髮上陽宮。

韓宜可 一首

宜可字伯時，會稽人。洪武初，徵拜御史，出爲山西布政，謫雲南。後起爲左副都御史。《詩話》：伯時詩見《滄海遺珠》。句如「松迷鶴徑渾無路，花暗簫聲不見人」，「青天有月來今夜，白髮無家度幾秋」，「芳草東風沙上馬，青山遲日柳邊鶯」，均有思致。

五華山圖

五華之山山上頭，俯視東海如浮漚。豈無四萬八千丈，亦有五城十二樓。翠葉影落中天曉，玉柱光含大地秋。何日相從陪杖屨，西風林外一長謳。

蘇伯衡 三首

伯衡字平仲，金華人。明初，仕爲國子學正，擢翰林院編修。宋濂以翰林承旨致仕，薦以自代。召至，固辭，賜文綺遺歸。起教授處州，以表箋忤旨，坐罪，卒于獄。有《平仲集》。劉伯温云：平仲詩文辭達而義粹，識不凡而意不詭，蓋明於理而昌於氣也。

徐子元云：平仲豐腴太牢之味，與藜藿自別。

《詩話》：元時進賀表文，觸忌諱者，凡一百六十七字，著之典章，使人不犯，其法良善。逮明孝陵，恩威不測，每因文字少不當意，輒罪其臣，若蘇平仲、徐大章輩是也。當日有事圜丘，惡祝冊有「予」「我」字，將譴撰文者。桂正字彥良言於帝曰：「『予小子履』，湯用于郊；『我將我享』，武歌于廟。以古率今，未足深譴。」帝怒乃釋。可謂善於悟主矣。惜未有爲平仲調解者，竟瘦死於獄，悲夫！一百六十七字者：極、盡、歸、化、亡、播、晏、徂、哀、奄、昧、駕、遐、仙、死、病、苦、沒、泯、滅、凶、禍、傾、頹、毀、偃、仆、壞、破、晦、刑、傷、孤、墜、隳、服、布、孝、短、夭、折、災、困、危、亂、暴、虐、昏、迷、愚、老、邁、改、替、敗、廢、寢、殺、絕、忌、憂、切、患、衰、囚、枉、棄、喪、戾、空、陷、厄、艱、忽、除、埽、擯、缺、落、典、憲、法、奔、崩、摧、殄、隕、墓、槁、出、祭、奠、饗、享、鬼、狂、藏、怪、漸、愁、夢、幻、獘、疾、遷、塵、亢、蒙、隔、離、去、辭、追、考、板、蕩、荒、古、迍、師、剥、革、暌、違、尸、叛、散、慘、怨、尅、反、逆、害、戕、殘、偏、枯、眇、靈、幽、沉、埋、挽、升、退、换、移、暗、了、休、罷、覆、弔、斷、收、誅、厭、諱、恤、罪、辜、愆、土、別、逝、泉、陵。此延祐元年十一月取定擬，至三年八月寬其禁矣。其字樣雖難悉避，然亦玉堂視草者，所宜知也。

送陳思可主簿赴進賢任

一別十五年，倏忽若昏旦。相逢京城中，幸脫戎馬亂。宦遊我何成，鬢髮子已换。留連一尊酒，寂寞四門館。剪燭聽寒雨，話舊過夜半。居然消百憂，莞爾成一粲。維子才且賢，文采甚煥爛。起從有道徵，國光方縱觀。謂宜寘館閣，鴻猷藉宣贊。如何奉明命，鈞考親吏案。黎庶乃邦本，疾痛資抑按。要將遠猶敷，可以小邑翫。心懷簡書畏，跡逐萍梗散。席挂遇順風，潮生失遠岸。昨夕簪云盍，今朝袂還判。後會復何時，臨岐重嗟歎。

周伯寧春晴江岫圖

尚書襟懷絶瀟灑，揮毫往往凌董馬。平生一筆頗自珍，數尺新圖爲君寫。齊山遥接吴山青，碧波萬頃孤帆征。東風緑遍汀洲草，總是岐亭離别情。一向江南一江北，離情浩蕩嗟何極。正如江上之碧波，縱有并刀那翦得。當時已足令心愁，如今况復隔羅浮。掩圖却上高臺望，但見遠海連天流。暮歸朝出誰與侣，蜃霧蠻煙結悽楚。木棉花落鷓鴣飛，苦竹叢深鸜鵒語。

絶句

落葉滿衡門，蕭蕭風雨夕。一燈溪上明，何處獨歸客。

唐肅 六首

肅字處敬，會稽人。元末官嘉興儒學正。洪武初，召修《禮》、《樂》書，擢應奉翰林文字，兼國史院編修。以疾失朝，罷歸里，謫佃濠卒。有《丹崖集》。

戴叔能云：處敬詩文澹而華，質而麗，直而不倨，簡而不嗇。

蘇平仲云：應奉律詩步驟盛唐。

顧玄言云：翰林思頗清僻。

《詩話》：處敬文極爲危太樸、宋景濂、戴叔能、申屠子迪所許。詩與謝僉事原功齊名，稱會稽二肅。其爲學正也，盡挈其家居檇李。徐幼文送以詩云：「路出三江外，程淹一日間。」高季廸詩云：「舟重全家去，詩多一路題。」處敬亦有留別詩，存《丹崖集》中。當元之季，浙西歲有詩社，而濮市濮仲温豐於貲，集一時名士，爲聚桂文會，以卷赴者五百人，請楊廉夫評其優劣。於是紀風土者目爲樂郊。及楊完者亂，州無完郛，然繆同知思恭德謙猶招群彦集南湖，與會分韻者一十有四人。越二年，曹教授睿新民復集諸公於景德寺，亦一十有四人。是時聞人麟彦昭、葉廣居居仲、金絅子尚、潘著澤民、劉堪子輿，咸有詩名。吳鎮仲圭居魏塘，貝瓊廷琚居千金圩，鮑恂仲孚居郡城之西溪，郁遵子路居商陳村。四万避地者，温州陳秀民庶子居竹鄰巷，閩人卓成大器之居甓川，江陰孫作大雅居南湖，崑山顧德輝仲瑛居合溪，天台徐一夔大章居白苧里，會稽江漢朝宗居濮院，桐廬姚桐壽樂年居海鹽之峨溪，而河南高遜志士敏、東平牛諒士良、江都丘民克莊、錢唐陳世昌彦博、建德張𦒎翔南，皆來僑居。四明周棐以陸宣公書院山長留居梨林。日以文酒唱酬，詩成輒鏤板鐃壁，聞者傳爲勝事。今也流風遺俗，未有存者。録處敬詩，因附及之，欲尋舊蹟，不勝海桑岸谷之感也。

銅井迎送龍辭二首

伐鼓兮吹簫，迎我龍兮山椒。龍之都兮何所，泉淵淵兮石爲戸。叩龍車兮乞靈，龍不出兮我心若醒。我心若醒兮龍寧勿聆？

我叩龍兮龍衂，風旋波兮龍出。龍之出兮福予，變旱熯兮爲澍。龍爲澍兮我弗饑，返山椒兮雲旗。風泠然兮龍歸。

題張孟兼所注謝翶西臺慟哭記後有序

謝翶字皋羽，文丞相館客。丞相既薨，皋羽哭之於子陵釣臺，作《慟哭記》。今金華張子爲之解云。

宫中六更初罷鼓，藍田洗玉沉厓浦。廬陵忠肝一斗血，去作燕然山下土。桐江水落秋日頹，有客歌上嚴光臺。石根敲斷鐵如意，萬里北魂招不來。西風又涸灤河水，故老寥寥知有幾。珍重睢陽季葉孫，箋簡能裨兩朝史。

過清流關呈同行者 關在滁州，即宋太祖以周師擒南唐將皇甫暉、姚鳳之地。

前月與君南入關，五更月出山霧寒。行人畏露復畏虎，十十五五同躋攀。今日與君仍北去，赤日黄塵汗如雨。息肩共憩石浮圖，欲唤天風便高舉。當時宋祖百萬兵，擒暉戮鳳關險平。百年戰爭幾人守，空餘蔓草啼鼯鼪。關南遥遥白雲遠，關北茫茫盡平坂。回頭野燒起荒田，驅車度關愁日晚。

題趙仲庸所画滚塵馬

匹馬滚塵誰所寫，天水王孫最文雅。王孫系宋不系唐，那識唐人與唐馬。左輔白沙白于雪，四十萬頭名各别。廄中此馬帝常騎，一色紫霞名叱撥。奚官似隸王毛仲，左手執刷右持鞚。沙平草暖不被鞍，芻豆飽來筋力縱。翻身倒豎踣鐵蹄，霧尾風騣亂不齊。元是滇池赤龍種，猶思躍浪涌春泥。太平無事征戰少，青絲絡頭可終老。不似交河赴敵時，夜蹴層冰僵欲倒。

抵瓜洲

春雨春潮撼客懷，舟中十日九陰霾。江名天塹元通蜀，地入瓜洲始接淮。我笑銀杯能羽化，君看寶劒或塵薶。明朝又過揚州去，無復瓊花舊觀牌。

韓守益 一首

守益字仲修，石首人。明初以儒士攝教宜都，擢廣西按察僉事，入爲河南道御史，改春坊中允。有《樗壽稿》。

《詩話》：中允無詩名，七言如「幽禽曉聚岸花動，錦鯉春肥溪水温」，「椰葉雨晴鸚鵡語，木棉風暖鷓鴣飛」，「隔簾花影散棠棣，何處鳥聲啼栗留」，具有風致。

過九江

夷險休渝節，勤勞莫問家。暮船維柳樹，春水泛桃花。盧阜依霄漢，江州對渚沙。多情白司馬，曾此賦琵琶。

申屠衡一首

衡字仲權，大梁人，徙居長洲。洪武三年，徵至京，草諭蜀文稱旨，授翰林院修撰。謫徙濠。有《叩角集》。

宫詞

青瑣春閒漏點稀，博山香暖翠煙微。隔簾誰撼金鈴響，知是花間燕子歸。

江漢一首

漢字朝宗，會稽人，徙居嘉興。洪武初，以文學徵仕翰林院編修。

題破窗風雨圖

若有人兮青雲衣，佩玉玦兮光陸離。爰處兮爰居，左琴劒兮右圖書。輕富貴兮浮雲，保厥美兮天真。

山房兮寥落，天冥冥兮雲漠漠。雨瀟瀟兮風夜作。心耿耿兮不寐，紛遑遑兮求索。彼薄夫兮貪婪，惟聲色兮是耽。文繡兮膏粱，蓀何爲兮懷慙。秋蘭兮可紉，吾所思兮古人。寒檠兮雪案，甘與君兮相親。

趙俶 一首

俶字本初，紹興人。元鄉貢進士。明初官翰林待制。

續蘭亭會補參軍孔盛詩

暄風播曠宇，欣懷託陽春。盥祓寄幽暢，虚襟遺世塵。擷芳遵丘阿，接杯沿澗濱。詠歸何逍遥，遐哉仰斯人。

《詩話》： 詩不見佳，取其有晉人遺韻。

桂彦良 一首

彦良名德稱，以字行，慈溪人。洪武初，待詔公車，以白衣賜宴，除太子正字。尋爲晉府右傅，改長史。追贈編修，謚敬裕。

烏繼善云：先生詩文，在鄉里曰《清節集》，在京師曰《清溪集》、《春和詠言》爲王傅時曰《山西集》，爲長史時曰《拄笏集》，還鄉後曰《老拙集》。又有《和陶詩》、《中都紀行》，皆不在集中。其字句雖刻削點綴，自令人稱道不已。

《詩話》：長史以德望重，韻語非其所長。然如「巴園五月收丹橘，丙穴三春饌白魚」，亦小有風致。吳江史明古爲作傳，稱孝陵嘗咏科斗云：「池上看科斗，分明古篆文。」命長史續之，應聲曰：「惟因藏水底，秦火不能焚。」可稱敏絶。

和陶

我生雖阨窮，牆屋亦苟完。集芳被荷衣，隱居思鷃冠。素無怨懟心，安有憂戚顔。明月照溪堂，清風隱柴關。螺杯偶獨酌，焦尾時一彈。悠悠五噫歌，遠懷梁伯鸞。庭前種梧竹，清秋共高寒。

王鏞 一首

鏞嘉興人。洪武庚戌舉人，翰林院編修。

《詩話》：予年十七，避兵練浦。歲己丑，萑苻四起，乃移家梅會里。里在大彭、嘉會二都之間，市名王店。或曰石晉時，鎮遏使逵居此，故名；或曰宋尚書居正之宅；或曰元學士杲家於是；或曰元學正綸也，傳聞各異。己亥十月，訪蔣布衣之翹於射襄城，蔣語余曰：「子知王店之所由名乎？洪武中孝廉鏞及弟鈞之所居也。」因出所輯《檇李詩乘》，則二王詩俱在焉。并出二王合刊詩稿舊本，共一册。燈下讀未竟，客至轟飲而罷。甲辰四月，再過之不值。又數年而蔣逝，無子，遺書盡失，可歎也。後見《水竹居詩》一卷，中載二王題咏各一首，因亟録之。水竹居者，處士朱克恭之宅，距語兒鄉東六十里，地曰澄林。當時郡人馬盛爲記，貝瓊爲志。題詩者二王而外，有金天藻、陳麟、陳熊、陳振、孫詢。熊詩云：「到門碧色帶初雨，滿地緑陰遮暮天。」振詩云：「玉簫吹徹天如水，釣艇歸來月滿村。」鈞詩云：「候門童子低於鶴，留客軒窗小似船。」熊爲清江弟子，見清江《游殳山記》。詢，府志有二人，一分宜丞，一汀州知府。餘皆不得而詳矣。梅會，一作「梅匯」，水曰梅溪，鏞詩所云「吾家舊在梅溪上」是也。梁孟敬《石門集》有《題嘉興王氏梅花莊》詩，未審即是二王所居否，因録鏞詩，附志於此。

水竹居爲朱克恭賦

碧水澄潭自作洲，琅玕多種屋東頭。旋燒新筍安茶竈，時斫嘉魚踞釣舟。客至罷邀明月飲，人間何必五湖遊。吾家舊在梅溪上，遥憶清風度早秋。

劉紹 五首

紹字子憲，後以字行，建昌新城人。《明音類選》作吉安人。洪武中，官翰林應奉。詩載《元音遺響》。

《詩話》：子憲與盱江胡布子申、張達季充，爲郡人張烈光啓、胡福元澤類編其詩，號《元音遺響》。度其初三人皆不仕于明者，而府志載紹於洪武中，官翰林應奉文字，後以國子助教致仕，則不得謂之元音矣。《登道山亭》五言，《遺響》不録。考子申詩序云：「僕與子憲爲世姻家，曩俱客閩師，不克所志。」斯蓋客閩時作。子申又爲紹作《山居十詠》，其三曰「仙臺山」，則在新城縣西南三十里。而元澤編子憲詩，題曰「黎川劉紹」，然則紹非吉安人審矣。

秋懷 三首

緬俗結紆軫，易初吾弗爲。臨流采香薄，日與佳人期。舉世厭芳草，薰蕕以同施。撫襟悵予懷，策駕臨海涯。聞有魯連子，千金棄如遺。高情儻可起，攜手斯與歸。

大化日旋運，曦娥去悠悠。俛仰宇宙間，身命誰能留。迷復眚在己，不耕寧有秋。雞鳴起爲善，思與大德儔。朝露竟幾何，悵然日增憂。

陰陽鼓槖籥，日月如轉丸。窅窅神化運，誰能測其端。春暘美萬物，秋露淒以寒。乘時變榮悴，天道終可言。

邯鄲

訪古慕英俠，壯游過邯鄲。連山飛翠來，馬首如揚瀾。貰酒呼美人，浩歌弔平原。憶昔致多士，儲才濟時艱。賓筵粲珠璣，簫鼓清夜闌。蹇我匪脱穎，懷賢邈難攀。干戈浩縱横，長路方漫漫。感激詎有已，登車摧肺肝。

登道山亭

名藩跨炎服，崇阜極幽爽。亭臺納元氣，磅礴俯深廣。我來屬初霽，心與孤雲往。蕭颯海樹秋，如聞暮潮響。摩挲石闌古，揮霍霄漢上。大有本空虚，河山一溟漲。淒凉乘槎意，迢遞紫霞想。濁世誰復然，臨風默惆悵。

林公慶一首

公松江新舊府志，失書「公」字。慶字孟善，處州人。明初，官翰林，出爲松江知府。

《詩話》：孟善守松江，葬三高士于于山東麓。見《魏文靖集》。而顧東江作《府志》，官籍民閥，皆闕焉不詳。後來者，更不足責矣。

長沙

岳麓道林何處是，郡人遥指水西村。儒官佛寺俱無迹，竹樹如麻暮雨昏。

明詩綜卷五

小長蘆 朱彝尊 録
歙州 汪與圖 緝評

趙汸 一首

汸字子常，休寧人，隱居東山。元季輔元帥汪同起兵保鄉井，授江南行樞密院都事。丙申内附。洪武二年，召修《元史》，書成不願仕，還。有《東山集》。

汪仲魯云： 子常詩，因感發而形之詠歌，雖不專乎是，然長篇短哦亦不一字苟爲也。

詹烜云： 先生詩五言初學六朝，後改習建安諸子及老杜，近體則學唐人。

《静志居詩話》： 東山、環谷二先生俱以經學重，尤研精《春秋》。環谷守康侯之説，東山學於黄楚望，首闢夏時冠周月之非，不相雷同。故陳敬初贈詩云：「君之博洽漢馬融，春秋三傳以例通，百源雖異委則同。」二先生於吟詠，均非所長，趙差勝汪。趙集歲久淪闕，其裔孫吉士視榷揚州，鏤版以傳。

與葉宗茂遊山村

村北村南春事幽，故人亂後得相求。倉皇屢作經年別，邂逅能無一日留。丁令歸時空有恨，虞卿窮久不須愁。卜居共愛清溪好，先向沙邊具小舟。

汪克寬 一首

克寬字德輔，一字仲裕，祁門人。隱居環谷教授。洪武初，召修《元史》，書成固辭不仕。有《環谷集》。

孫豹人云：環谷七言古詩在長吉、子瞻之間。

哀鄒山處士

大化無私兮，猶埏埴之陶鈞。跖何命之長兮，回何命之屯。嗟哉斯人兮樸以醇。夫何災疢兮，四體不仁。越星周而弗瘳兮，重子姓之悲辛。丹青彷彿兮，逌然笑顰。魂胡不歸兮鄒山垠。

陳基二十一首

基字敬初，臨海人。仕元爲經筵檢討。歸值用兵，開行樞密府，起爲都事。轉江浙行省郎中，參張士信軍事。尋參太尉府軍事，遷學士院學士。吴平，召修《元史》，賜金而還。有《夷白齋稿》。

顧仲瑛云：敬初古文詩章，同輩雖極力追之不能及。

錢受之云：敬初在藩府，飛書走檄，皆出其手。敵國分爭，語多指斥，吴亡之後，其臣多見誅戮，而敬初以廉謹得免。今所傳《夷白齋集》，指斥之詞，儼然臚列，後人亦不加塗竄。太祖之容敬初，何啻魏武之不殺陳琳乎！

《詩話》：敬初家臨海丹丘之麓。其在吴，結小丹丘，戴叔能爲作記。其詩亦叔能所編。顧仲瑛輯前後交友詩，爲《玉山雅集》。柯敬仲以下，即次以敬初詩，謂同輩極力追之不及。蓋當時之月旦然矣。

山高寄陸玄素

謂山高兮，其上有天。謂地厚兮，其下有泉。天不可升兮，地不可極。我思古人兮，爲之太息。古之人兮謂誰，山之中兮水之湄。孤舟兮容與。俯狎步兵兮，仰招鴟夷。非夫人兮，爾曷從之？

雞凫行

雞與凫，皆鷇育，凫愛水遊雞愛陸。凫昔未辨雌與雄，母不顧之雞爲伏。雞渴不飲飢不啄，以腹抱卵誰敢觸。凫脱鷇，雞鼓翼，日日庭中求黍稷。哵哵呼凫使之食。凫羽日襹褷，一朝下水不顧雞。雞在岸，凫在水，賦性本殊徒爾耳。雞知爲母不知凫，恨不隨波共生死。

刈草行

原上秋風吹百草，半青半黄色枯槁。城頭日出光杲杲，腰鐮曉踏城門道。門頭草多露未晞，爾鐮利鈍爾自知。一人刈草一馬肥，馬不肥兮人受笞。城中官廄三萬匹，一匹日餐禾一石。

秋懷二首

群動夜已息，秋聲適何從？仰視天宇高，微雲浩無蹤。明月在庭戶，河漢上縱横。既莫知所始，何由究其終。我獨絃我琴，微風入疎桐。寫作清商調，感慨意無窮。

我有一樽酒，獨酌不成歡。豈無骨肉親，悠悠隔河山。亦有平生友，合并良獨難。古人千載上，世遠不可攀。何如與明月，徘徊松桂間。月既知愛我，流輝照衰顏。我亦知愛月，託心同歲寒。長願玉宇淨，河漢生微瀾。此月不可負，此樽不可乾。天地等逆旅，流年若驚湍。古人雖云遠，其言美芝蘭。舉觴以和之，對月長盤桓。

待王子充未至

屏跡遠城闕，幽棲向林阿。永懷同心友，褰衣起婆娑。憶昨走京邑，彌年阻關河。結客燕趙間，頗覺增悲歌。逸驥謝羈紲，冥鴻辭網羅。所念聖哲遠，中心良匪他。夏屋蔭嘉木，芳池發新荷。須君此弭節，日夕共委蛇。

夏日喜友見訪

兀兀少寤語，悠悠多遠懷。斂跡昉僧夏，凝神企心齋。美人忽至止，良友與之偕。闃其類逃虛，跫爾覯所諧。跡邇志彌愜，情敦禮無乖。衣褐貴懷璧，屬辭慚類俳。積雨霽初夕，清飈埽餘霾。願言念幽獨，日此憩朋儕。

通州

渡江潮始平，入港濤已落。泊舟狼山下，遠望通州郭。前行二舍餘，四野何漠漠。近郭三五家，慘澹帶藜藿。到州日亭午，餘暑秋更虐。市井復喧囂，民風雜南朔。地雖江淮裔，俗有魚鹽樂。如何墟里間，生事復蕭索。原隰廢不治，城邑僅可託。良由兵興久，羽檄日交錯。水陸輓粟芻，舟車互聯絡。生者負戈矛，死者棄溝壑。雖有老弱存，不克躬錢鎛。我軍實王師，耕戰竝宜作。惟仁能養民，惟善能去惡。上官非不明，下吏或罔覺。每觀理亂原，媿乏匡濟略。撫時一興慨，悲風動寥廓。

海安

淮海水爲利，轉運有常程。積渠如積金，守防如守城。邇聞渠隄壞，水決如建瓴。我軍賴神速，僇力障頹傾。舊防幸已復，新畚亦宜興。古人慎舉衆，日費千金并。尅敵務充糧，足邊資力耕。矧茲淮甸間，沃野富吳荊。草萊日加闢，餽餉歲彌增。勿使土遺利，坐令儲峙贏。東南力可舒，根本計非輕。欲弘中興治，斯事力當行。陋儒無長算，觸事有深情。冉冉趨畏塗，戚戚慎宵征。

泰州

吴陵古名邦，利盡揚州域。舊城雖丘墟，新城如鐵石。昔爲魚鹽聚，今爲用武國。地經百戰餘，士恥一夫敵。征人還舊鄉，下馬問親戚。躑躅慨蒿藜，徘徊認阡陌。桓桓霍將軍，出入光百辟。位重言益卑，功高志彌抑。誓欲報仇讎，不肯懷第宅。人羡到家榮，驚喜爭太息。白日照旌旗，閭里有顔色。皓首太玄經，雖勤有何益。

上樂

夕次泰州郭，朝行上樂里。密雨灑蒹葭，秋風拂菰米。頗聞承平日，魚鹽賤如水。簫鼓樂叢祠，謳歌動城市。中原正格鬭，擊柝聞四鄙。官道日蓁蕪，生人竄螻螘。依依煙際舟，兩兩舟中子。來往賣魚鰕，出入官軍裏。生長離亂間，不識紈與綺。失喜見王師，被服多華侈。買物不計錢，僕僕更拜起。何當罷戰伐，萬國收戎壘。山河歸礪帶，車書復文軌。有地盡蠶桑，無人不冠履。腐儒亦何需，歸山守枌梓。擊壤樂餘年，此樂無窮已。

令丁鎮

水路由下樂，前赴令丁鎮。落日淡平蕪，荒村帶寒燐。曩時富魚稻，稅薄民不困。蓮芡每時豐，亦足備饑饉。江湖歲或艱，老弱行蠢蠢。相攜就淮食，不得辭遠近。四野今盡荒，百畝無一墾。鞠爲梟雁區，無復限封畛。師行輜重隨，士飽筋力奮。經費固有常，變通亦宜論。吾聞古賢將，羊陸開吳晉。食足邊備多，高標邈千仞。

務子角

頻歲事行邁，敢云筋力衰。官軍渡淮海，父老迓旌旗。騎士盡貙虎，舟師皆水犀。踴躍趨敵場，謳歌雜華夷。行行務子角，所過悉瘡痍。草木未黃落，風露已淒其。僕夫跽謂我，歲暮寒無衣。故鄉日以遠，道路實嶇崎。我方戒徒侶，師行有成期。貴賤皆形役，遑敢恤其私。賴有同袍彥，議論各瓌奇。有酒即共飲，聊復慰羈離。

海安過牌得風出爛泥洪

舟過海安牐，路轉爛泥洪。水行九十里，泱漭趨秦潼。月黑星漢高，四顧無人蹤。縱有百尺牌，不如數尺篷。是時天宇霽，餘霞散晴空。篙師無他術，仰面呼南風。夜來水鳥鳴，出没西復東。其聲類人嘔，聞者思挽弓。吾聞亦駭異，莫究吉與凶。得非卑濕區，窳池蚊蚋鍾。暑夕嘬人膚，蜂蠆尚可容。此鳥號蚊母，蚊吐利於蜂。往往陂澤内，雌呼命其雄。春氣一以和，託巢蘆葦叢。此鳥信可憎，彼蚊幸未逢。所憂亡命徒，持刃匿草中。晝伏夜間伺，爲毒甚斯蟲。我方事師旅，禁暴哀人窮。此輩若不除，厲民安有終。所過戒吏卒，反覆開盲聾。爾寔備官守，責在兵與農。自古處邊圉，盜戢商旅通。陽德始發生，人事宜肅雍。簡書雖有程，我行憂慮從。歎息行路難，何由辭轉蓬。

青絲絡馬頭送李彦章

青絲絡馬頭，游宦古蘇州。蘇州城東萬斛舟，前年運米直沽口。送别江頭折楊柳，承恩頭插上陽花，錫宴尊傾光禄酒。江上今年楊柳黄，辟書千里有輝光。勇騎闖外將軍馬，飽食閩中荔子漿。閩中女兒歌白苧，把酒勸君起爲舞。將軍好文不好武，自古閩中稱樂土。

送李景先録判

閶門柳枝短，君行不可緩。贈君不折楊柳枝，勸君飲此金屈卮。丈夫將身誓許國，何用當歌傷别爲。青絲絡鞚黄金勒，游宦鄱陽山水國。何處春風最憶君，琵琶洲上蘼蕪碧。

十六日解維值北風大作復泊北門

風急江難渡，春寒雪更飄。濟川雖有楫，跨海恨無橋。使節辭吳近，官軍去楚遥。北門仍繫纜，山雨夜蕭蕭。

寄玉山

江上秋陰日漸多，思君不見奈愁何。風高澤國來鴻雁，露下汀洲落芰荷。公子文章裁重錦，美人衣袖翦輕羅。画船亦欲溪頭去，聽唱花間緩緩歌。

婁江即事簡郭義仲瞿惠夫秦文仲陸良貴兼寄顧草堂

婁江江上樓居好，滄海海頭城邑新。蠻郎打鼓爭起柁，鮫客捧珠思售人。風燈照夜不數點，霧月湧波才一輪。浮生會合豈易得，看劍引杯寧厭頻。

陸氏別業

窈窕西池一徑通，赤闌如画倚晴空。風微燕雀飛塵外，日皎龜魚在鏡中。入谷謾誇盤往復，卜鄰宜住瀼西東。緑陰滿地新荷發，猶勝開樽勸碧筩。

題倪元鎮画

西池亭館帶芙蓉，雲水蒼茫一萬重。此日畫圖看不足，滿簾秋雨夢吳淞。

胡翰十九首

翰字仲申，一曰仲子。金華人。國初以薦授衢州教授，召修《元史》，成賜金帛遣歸。有《胡仲子集》。

宋景濂云：先生出言簡奥不煩，而動中繩墨，如夏圭商敦，望而知其非今世物也。

朱叔英云：仲申五言古詩超然敻邁，雖潛溪亦莫企及，餘子何足道哉！

《詩話》：明初浙東睦有徐舫詩派，甌有趙次誠《詩選》，越有求漁《鍾秀集》，而金華承黄文獻溍、柳文肅貫、吳貞文萊諸公之後，多以古文辭鳴，顧詩非所好。以詩論，吾必以仲申爲巨擘焉。獨孤及之論曰：「五言之源生於《國風》，廣於《離騷》，著於蘇、李，盛於曹、劉。漢、魏作者，質有餘而文不足。以今揆昔，則有朱絃踈越，太羹遺味之歎。」誦仲申五言，正猶路鼗出於土鼓，篆籀生於鳥跡，庶幾哉升堂之彦乎！宜潛溪有「學林老虎文淵鯨」之目也。

湘筠辭

湘之山兮西迤，湘之水兮東騖。何箘簬兮孔多，望不極兮湘之浦。帝子去兮雲中，俾夫人兮延佇。曾莫樹兮椒蘭，又莫搴兮蘅杜。載雨兮載陰，滔滔乎誰與度？將以遺予兮琅玕，抱幽貞兮永固。

鬱鬱孤生桐

鬱鬱孤生桐，託根鄒嶧顛。皎皎白素絲，出自岱畎間。一朝奉庭貢，妙合良自然。桐以爲君琴，絲以爲君絃。中含希世音，置君離別筵。征馬慘不嘶，僕夫踸當前。君行千里道，豈惜一再彈。南風日渺渺，清商動山川。和者昔已寡，聽者今亦難。

人生苦偪側

人生苦偪側，莫處蠻觸間。殺機起不測，朝夕相構患。尺書下齊城，丸土封秦關。用意何崎嶇，舉世尚其賢。湯泉水長温，蕭丘猶長寒。天地有至性，貧賤吾所安。

擬古四首

一夕復一夕，一朝非一朝。昨見春花開，忽覩秋葉飄。人非金石姿，安得長不彫。窮年事觚翰，駕言遠遊遨。手提具欘劍，拂拭鸊鵜膏。含精變光彩，上薄青雲霄。願君勿棄置，佩此長在腰。南山有猛虎，西江有長蛟。斫蛟取猛虎，始貴非鉛刀。

節節復促促，雄鳴雌自續。借問此何音，有鳥人不畜。三文被身體，五采爛盈目。聲諧九成奏，靈出衆羽族。自從阿閣傾，再改岐山卜。千年不來儀，四野多鷊鸗。世德誠已微，天路清且穆。願因東南風，吹度玉笙曲。

千里不唾井，與君相別難。風塵雖異路，恒願同悲歡。在金莫爲玦，在玉當爲環。聯以翠織成，宛轉衣帶間。相望燕與越，寸心良自堅。日入已三商，憂來翻百端。遥遥託清夢，不知寒夜闌。

日長自愛惜，夜長復悽惻。人生幾何時，少壯已非昔。凉風動萬里，起念南與北。山川路杳杳，車馬去不息。燕趙高聲名，荆揚壯材力。仲尼七十説，未遇身削跡。爲雲不上天，焉能雨八極。

示項生

去日不可追，來日猶可期。朝采六藝英，夕玩忘其疲。海是衆水積，聖亦塗人爲。挾册自有得，焉用比皋夔。

游仙詩

夙志慕仙術，笑傲人間春。朝陪瑶池宴，暮揚滄海塵。道逢安期生，遨遊乘采雲。粲然啓玉齒，遺我紫金文。天地此中畢，世人不得聞。受之今十年，留待逍遥君。青鳥從西來，飛去扶桑津。寄書久不到，白首悲秦人。

卧龍岡觀賈秋壑故第

宋祚移東南，會稽國内地。白日照城郭，相君開甲第。蜿蜒卧龍岡，高出列雉背。審曲立萬楹，增雄踰九陛。飛栱凌丹霞，交疏激清吹。上極高明居，下有幽深隧。棲甲戒不虞，爲計亦已至。以此忠社稷，寧復憂隕墜。揚揚昧所圖，擾擾復多制。崦嵫日西薄，祝栗風南厲。魯港十萬師，聞鉦一聲潰。木拔本先蠹，隄壞川如沛。詩人謹厲階，人禍豈天意。摩挲岡頭石，零落重奎字。山川一何悠，蒼莽鴻飛外。舊時賀老湖，酒船總堪繫。吾寧慕賢達，聊以抒長慨。

吕梁洪

河水趨山東，四瀆無險塞。吕梁扼其衝，凛若萬强敵。水勢與石鬭，終古怒未息。舟行齟齬間，衆挽不餘力。進始踰跬步，退忽落千尺。長年起相語，兹土神所職。登祠奉嘉薦，拜跪陳下臆。船頭勇牽纜，檣表高挂席。好風東南來，送我天北極。叱馭誠足欽，垂堂詎遑恤。昔聞莊叟言，有山在離石。懸水三十仞，魚鼈皆辟易。孰隳天地性，遂拯生民溺。鴻飛九州野，吾願觀禹迹。

夜過梁山濼

日落梁山西，遥望壽張邑。洸河帶濼水，百里無原隰。葭菼參差交，舟楫窈窕入。劃若厚土裂，中含元氣濕。浩蕩無端倪，飄風向帆集。野闊天正昏，過客如鳥急。往時冠帶地，孰踵萑蒲習。肆噬劇跳梁，潛謀固坏蟄。古云萃淵藪，豈不增怏悒。蛙鳴夜未休，農事春告及。渺焉江上懷，起向月中立。

書黄賀州平蠻事後

荆楚緜百越，襟帶極遐裔。連山限車轍，外薄海無際。風氣何紛厖，群蠢動相噬。古雖郡縣置，畫地出租稅。負險恒自固，犬牙植形勢。聚若蜂蠆來，散如鳥鼠逝。堯仁不能覆，往往思一薙。懸兵萬里外，暴露蒙瘴癘。亦有内齊民，詿誤混狂猘。巢穴牢弗破，根本先自殪。天遺槃瓠種，出入民患害。聖哲戒不虞，窮討諒非計。皇靈冒下土，赫赫火俱厲。日月所出入，有生盡懷狹。賓賀崎嶇間，苞蘗久聯締。遣吏得黄侯，爲國開信誓。王師不血刃，緩頰下椎髻。列功奏天子，璽書遠頒賚。賜以大銀盌，副之金帛對。嶺海數十城，安得百其喙。我聞范史言，此屬非難制。力弱校弄薄，非可羌戎例。漢廷慎擇守，祝良復誰繼。侯今須盡白，侯心甚豈弟。分符浙水上，應念東人勚。蠻猺尚有知，東人敢忘惠。作詩期不隕，庶以示來世。

西村老人隱居

振轡起陳力，投簪遂辭禄。吾今見伊人，逍遥在郊牧。令節春載陽，芳辰日初旭。鳥鳴高樹顛，牛飲澗溪曲。翳翳桑柘陰，藹藹來牟熟。耰耔返故畬，經過候新躅。高榻生風凉，練衣無暑溽。披帙欣自悟，臨觴復誰屬。情真不肅客，意豁已忘俗。列生談力命，老氏貴止足。

夜宿寶石精舍

出郭隨穉子，薄暮投山扉。葉落故園樹，危柯風更悲。勞生各已息，不知夜何其。上人池閣中，燈火深相依。盈樽豈無酒，多病久不持。啖我園中果，飽我以豆糜。出戶見明月，踏月褰裳衣。悠悠故意長，落落新知稀。冉冉歲云暮，百爾慎所歸。

京口紀行

大江風西來，波濤一何浩。我舟不得發，徘徊越昏曉。衡運已朔易，曜靈忽東杲。早出南徐州，草乾霜露少。慘慘沙塵飛，軋軋車輪繞。寒氣來薄人，重裘僅如縞。日高衆鳥翔，天末孤帆杳。川流與岡勢，合沓自回抱。人生大塊間，孰能出其表。勉爲辛苦行，益見顔色槁。人言野多虎，前驅善相保。顧非千金軀，祇欲仗穹昊。共子陳此情，歸來卧蓬島。

南京遇蘇平仲編修

南州苦寒月，雨雪久不霽。風沙滿長道，四顧心飛揚。君子有行役，束書歸故鄉。故鄉浙水上，遠在天一方。父母及兄弟，昔别今五霜。我昨來自東，音問不得將。爲言起居好，良足慰子腸。巍巍帝王都，濟濟人物場。噦噦爭先鳴，翩翩迺高翔。六館走相送，如失孤鳳皇。惜兹歲華晚，眷彼川路長。卧聽吳門鐘，歸共越人航。上堂拜家慶，兄弟同樂康。歡言酌春酒，拜舞迎春陽。願言千丈暉，長照百年觴。

青霞洞天偕章三益僉事觀石枰

太末一爲客，倏忽三四齡。常恐玄髮變，未諧滄海情。今晨屬休暇，文彦皆合并。方舟濟沙步，飛蓋指巖扃。青霞天之表，赤日午正亭。息陰無擇木，抱渴無藏冰。寧知大火維，有此真福庭。巨石跨千尺，如梁架青冥。深疑地肺開，洞見天光明。玉樹交左右，禽鳥無一聲。涼風度澗水，炎濁蕩然清。昔聞偶弈者，坐隱交心兵。相持勢方急，旁睨耽若酲。柯爛胡不歸，海枯固其恒。蠻觸遞翻覆，大化何由停。不如飲美酒，且置石間枰。

送吕君采元史北平

又見陳農去，遥臨析木墟。山川遊幸後，文獻亂離餘。備極傳聞異，歸從直筆書。百年殷監在，盡獻玉階除。

陶凱 二首

凱字中立，天台人。至正丁亥，鄉薦。洪武初，召修《元史》，除翰林應奉文字。陞禮部尚書，出爲湖廣參政，致仕。復召爲國子祭酒，以參政致仕。

《詩話》：洪武元年，帝既平定朔方，金匱之書，悉輸祕府。冬十二月，詔發所藏《元十三朝實録》，纂修《元史》。命宋濂、王褘爲總裁官，徵山林遺逸之士，凱與祁門汪克寬德輔、金華胡翰仲申、餘姚宋元禧无逸、臨海陳基敬初、休寧趙汸子常、新淦曾魯得之、淳安徐尊生大年、鄞傅恕如心、新喻趙壎伯友、長洲謝徽元懿、傅著則明、高啓季迪、寧波張文海及黄篪、王錡，凡一十六人。相傳龍溪林弼、元凱亦與史局，然余曾見内閣所儲《林登州集》，其序傳均未言其修史，蓋林所修者《禮書》也。至《大年詩集》有《送操琬公剡還鄱陽作》，其一云：「宿德高年史局尊，經旬病廢想丘園。相期麟至方投筆，忽報驪歌已在門。幽谷便須從李愿，空齋恨不閉何蕃。芝山當户青如舊，笑把青巒入酒尊。」其二云：「汗牛何啻三千牘，奕葉相兼二百年。太史網羅無軼事，諸生緜蕝媿新編。緑陰晝永毛錐健，青瑣宵分蠟炬連。千里揚帆東匯澤，也應回首會丹鉛。」潛溪亦有送琬詩云：「帝曰元有史，是非尚紛揉。苟不亟刊修，何以示悠久。宜簡巖穴臣，學識當不苟。衮斧嚴義例，執筆來聽受。使者行四方，持檄盡蒐取。非惟收譽髦，最欲尊黄耇。予時奉詔來，君亦至鍾阜。一見雙眼明，不啻蒙發蔀。大啓金匱藏，一一共評剖。發凡及幽微，勝辨白與黝。奈何君有疾，客邪干氣母。翩然賦式微，使我心中疚。」則琬實與編摩者。宋无逸《寄潛溪》詩云：「當時十八士，去留各有緣。」所云十八士者，公剡居其一矣，以先去故未得列名也。是年秋八月書成，丞相宣國公李善長表上，時克寬、汸基、元禧輩皆引歸不受爵。仕者亦未盡通顯，惟凱與魯位三九之列。二公詩俱罕傳，祭酒長歌特雄放可喜。

長平戈頭歌

長安野人鑿地得古戈，上有疑字歲久俱滅磨。惜不能如豐城古劒射牛斗。吁嗟戈乎奈爾何！但見青銅凝寒暮煙紫，月黑山深夜飛雨。恨血千年猶未銷，荒郊夜夜啼冤鬼。當年趙括輕秦人，降卒秦坑化爲土。嗟哉趙亡秦亦亡，落日荒城自今古。摩挲爾戈一問之，令人爲爾生愁思。何不以爾爲鍾鐻？何不以爾爲鼎彝？吁嗟戈乎徒爾悲。爾今還當太平世，人間銷兵鑄農器。願壽吾皇千萬年，終古不用戈與鋋。

贈琴士施彥昭

君不見鳴琴無賞音，伯牙絶絃仍破琴。又不見斲琴無良工，焦琴終爲爨下桐。大江之南多好山，孤桐往往生其間。武林城中百萬家，斲琴施氏良足誇。嗟哉施氏之外無復人，桐樹枯死終爲薪。今人好尚與古異，人間雅琴多棄置。雅琴苦少秦箏多，嗟哉施君將奈何！

曾魯 一首

魯字得之，新淦人。應召纂修《元史》編類《禮書》，入儀曹爲祠部主事，超拜禮部侍郎，以病乞歸，道卒。有《守約齋集》。

徐大年云：南京有博學之士二人，以舌爲筆者，曾得之也；以筆爲舌者，宋景濂也。《詩話》：侍郎在史館，潛溪稱其補苴罅漏功最多。既爲志墓，又贊其像云：「當議禮而考文，較損益於錙銖。」蓋其所長不在吟詠也。詩稿失傳，僅録其《送黄尊師還九宫山》一首。黄尊師者，雙井人，涪翁八世孫也。弱冠以門資襲爵爲固始尉，患風痺棄官。有神師號金花君者曰：「吾能療汝疾，愈當爲道士。」尊師許諾。金花君以帛黏其膚，焫灼之，七日而起。乃之興國九宫山爲道士，主欽天瑞慶宫。其徒千人。太祖西平江漢，尊師迎於鄂渚，應對稱旨。後八年，召至南京，命儀曹設燕享之。及還，侍郎及潛溪俱送以詩。潛溪詩曰：「崔崔九宫山，翠甦倚曾青。飛觀峙後先，宸奎爛晶熒。中有遯世翁，霞衣佩葱珩。仙徒一萬指，執簡聽使令。年來遘兵燹，散走如流星。翁獨牽青牛，尋雲自躬耕。翠華幸江漢，扈從森幢旌。俯伏黄鶴磯，再拜陳中情。天日下臨照，簪裳受餘榮。今又奉璽書，翩然覲神京。大官給珍膳，法酒雙玉缾。祇因逢景運，重際泰階平。致使方外士，恩寵霑鴻靈。一旦賦歸歟，行裾逐雲輕。自言當弱冠，緑袍佐山城。風露感末疾，離家煉黄寧。藥烹日月鼎，符書龍虎經。中氣昭象先，玄覽極窈冥。欲期啓泥丸，翀飛出孩嬰。名花滿皇都，春風語流鶯。景物非不饒，歸思竟纏縈。芳歲去如矢，逝波日堪驚。純陽一銷鑠，重陰遂相乘。余聞重自媿，顛毛類枯莖。逐物向役役，棲身亦煢煢。幸有一寸丹，能與萬化并。何時滴秋露，相期注黄庭。」侍郎則賦長歌，中間敘尊師本末頗詳。山爲真牧張真君道靖鍊丹之所，故詩有「真牧之子世莫儔」之句，其事不甚著，故具書之。

贈黄道士還九宫山

我家群玉山南陬，君居蒙頂最上頭。相望欲識嗟無由，摇摇心若風中斿。君從少年慕遠游，摩斥八極隘九州。下視起滅如浮漚，九宫山高明翠虯。真牧之子世莫儔，君居其間業清修。五十餘載無悔尤，翠華昔駐鸚鵡洲。承恩召對黄鶴樓，敷陳屢荷天語酬。大官醉以白玉甌，去年弓旌復旁搜。麻鞵徑入朝冕旒，神皋繁麗不肯留。還山日夜稽首求，山中之人書遠郵。雨餘黄獨苗新抽，琅玕芝草弄春柔。不歸負此巖壑幽，龍江送别情悠悠。鄉人歌作商聲謳。

宋禧 四首

禧初名玄禧，字无逸，餘姚人。學於楊維禎。洪武初，徵修《元史》。有《庸菴集》。

《詩話》： 无逸有盛名，詩見於選本絶少。予購得其集，句如「欲雪未雪雲葉暗，似暮非暮風花寒」，「隔河雞犬春聲急，繞屋田園豆葉肥」，「九歲兒郎能負米，半生客路未歸田」，「當時未覺青山好，此日重來白髮多」，「臘月雨連元日雨，故鄉人作客居人」，「借人几榻開漁舍，送客壺觴出酒家」，「秉燭山林連夜宿，思家道路幾人歸」，「驚心世事三年後，照眼梅花二月初」，「且復殺雞留宿客，未須釆藥入青山」，「空中書寄仙人鶴，月下詩成佛寺鐘」，「臘雪已消三尺盡，春潮初送一舟行」，「試看墨本打碑賣，勝謁朱門冒雪歸」，「十日看山坐西閣，一春多雨怕東風」，「惡客不來成好夢，大兵已過定豐年」，「南山種樹人猶在，東閣看花客再來」，「勝地江山兵後見，高天風雨客邊聞」，「青春誰解看花去，白髮真成秉燭游」，「身到名山頭已白，眼明秋日葉初紅」，「惜春幾度行花徑，載酒先期過草堂」，「落筆十年身後在，懷人三絶眼中無」，「梅梁水涸魚龍遠，麥隴沙乾雁鶩稀」，「人日晝陰開晚照，老年寒極愛春風」，「艱難人事都非舊，貧賤交情倍覺真」，「黄葉又經秋夜雨，青鞵曾踏歲寒冰」，「南山臘雪新年在，東浦春潮昨夜來」，「樹繞石頭知客路，巖回谷口見人煙」，「鐘聲曾聽孤舟夜，詩卷今題落葉時」，「二月江村三日雪，百花時序半春陰」，對法流轉，頗饒自然之趣。其《寄景濂學士》詩云：「修史與末役，乏才媿群賢。强述外國傳，荒疎僅成篇。」則自《高麗傳》以下，悉无逸手筆，覽《元史》者所當知也。

看雲樓

孤雲何處來，相對纔咫尺。隨風出山去，青天忽無跡。往來固無心，幽人候朝夕。高樓爲徘徊，無使長相憶。

送友人

老去復相見，别來今幾年。窮鄉君再到，多病我堪憐。渡水山雲薄，當樓海月圓客邊愁送客，頭白聽啼鵑。

次韻徐性全同宿小山陳氏書樓有作

出郭天猶暖，登山興獨深。雨餘初衣褐，秋盡未聞砧。黄葉經過處，青燈故舊心。客樓頻對榻，倡和有清吟。

四月十三日偕岑宗昭胡斯美及其徒弟斯敏游宿竹山精舍明日題詩於壁而還

龍潭橋西山谷中，茅屋住者皆樵農。兵前送官大木盡，春後斸笋高峰重。同行何人黑漆髮，精舍有佛黄金容。三更月明五更雨，子規來叫門前松。

徐尊生二十一首

尊生字大年，淳安人。召修《元史》，授翰林應奉文字。有《懷歸稿》。《詩話》：大年詩格清老，譬諸画手絶無鉛粉之飾。顧諸選家多不甄録，何也？其《懷歸集》中，有《授翰林應奉》詩云：「布衣昨日孤寒士，翰苑今朝已授官。幼有文章淹滯久，老無筋力進趨難。隨班香案晨簪筆，列坐宫門午賜餐。早晚歸休宜引分，免教白髮點金鑾。」則當日業通籍矣。又《呈崔尚書》五古，則禮部尚書亮也。大年雖自引求去，而省臣留之，續修《庚申君史》，又編集《禮樂書》。迨三年九月，《大明集禮》書成，乃始得歸，故《歸舟》詩云「兩年留滯帝王州」也。至六年九月，詔編《日曆》，復與纂修之列，又固辭還山拂帝意，出爲陝西教授，未行而卒。錢受之引《睦州志》，謂曾授翰林待制，不就，誤矣。

挂劒臺同楊廉夫作

荒臺多悲風，下馬弔古人。古人重意氣，今人亦霑巾。湛盧化爲土，意氣千古存。顧瞻四鄰交，朝盟暮仇冤。孰持不言諾，慰此泉下魂。古人不可見，今人難重論。

朱太守祠

太守得意日，五十當行年。余年適復爾，出山良自憐。東風過荒祠，下車一慨然。浮名亦何有，千載隨飛煙。富貴非所願，夢想東皋田。

題番陽蔡淵仲散木菴

蒙莊古達士，涉世熟憂患。著書雖寓言，垂戒非誕謾。有生勿爲材，祇以身試難。杞梓堪棟梁，何曾保枝榦。彼樗乃散木，匠石眼不看。終然老山林，長將櫟爲伴。年壽齊古椿，傲睨寒暑换。青黄亦所天，豈異溝中斷。一篇三致意，懇懇義相貫。淺窺勿深求，千載付浩歎。就中一轉語，妙處最宜玩。既全曳尾龜，復殺不鳴雁。萬事貴無心，倚伏昧前算。材與不材間，至理須剖判。舉似散菴人，笑齒爲余粲。

呈崔尚書

愚生何所長，有若不材樹。臃腫復拳曲，蒙莊匪虛語。大患緣有身，過客棲逆旅。常懷溝壑憂，寧軫經濟慮。分甘老山林，誰復歎遲暮。州司忽見臨，驅迫出蓬戶。欲行勢倉皇，不行恐遭怒。束書竟登塗，妻子那暇顧。史筆豈所堪，努力強枝拄。未免取謗譏，何從得裒予。金幣落九天，深慙聖恩誤。陛辭許還山，老不任馳騖。硯田久已荒，尚可不歸去。况予燕雀姿，難篕鴛鷺羽。樊籠久飼養，反是損天賦。自秋俄及冬，懇款曾屢訴。情急鳴聲哀，何啻啼嬰孺。恭惟及物心，四海仰霖雨。便期副所禱，俾遂屏幽素。江頭買歸舟，凌晨首先路。

游上善觀

波綠新安江，草青賀齊城。出城偕逸侶，涉江暮春行。舟維古岸迴，徑轉深谷晴。琳宮恣幽討，從容振塵纓。花砌藹微馥，松房颯幽聲。偶值笭箵翁，手挈溪螺盈。餉因觀主厚，味許騷人并。以玆雅趣愜，彌使吾懷清。杯觴竟綢繆，詩筆亦縱横。浮生此暫聚，忽散如煙輕。遠送何依依，顧慙方外情。

佩刀行有序

金華之永康，有山曰「雲巖」，拔起天半，有巨舟藏壑中。舟尾翹出，如蠆一釘墜巖下。野僧得之，以遺張君孟兼製爲佩刀，銛利特甚。尊生爲作歌。

神人藏舟半天裏，絶壁崯岈露舟尾。錚然有物墮中宵，八觚崚嶒長尺咫。野僧拾之歸張公，化爲夭矯蒼精龍。不知何世何年閟，奇氣剸犀斷虎一旦生。神通魑魅却走妖邪空。張公佩到蓬萊殿，天上神仙驚未見。青絲緌懸白玉環，當晝孤光摇冷電。爲君淬厲向盤根，縱有青萍何足羨。他年辭榮歸浙山，莫行金華赤松間。精靈感會起霹靂，便恐飛去無時還。

送宋君謌還明州

勞勞亭邊楊柳青，新裁白紵歸衫輕。我情頓似楊柳亂，君意已逐浮雲行。一日相逢尚難別，何况同居兩三月。君歸未久我亦歸，歸家莫遣音塵稀。

松江陸氏耕隱軒

吳下陸龜蒙，超然太古風。圩邊施蟹簖，澤畔築牛宫。香稻三千頃，高堂八十翁。隱名逃不得，傳過大江東。

游鍾山過寶珠峰頂西軒贈浙僧慈隱

寶珠峰頂危亭角，邂逅高僧失垢氛。便啓軒窗臨絶壁，還留賓客坐層雲。簷端優鉢千香樹，肘後楞伽幾卷文。謾說空門無繫著，也須攜手惜輕分。

送田無禽任太原同知

無禽家世齊諸田，學術乃自余忠宣。迢迢之官太原郡，戀戀回首京都天。三河從昔産豪傑，貳守得子稱才賢。當筵不作慘別意，一杯泛以黄花妍。

婺源汪氏樵隱

芙蓉高嶺含清暉，宣平之居近翠微。斧斤丁丁響林薄，雲霧滃滃霑人衣。石棊盤邊莫閒坐，樵風涇裏當早歸。歸來絶不到城市，自是世人相識稀。

讀元史偶書

前朝實録與修纂，異聞可紀不可删。窮河直至星宿海，祭天遠在日月山。笙名興隆雜鳳吹，斧號劈正當龍顔。似玆前古殊未有，偶吟一二資餘閒。

《詩話》：或問大年《讀元史》詩中語，因疏其事於左：黄河之源，元潘學士昂霄志之，柯博士九思序之，陶徵士宗儀述之。世祖至元十七年，諭招討使都實佩金虎符以行，自河州寧河驛度殺馬關，約五千里，始抵其地，越歲乃還。言河源在土蕃朶甘思西鄙，有泉百餘，沮洳散涣，粲若列星，以故名火敦腦兒。火敦，譯言星宿也。《元史·祭祀志》：「憲宗即位之二年秋八月，始以冕服拜天於日月山。」王褘《興龍笙頌序》云：「興龍笙者，世祖皇帝所自作。其制爲管九十，列爲十五行，每行縱列六管，其管下植於匱中，而匱復鼓之以鞴，自匱足至管端約高五尺，仍鏤版作鳳形，繪以金采，以圍管之三面約廣三尺，加文餘焉。凡大朝會，則列諸軒陛之間，與衆樂并奏。每用樂工二人，一以按管，一以鼓鞴，以達氣出聲，以叶衆音，而樂之奏成矣。」《輟耕録》云：「興隆笙在大明殿下，其制：植衆管於柔韋，以象大匏土鼓。二韋橐按其管則簧鳴，簨首爲二孔雀，笙鳴機動則應而舞。凡燕會之日，此笙一鳴衆樂皆作，笙止樂亦止。」劈正斧，以蒼水玉碾造，高二尺有奇，廣半之，自殷時流傳至今者。朝會時，一人執之，立於陛下酒海之前，所以正人不正之意。《志雅堂雜鈔》云：「宣和殿所藏殷玉鉞，長三尺，三代之寶也，後歸於金。」《元史·禮樂志》：「元正受朝，皇帝出閣，侍儀使引導劈正斧中行，至大明殿外，劈正斧直正門北向立。俟兩宫升御榻，劈正斧退立於露階東。」故趙孟頫《宫詞》云：「天步將臨玉斧來。」葛邏禄迺賢《宫詞》亦云：「千官鵠立五雲間，玉斧參差擁画闌。」是也。一器也，而或曰斧，或曰钺，按《禮》有「朱干玉戚」，然則此即玉戚云爾。

七月六日生日有感

客中生日近七夕，老子行年當五旬。夢寐不忘林壑趣，形模難作市朝身。已甘素髮欺凌我，祇怕緇塵染污人。歸去秫田秋正熟，新醪爛醉甕頭春。

稷下

春官承制促成書，東觀遺編任卷舒。草草便垂千載後，遲遲難俟百年餘。淹中舊學文空在，稷下諸生術本疎。浪說徐生善頌止，懷鉛竊食媿何如。

新年

江上年華與浪奔，天涯心緒向誰論。持竿本住桐廬岸，被褐偶來金馬門。足躡風雲非老事，鬢垂霜雪是愁痕。韭苗薺葉添新緑，昨夜東風入故園。

春望

浩蕩波濤海一涯，紛紛平陸起龍蛇。鵑聲只帶中原恨，燕子還思舊主家。不見昔年遊賞伴，愁看滿地落來花。傷情宋玉愁何限，目極遥天日又斜。

送博士錢子予還鄉

乞得成均老病身，懸車便向鏡湖濱。都人共羡楊司業，鄉友爭迎賀季真。落絮繽紛攙别恨，歸帆縹緲傍殘春。欲知後夜相思夢，鳳闕西頭月色新。

画馬

白馬被朱韉，牽來過御前。憶曾何處見，金水小橋邊。

春山樵唱 二首

共穿石徑踏春晴，却向山腰分路行。樹暗雲深莫相失，隔林遥認唱歌聲。

春殘驟雨過蒼巒，瀑流千尺響潺潺。貪坐莓苔洗雙脚，牛羊歸盡不知還。

歸舟雜詠

溪雲黯黯覆溪潭，雲罅疎星見兩三。半夜不知何處雨，遥看飛電閃淮南。

謝徽 一首

徽字元懿，長洲人。以布衣召修《元史》，除翰林編修，改吏部郎中。辭歸，復起國子助教，卒于官。有《蘭庭集》。

題宋復古犖洛圖

青山犖洛舊林園，仿佛昇平古意存。雨外人歸秋葉浦，煙中鳥下夕陽村。昔年題字宸光合，宋思陵題簽。今日披圖野興繁。風景西湖仍不異，惟餘故老説中原。

明詩綜卷六

小長蘆　朱彝尊　録
柘湖　陸大業　緝評

朱右三首

右字伯賢，臨海人。洪武三年，召修《元史》。六年，修《日曆》，除翰林院編修。七年，修《洪武正韻》，尋遷晉府長史。有《白雲稿》。

張楠渠云：伯賢《感興》，當不在魏晉下。

郭公葵云：伯賢《廣琴操》出人意表，非徒擬而作。《將歸操》云：「九州博大兮，將予遂之。」聖人待天下之心也。《猗蘭操》云：「子如好修，維我之求。子如不好，于我何鄹。」道在我躬，安於命也。《龜山操》云：「周公上天，奈龜山何。」家國之治否，實存乎其人也。《拘幽操》云：「日月有明，容光弗留。」輔相之蔽也。《岐山操》云：「既有吾土，毋戕吾民。」太王之志也。《履霜操》云：「民生有知，以順天賦。」天下之爲父子者定矣。《殘形操》云：「曰修爾躬，自天之佑。」君子惟自修而已。《琴操》作於韓子之後，立言尤難，其宜與古人並傳哉。

《静志居詩話》：《元史》初成，爲期不過六月，故極其牽率。徐大年詩所云「草草便垂千載後，遲遲難俟百年餘」是已。李善長表進文亦云：「據《十三朝實録》之文，成百餘年粗完之史。」於時以順帝三十六年事，無《實録》可徵，未爲完書。孝陵復詔儀曹，分遣吕復、張貫、歐陽佑、黄盅等一十二人，分行天下，凡涉史事者，令郡國上之。又遣儒生危於等，歷燕南北，開局於故國子監，采訪文字，請行中書官印封識達京師。三年二月，仍命宋濂、王褘爲總裁官，續完《元史》。纂修一十五人，右與崇德貝瓊廷琚、義烏朱世廉伯清、青田王廉希陽、嘉定王彝常宗、金華張丁孟兼、河南高遜志士敏、江陰張宣藻仲、當塗李汶宗茂、吴張簡仲簡、青城杜寅彦正、東平李懋暨俞寅、殷弼，而趙壎伯友仍與其列。以是年七月竣事，其牽率猶如故也。獨怪宋、王諸公，負一代重望。即伯賢當日，亦以理學文章自命，於《春秋傳》、《國語》，則有《類編》；於戰國、先秦、兩漢，則有《秦漢文衡》；於唐、宋則首定韓、柳、歐陽、曾、王、三蘇文，爲《八先生文集》；於元，則有《文穎》；而又於史，則有《歷代統紀要覽》、《通鑑綱目考證》；其言曰：「凡民之欲足而止，惟學不可以足而止。」可謂有志者矣！宜其在局討論精詳，用成信史。乃任其繁蕪重複，遂出宋、金諸史之下，何哉？良由孝陵猜忌，諸臣畏觸逆鱗，表進之書，不復更其隻字，但就庚申君事補綴，與前編絶不相蒙，致有一人而作兩傳者，史至此，「鷩蛺蝶」之不如矣。《白雲稿》凡十卷，予僅鈔得前五卷，止有《琴操》無詩。其後五卷，僅得内閣本一過眼，恨未鈔成足本。《琴操》有郭公葵跋。公葵，吾鄉人，唐處敬詩云：「我昔居秀州，友有徐一夔。好爲古文章，自矜少所推。每論其鄉人，屈指二三希。云有善詩者，郭姓字公葵。不習時所好，刻意追古詞。前後數百篇，一一皆珠璣。」郭名秉心，惜其詩無一存者，可歎也。

遣興

幽逕何偪側，蔓草没行路。此生苦不辰，出門畏多露。遲回蒙山居，仿像商顔步。籍籍春花萎，冉冉芳年度。寄語素心人，朱顔恐非故。

次韻答白雲悅禪師

向來同覽赤城霞，山寺吟行石逕斜。來往風流成二老，文章交好屬通家。平安屢問東橋竹，寄遠曾將小院花。支遁肯酬南鴎約，相期歲晚度年華。

春懷

舵樓空闊望京華，蘆荻江楓岸岸花。山色漸濃昏霧薄，水光遥動夕陽斜。故鄉鴻雁書千里，遠浦牛羊屋數家。邊塞柳營多苜蓿，石田徒憶舊桑麻。

朱世濂一首

世濂，一名廉，字伯清，義烏人。明初，薦授釣臺書院山長。洪武三年，續修《元史》被召，史成乞歸，復與修《日曆》，除翰林院編修，遷楚府長史。

瀧湫和韻

竹外煙浮僧煮茶，草邊風暖鹿眠沙。青鞵何處看山客，瀑布巖前數落花。

張孟兼三首

孟兼名丁，以字行，浦江人。徵爲國子學録，與修《元史》。以太常丞出爲山西按察司僉事，遷山東按察副使。爲吳印所訐，論棄市。有集。

《詩話》：孟兼與景濂同里，景濂薦之朝。伯温侍孝陵，論一時文人，謂：宋濂第一，其次臣不敢多讓，又其次孟兼也。然負才傲物，屢凌其鄉曲。及請假還縣，令丞門謁奉牲酒，孟兼坐受其拜，不答，麾酒却之，其亦無禮甚矣。當其之官山西，景濂以文贈行，有云：「鷙鳥之揚揚，不如威鳳之雝雝；獅猊之彊彊，不如祥麟之容容；刑法之堂堂，不如德化之雍雍。人不務德則已，苟有德焉，又何憸壬之不革其行。孟兼盍於此而留意哉！」景濂可謂盡朋友相規之義矣。卒之怙終不悛，與吳印爭訐。印兩上封事言狀，帝怒，械至闕下，命衛士捽髮搥之垂死，論棄市。詔印曰：「吾除爾害矣，善爲之。」噫，印一鍾山寺僧爾。帝寵任之，授室賜金，至爲之復讎，必期快其意而後已，毋乃過與？

漫興二首

《詩話》：杜子美集有《漫興》五絶九首。又七言云：「老去詩篇渾漫興，春來花鳥莫深愁。」

渾漫與者，言即景口占，率意而作也。其後蘇子瞻、黄魯直、楊廷秀諸公皆襲用之，押入語韻。姜堯章《詠蟋蟀》詞云：「豳詩漫與，笑籬落呼燈，世間兒女。」段復之詞云：「詩句一春渾漫與，紛紛紅紫俱塵土。」陰時夫輯《韻府群玉》，亦采入語字韻中。蓋自元以前，無有讀作「漫興」者，迨楊廉夫作《漫興》七首，妄謂：學杜者，必先得其情性語言而後可，得其情性語言必自其漫興始。而其弟子吳復見心從而傅會之，注云：「漫興者，老杜在浣花溪之所作也。漫興之爲言，蓋即眼前之景，以爲漫成之辭。其言語似村而未始不俊，此杜體之最難學者。」自廉夫詩出，而世之人遂盡改杜集之舊，易「與」爲「興」矣。首沿其誤者，張孟兼也。存其詩，特糾其謬。

黎花半開夜雨催，無奈李花如雪堆。門外美人不見來，東風楊柳吹千回。

青驄驕嘶金韉銜，美人二月裁春衫。江頭麥秀青蕲蕲，西湖放船開錦帆。

義門鄭仲舒先生得請歸浦江予於先生同里且親故賦是詩情見乎辭矣

鄭公去年離北平，束書抱病來南京。城隅邂逅喜且驚，開顔握手言再生。自從南北屢搆兵，日夜悵望鄉關情。幾回寄書雁南征，中心摇摇若懸旌。苦遭喪亂百病嬰，客邊囊橐一旦傾。此來四顧徒煢煢，豈料吾子與合并。我時聞之涕泗横，況公素有文章名。居官勝國職最清，經筵之擢轉庠黌。及當玉署宦已成，又爲奉常典粢盛。人生際此自足榮，但恨白髮已數莖。懷哉屈子全忠貞，誼與日月同光晶。願言夕餐秋菊英，佩明月瑙紉茞蘅。懸河之論春雷轟，使旁覩者颜發赬。索居半載留帝城，坐聽夜雨哦寒檠。眼前倏忽時變更，春風一見衰草萌。公家孝義好弟兄，遣兒千里來遠迎。乃今得請荷聖明，身若插羽乘風輕。過門云別明遂行，開船要趁蒸雨晴。夜久不寐視長庚，長庚欲落鐘鼓鳴。庭樹喔喔聞雞聲，蒯緱起舞冠絕纓。公歸我愁絲亂縈，亦有夢寐懷先塋。如過吾父款柴荆，爲言恨不同趨程，終當早晚乞歸耕。

王彝二首

彝字常宗，嘉定人。以布衣召修《元史》，賜金幣遣還。尋薦入翰林，以母老乞歸。洪武七年，坐太守魏觀事，伏法。有《三近齋稿》。

《詩話》：常宗自號嬀蜼子，學有淵源。集中《孔子廟學碑》、《南門記》、《鄉飲酒銘》，文甚高潔。時鐵崖以文雄東南，傾動一世，常宗獨作《文妖》一篇詆之。其略曰：「天下所謂妖者，狐而已矣。俄而爲女婦，而世之男子惑焉，則見其黛緑朱白，柔曼傾衍之容，無乎不至。雖然，以爲人也則非人，以爲婦女也則非婦女，而有室家之道焉，此狐之所以妖也。文者道之所在，曷爲而妖哉？浙之西言文者，必曰楊先生。予觀其文，以淫詞譎語，裂仁義，反名實，濁亂先聖之道。顧乃柔曼傾衍，黛緑朱白，奄然以自媚，宜乎世之爲男子者之惑之也，予故曰：會稽楊維楨之文狐也，文妖也。噫，狐之妖至於殺人之身，而文之妖往往後生小子群趨而競習焉，其足爲斯文禍非淺小也。文而可妖哉，妖固非文也，世蓋有男子而弗惑者何憂焉。」誦其文，可謂獨立不懼者矣。其爲詩若《神絃四曲》、《露筋孃子》篇尚沿鐵崖流派，而集外有《題宋復古鞏洛圖》六言云：「斜陽欲雨未雨，别嶺歸人幾人。峰回忽見月出，稗子相迎澗濱。」頗有摩詰、文房遺韻。又《題宋徽宗画百合圖》云：「偶爲美名圖百合，不知南北已瓜分。」亦有思致。

秋林高士圖

嵐峰半殘陽，彩翠明林杪。僧塢遠鐘微，歸人下山少。風杉落葉響，驚起棲煙鳥。攜手願言還，前村月初皎。

東歸有感

路斷江淮已足憂，繁華猶自説蘇州。萬人金甲城頭騎，十丈朱旗郡裏樓。麋鹿昔遊何處草，雁鴻不似去年秋。忍將一掬東歸淚，付與婁江入海流。

張宣十四首

宣字藻仲，初名瑄，江陰人。洪武初，與修《元史》，擢翰林院編修。既而謫濠，道卒。有《青暘集》。

《詩話》：藻仲入翰林，年未三十，孝陵以小秀才呼之。既奉詔歸，娶邵亨貞女，宋學士送之以詩，所傳「紅錦裁雲春奠雁，紫簫吹月夜乘鸞」是也。及謫濠，道卒，以詩辭其父溝南先生端云：「出世再當爲父子，此心終不間幽明。」誦之使人心惻。

孤鳳吟

梧桐生高岡，枝葉菀成林。上有孤飛鳳，結巢在其陰。毛羽爛五采，噰噰鳴好音。虞舜去已遠，王風不可尋。來儀苟非時，亦何異凡禽。

九日偕張思廉楊孟載徐一夔登虎丘

招提憑崇岡，石壁根空虛。躋攀陟層巔，歷覽壞劫餘。清商振穹昊，爽氣棲平蕪。雲消初旭吐，木落遥峰孤。幽潭積水深，脩綆斷轆轤。劎光欲飛騰，神物今有無。空令弔古人，解笑英雄愚。撫兹良辰及，感我芳情紓。長揖當塗者，永與山林俱。

與慈邑諸公會宿茅甫生駐鶴樓得夜字

白水冒平田，積陰過初夏。風雨招友生，琴尊相慰藉。飛梯倚孤撐，連峰競回迓。晦冥巖壑變，空翠林木亞。疎煙截山椒，微月露天罅。僧鐘隔遠寺，漁父候歸舍。鶴影渚雲迷，風聲澗泉罷。投迹山水邦，脱身紛俗駕。久忘簪組累，不待休沐暇。飲酣心爲壯，時危氣逾下。佳會不再期，兹遊偶來乍。雞鳴起營營，莫忘永清夜。

游四明山

野人放浪山水情，小弄雲海游四明。半空下見日光動，中夜起聽天雞鳴。松風濤卷出萬壑，耳邊無處無秋聲。緑蘿碧澗月欲上，澹煙遠岫天低横。山中招隱者誰子，相看擬和游仙行。山川奇絶境復清，秀色可攬難爲名。安得仙人衞叔卿，身騎白鹿下來迎。粲然一笑白雲裏，授我寶訣教長生。

虞姬

楚歌四面秋聲起，美人如花帳中死。重瞳將軍蓋世雄，淚流暗逐烏江水。妾身妾身何足數，八千健兒棄如土。空留恨血漬平原，碧草無風爲誰舞。

王昭君

却手爲琶翻爲琵，馬上風裂宫中衣。玉關將軍兵百萬，恨君枉殺丹青師。穹廬夢斷悲笳曲，淚眼朦朧漢宫燭。荒丘遺恨草離離，猶帶千年土花緑。

石門待謝雪坡不至

古戍人何在，春程驛尚存。驅雞啼上樹，秣馬出前村。白雨侵江郭，青山對石門。謝公游宿處，清興與誰論。

桐廬舟行

自在眠沙鳥，參差上瀨船。亂峰寒笛外，疎雨暮鐘前。灘轉旋無路，林深別有天。羊裘懷隱者，高節已千年。

錫山道中

風起晚凄凄，愁雲墮漸低。近人山鬼泣，當路竹雞啼。百里無煙火，孤城只鼓鼙。故園楓樹外，歸夢遶梁谿。

送胡季城之官陽朔

桂林南望八千里，陽朔郵程又在西。峒峒皆爲狳狫住，山山惟有鷓鴣啼。天垂海國鄉關遠，雪壓江城草樹低。恨不從君拜虞舜，目窮閶闔意凄迷。

得鄧南隱書時在廣西

風塵擾擾干戈際，兩地俱爲淪落人。夢見亦憐風度好，書來翻遣别愁新。桄榔葉暗蠻溪雨，荔子花濃海嶠春。壯志幾回思奮迅，出門誰慰白頭親。

題冷起敬山亭

石滑巖前雨，茶香樹杪風。江山無限景，都在一亭中。

画梧石

鳴琴罷瑶席，鶴夢清宵警。凉月下前除，照見梧桐影。

送鄭希本還徽州

從親南國久爲官，話别江城歲欲闌。三百灘聲流月色，青山多處是新安。

張簡 二首

簡字仲簡，吳人。初師張伯雨爲黄冠。元季兵亂，以母老歸養，遂返巾服。洪武初，召修《元史》。有《白羊山樵集》。

顧仲瑛云：仲簡詩澹雅，有陶、韋風。

王子充云：仲簡詩温麗清深，有類韋、柳。《詩話》：饒介之分守吴中，自號醉樵，延諸文士作歌，仲簡詩擅場，居首坐，贈以黄金一餅，高季迪白金三斤，楊孟載一鎰。今其詩載集中，殊不見好。

次韻張田秀才見寄

樹杪青蟲晴颺絲，春城風物似年時。貧餘許邁餐金法，閒有陶潛飲酒詩。芳草青青連野闊，征鴻歷歷度江遲。長洲故苑煙花外，千里懷人入夢思。

游石湖治平寺用唐人許渾所題詩韻

湖上春雲挾雨來，楞伽山木盡低摧。吴王廢冢花如雪，猶自吹香上舞臺。

貝瓊四十二首

瓊字廷琚，一名闕，字廷臣，崇德人。洪武初，徵修《元史》，除國子助教，遷中都國子助教。有《清江集》。

錢受之云：郡志載有貝瓊，無貝闕。許中麗《光岳英華》載貝闕廷臣，無貝瓊。程慶琬《聲文會選》，則貝闕、貝瓊并列。據陶九成《輟耕録》載姚文公嫁妓女事，云：嘉興貝闕有詩，今《真真曲》載在《清江集》中。則貝闕乃瓊之别名，非兩人也。

《詩話》：姚文公燧爲承旨時，一日，玉堂宴集，聲妓畢奏，有真真者操南音，公疑而問之，泣對曰：「妾建寧人，西山之苗裔也。父司筦庫於濟寧，坐盜用縣官錢，賣妾以償，遂流落倡家。」公憫之，遣使白丞相三寶奴爲落籍，且謂翰林屬官王棣杕華曰：「汝無妻，以此姬配汝，吾即其父也。」貲裝皆出於公。棣後官翰林待制，廷琚爲作《真真曲》以紀事，盛傳於時。廷琚從學於楊廉夫，其言曰：「立言不在嶄絶刻峭，而平衍爲可觀，不在荒唐險怪，而豐腴爲可樂。」蓋學於楊而不阿所好者也。其詩爽豁類汪朝宗，整麗似劉伯温，圓秀勝林子羽，清空近袁景文，風華亞高季迪，朗淨過張來儀，繁縟愈孫仲衍，足以領袖一時。此非鄉曲之私，天下之公言也。

行路難

采玉于闐河，問君勃律何時過？采珠鮫人室，問君百粤何時出？珠玉歲久同爲塵，君何重利不重身？海有波，缺我楫，山有石，摧我輪。行路難，出門即羊腸，何况萬里道。管叔危周公，匡人仇魯叟。尊有酒，盤有壺，鼓坎坎，歌烏烏，海不可涉，山不可徒，路旁之人愛爾玉與珠。行路難，我以爲父，安知非虎？我以爲兄，安知非狼？仰天悲歌，泣下霑裳。

郊居

直木惡爲輪，疲馬思卷旆。匡時既非才，處約斯寡悔。采詩鑒興亡，讀易明進退。永懷嵇阮放，甘與沮溺對。

送潘時雍歸錢唐

海縣兵未息，公子今何之。酌君葡萄酒，聽我白苧詞。憶昔來黄灣，始爲童子師。連牀風雨夕，秉燭聽新詩。殷殷金石聲，真足解我頤。同居石壁下，斗柄倏三移。脱略勢利交，所貴兩不疑。久懷地主恩，亦有蓴鱸思。束書向錢唐，磬折從此辭。錢唐實都會，西湖天下奇。朱樓起相對，上有千蛾眉。樓前五陵子，并馬金鞭垂。酒酣復張樂，但惜白日馳。近者屬彫喪，不及全盛時。空山鳳皇去，月黑號狐貍。春風吹行殿，碧草生荒基。何當從子游，觀濤酹鴟夷。子實濟時具，飛騰方在兹。匠石既已遇，小大隨所施。從容宰相前，奮舌論安危。豈無一尺箠，盜賊不足笞。天空羽毛急，水涸舟楫遲。臨岐更揮淚，中年傷别離。

答客

竊禄非本性，適彼南山阿。藜藿日不充，慷慨獨商歌。有客向我言，與世同其波。商君震七國，季子傾三河。區區守章句，白首成蹉跎。念之爲三歎，所樂良已多。潛魚駭釣餌，飛鳥愁網羅。結駟非不榮，違己當如何。

春日宴滄州并序

歲在著雍涒灘，春三月一日，鈞谷高士合賓客，序兄弟，飲於滄州一曲。平池湧翠，高閣延青，圓景中天，繁陰四合。微飈遠激，幽芳襲人，清醥在壺，嘉肴既旅。懲《蟋蟀》之刺儉，美《伐木》之求友。終宴忘疲，遷坐復酌。鳴葭間發，協朱鳳之相和；舞袖雙回，翩驚鴻之欲舉。嗚呼，蘭亭金谷，會豈能常？滄海流沙，兵猶未息。懟神仙之無驗，宜曠達以爲高。用綴新篇，以紀雅集。詩曰。

天闊無留雲，山明洗新黛。過從屬休暇，置酒滄州會。柔荑緑堪藉，雜英紅尚在。累觴既不辭，秉燭還相對。清彈促哀響，祕舞呈脩態。蘭亭今已矣，金谷徒增慨。大化會有終，四時寧復貸。厭厭夜無歸，從人譏倒載。

早春

山寒花尚遲，雪霽江已緑。懷新感游子，哢節喧衆族。且同尊俎樂，幸免章紱束。更擬登前峰，青郊可遊目。

擬東野

破屋夜通月，霜氣刀稜稜。病骨不受寒，卒歲仍無繒。殘燈吐復翳，僵卧如凍蠅。事業漸蕪沙，文章空鏤水。已失國士意，頗爲少年陵。長歌獨慷慨，坐候東方升。

四月十日兒子翔翿來鳳陽留一月遣歸因令早營草堂㕍山下爲止息之所

老病不得歸，獨處長戚戚。二子江南來，眼暗初未識。生常戒垂堂，肌肉如雪白。一月常塗間，海風吹盡黑。買酒爲相勞，問答向中夕。迢迢漢陽簿，春來斷消息。阿宣在母旁，頗知工翰墨。艱難且撥棄，頓使沈憂釋。所媿無定居，百歲半爲客。經營須及早，尚愛龍湫僻。况近讀書臺，雲銷四山碧。泉深出丹砂，地冷多琥珀。既非匡世資，庶遂陶阮逸。良辰戒僮僕，悤悤又南北。五月方鬱蒸，日氣成霞赤。出入非所宜，川陸慎所歷。惜别豈無淚，向汝難再滴。秋江有鱸魚，當挂吴淞席。

次韻鐵厓先生醉歌

先生愛酒稱酒仙，清者爲聖濁爲賢。清江三月百花合，江頭日坐流萍船。左攜張好右李娟，紫檀雙鳳鵾雞絃。傾家買酒且爲樂，老婦勿憂無酒錢。白日西没天東旋，秋霜入鏡何當玄。蓬萊有路不可到，祖龍已腐三重泉。何如快飲三萬日，酒樓即起糟丘邊。願持北斗挹東海，月落枕股樓頭眠。

穆陵行并序

至元中，西僧楊璉真伽利宋諸陵寶玉，因倡妖言惑主，盡發攢宫之在會稽者，斷理宗頂骨爲飲器。璉敗，歸内府九十年矣。洪武二年正月，詔宣國公求之，得於僧汝訥所，乃命葬金陵聚寶山，石以表之。予感而賦詩。

六陵草没迷東西，冬青花落陵上泥。黑龍斷首作飲器，風雨空山魂夜啼。當時直恐金棺腐，鑿石通泉下深錮。一聲白雁度江來，寶氣竟逐妖僧去。金屋猶思宫女侍，玉衣無復祠官護。可憐持比月氏王，寧飼烏鳶及狐兔。真人欻見起江東，鐵馬九月踰崆峒。百年枯骨却南返，雨花臺下開幽宫。流螢夜飛石虎殿，江頭白塔今不見。人間萬事安可知，杜宇聲中淚如霰。

己酉清明

白苧衣鮮紫騮馬，清明酌酒梨花下。馬蹄一去不復來，梨花又見清明開。城南城北多新墓，日落啼鴉滿高樹。有酒誰澆千歲魂，子孫盡發濠州住。主人更勸金叵羅，阿鬟起舞玲瓏歌，生前不飲君如何。

予避地千金圩屢游殳史兩山酒酣興發賦詩一首惜山中無賞音者姑録以自娱云

神人夜割蓬萊股，蒼然尚作青獅舞。殳基得道此飛騰，煙火千家自成塢。前年盜起官軍下，存者如星纔四五。我來欲置讀書牀，出入未愁穿猛虎。山寒月黑無人聲，夾道長松作風雨。佩環何日歸公主，泉下銅棺閟千古。石仆麒麟罷官守，林宿鵂鶹聞鬼語。苦耽勝槩惜殘年，共說當時悲老父。錦繡池臺已零落，田翁八十鉏新土。傷哉土俗如巫覡，伏臘荒祠沸簫鼓。祠旁鑿井深不枯，雲氣隨龍有時吐。試上崔嵬望沃洲，直將培塿齊天姥。春前野桃渾欲放，雪盡黄精亦堪煮。興來起挾李長庚，重賦琵琶雙玉女。

郭忠恕出峽圖

巫峽何危哉，夾拱如龍門。禹治九州，不得到此，峽口水作雷霆奔。問汝江中人，幾日三巴去，峩眉五月銷古雪，灩澦堆深虎須怒。巫峽之險安可攀，胡爲吳檣楚柁，日日來往乎其間？高堂中有如花顔，銀屏翠箔青春閒。涉此萬里道，經年猶未還。黄金不買死，直欲高南山。汝舟非龍汝非虎，黿鼉出沒饞蛟舞。前者已脱後者號，江神無情天又雨。石巉巖兮利刃攢，一葉宛轉行千盤。覩此魂魄悸，豈待杜宇夜叫猨聲酸。安得鑿之盡平土，萬古不識風波苦。

送迮士霖歸天台

赤城雲氣神仙家，千樹萬樹蟠桃花。十二樓臺起花外，石門水長通烏麻。當時劉郎亦草草，出山却憶山中好。莫信丹丘日月長，玉人已共桃花老。山空水流雲自飛，劉郎看花須早歸。

題董源寒林重汀圖

天下畫師無董源，學者紛紛工水石。雲山萬里出巴陵，白首淮南見真蹟。亂石平坡淨無土，松根裂石蟠龍虎。偃蓋千年飽雪霜，林深六月藏風雨。江上村墟何處人，浮空遠黛蛾眉溼。漁人日暮各已歸，小舟如鳧落潮急。我昔西清常看画，南唐此本千金價。坐移絶境在雲間，月出霜猨啼後夜。薄游未挂吳淞帆，令我一夕思江南。安得買田築室幽絶境，開窗日日分晴嵐。

十月十三日過梧桐涇時官籍濮彦宅龎氏唐氏自經感而賦之

天寒水清石齒齒，杏葉初黄豆花紫。舞榭歌臺不見人，頭白烏啼月明裏。當時豪俠輕五侯，一榮一枯八十秋。緑珠亦解死金谷，草露作淚無時流。

冬夜

歲月悲游子，風塵老腐儒。兵交連北冀，客隱向東吳。草白秦皇道，天清陸瑁湖。昔時尋樂處，撫事一長吁。

排悶

白首尚爲客，飄飄天一涯。耳鳴通夜雨，眼暗隔年花。畏酒從今斷，題詩浪自誇。有村如栗里，準擬便移家。

夜泊武塘

風帆如健馬，一日過嘉興。水鳥如相喚，秋蚊尚可憎。照人明月近，接地白河澄。耿耿渾無寐，中宵對玉繩。

橫港

南行入橫港，茅屋到林丘。落日猶斜照，寒潮忽倒流。牛羊平野散，鵝鴨小溪浮。喜見平生友，籬邊一繫舟。

除日守歲

守歲西清第，幽懷強自寬。極慚公子意，須盡老夫懽。明日王春始，疎星客夜闌。殷勤一杯酒，到手莫辭乾。

晚眺

極目三邊靜，傷心萬室空。斷山明落日，飛藿卷回風。漢節無歸使，夷歌有野童。煙塵幾時息，歸釣古城東。

送胡鼎文同知赴安州

別駕安州去，青天蜀道危。近辭丹鳳闕，遠過碧雞祠。暮雨歸神女，春風怨子規。宦游多好思，重和杜陵詩。

壬子冬至日過來青堂示勉中祖南二友

衣冠且從俗，猶有晉風流。我愛陶貞白，人稱馬少游。蜂房寒未割，雞柵暖宜修。不必論三仕，何如號四休。

送王克讓員外赴陝西

貂裘萬里獨衝寒，舊是含香漢署官。白雪作花人面落，青山如鳳馬頭看。關中相國資王猛，海內蒼生望謝安。應念東南有遺佚，采芝深谷尚盤桓。

十月聞雷

天氣初寒春尚賒，坎中夜半有鳴蛙。百年宇宙喧戎馬，十月雷霆起蟄蛇。老柳黄垂霜後樹，小桃紅破雨中花。三公燮理非無術，愁聽空江度鬼車。

清明日陪楊鐵厓飲城東門是日風雨

盪舟撾鼓出東門，怪雨盲風野色昏。海上一春猶作客，樓頭三日共開尊。青山石馬新人冢，錦樹黄鸝舊相園。快意百年須痛飲，轉頭何處不銷魂。

即事

少海旌旗落照中，沙陀兵馬雁門雄。朝宗久廢諸侯禮，翊戴方尊節度功。今日豈宜求騎劫，當年應失倚全忠。丹書鐵券存終始，萬古山河帶礪同。

經故内

山中玉殿盡蒼苔，天子蒙塵豈復回。地脈不從滄海斷，潮聲猶上浙東來。百年禁樹知誰惜，三月宫花尚自開。此日登臨解題賦，白頭庾信不勝哀。

雨中書懷

漢苑秦宮跡已陳，金沙一簇爲誰新。山河有恨空懷古，風雨無情只送春。南國鷓鴣愁北客，東家胡婕過西鄰。尊前莫唱昇平曲，白髮秋孃也自顰。

秋思

兩河兵合盡紅巾，豈有桃源可避秦。馬上短衣多楚客，城中高髻半淮人。荷翻太液非前日，花落蕃禧又暮春。莫上高樓望西北，遠山猶學捧心顰。

庚戌九日是日聞蟬

今日出門風雨收，東山西山須可遊。那能束帶從王事，且復開尊破客愁。雁別紫臺初避雪，蟬鳴紅樹不知秋。桃花細雨應相笑，歲月無情自白頭。

送楊九思赴廣西都尉經歷

邛笮康居路盡通，西南開鎮兩江雄。漢家大將推楊僕，蠻府參軍見郝隆。象跡滿山雲氣白，雞聲千戶日車紅。明珠薏苡無人辨，行李歸來莫厭窮。

過泐季潭長老三塔院飲於志遠宅賦詩

城南看花花正開，清明微雨灑塵埃。路從周處臺前過，山轉曹彬廟下來。墮地遊絲輕復起，近人嬌燕去仍回。高歌擊節狂懽賞，共盡生春酒一杯。

殳山隱居夏日

病客從教嬾出村，兩山一月雨昏昏。野花作雪都辭樹，溪水如雲忽到門。無復元戎喧鼓吹，試從田父牧雞豚。來青處士時相過，猶是平原舊子孫。

懷内弟陸熙之

我別語兒溪上宅，月當二十四回新。如何故國尚戎馬，即恐比鄰非昔人。簫鼓誰家猶作社，樓臺廢苑不成春。夜闌憶爾無由見，悵望黄姑析木津。

秋興和方文敏

一日龍飛濠泗間，橐駝牛馬走寘顏。已來肅慎通滄海，更却呼韓閉玉關。使者旌旗分道出，將軍部曲凱歌還。白頭野老知何事，紫氣長瞻萬歲山。

送馬伯温之廣西

樓船搥鼓發江中，昨夜檣烏喜北風。可惜春歸還送客，何知別後已成翁。浮天雪浪三湘闊，到海雲山百粵通。有子漢陽專簿領，一緘千里託飛鴻。

遣興

我住雲間今四秋，恰如杜甫在秦州。賦詩黄耳冢前去，打鼓白龍潭上游。暮景飛騰如過翼，此身浩蕩一虚舟。黄塵紫陌繞車蓋，且伴老翁隨海鷗。

讀胡笳曲

日年已到甲辰終，休倚山河百二雄。八駿何勞巡海上，一龍今見起江東。專門學士空談道，仗鉞將軍競策功。忍聽蘆笳舊時曲，此身飄泊歎秋蓬。

黄灣述懷二十二韻寄錢思復

海岱初雲擾，荆蠻遂土崩。王公甘久辱，奴僕盡同升。遠適將妻子，端居謝友朋。草堂森苦竹，瓜圃蔓寒藤。地盡山光斷，天昏海氣蒸。夜深常畏虎，秋後更多蠅。鶴髮愁難理，烏皮嬾自凭。娉婷羞不薦，齷齪怯先登。拔劍歌誰和，聞笳寢復興。過逢欣已絶，疾病恨相仍。自擬秦民去，重煩魯使徵。吹毛多見摘，刺舌尚須懲。耆老惟君在，文章對客矜。才全懷白璧，道重比朱繩。虎榜名非忝，雞林價盡增。極知童子陋，深媿大巫稱。最憶春停騎，高談夜翦燈。病駒終棄擲，生鶻必飛騰。跡已從信屈，時多任愛憎。賦詩聞莫廢，好事老猶能。漢月今頻滿，天河本自澄。山陰有孤櫂，雪下興還乘。

壬子夏端居二湖與二三子讀書而苦熱如焚一坐四遷杜少陵發狂大叫非過言也回思雲間時往來吕邵二族其地有林藪之美池臺之勝可以避暑而游士寓公咸會於此相與窮日夜爲樂及兵變之後所至成墟海内忘形半爲異物感哀榮之無定悼生死之相違遂成三十四韻

地僻從吾放，山深少客過。昏昏蒸酷暑，鬱鬱抱沈痾。斷酒愁爲敵，抛書睡作魔。雲生空望雨，水涸不通河。唱和聞蛙吹，遨遊記鶴坡。輞川移絶境，瀑布激懸波。數子論新好，諸翁樂太和。百篇齊屈賈，楊鐵厓。五字逼陰何。鄭本初。共哂佯狂徹，魯道原。焉知好辯軻。馬文璧。冰壺清莫比，夏景淵。鐵硯老猶磨。吕德厚。公子時同載，夏士文。將軍夜不訶。邵篔谷。結交真有道，倪菊存。與物總無他。倪耕閒。每喜方舟坐，何煩信馬馱。秋風千戶竹，宿露半池荷。席睹藏鉤令，亭邀竊藥娥。有賓月亭。頗黎行凍蟻，瑪瑙進寒鼉。潦倒衣從溼，敧傾弁或俄。羌人能觱栗，漢女善鑿婆。對舞翻朱袖，群謳斂翠蛾。紛紛方大噱，浩浩漸微酡。壺中恒三馬，詩成媿一螺。如何棄俎豆，却復老干戈。落雁長淮遠，蜚鴻大野多。死生俱異域，出處不同科。淚泣荆人玉，腸回織女梭。祇憐成骯髒，及此歎蹉跎。室已如懸磬，門今信設羅。凌霄榮小草，平地引危柯。水鳥浮沈戲，林蟬斷續歌。分甘留白屋，身免束青緺。晚牧幽湖上，春耕曲澗阿。丹砂尋舊井，金刹過祇陀。豈復同般樂，應知廢切磋。茫然感平昔，興發強吟哦。

殷弼 一首

弼字里未詳。與修《元史》。

望海

吳淞江口海門東，萬里京師咫尺通。白柁紅旗三月浪，紫簫花鼓午潮風。

明詩綜卷七

小長蘆　朱彝尊　録
半邏　錢　炌　緝評

徐一夔二首

一夔，字大章，天台人，徙嘉興。元末，建寧教授。洪武初，召修《禮書》。終杭州府學教授。有《始豐類稿》。

《靜志居詩話》：《實録》洪武二年八月，詔儒臣纂修《禮書》，徵儒士徐一夔、梁寅、劉于、周子諒、胡行簡、劉宗弼、董彝、蔡深、滕公琰至京。時曾魯以《元史》方成，奏留之，同纂修。三年九月，書成，賜名《大明集禮通》五十卷。授曾魯、徐一夔、周子諒、董彝以官，梁寅等六人以疾賜還鄉里。宋景濂撰《楊廉夫墓志》云：「國朝天下大定，詔遺逸之士纂《禮樂書》，君被命至京師，僅百日而肺疾作，乃還，卒年七十五。洪武庚戌夏五月也。」而梁孟敬《贈徐大章序》則云：「吴元年丁未歲，以詔徵至都，大章亦見徵。是時置三局，一律局，二禮局，三誥局。余備員禮局，而大章撰誥文，同居官寺者半歲。」云云。若是，則禮局、律局同時分設，而大章、孟敬俱於吴元年即被徵矣。《實録》又載：「吴元年八月，徵江西儒士劉于等至京，欲官之，俱以老病辭，各賜帛遣還。」則劉于亦以吴元年即被徵矣。且劉宗弼者承直之字，承直於吴元年十月，官國子司業，不應於洪武二年，又同遺逸之士並徵也。又中書省定律令，亦係吴元年十月事，至十二月律令成，命頒行之，則律局可輟，不煩二年猶與禮局竝存也。此皆事之大可疑者。相傳廉夫賦《老客婦詞》進御，其辭云：「老客婦，行年七十又一九。」按是歲己酉，廉夫年七十有四，爾何必增益其齒以誣孝陵邪？殆好事者爲之。又攷當日同修《禮書》，尚有魯淵道原，《實録》削而不書者，以道原書未成時先卒也。梁孟敬有輓詩，載《石門集》。《大章遺稿》罕傳，余於京師見之今刑部尚書新城王先生貽上所，凡四冊，比余家藏者倍之，然驗其目無詩，猶未是足本也。

至正己亥兵後明年八月之望同守繆公招同諸彦集南湖即席分韻得久字

青丘緩殛殪，黑飈撼九有。海走翻蛟宫，山移若螘阜。雖愛赤城霞，歕瀑當窗牖。棄擲不敢顧，欲卧豈得久。里處擇其仁，於焉得林藪。衍原饒秔秫，詩書足朋友。何期復中兵，難作在丁酉。東西競奔竄，顧尾不救首。幸云全此軀，長疑是夢否。還見湖上月，兼之對名酒。狂奴故態萌，嘯然開笑口。

郁伯承云：僧雪廬《資聖寺記》：至正十八年八月，嘉興兵變。而大章詩云「難作在丁酉」，是丁戊巳三年郡皆被兵也。故高士敏詩亦云：前年奔山壑，去年匿檣舵。

辛丑秋七月曹廣文招同諸子憩西郭景德寺分韻得半字

野曠天逾豁，川平路疑斷。不知何朝寺，突兀古河岸。潭蘊白氣没，林密翠霏亂。勝地固清凉，火流七月半。合并洵難得，通塞奚足算？廣文厭官舍，亦此事蕭散。風檽爵屢行，藉磴席頻換。但覺清歗發，寧顧白日旰。吾欲紀玆游，埽塵勞弱翰。

梁寅 二十四首

寅字孟敬，新喻人。元末，辟集慶路儒學訓導。洪武初，徵修《禮書》。書成，以老疾辭歸。有《石門集》。

《詩話》：孟敬入禮局，雖不爲好爵所縻，然《石門集》中賦《南歸》則云：「煌煌乎大明之盛典兮，搜巖穴而旁徵。承賜金之渥恩兮，荷錫服之殊榮。」《寄子岷》詩云：「赫赫皇明，文治肇興。惟俊良是詢，惟隱淪是徵。嗟余罷老，亦承詔以行。」《東武吟》云：「隋珠耀明月，和璧誇縣藜。及時不自獻，明君焉得知。」《寓館咏懷》云：「聖君優老無窮感。」《京城元夕》云：「萬里昇平感聖朝。」《洪武元年正月四日恭覩龍飛歡忭而作》詩云：「赫赫大明逢盛代，載歌周雅贊皇文。」感恩頌德之辭，不一而足。方之抱遺翁似有間矣，故序於通籍者之列。

歸醴溪

久厭都市喧，俛思山巖靜。歸飲醴溪泉，怡我淳樸性。神峰雜樹擁，石門翠屋並。蘿懸晨露滋，巘秀夕霞映。褰裾蔭雲松，脱屣悦風磴。悠然遯客心，疊出野人詠。方期谷口耕，毋誚終南逕。

和楊逸人桃林遷居之作

心寂忘塵躅，時清樂巖築。愛此桃華林，葺之杜衡屋。葛籬延芳藟，石梁照淺淥。風翔雙白鳥，雨臥一黄犢。東皋雜婦子，中野見樵牧。賦詩雲霞隖，攜壺錦繡谷。從君以優游，於焉謝羈束。

題西山程氏南窗

獨居南窗静，秋木連翠岑。鳴琴衆葉下，把酒孤猨吟。寧負朱紱願，莫乖白雲心。羨彼歸田叟，高風留至今。

爲臨川章則常題山水圖

山擁衡廬青，水含瀟湘碧。兩厓蟠蛟樹，千歲蹲虎石。遥遥遡川舟，泛泛騎驢客。憑高者何人，閒看楚雲白。

題印土寺罷釣軒

曲池照林隝，百尺懸蘿陰。開軒坐垂釣，水清如我心。小魚易傷生，大魚或淵沈。投竿爲之惻，於此悔悟深。名區縻好爵，都市爭黄金。但戀鈎餌馨，豈知憂患侵。濯足南澗流，振衣北山岑。既羞結網罟，何必溉釜鬵。物生免相賊，嗜欲常自禁。嘉此古人意，託之金石音。

擬古六首

獨處衡門下，慨然思九州。我馬苦疲怯，山川多阻修。豐草被長坂，麋鹿或群遊。蔚彼嘉樹陰，鳴禽自相求。彼物各有適，而我何寡儔。日月雙車輪，恒恐不少留。願與二三友，朝夕論王猷。毋爲自局促，窮廬悲白頭。

芙蓉在江浦，亭亭豔清波。雖云出淤泥，麗質良可嘉。褰裳涉枉渚，凌風折芳花。願言贈君子，翫之比瑶華。於時苟不惜，顦顇當奈何。

江海處卑下，百川皆赴之。山木鬱蕭森，上竦無繁枝。王侯稱孤寡，惟恐嬰菑危。謙虚受衆益，天道盈必虧。周公下白屋，吐哺情孜孜。孫子相南楚，禄豐心愈卑。奈何閭閻子，往往多矜持。

昔嘗好名山，五嶽期遍歷。思見松與喬，再拜問仙液。微生累妻孥，常爲飢凍役。歎此血肉軀，何以生羽翼。諒非金石同，服食竟何益。不如安我常，百年順所適。

雲門輟清響，鄭衛音方揚。錦衣受垢污，不如練布良。軒軒青雲士，鳴玉升廟堂。名高受讒毁，寵盛罹愆殃。美女惡女仇，偏聽姦以萌。衆口能鑠金，况乃忘周防。所以君子心，惟用德自將。行行九折坂，戒哉銜橜傷。

我有太古琴，千年妙音續。七絃何泠泠，聽之非促遬。一彈文王操，再彈宣父曲。聖人宛見之，何由躡其躅。大道日以淪，澆詭馳衆欲。孰思障頹波，九州反淳俗。夔龍爲股肱，巢許遯巖谷。窮通各有志，於我奚不足。

歸息二首

歸息蒙嶺陽，聊比嵩少岑。樂此林藪趣，遂忘江海心。沿澗搴芳藟，入谷聽幽禽。流泉響松下，潺湲非俗音。猗蘭被徑畹，香氣襲衣襟。頹景忽西匿，浮雲夕以陰。睠彼群飛鳥，翩翩投北林。

春陽旣和煦，時雨亦霑濡。原野緑已遍，土潤含膏腴。兵戈幸少戢，良農日墾鉏。戴勝鳴桑林，鶻鳩亦交呼。嗟我理編簡，四體忘勤劬。羔裘媿逍遥，梁鵜恥安居。素餐古所誚，偶耕良我徒。

簡伯英伯鈞見訪雨留信宿

谿谷雲晝合，東林微雨來。二友欻俱至，一見紓中懷。埽我茅茨室，爲君緗帙開。上言風雅醇，下言豔歌諧。何以相淹留，清酤不盈杯。何以爲遠贈，媿無瓊與瑰。煦風失堅冰，谿水流湝湝。歸鴻正翱翔，浮鷖散參差。告我遽言旋，定省恒懼乖。懿此孝友心，令德善自培。願爲王國士，無媿北山萊。

題番易蔡淵仲默齋

獨坐衆躔寂，靈淵虚以澄。樸拙固吾性，佻巧非吾能。言辭戒放逸，脣頰思緘縢。吉與躁殊趣，仁以訥見稱。吶吶譽何損，呶呶時所憎。恐玷懷白圭，來讒忌青蠅。無妄天之佑，主靜道斯凝。曾閔庶可慕，予賜在所懲。萬言不如默，誠哉宜服膺。

林下

客尋林下居，逕幽不待埽。疎篁延柔蔓，殘果落深草。禽言人莫知，虎跡僮驚報。何事嬰余懷，甕牖悟天道。

簣谷作

老樹山橋晝瀟灑，興來濯足蒼藤下。雲邊厓石危欲落，雨後泉流急如瀉。客過松林貪翠陰，農分稻苗散青把。桃源風土良可樂，何恨龍鍾在田野。

對雨

飛雨山棚爽，繁雲竹巷迷。翠藤低拂石，黄葉澹霑泥。樹杪盤飢鶻，牆根泣露雞。園夫桔槔廢，流水滿青畦。

贈西山僧

高僧自喜巖下住，長見白雲飛復回。半山風吹松子落，千歲石作蓮花開。鳥下林堂待分食，龍遊溪水遇浮杯。吳山楚山聊暫住，還把楞伽歸去來。

天寧寺和曾得之兼呈彭聲之及雪印

經年不到天寧寺，却喜春濃叩竹扃。二水共明洲外碧，千峰如削雨餘青。謾勞山茗時時煮，自笑齋鐘日日聽。垂白飽聞高世論，巖樓空媿老窮經。

初夏

樹暗雲更深，鳥啼春已去。多謝桃源人，能留漁父住。

爲王仲義題雪梅

小橋東郭先生履，曲逕西湖處士家。向暖早看花似雪，冒寒更愛雪如花。

和何彥正春耕二首

見說春耕溪水頭，賦詩猶憶玉京遊。莫誇塞北千蹄馬，寧買江南十角牛。

竹間樵逕行應熟，花外漁舟望欲迷。處處稻畦分落照，荷蓑人去水禽啼。

劉承直一首

承直字宗弼，以字行，贛州人。元進士。明初，與修《禮書》，官國子博士，升司業，出爲浙江按察司僉事。

王子充云：劉君工選體，出入鮑、謝之間。

秋日東林宴坐

高秋坐虚館，颯然神慮清。回飈颺疎雨，瀟灑集前楹。始欣塵壒遠，稍覺微凉生。簷鐸遞相答，林蟬時一鳴。物情各有適，吾生豈無營。

周子諒二首

子諒名愷，以字行，廬陵人。與修《禮書》，授工部虞衡司主事。

劉仲修云：子諒之文豐而不汎乎，辭約而能達其意。其詩清新婉麗，春容幽遠。

讀子書作

學館坐無事，故書聊復翫。披文既薈蕞，尋義亦泮渙。趨前後已逸，顧舊新輒竄。萬言雖畢陳，一理竟未貫。往往卷未終，心目已潰亂。易書詩春秋，辭簡義亦焕。奈何百家書，纍纍疊几案。緜延比葛藟，根遠益纏絆。雕刳出葩卉，綴緝呈組纂。推以合身心，宜若霄壤判。吾欲盡其文，掇取歸爐炭。往者予弗及，來者予何憚。作詩示朋曹，無乃駭童丱。

贈别郭元達

黄鵠乘天風，飄飄忽高翔。飛飛巢林鳥，刷羽情内傷。豈無淩霄志，六翮不得長。念子平生意，相送以傍徨。勿言易爲别，明發各一方。悲來解佩劒，爲子復進觴。且爲游子歌，歌詞何慨慷。疾風吹征飊，旭日在衣裳。自古有離别，各言慎行藏。

林弼 三首

弼字元凱，初名唐臣，龍谿人。仕元爲漳州路知事。戊申内附，以儒士登春官，修《禮樂書》，除禮部主事，歷登州知府。有《梅雪齋稿》。

龍州三首

峒丁峒婦皆高髻，白紵裁衫青布裙。客至柴門共深揖，一時男女競誰分。
近水刺桐知驛舍，倚山毛竹即人家。趁墟野婦沽甜酒，候客溪童進辣茶。
白沙青石小溪清，魚入踈罾艇子輕。漫說南荒風景異，此時真似剡中行。

張翨二首

翨或作翼。字翔南，建德人，徙居嘉興。元至正乙巳，舉于鄉，薦主甬東書院山長，不就。吳元年，徵入禮局，告歸。有《梓宇集》。

沈客子云：翔南歸自禮局，郡庠延訓諸生，家近宣公祠，庭有巨梓，集以是名。

《詩話》：洪武修《禮書》，吾鄉與者三人，徐一夔大章、陳世昌彦博及翨也。翨所居有巨梓，一夔爲作記，楊廉夫亦有題咏。故翨作《楊哀辭》有云：「忐梓寓榮衮褒兮，又靳昌乎聲詩。」《梓宇集》不傳，朱翰輯《檇李英華》，取其詩壓卷。

賦得韭溪春水送張別駕

春風吹花澄海門，韭溪雨足浮春雲。碧漪分流入城去，石闌倒壓玻瓈紋。使君青驄駐溪側，椎鼓官船送行色。片帆直泝五湖風，水晶宫中夜吹笛。

西湖竹枝詞

南高北高峰頂齊，錢唐江水隔湖西。不得潮頭到湖口，郎船今夜泊西溪。

《詩話》：辛丑夏，留湖上昭慶僧舍。時錢受之、曹潔躬、周元亮、施尚白諸先生先後來游。杭人有持元《西湖竹枝》請錢先生甲乙者，先生謂曰：「和者雖多，要不若老鐵。」次日，群公泛舟於湖，曹先生引杯曰：「鐵厓原倡之外，誰爲擅場，各舉一詩，不當者罰。」周先生舉陸仁良貴作云：「山下有湖湖有灣，山上有山郎未還。記得解儂金絡索，繫郎腰下玉連環。」施先生舉張簡仲簡作云：「鴛鴦胡蝶盡雙飛，楊柳青青郎未歸。第六橋邊寒食雨，催郎白苧作春衣。」南昌王猷定于一舉嚴恭景安作云：「湖中女兒不解愁，三五蕩槳百花洲。貪看花間雙蛺蝶，不知飛上玉搔頭。」吳袁于令令昭舉強珇彦栗作云：「湖上女兒學琵琶，滿頭都插鬧妝花。自從彈得陽關曲，只在湖船不在家。」武進鄒袛謨訏士舉申屠衡仲權作云：「白苧衫兒雙髻丫，望湖樓子是儂家。紅船撑入柳陰去，買得雙頭茉莉花。」錢唐胡介彦遠舉徐夢吉德符作云：「雷峰巷口晚凉天，相唤相呼出采蓮。莫爲采蓮忘却藕，月明風定好回船。」蕭山張杉南士舉繆侃叔正作云：「初三月子似彎弓，照見花開月月紅。月裏蟾蜍花上蝶，憐渠不到斷橋東。」山陰祁班孫奕喜舉釋文信道元作云：「湖西日脚欲没山，湖東月出牙梳彎，南北兩峰船上看，恰似阿儂雙髻鬟。」錢唐諸九鼎駿男舉馬琬文璧作云：「湖頭女兒二十多，春山兩點明秋波。自從湖上送郎去，至今不唱江南歌。」子曰：「諸公所舉皆當，然未苦吳興沈性自誠之作也。其詞云：『儂住西湖日日愁，郎船只在東江頭。憑誰移得湖山去，湖水江波一處流。』不獨寄託悠遠，且合《竹枝》縹緲之音。」曹先生曰：「然」。於是諸公皆飲，予亦浮一大白。回思舊事，四十年矣。録翔南詩，其旨與沈作略同。又吳世顯彦章詞云：「湖中日日坐船窗，水面鯉魚長一雙。好寄尺書問郎信，惱人湖水不通江。」意亦相合，然俱未及沈之俊逸也。

劉儼 一首

儼字敬思，錢唐人。元末，隱居西湖。明初，徵入修《禮樂書》，授廣東市舶司令。有《樗隱集》。

《詩話》：敬思爲管長史訥之師。其卒也，管哭以詩云：「痛哭劉夫子，如今隔九泉。家聲俱溢耳，才望孰齊肩。百氏遭漁獵，群經費討研。薦章何懇懇，束帛竟戔戔。東壁星辰表，西清雨露邊。班陪黄閣老，名厠玉堂仙。禮樂皆新製，方輿有續編。宣麻應内命，行李忽南遷。漢節衝蠻雨，黎歌入瘴煙。客庖魚米賤，商舶象犀聯。省檄官將調，郵書訃遽傳。哲人其逝矣，小子獨凄然。踵接才雖劣，心喪禮自專。不知雙眼淚，何日罷潺湲。」丁鶴年極稱之。

舟中漫興

青天縹緲吹雲衣，碧水顛倒插翠微。三家五家村舍出，一點兩點沙鷗飛。柳絲裊裊拂過艇，苔花斑斑生釣磯。風塵不到是樂土，莫怪往來城府稀。

魯淵 四首

淵字道原，淳安人。至正辛卯進士，江浙儒學提舉。洪武初，徵修《禮樂書》，詔授江西按察司僉事，以病辭。有《魯道原詩集》。

錢受之云：道原前進士，明初應召入禮局，辭還山。王逢贈詩云：「相期文苑傳，獨立義熙年。」亦有元遺民也。

《詩話》：道原爲沈原昭之師，嘗與楊廉夫、張光弼校文貢院，其題《入貢圖》詩云：「九州文軌車書混，萬里梯航玉帛齊。」《感懷詩》云：「越裳翡翠供輸少，遼海雲航漕運通。」蓋猶及見元盛時者。其後幾死於寇，極其顛沛。《晚宿新岑》詩云：「杜鵑山外家千里，姑惡聲中淚兩行。」誦之，亦可悲矣。

題馬文璧秋山圖爲盧仲章賦

野館空山裏，林泉象外幽。淡雲初霽雨，紅葉早驚秋。路轉山藏屋，橋危岸倚舟。直疑人境異，便欲問丹丘。

越中避難適周橋

喪亂今如此，漂零豈偶然。有身長作客，無地可歸田。兵火淒涼夜，風塵黯澹天。故人知愛客，同櫂鑑湖船。

長安市

夜泊長安市，鄉鄰崇德州。驛亭無駐馬，堰水有行舟。壞道蘊荆棘，陰房聚髑髏。淒涼兵火地，人物總荒丘。

重九

白雁南飛天欲霜，蕭蕭風雨又重陽。已知建德非吾土，還憶并州是故鄉。蓬鬢轉添今日白，菊花猶似去年黄。登高莫上龍山路，極目中原草木荒。

劉永之二十一首

永之字仲脩，清江人。明初徵士。有《山陰集》。

梁孟敬云：　仲脩遺詞發詠，追金琢璧，鉅篇短章，榘度悉合。

敖子發云：　山陰翁詩諸體皆工，而七言絶句尤佳，不徒深入簡齋門戶，亦可與晚唐諸賢白戰於變風境上，而莫之雌雄者。

簡一溪云：　先生詩詞格調精工，諸體備至，渢渢乎風雅之遺。

錢受之云：　仲脩詩文清麗古雅。

《詩話》：　仲脩應聘入都，以耳疾辭。其《秣陵述懷》詩云：「誤蒙曲臺召，秉筆從諸公。」則亦徵入禮局之一人矣。宋景濂以辭章翰墨雙絶稱之，贈詩云：「多少薦紳求識面，江南文價爲君低。」觀集中《與梁孟敬論春秋書》，謂：「胡氏之《春秋》，非經之本旨，自爲一書可爾。

使聖人者，若後世之法吏，深文而巧詆，蔑乎寬厚之意，此其失非細故也。」其識出環谷、東山諸君之上。其詩務去陳言，取材新穎。五言如「青年杜書記，白髮漢郎官」，「澗水穿林去，山雲帶雨回」，「雨微簷溜緩，風急雁聲稀」，「野燒兼風起，邊烽共月升」，「春明三壽草，雪映九英梅」，「蟹舍能留客，漁舟不畏風」。「鹿盧花下轉，萵苣雨中鉏」，「白鶴窺殘奕，青童埽落花」，「路危楓葉斷，石險桂根懸」，「鹿柵成山壘，漁梁阻澗泉」；七言如「過橋柳暗烏爭樹，當戶花開燕入簷」，「近瀑飛雲經樹濕，穿花流水過橋香」，「朱絃鏤管書苔紙，銀簟秋衾夢橘湖」，「古硯自磨銅雀瓦，坐氈還疊罽賓毹」，「石泉落處寒兼雨，楓葉飄來冷帶霜」，「杜若烟生螺子港，桃花水暖象牙津」，「千峰靜對芙蓉幕，三峽遥連蝃蝀橋」，「竹嶼暝煙浮翠黛，石田秋雨潤銀沙」，「沙田紫蔗家家熟，野徑丹楓處處飛」，「井底龍飛山客見，峰頭鹿過野人知」，「白雲當戶心同靜，亂竹侵階手自刪」，何其似姚少監、鄭都官也。

秋懷

涼飈振庭樹，浮雲結重陰。中情忽不樂，拂几彈鳴琴。泠泠多苦調，零淚霑衣衿。遠懷東都士，登彼北邙岑。悵然望京洛，五噫發哀吟。悠悠千載下，誰識古人心。

登煙雲臺同西峰諸友分韻得跨字

振策履崔嵬，飛步凌雲榭。俛觀飛鳥翔，遠見平江瀉。彈棋古桂陰，酌酒長松下。谷響嘯哀猨，林香過山麝。祈靈醉巫覡，尋真望仙駕。翠虯金節導，青鸞羽衣跨。

訪驛馬精舍能上人不遇識其從孫蕭生進脩夜坐誦詩次日書此識別留柬能公

晨起忽不樂，驅騎高原行。四山多嵐氣，日照孤峰明。亭午際江渡，煙艇浮沙汀。登岸迷所適，岐路方縱横。忽憶驛馬寺，久慕能公名。詢塗向煙霧，阡陌互紆縈。漸入石路窄，松蘿藹冥冥。龍象雖寂莫，廊廡猶崢嶸。道人赴齋出，鍾梵杳無聲。款戶識之子，開室出相迎。宴坐畢餘景，空花聞夕磬。山尊瀉芳醑，秋蔬摘霜莖。性昧空寂旨，心樂儒雅清。夜止西窗宿，風條中夕鳴。病客既多感，聞此心骨驚。明當舍之去，沿流到江城。方從湖海游，暫遠林壑情。山門蔭寒沼，中涵苔蘚青。法源庶無竭，歸日濯塵纓。

過安慶精舍

淮壖古重鎮，龍舒實雄冠。顯顯青陽公，銜命玆屏翰。文能宣皇風，武能折兇悍。仁能撫士卒，知能輯流散。孤城抗千里，一身當敵萬。運否絀壯圖，昔屯負英算。城亡遂捐軀，仗節死國難。忠義凜霜日，聲名炳星漢。我來當夏杪，延覽遂興歎。俯仰成古今，興亡猶在眼。疲人稍歸郭，買舍臨江岸。午風舟舫集，夜霽燈火亂。精靈或來往，廟食儼容觀。生爲烈士尊，死爲姦臣憚。嗤嗤吟詩臺，千載污青簡。

同傅商翁何彦正舟中有懷辛好禮韻

沙際水痕交，細草蒙茸長。春江下連雁，夜雨同孤舫。佳期違宿諾，歡笑懷前賞。餘燼落寒燈，臥聞漁板響。

劉宗海爲余作清江春雨碧嶂秋嵐二圖賦此贈之

劉君早年善山水，得意往往圖樵漁。西昌城西一相見，忽然贈我雙画圖。圖中似是清江曲，春雨蒼茫汀樹緑。煙中髣髴辨飛帆，水際依微見茅屋。漁郎繫船江石上，一夜磯頭水新長。孤村日暮煙火微，渡口歸人暝猶往。碧嶂層巒翠轉奇，嵐光秀色含朝暉。風林落葉灑青壁，雲壑流泉生翠微。我昔結廬此山裏，每愛秋嵐淨如洗。經年奔走厭風塵，偶看新圖心獨喜。憑君添我小綸巾，明當歸埽山中雲。他日君來一相訪，松根爲子開柴門。

題金華余仲揚山水

人言吳中山水好，坐思絶境那能到。金華山人懷故山，時拂冰紈寫幽島。贈君此圖更絶奇，妙墨精思奪天造。陂陀重阜隱喬木，掩仰遥汀帶文藻。石嶠雲生暮色微，海門潮落秋風早。賀監居臨鑑湖曲，子猷宅近山陰道。江清落日櫂船回，照水新袍影顛倒。高情千古慕前哲，世俗紛華豈堪保。經年烽火遍江南，萬壑千峰迹如埽。畸人奔走厭塵濁，試覩圖画開懷抱。思傍幽林結茅屋，柴門低映寒藤老。放鶴前山戴笠歸，獨抱長鑱拾瑤草。

題古木幽篁圖

近者天下寫竹枝，息齋子昂最奇特。金釵折股錐画沙，直以高情寄豪墨。後來小李用家法，更覺縱横脱羈勒。御榻屏風或詔寫，流落人間豈多得。我家真蹟兼數公，錦囊玉軸複壁中。舊宅荒凉經戰伐，故物都隨煙燼空。此圖尋丈小李作，位置頗殊標格同。半身古樹色蒼潤，篔簹因依相澹濃。長林無人秋氣入，蜿蜿蛇蛟起幽蟄。蠨蛸垂絲晝陰靜，老鶴刷翎昏雨集。黄陵廟前湘水深，捐玦江皋思俯拾。浮槎尋源遡空闊，析旌低度玄雲濕。何郎兄弟最好奇，愛此不減珊瑚枝。幽居正在蘭峰下，亦有喬木當窗扉。共展長圖幽興發，六月涼飈生葛衣。還君珍襲增歎息，他日重看覓舊題。

陳君心吾以黄鼠筆見貽此筆唯京師多用之江南罕得也賦此贈之

冰鼠金毫鋭，霜筠翠管長。攜來南郡遠，制出北州良。内史來禽帖，黄門急就章。秋林多柿葉，揮灑興難忘。

送吴德基赴興化令

春江望不極，芳草緑江潯。千里長沙道，孤帆去客心。縣城依水國，吏語帶蠻音。到日應無事，華亭自鼓琴。

經湖口縣

古縣開湖口，高檣集岸隈。山從廬阜起，江向武昌來。近水皆楊柳，荒城半草萊。客心元自速，更遣曉風催。

爲高安何思恭題方壺所画山水

古象山中白晝閒，紫煙樓觀鳳笙寒。試分玉井三秋露，戲寫方壺九疊山。老樹糢糊常帶雨，茅茨瀟灑鎮臨湍。知君隱處渾如此，持向荷峰錦水看。

題画鷹

猶記鳴鞘出霸陵，新豐市北醉呼鷹。於今豪氣都消盡，閒看新圖剔雁燈。

題扇

烏絲細寫蠶頭篆，白紵新裁燕尾衫。雨過西軒苔色淨，澗中雲影似江帆。

題竹

洞裏仙人白兔公，手持玉笛向秋風。彩雲低度天如水，吹作龍吟三月中。

題扇

金鳳洲頭倒玉壺，銅塘浦口送飛艫。他時若記分攜處，花滿春城聞鷓鴣。

寄西峰道士 二首

百尺飛樓接太清，萬年枝上月華明。鹿車入谷無人見，應是仙人衛叔卿。
石室虛明隔紫煙，靈文中閟白瑶鐫。丹書隱字誰能識，歲月應題建武年。

北澗夏日

酒傾蘭勺石泉香，衣翦荷盤露氣凉。誰料十年江海興，閉門踈雨對横塘。

夜宴定侯宅醉中口號

刻羽堂中画燭明，將軍夜醉水西營。青樓小婦新承寵，彈得凉州第一聲。

爲彭子弘漁釣圖

彭郎磯畔小茅堂，露滿秋林木葉黃。石渚水生魚欲上，一江風雨夜鳴榔。

孫作 四首

作字大雅，以字行，一字次知，江陰人。洪武癸丑，召修《日曆》。書成，除翰林編修，以老病乞外，授太平府儒學教授。入爲國子助教，遷司業。有《滄螺集》。

李武曾云：胥元季之人，咸襲抱遺老人詩派，東家子獨以蘇、黃爲師，洵特立之士也。

《詩話》：編纂《日曆》，洪武六年九月事也。先是徐大章《報王子充書》曰：「近世論史者，莫切於《日曆》。《日曆》者，史之根柢也。其法以事繫日，以日繫月，以月繫時，以時繫年，猶有《春秋》之遺。記事之法，無踰此也。宋重史事，《日曆》之修，必諸司關白，如詔誥、政令，則三省必録。兵機邊事，則樞庭必報。百官之拜罷，刑賞之與奪，臺諫之論列，給舍之繳駁，經筵之論荅，臣僚之轉對，侍從之直前故事，中外之囊封匭奏，下至錢穀、甲兵、獄訟、造作，凡有關政體者，必隨日以録，歲終監修，宰相點檢修撰官日所録事，有失職者罰之，其慎重若此。《日曆》不失，則後日《會要》之修取於此，他年《實録》之修取於此，百年之後紀、志、列傳取於此，此宋氏之史所以可據也。元則制度文爲務從簡便，不置《日曆》，不置起居注，獨中書置時政科，以一文學掾掌之，以事赴史館。及一帝崩，則國史院據所付，以修《實録》。若順帝三十六年事，既無實録，又無參稽之書，惟憑采訪以足成之，竊恐其事未必覈，其言未必馴，其首尾未必貫也。」其論實自大章發之。修《日曆》者七人，孫大雅與焉。大雅自號東家子，以文見知於牛士良。宋景濂爲作《東家子傳》，謂：「他人之文束於理則辭不暢，肆於辭則理不直，惟公洞矚千古之上，折之則理勝，闢之則辭嚴，動有據依，皆非臆説。」其推許至矣。詩絶去元季之習，好盤硬語。有云：「蘇子落筆崩海江，豫州吐句敵山岳。湯湯濤瀾絶厓岸，粤粤木石森劒槊。二子低昂久不下，藪澤遂包貙與鱷。至今雜遝呼從賔，誰敢崛強二子角。吾尤愛豫章，撫卷氣先愕。磨牙咋舌熊豹面，以手捫膺就束縛。士如此老固可佳，不信後來無繼作。」蓋欲力追涪翁，宜詩之不肯猶人也。

大堤曲

君騎白馬來，我騎青驄去。背面不相識，兩馬驕嘶住。

客中秋夜

故園應露白，凉夜又秋分。月皎空山靜，天清一雁聞。感時愁獨在，排悶酒初醺。豆子南山熟，何年得自耘。

石菖蒲

曉露飛初濕，春苗翦又生。靜憐千葉瘦，幽喜一峰橫。鬱鬱明人眼，青青異物情。安期如可待，吾亦埽黄精。

送杜孝廉往句容

江東勝地壓西浙，句曲山傳天下稀。林間風生一虎過，石上月明雙鶴歸。我擬華陽裁白帢，君如萊子奉斑衣。日長縣幕娱親地，小轎疎櫺入翠微。

錢宰 二十四首

宰字子予，一字伯均，會稽人。元進士。明初，以明經徵修《禮樂書》，授國子助教。乞歸，召較書翰林，加博士，致仕。有《臨安集》。

徐子元云：博士詩如霜曉鯨音，自然洪亮。

黄才伯云：博士病近代新聲太繁，刻意古調，擬漢魏而下諸作，補其未馴者，詞林稱之。

《詩話》：博士，吳越武肅王十四世孫。孝陵命撰帝王廟樂章，稱旨。每進見輒賜坐侍食。嘗賦《早朝》絶句云：「四鼓鼕鼕起著衣，午門朝見尚嫌遲。何時得遂田園樂，睡到人間飯熟時。」明日，文華讌畢，帝諭曰：「昨日好詩，朕曷嘗嫌汝，何不改作憂字。」又曰：「朕今放汝去，好放心熟睡矣。」乃遣還。二十七年，詔徵同揭軌等二十六人，定正《尚書蔡氏傳》，命開局翰林院。賜綺繒衣被，入朝班侍衞之首，賜飲酒樓。還里，年九十六乃卒。二十四人者，黄觀、景清在其中，《實録》特删去，蓋永樂中，以名在姦黨故也。博士詩波瀾老成，諸體悉稱，韓宜可、唐愚士皆師之。

擬古七首

出門萬里別，行行遠防邊。相望各天末，北斗日夜躔。四運秋復春，不見君子還。燕車北其轍，越馬南其轅。目遠心愈近，悵然徒懸懸。黄雲暗關塞，路險不見天。式微夫如何，日月忽已遷。願言崇明德，無爲終棄捐。

高臺何巍巍，參差與雲平。玉繩臨雙闕，長河流無聲。上有羽衣人，逍遥吹玉笙。清響涵明月，飛珮何泠泠。借問弄者誰，疑是董雙成。曲終再三歎，感慨有餘情。所悲同門友，局促趨世榮。願將秋水劒，爲之解塵纓。笑呼雙黄鵠，與子俱遠征。

涉海采琅玕，紅者珊瑚枝。明珠盈懷袖，將以遺所思。海闊不得返，所寳莫致之。爛其納我室，抱璞將何爲。

青青梧桐樹，託根在高岡。與子新合歡，翕如鳳與皇。鳳皇鳴鏘鏘，合歡期世昌。歡情一何短，離思一何長。嗟彼籬下菊，含英揚其芳。晨霜秉貞節，寧隨秋草黄。終當采而佩，歲晏夫何傷。

河東有織女，皎皎雲爲章。手弄機上絲，日夕更七襄。織成五色文，欲製君子裳。莫言隔秋水，可以駕飛梁。睆彼牽牛星，終日不服箱。

故人萬里別，海水日夜深。南風海上來，遺我雙南金。不見故人面，乃見故人心。鑄作黄金徽，置之白玉琴。彈爲別鶴操，間以懷湘吟。曲終聽者稀，矯首望知音。

庭樹日已黄，白髮日已短。候蟲鳴前除，秋霜蕙花晚。歲月如奔駒，六轡不可挽。泛舟涉方瀛，方瀛水清淺。安期邈難求，吾櫂亦已返。花開醉復斟，黍熟飢自飯。逌然樂悟生，瑶島諒不遠。

分題賦載酒亭送友人之四川

大江發巴蜀，岷峨蔚嶕嶢。子雲性佚蕩，逸氣相扶摇。灑翰騁雄辭，凌雲何飄飄。終焉歛其華，組麗不足驕。覃思著玄文，斟酌倣繇爻。閎言極幽微，緜絡天地交。豈無好事者，載酒與遊遨。胡爲事黄門，投閣竟蕭條。龍蛇不知藏，堰蜓亦見嘲。天獨昌其文，炳如日星昭。子行登斯亭，英爽或可招。謂我欲問奇，峽水阻且遥。

題雪獵圖

健兒善騎射，出獵古戰場。白雪日夜飛，蕭蕭朔風凉。黄草蔽沙磧，馬肥弓力強。小隊出漢南，十騎如龍驤。前驅逐猛虎，後騎接飛獐。翻身激羽箭，疊中兩羚羊。玄熊何前却，猛氣亦跳梁。南行顧長戟，北走脱飛鎗。驄鑣愈奮捷，性命不得將。自謂足馳騁，意氣何揚揚。寧思漢廷將，英勇際武皇。去年出雲中，置郡定朔方。今年戰高闕，夜圍右賢王。小勇何足矜，萬里開邊疆。

兵退後作

朔風號枯枝，長夜何漫漫。微月出復没，零露凄以漙。露漙不足悲，嚴霜爲之寒。飢烏下叢薄，猛虎鳴其間。鬼燈照虚館，落葉何珊珊。蕭蕭遠征人，載歌行路難。我心增慘戚，豈不思東還。欲濟川無梁，中道多阻艱。弱子病且死，老妻方憂患。明將登前塗，念我衣裳單。斧冰汲澗水，采薪事朝餐。慨彼下泉詩，悠然起長歎。

泛舟新湖塘次王敬初韻二首

清賞各有適，何異同登攀。君舟泊西隩，我車上東山。林光變宿雨，溪響洄晴瀾。春深飛花歇，日入好鳥還。佳景欣所得，毋令清興殘。俯看縱壑魚，仰見培風翰。物理固有待，努力當希顔。胡爲念窮達，戚戚天壤間。

湖水日已緑，理櫂不可緩。雜花當晝翻，遠樹出雲短。沙明宿雨霽，風急游絲斷。悠悠歡賞深，歷歷佳趣滿。酒盡客愁生，歌殘離思遠。世路方險巇，窮居正蕭散。出處諒何心，夕陽起樵管。

早春寄鄉中友人

故園花發春又來，碧桃半拆棠梨開。流鶯踏花酒落杯，花飛落酒相縈回。酒酣起舞落日晚，應念長安人未回。江上舟，幾時發，拍手醉唱歸去來，笑摘花枝簪白髮。

雲中兩烈婦

竹貞鎮雲中，縱游兵掠鄉鄙。張思孝妻華氏偕子婦劉罵賊，死之。作《雲中兩烈婦》。

雲中兩烈婦，風節何雄哉！婦姑誓同死，軍馬倏已來。姑言我死命所遭，爾方年少不得逃。欲自經不得索，欲自刎不得刀。少婦潛致詞，不用刀與索。兒當激賊怒，婦姑頭共斫。姑如湛盧劍，罵賊獮生剛風。婦如黄間弩，蹶張放弦氣愈雄。厲聲奮激膺賊鋒，萬古雙烈誇雲中。

題趙仲庸鏡湖圖爲洽上人作

趙侯胸中有泉石，白髮垂顛人不識。丹青不寫四十年，一見洽師雙眼碧。當年王宰浪得名，十日五日勞經營。天機到時一揮灑，白雲顛倒秋波明。秋波在屋下，白雲在屋上。香鑪秦望天東南，蒼巒翠巘森相向。三山落日煙水賒，秋風舊宅今荷花。斷垣蒼石無路入，至今人説放翁家。放翁家，渺何處。

阿師出家不歸去，不惜千金買画圖，笑倚清江看雲樹。

長江霽雪圖

昔年壯游下江漢，霽雪千峰排兩岸。今年看画憶舊游，萬里江山入清矚。岷峨岡脊來蜿蜒，青城一峰高插天。東馳衡山走千里，匡廬五老，下與石城北固遥相連。冰巒雪壑互起伏，照見日華破初旭。神光混茫元氣浮，奮如巨鼇簸坤軸。爛如秋空雲，浩如滄海濤。又如瑶臺銀闕天上頭，皎皎白月空秋毫。回光下照中流水，風吹河漢銀雲起。中流空闊不勝寒，一洗丹碧秋漫漫。山川歷歷真偉觀，來往十年游未半。不如雲瀛樓上來倚闌，一日看遍江南山。

題俞景山畫山水帳

老大索居江上樓，廿年不出懷舊遊。叩門下樓出迎客，但見絶壑風飀飀。岱宗日觀山上頭，日出未出蒼煙浮。嵩高插天太華碧，蛾眉青城翠欲流。匡廬老泉挂白石，蒼梧水落湘江秋。懸厓倚天萬山立，翔鸞舞鳳蟠蒼虬。幽岑遠樹互出沒，白雲不散松風收。松根老樵列四五，招我共入青林幽。平生游歷走不遍，千里萬里窮遐搜。如何一日墮我前，空翠雜沓來雙眸。舉頭問客何因入此境，迺是手持画圖來滄州。俞君作畫時，雅有山林癖。朝登秦望山，萬壑千巖淨横臆。暮上香爐峰，海色秋清上遥碧。歸來放筆倣董源，筆底丹青浩無迹。海桑一别三千年，山月江風耿相憶。仰觀巖上泉，俯看松下石。故人不見空画圖，十幅雲煙卷還客。

梧桐樹

梧桐樹，一葉墮秋風，一葉委秋露。明年二月新葉生，還在今年葉飛處。漢宫飛燕近承恩，零落班姬不如故。君不見梧桐樹。

分題賦鏡湖送張用中

鏡湖白波木葉稀，凉風蕭蕭入客衣。季真賜宅已無主，太白酒船空櫂歸。野色驚秋鴻雁下，水聲吹雨鯉魚飛。此時張翰吴中去，雲鎖稽山失翠微。

題趙仲穆秋山圖

人家水檻接山窗，好在江南山水邦。兩岸雲林皆落日，一天鳧雁共秋江。屋頭數遍青巒九，松下吟成白石雙。野服何人正蕭散，泊船歸醉酒盈缸。

題画菜

今日荷鉏倦，嘉蔬没四垣。客來春酒緑，風雨夜開園。

春深即景

露梢黄鳥啄來禽，蛀葉青蟲絡樹陰。又是緣階春雨歇，滿庭芳草落花深。

題秦淮送别圖

緑酒斟來且莫斟，酒闌歌罷去駸駸。别懷恰似秦淮水，流到長江緑更深。

題林處士觀梅圖

放鶴仙人不可招，斷河殘月夜聞簫。别來欲問春消息，花落西泠第二橋。

揭軌五首

軌字孟同，臨川人。洪武初，以明經舉除清河主簿，升知縣，謝歸，教授生徒。召定《書傳會選》。

沈山子云：孟同詩以唐人爲圭臬，斤斤不爽，方之高漫士差優。

河北冰泮放舟歸江南奉寄楊南宫

曉來銅雀東風起，春冰凌亂漳河水。郎官驚起解歸舟，一日風帆可千里。侵晨鼓枻發臨清，薄暮乘流下濟寧。南宫先生先我去，花時想達瓜洲步。尋君何處抽風帆，杏花煙雨春江南。

春陰

黎花門巷泥活活，楊柳窗戶緑陰陰。軒車不來又幾日，風雨相思勞寸心。舒州紅稻宜晚飯，采石碧酒供滿斟。故人何可久不見，我有新詩思共吟。

過燕都故宫

八月金輿度玉關，芙蓉零落後庭閒。西宫無復羊車過，南苑猶疑鳳吹還。承露金盤留海上，廣寒瓊戶鎖人間。翠華此日知何在，黄葉蕭蕭萬歲山。

晚歸

苑外金波映水天，歸驄蹀躞暮江邊。鳳皇臺閣初含雨，燕子人家又禁煙。詩寫桃花歌扇底，酒攜楊柳舞樓前。請看秋雨臙脂井，好醉春風玳瑁筵。

宴南市樓

詔出金錢送酒壚，綺樓勝會集文儒。江頭魚藻新開宴，苑外鶯花又賜酺。趙女酒翻歌扇濕，燕姬香襲舞裙紆。繡筵莫道知音少，司馬能琴絶代無。

姜明叔云：國初於金陵聚寶門外，建輕煙、澹粉、梅妍、柳翠十四樓，以聚四方賓客。觀揭孟同詩，可知國初搢紳宴集皆用官妓，與唐宋不異，後始有禁耳。

《詩話》：永樂中，蜀人晏振之《金陵春夕》詩云：「花月春江十四樓。」十四樓者，來賓、重譯、清江、石城、鶴鳴、醉仙、樂民、集賢、謳歌、鼓腹、輕煙、淡粉、梅妍、柳翠也。姜明叔《蓉塘詩話》，謂皆在聚寶門外。然中既以清江、石城爲名，必不皆在聚寶門矣。周吉父撰《金陵瑣事》，謂有十六樓，在城内者曰南市、曰北市，在聚寶門外之西者曰來賓，在聚寶門外之東者曰重譯，在瓦屑壩者曰集賢、曰樂民，在西關中街北者曰鳴鶴，在西關中街南者曰醉仙，在西關南街者曰輕煙、曰淡粉，在西關北街者曰柳翠、曰梅妍，在石城門外者曰石城、曰謳歌，在清凉門外者曰清江、曰鼓腹，所載特詳。楊用脩《藝林伐山》遺南市、北市，陳魯南《金陵世紀》遺清江、石城，因曲就十四樓之目而誤也。相傳定正《蔡傳》書成，宴編纂諸臣於醉仙樓上。然揭孟同詩云「詔出金錢送酒壚，綺樓高會集文儒」，題曰《宴南市樓》，則非醉仙明矣。《實録》：「洪武二十七年八月庚寅，新建京都酒樓成。先是上以海内太平，思欲與民偕樂，乃命工部作十樓於江東諸門之外，令民設酒肆以接四方賓旅。既又增作五樓，至是皆成，賜百官鈔宴於醉仙樓。九月癸丑，定正《蔡傳》書成，賜諸儒宴及鈔，俾馳驛還。」是則編纂諸儒，先與百官並賜宴者醉仙樓也，繼以書成，賜宴者南市樓也。蓋酒樓本十六，其一北市樓建後被焚，此《實録》止言增建五樓也。當日諸樓皆有官妓，不獨輕煙、淡粉、梅妍、柳翠爲然，故李公泰叔通集句詩，於北市則云「極目亂紅妝」，於集賢則云「妙舞向春風」，於清江則云「時囀遏雲聲」，於鼓腹則云「舞破日初斜」，於石城則云「翠袖拂塵埃」，於來賓則云「煙花象外幽」，於鶴鳴則云「白日移歌袖」。而孟同詩云：「詩寫桃花歌扇底，酒攜楊柳舞樓前」。又云：「龍虎關河環錦繡，鳳皇樓閣麗煙花」。又云：「趙女酒翻歌扇濕，燕姬香襲舞裙紆」。追憶承平都會之盛，君臣相遇之隆，亦一段佳話也。

童冀 四首

冀字中州，金華人。洪武丙辰，被徵修書。後爲湖州府學教授，調北平，坐罪卒。有《和陶集》。姚廣孝云：中州才力老成，問學淹貫。二十年來，奔走南北，雖涉歷世故，樂天知命，有合於靖節之志趣。其和詩，如繭抽泉決，略不見其艱窘，矧有牽强者邪？

庚子歲五月中從都還阻風于規林

我昔少年日，無事幸休居。佩弦戒性緩，每師董安于。迨茲桑榆景，始悟失東隅。屢將孱弱軀，觸目風波塗。嚴冬朔風急，夜截高郵湖。豈不幸利涉，爲計良已疎。古人誡垂堂，况我疾病餘。前塗諒多險，欲悔將焉如。

水車行

零陵水車風作輪，緣江夜響盤空雲。輪盤團團徑三丈，水聲却在風輪上。大江日夜東北流，高岸低坼開深溝。輪盤引水入溝去，分送高田種禾黍。盤盤自轉不用人，年年祇用修車輪。往年比屋搜軍伍，全家載下西涼府。十家無有三家存，水車卧地多作薪。荒田無人復愁旱，極目黃茅接長坂。年來兒長成丁夫，旋開荒田納官租。官租不闕足家食，家家復藉水田力。一車之力食十家，十家不憚勤修車。但願人長在家車在軸，不憂禾黍秋不熟。

罱泥行

朝罱泥，暮罱泥，河水澆田河岸低。吴中有田多鹵斥，河水高於田數尺。雨淋浪拍岸善崩，歲歲罱泥增岸塍。載泥船小水易入，船頭踏人船尾立。吴兒使竹勝使篙，竹筐漉泥如濁醪。此身便作淘河鳥，河水終多泥漸少。君不聞越上之田高於城，連車引水千尺坑。車聲軋軋夜達明，田間濁水無時盈。吴田苦澇越苦旱，越水常枯吴水滿。嗟乎，世間至平惟水猶不平，請君不用觀世情。

贈丹崖隱者

吾聞零陵東有丹崖山，青天削出青孱顛。丹梯百丈不可得，仙人煉藥巢其間。丹成仙去已千載，至今草木餘清寒。我來弔古訪陳迹，石磴側足難躋攀。上有撐雲拄日之喬松，下有懸厓噴壑之驚湍。幽林野鳥作人語，陰澗或有蛟龍蟠。何人結屋倚蒼翠，抱琴林下聽潺湲。乃是丹厓仙人老孫子，少年早脱名利關。祇今五十如處子，雙鬢鴉墨顏渥丹。門前種秫釀春酒，屋後藝菽供朝餐。留我石上煮清茗，松花落地雲斑斑。我家金華五十里，失身作客天南端。徵書昨夜趣歸輿，葉舟徑下湘江灘。弘文館深難置足，神武門高宜掛冠。山中草屋幸無恙，拂衣歸共浮雲閒。明年花開儻相憶，把酒相望興長歎。

趙撝謙一首

撝謙名謙，一名古則，餘姚人，洪武初，徵修《正韻》，出爲中都國子監典簿。罷歸，尋以薦召爲瓊山教諭，卒於官。有《考古餘事》。

黄太沖云：先生詩有《考古餘事》千篇，未曾傳世。

《詩話》：明祖《正韻》一書，出自獨斷。天子考文，諸臣敢不敬應。撝謙於六書四聲最精，焉肯盡棄其學而順帝之則？其見黜也，必因不苟附和而然，不在年少也。既歸，築考古臺，述《聲音文字通》，書成，賦詩云：「文字聲音歎久訛，十年辛苦事研磨。誰云沈約知音甚，未許揚雄識字多。魚魯從今堪辨析，鼎鼐由昔費摩挲。總憐朋舊微鍾子，歸卧雲山看薜蘿。」當知臺名考古，心非《正韻》爲今矣。

古風次倪安道韻

荒哉周穆王，八駿窮萬里。朝發崑崙巔，夕飲瑶池水。空歌白雲謡，千載汙人耳。三復祈招詩，感歎不能已。

明詩綜卷八

小長蘆　朱彝尊　録
海昌　馬思贊　緝評

高啓 一百三十八首

啓字季迪，長洲人。洪武初，召修《元史》，授翰林院國史編修官，擢戶部侍郎。放還，尋坐法死。有《鳳臺》、《吹臺》、《江館》、《青丘》、《南樓》、《槎軒》、《姑蘇雜詠》等集。自選爲《缶鳴集》。景泰中，吴人徐庸彙爲《大全集》。

王子充云：季迪詩雋逸清麗，如秋空飛隼，盤旋百折，招之不下。又如碧水芙蕖，不假雕飾，翛然塵外。

謝玄懿云：季迪之詩，緣情隨事，因物賦形，縱横百出，開闔變化。其體製雅醇，則冠裳委蛇，佩玉而長裾也。其思致清遠，則秋空素鶴，回翔欲下，而輕雲霽月之連娟也。其文采縟麗，如春花翹英，蜀錦新濯。其才氣俊逸，如泰華秋隼之孤騫，崐崙八駿，追風躡電而馳也。

吴原博云：季迪雄不敢當子美，高不敢望晉魏，然能變其格調，足以仿佛韓、柳、王、岑。

劉欽謨云：季迪詩多激烈慷慨，雄偉奇古，浩乎如大川之決防也，鏘乎如洞庭之張樂也，翛乎如幽壑之舞蛟也。

李賓之云：國初稱高、楊、張、徐，季迪才力聲調，過三人遠甚。百餘年來，亦未見卓然有以過之者。

陳約之云：洪武初沿襲元體，頗存纖詞，時則季迪爲之冠。

徐子元云：季迪岱峰雄秀，瀚海渾涵，海内詩宗，豈惟吴下。

楊用修云：季迪一變元風，首開大雅。

王元美云：季迪如射鵰兒，伉健急利，往往命中。又如燕姬靚妝，巧笑便辟。

王敬美云：季迪才情有餘，使生弘正李、何之間，絶塵破的，未知鹿死誰手。楊、張、徐故是草昧之雄，勝國餘業，不中與高作僕。

穆敬甫云：高詩奇拔爽朗，可並唐之燕、許。

胡元瑞云：國初稱高、楊、張、徐，季迪風華穎邁，特過諸人。同時，若劉誠意之清新，汪忠勤之開爽，袁海叟之峭拔，皆自成一家，足相羽翼。劉崧、貝瓊、林鴻、孫蕡抑其次也。又云：高太史格調體裁不甚逾勝國，而才具瀾翻，風骨穎利，則遠過元人。昭代初，雅堪禘禰。

顧玄言云：　高侍郎始變元季之體，首倡明初之音。發端沈鬱，入趣幽遠，得風人激刺微旨，足以嗣響盛唐。

李時遠云：　季迪詩穠麗而無粉澤，清新而復高古，優入盛唐。

何无咎云：　季迪矩矱全唐，獨運胸臆，近體不無中晚纖弱之調，尚沿元季餘風。

錢受之云：　張氏開藩，季迪去隱吳淞江之青丘，自號青丘子。魏觀守蘇，爲徙居城中夏侯里。觀改修府治，季迪作《上梁文》，連坐腰斬。洪武七年事也。

陳卧子云：　季迪詩如渥洼生駒，神駿可愛，特未合和鸞之度耳。

李舒章云：　季迪如春池黄鳥，游目可念。

宋轅文云：　季迪妙有才情，翩翩矯逸，明初詩人，允宜首推。

繆天自云：　季迪詩，自古樂府、《文選》、《玉臺》、《金樓》諸體，下至李、杜、王、孟、高、岑、錢、郎、劉、白、韋、柳、韓、張，以及蘇、黄、范、陸、虞、揭，靡所不合。此之謂大家。誦青丘子歌，其自負亦不淺矣。

《静志居詩話》：　侍郎跌宕風華，鳳觀虎視，造邦巨擘，所不待言，而何仲默别推袁景文第一。試合諸體觀之，袁自非高敵也。世傳侍郎賈禍，因題《宮女圖》，其詩云：「女奴扶醉踏蒼苔，明月西園侍宴回。小犬隔花空吠影，夜深宮禁有誰來？」孝陵猜忌，情或有之，然集中又有題

《画犬》詩云：「獨兒初長尾茸茸，行響金鈴細草中。莫向瑶階吠人影，羊車半夜出深宫。」此則不類明初掖庭事。二詩或是刺庚申君，而作好事者因之傅會也。

行路難

君不見盤中鯉，暫失風濤登俎几。君不見枝上蜩，纔出糞壤凌雲霄。推移變化詎可測，勿謂明日同今朝。出乘高車入大馬，半是當年徒步者。悠悠行路莫相欺，爲雌爲雄未可知。

少年行

下直平明出禁門，笑提博局伴王孫。寳刀不敢將輸却，明日沙場欲報恩。

悲歌

征塗嶮巇，人乏馬飢。富老不如貧少，美游不如惡歸。浮雲隨風，零落四野。仰天悲歌，泣數行下。

李時遠云：不數漢魏。

阿那瓌

牛羊草漫野，大帳天山下。十萬控弦兒，聞笳齊上馬。

吳明卿云：伉健。

野田行

白楊樹下誰家墳，火燒野草碑無文。路傍尚卧雙石馬，行人指是故將軍。當時發卒開陰宅，千里送葬城東陌。子孫今去野人來，高處牧羊低種麥。平生意氣安在哉，棘叢暮雨棠梨開。百年富貴何足恃，雍門之琴良可哀。

秋風引

嗟爾秋風，胡爲來哉？奏商律兮，瑟颯而悲哀。叩喬柯而隕葉，埽廣路以清埃。入班姬之永巷，過襄王之高臺。瑶琴自鳴，羅幃齊開。馬蕭蕭而嘶起，鴻嗷嗷以翔回。使崩雲駭浪，震蕩於白日兮，忽欲去而徘徊。客有懷鄉失職而對此者，恨盈襟而難裁！但欲變天地之摇落，不知感節序之摧頽，秋風生，歸去來。

鍾廣漢云：善學太白。

秋江曲送顧使君

秋江月滿秋潮大，江上行人待潮過。別離休説渡江難，半日順風船穩坐。楚江茫茫葭菼平，使君來時雄雉鳴。子弟從軍隔江去，幾家猶住夕陽城。水田雖荒飯常足，芡米夜舂二十斛。誰道繁華不及前，戶無征税官無獄。渡江渡江君莫留，江北樂似江南秋。

鑿渠謡

鑿渠深，一十尋。鑿渠廣，八十丈。鑿渠未苦莫嗟吁，黄河曾開千丈餘。君不見，賈尚書。

城虎詞

候潮門開啼早鴉，有虎忽入居人家。母兒畏竄雞犬伏，排籬突戶誰能遮？獰風動樹初哮吼，驚起東營捉生手。怒拔長戈試一舂，目光落地倀魂走。南山蔾藿深冥冥，白日横行誰敢攖？何爲離窟來城市，牙爪雖全不能恃。君不見，壯士遭急縛，失路窮時亦如此。

春江行

春江南北疑無岸，緑草緑波連不斷。一女紅妝出浣紗，恰如鏡裏見桃花。裌衣猶冷過寒食，雲度春陰半江黑。浦口風多潮正深，輕舟摇蕩愁人心。鷓鴣暮啼歸路遠，飛絮茫茫楚王苑。

廢宅行

嗚珂坊裏將軍第，列戟齊收朱戶閉。里媪逢人説舊時，有廬被奪廣園池。今年沒入官爲主，散盡堂中義宅兒。廚煙久斷無粱肉，群鼠飢來入鄰屋。官封未與别人居，日日閒苔雨添緑。曲閣深沈接後房，画屏生色暗無光。尋常不敢偷窺處，守卒時來拾墜璫。春風多少奇花樹，又有豪家移得去？

牧牛詞

爾牛角彎環，我牛尾秃速。共拈短笛與長鞭，南隴東岡去相逐。日斜草遠牛行遲，牛勞牛飢惟我知。牛上唱歌牛下坐，夜歸還向牛邊卧。長年牧牛百不憂，但恐輸租賣我牛。

養蠶詞

東家西家罷來往，晴日深窗風雨響。二眠蠶起食葉多，陌頭桑樹空枝柯。新婦守箔女執筐，頭髮不梳一月忙。三姑祭後今年好，滿簇如雲繭成早。檐前繅車急作絲，又是夏税相催時。

憶遠曲

楊子津頭風色起，郎帆一開三百里。江橋水柵多酒壚，女兒解歌山鷓鴣。武昌西上巴陵道，聞郎處處經過好。櫻桃熟時郎不歸，客中誰爲縫春衣。陌頭空問琵琶卜，欲歸不歸在郎足。郎心重利輕風波，在家日少行路多。妾今能使烏頭白，不能使郎休作客。

里巫行

里人有病不飲藥，神君一來疫鬼却。走迎老巫夜降神，白羊赤鯉縱横陳。男女殷勤案前拜，家貧無殺神勿怪。老巫擊鼓舞且歌，紙錢索索陰風多。巫言汝壽當止此，神念汝虔賒汝死。送神上馬巫出門，家人登屋啼招魂。

陸冰修云：如此章法，入之張、王樂府，幾不能辨。

主客行

主人楚歌客楚舞，落日黄雲雁聲苦。笑拂腰間寶劍光，美人滿堂色如土。大兒北海人中奇，小兒能讀曹娥碑。相逢且莫歎貧賤，但願有酒無別離。君不見平原墓上生秋草，國士無窮道傍老。

新絃曲

舊絃解，新絃張，冰絲牽愁六尺長。寬急頻從指邊聽，金雁參差移不定。新絃響高調易促，不如舊絃彈已熟。憐新厭舊妾恨深，爲君試奏白頭吟。他日愁如舊絃棄，泣向羅裙帶頭繫。

竹枝歌

楓林樹樹有猨啼，若箇聽來不慘悽。今夜郎舟宿何處，巴東不在定巴西。

照田蠶詞

東村西村作除夕，高炬千竿照田赤。老人笑祝小兒歌，願得宜蠶又宜麥。明星影亂棲烏驚，火光辟寒春已生。夜深然罷歸白屋，共說豐年真可卜。

擬古二首

美人一相見，遺我白玉環。上有雙雕龍，游戲在雲間。持此感深意，佩結無時閒。玉以比貞潔，環以明不絶。雲龍永相從，誰能使離别？

黄鳥鳴春陽，流芳滿西園。攀條日已暮，悵惋不能言。禦寒必重裘，涉道須雙轅。離居非君子，何以解憂煩？煩憂日已積，佳期日已失。思君如蓬萊，可望不可即。區區儻見察，憔悴甘自畢。

寓感六首

美女生貧家，光豔人未識。遠聘入楚宫，揚蛾欲傾國。朝游瓊臺上，夕侍金輿側。奉歡擬千齡，秋風失顔色。銜恩歸永巷，貞意徒寂默。高高天上星，墮作水底石。人事盡如斯，推移歎何極。

志士徇功業，貪夫詑輕肥。亦有逃群子，矯矯與時違。彼此更共笑，不知誰是非。達人體自然，出處兩忘機。浮雲游天表，舒卷有餘輝。

攬轡登太行，遥望洛北州。崤函正西峙，黄河復東流。百城無遺堵，雲煙莽相繆。朝作冠蓋埸，暮爲狐兔丘。昔人爭此地，干戈迭相讎。當其得意時，連陌擁鳴騶。百年奄忽盡，魂魄空來游。曷見采芝叟，冥棲無所求。

裋褐乘蓽輅，狐裘駕文車。西門與北宫，窮達一何殊。彼達矜已智，此窮媿身愚。東郭發至言，兩惑各以祛。厚薄有定命，巧拙果誰歟？歸卧掩蓬室，道存何所吁？

頹陽在川上，玄蟬夕鳴悲。嫋嫋風起波，翻翻葉辭枝。曠望天宇内，泬寥此何時。朱火已盈謝，清商屆其期。覽鏡忽自嗟，緑鬢生素絲。萬物有榮悴，造化豈吾私？

南山多浮雲，北山有高樹。因風暫來依，風回復飛去。兄弟滿四海，幾人此相遇。握手交百懽，分襟滋千慮。蹤跡不可常，無爲嗟去住。

始發南門晚行道中

歲暮寒亦行，征人有常期。辭我家鄉樂，適彼道路危。酒闌别賔親，驅車出郊岐。我馬力未痡，已越山與陂。回頭望高城，落日雲樹滋。遭亂既少安，謀生復多飢。塗逢往來人，孰不爲此馳。遠遊亦吾志，去矣何勞悲。

早過蕭山歷白鶴柯亭諸郵

客起何太早，村荒絶雞鳴。況時江雨晦，不得見啓明。凌兢度高關，山空縣無城。隔林聞人呼，已有先我行。側身避徑滑，聚足防厓傾。衣寒復多風，聒聒遠水聲。千峰霧中過，不識狀與名。嵐開見前郵，始覺歷數程。越禽啼楓篁，冷日傍午晴。煙生沙墟寂，葉落澗寺清。登臨亦可悅，但恨時未平。

聞長槍兵至出越城夜投龕山

列藩遏戎亂，駐鉞實此州。如何殺大將，王師自相讎。我來亂始定，城郭氣尚愁。又聞有鄰兵，倉卒豈敢留。促還出西門，天寒絶行輈。古戍暗雨雪，旌旗暮悠悠。野屋閉不守，澤田棄誰收。居人且奔逃，游子安得休。逶迤蒼山去，泱漭玄雲浮。人虎爭夜行，風榛嘯巖幽。我徒戒相親，一失未易求。飢食谷口栗，寒燒澗中櫪。神迷路多迂，再宿達海陬。雖嘗登頓勞，幸免迫辱憂。聖尼畏於匡，嗟我敢有尤。但慚去越早，不遂名山游。

夜抵江上候船至曉始行

夜辭西陵館，霜谷叫猨歗。津卒未具舟，天險不可越。漁商雜候渡，寒立沙上月。蒼煙隱遥汀，益覺潮漲闊。開橈散鶩鳧，海色曙初發。曨曨前山來，稍稍後嶺沒。中流聞鼓角，隔岸見城闕。客路得奇觀，臨風悶俱豁。

登鳳皇山尋故宫遺跡

玆山勢將飛，宫殿壓其上。江潮正東來，朝夕似奔嚮。當時結構意，欲敵汴都壯。我來百年後，紫氣愁不王。烏啼壁門空，落葉滿陰障。風悲度遺樂，樹古羅嚴仗。行人悼降王，故老怨姦相。蒼天何悠悠，未得問興喪。世運今復衰，淒涼一回望。

宿湯氏江樓夜起觀潮

舟師夜驚呼，隔浦亂燈集。潮聲若萬騎，怒奪海門入。初來聽猶遠，忽過睇無及。震摇高山動，噴灑明月溼。霜風助翻江，蛟龍苦難蟄。應知陰陽氣，來往此呼吸。登樓覺神壯，憑險方迥立。何處望靈旗，煙中去波急。

過奉口戰場

路回荒山開，如出古塞門。驚沙四邊起，寒日慘欲昏。上有飢鳶聲，下有枯蓬根。白骨横馬前，貴賤寧復論。不知將軍誰，此地昔戰奔。我欲問路人，前行盡空村。登高望廢壘，鬼結愁雲屯。當時十萬師，覆没能幾存。應有獨老翁，來此哭子孫。年來未休兵，彊弱事并吞。功名竟誰成，殺人遍乾坤。

媿無拯亂術，佇立空傷魂。

舟次敢山阻風累日登近岸荒岡僧舍

高岸鳴枯桑，湖陰北風厲。寒濤洶我前，幾日不得濟。孤舟恐漂蕩，石根暮牢繫。憂來厭閒卧，近寺聊獨詣。雀飢殘林空，人倦危磴細。年荒無居僧，樹死石門閉。神傷却欲返，微霰灑征袂。窮冬已崢嶸，故國尚迢遞。仰看浮雲馳，東路阻歸計。長歎復何言，吾生信多滯。

過硤石

硤石頗奇壯，長河出連山。絶壁兩岸開，行舟過其間。高處誰解登，陰藤裊難攀。旁垂雨痕古，仰露天光慳。不知真宰意，隨地設險艱。一夫據蜀閣，二世憑秦關。賴此非要區，爭奪得少閒。徘佪佇望久，日暮飛雲還。

登海昌城樓望海

百川浩皆東，元氣流不息。混茫自太古，於此見容德。積陰漲玄濤，萬里失空色。鴻鵠去不窮，魚龍變莫測。朝登兹樓望，動蕩豁胸臆。始知滄溟大，外絡九州域。日出水底宫，煙生島中國。寛疑浸天爛，怒欲吹地㕦。常時烈風興，海若不受職。長堤此胥潰，頻勞負薪塞。況今艱危際，民苦在墊溺。有地不可居，澒洞風塵黑。安得擊水游，圖南附鵬翼。

秋懷四首

明月出遠林，流輝鑒牀幃。促促草下蟲，催我索故衣。起歎秋夜長，欲取鳴琴揮。掩抑不成弄，中心復乖違。有懷難自宣，勿謂知音稀。

涼風動幽幔，高堂夜空虛。明燈無與語，聊讀古人書。古人亦何人，使我不得如。棄卷輒還卧，終宵自欷歔。

朝游荒岡陲，暮行空潭側。我非楚大夫，何有憔悴色。良辰思遠騁，周道廣且直。我馬力不前，回駕仰偃息。踟躕阻脩竹，日夕睇西北。苟安非予志，所懼時未識。

弭櫂望江涘，日落青楓林。驚波駛且廣，蕩漾浮雲陰。靡靡皋蘭衰，嗈嗈渚鴻吟。顧此凜節謝，憂來忽傷心。宋子悲已多，潘生歎彌深。自古有此愁，誰云獨吾今。

出郊抵東屯三首

故鄉一區田，自我先人遺。賴此養吾懶，不耕坐待炊。霜露被寒野，屬當斂穫時。年來徵薄入，稅駕宿東陂。今年雖未豐，亦足療我飢。萬鍾知難稱，保此復何辭。喌喌雞登埸，秋稼恨狼籍。疎榆蔭門巷，景暗燈火夕。田家雖作苦，於世寡憂戚。况當收穫景，斗酒復可適。所以沮溺徒，躬耕不辭劇。坐久體不適，卷書出柴關。臨流偶西望，正見秦餘山。野淨寒木疎，川長暝禽還。此中忽有得，怡然散襟顔。遂同樵牧歸，歌笑落日間。

顧榮廟有序

晉侍中顧彦先有墓并祠，在長洲之東，久而廢爲淫祀。縣令周君復之爲賦是詩。

軍司吳國秀，神機夙超朗。弱冠游洛師，已蒙南金賞。崎嶇諸王幕，沈湎務遵養。中罹廣陵艱，計服匪誠枉。風雲一揮扇，義旅臻同響。事成恥言動，飄然理歸鞅。晉社始東遷，群賢悉收獎。道謁真感會，矯翼丹霄上。德聞一代稱，跡泯千齡往。時屯乏良佐，英謨益堪想。墳祠託荒郊，蕭條竝榛莽。蕘童侵雨隧，淫巫闖塵幌。大夫過停轅，式瞻爲含愴。衣冠復故貌，筵几陳新享。寡劣忝鄉人，因歌表遐仰。

李舒章云：似謝康樂。

答張山人憲

聽君辛苦詞，感我艱難情。百年自有爲，安用文章名。雞鳴海光動，車馬塵滿城。相逢無新舊，言合意自傾。奉觴置君前，長歌發哀聲。時平苟未得，飲此全其生。

澄景閣夜宴

王孫喜留宴，開閣望明河。是夕月微暈，涼風池上多。棲禽翻暗叢，駭魚動圓波。清景厭絲竹，雅詠荅高歌。尊酌願勿問，良宵易蹉跎。預憂别在旦，車馬層城阿。

九日無酒步至西汀閒眺

高天無游氛，秋氣自激肅。離居時節變，霜降未授服。蕭條野田間，晨步聊遠矚。悠悠寒川駛，靡靡晴巒矗。菊叢有清香，木葉無故緑。親朋去我遠，登高且連躅。孤懷誰知音，惆悵臨水曲。名酒不可尋，歸來掩茅屋。

贈談鬼谷數瞽師金松隱

我聞鬼谷子，乃是古仙真。避世青谿中，不汙戰國塵。著書十三章，當年授儀秦。二子不善用，竟皆殺其身。瞽師得異傳，相去逾千春。不爲從衡說，談數妙入神。往年客南都，蓬門集朱輪。下簾論玄理，驚動金陵人。歸來隱虞山，繞廬樹松筠。誰言目無覩，内照靈光新。緬思大化根，生此下土民。起滅千萬塗，孰能究其因。或愚騁結駟，或賢被縣鶉。命也可奈何，天道誰疎親。世事昧守常，毋使徒紛綸。

始遷西齋

乍懸南樓榻，始布西齋筵。西齋非吾廬，幽淨亦可憐。風牖竹裊裊，露庭菊鮮鮮。圖史左右陳，永日坐一氊。婉孌數童子，哦誦當我前。爲爾竟寂寂，低回欲窮年。讀書將何爲，乃與始志愆。進無適時材，退乏負郭田。我生非匏瓜，謀食有道焉。苟得隨群趨，顧此不稍賢。飲餘解衣卧，毋嘲腹便便。

題陳生画

前村夕陽明，後嶺秋嵐積。葉落露山村，潮來沒江石。遥遥射雁子，慘慘聽猨客。何事下征帆，西陵渡頭驛。

青丘道中

霖雨江暴溢，奔流絶津涯。茫茫野田白，何由見春華。居人久已亡，流萍滿其家。昔我過此土，極目桑與麻。故道不可尋，舟行但蒹葭。歲凶豈宜客，四顧空長嗟。

秋風

秋風屋外來，落葉紛吾傍。不出門幾日，我樹如此黄。但覺成嬾性，焉知逝頽光。朝餐止一盂，夕卧惟一牀。仲尼欲行道，轍跡環四方。而我何爲者，不與世相忘。

大水

吾鄉水爲國，自昔稱漏天。今年尤苦霖，冒此上下田。老農愁相告，無有二十年。東江入門流，比屋如敗船。夜卧牀屢移，晨炊釜常懸。凉風吹蒲稗，群鵝鳴我前。茫茫失川塗，出行竟回邅。斯民欲昏墊，天意豈不憐。陰陽致乖沴，孰能究其然。歲饑尚勿憂，黽勉當食鮮。

毛公壇

欲觀漢壇符，東上縹緲峰。葛花墜寒露，夕飲清心胸。月出太湖水，鶴鳴空磵松。真境久寂寥，蒼苔閟靈蹤。嘗聞緑毛叟，變化猶神龍。世人豈得見，偶許樵夫逢。攀險力易疲，探玄志難從。歸去白雲外，空聞仙觀鐘。

吴桓王墓

朝出南郭門，高墳鬱蒼蒼。借問葬者誰，乃是長沙王。黄腸豈不錮，盗發取所藏。金環出世間，封樹無輝光。緬想衰炎際，當塗逞姦強。英雄失所據，虎視誰敢當。王初奮稺孤，英風凜飛霜。談笑定江東，賢豪欻來翔。少假須臾年，足見霸道昌。何爲困仇奴，輕獵不自防。天意豈佑魏，遽使斯人亡。因觀感往事，喟焉令人傷。

虎丘次清遠道士詩韻

神仙不可羈，乘螭躡雲漢。豈將避嬴劉，荒山事竄竄。何年東觀海，一至此峰翫。悠悠清詩傳，窅窅遺跡漫。我來繼登臨，長嘯幘初岸。既秋煙蘿疎，欲雨風竹亂。夜深空潭黑，月吐石壁半。龍驚汲僧來，鳥喜游客散。閣掩林下夕，鐘鳴巖中旦。勝賞誰能窮，今古付篇翰。飛騰子何之，汩沒余可歎。安得契真期，超然豁靈贊。

贈張主簿

離離平皁禾，纂纂横林棗。客行愛樂土，秋晚華亭道。停燭舂紡遲，鳴榜潭魚早。借問何能然，年來縣官好。

龍門

龍門何崢嶸，此地表奇蹟。山分兩崖青，天豁一罅白。知非禹功鑿，想是鬼手劈。長爲風雨關，開闔自朝夕。深合未吐雲，對峙不崩石。日光寒易傾，苔色陰更積。只宜過此内，便與人境隔。始窺已幽深，漸入尤險窄。暗中把危藤，蜿蜒欲驚魄。僧留看古刻，敲火照絕壁。晚聞松竹號，洶若波浪激。不知神魚飛，到此誰點額。

天池

靈峰可度難，昔聞枕中書。天池在其巔，每出青芙蕖。湛如玉女盆，雲影含夕虚。人靜時飲鹿，水寒不生魚。我來屬始春，石壁煙霞舒。灩灩月出後，泠泠雪消餘。再汎知神清，一酌欣慮除。何當逐流花，遂造仙人居。

劒池

干將欲飛出，巖石裂蒼礦。中間得深泉，探測費修綆。一穴海通源，雙崖樹交影。山中多居僧，終歲不飲井。殺氣凜猶在，棲禽夜頻警。月來照潭空，雲起噓壁冷。蒼龍已化去，遺我清絶境。聽轉轆轤聲，時來試新茗。

練瀆

吳越水爲國，行師利舟戰。夫差開此河，艅艎試新練。十萬淩潮兒，材比佽飛健。鼓櫂激風濤，揚舲逐雷電。當時意氣盈，謂已無勾踐。鷗避去沙洲，龍愁閉淵殿。恃強非伯圖，倏忽市朝變。臺上失嬌姿，泉間掩殘面。至今西山月，恨浸秋一片。猶有網魚人，時時得沈箭。

松江亭

泊舟登危亭，江風墮輕幘。空明入遠眺，天水如不隔。日落震澤浦，潮來松陵驛。緜緜洲溆平，莽莽葭菼積。凭闌不敢唾，下有龍窟宅。帆歸雲外秋，鳥下煙中夕。欲炊菰米飯，待月出海白。唤起弄珠君，閒吟第三笛。

南峰寺

樵歸衆山昏，天峰尚餘景。欲投石門宿，更度西南嶺。遠聞雲間鐘，蘿逕入寺永。懸燈照靜室，一禮支公影。鳥鳴澗壑空，泉響窗戶冷。對此問山僧，何如沃州境。

楞伽寺

夕陽西下嶂，返照東湖水。來尋古寺遊，楓葉秋幾里。叩門山猨驚，維馬林鳥起。鐘聲出煙去，半落漁舟裏。楞伽義未曉，塵累方自恥。欲打塔銘碑，從僧乞山紙。

支遁菴

閒登待月嶺，遠叩棲雲關。石室閉千載，高僧猶未還。殘燈黄葉下，古座青苔間。不見跏趺影，鶴鳴空此山。

弔幽獨君

君本何代人，姓名復爲誰？何年棄人間，長眠此山陲。荆榛鬱蒙蘢，孤墳上無碑。游魂久未化，哽咽還能詩。人沒乃歸滅，憂樂豈復知？君何獨煩冤，猶有親愛思。一死衆所同，已矣焉足悲？陳辭爲相弔，此理君當推。

剡原九曲二首

欲知溪流長，百轉來越嶠。舟行安能極，嵐路入斜照。清景不足娱，昔人豈辭詔？石硯久難磨，空林閉遺廟。

入江水稍決，霜降未可涉。頻聞往來人，出門即舟楫。前飛鷺鷥遠，下飲垂猱倢。何處問興公，風吹赤棠葉。

早過南湖

湖黑月未出，蒹葭露淒淒。榜人識浦溆，不畏荒煙迷。殘夢詎可續，舟摇櫓聲齊。開篷望天邊，斗柄插水低。津遥未見樹，村近纔聞雞。自嗟遠遊人，中宵走東西。不如沙頭雁，宛頸猶安棲。

春日言懷

芳樹何靡靡，鳴禽亦喈喈。時物豈不好，人事誠多乖。憂來卧閒房，語笑孰與偕。天道諒不昧，薄願終當諧。惟應守貞靜，有酒陶中懷。

題画鷹得嘯字

高風動古壁，竦立見蒼鷂。軒然欲飛揚，嗟此粉墨妙。秋筋束老骨，天寒勢逾矯。腦枯草中兔，氣盡櫪上驃。健鶻雖百餘，凡材豈同調。乾坤正肅殺，怒氣號萬竅。大野開平蕪，悲臺落殘照。荒城有妖狐，夜作猛虎嘯。爲君試一擊，壯士慙勇剽。安能飽拳肉，側翅隨年少。

哭王隅

車行一輪摧，鳥奮一翼傷。人生失輔友，誰當共提將。相逢豈無人，不獲如子良。朝遊群彦林，夕棄萬鬼鄉。春風吹南原，百草萋以長。呼君不歸魂，割我欲斷腸。豈不悟生滅，情至諒難忘。

送程校理遊江上

風亭晨離管，草緑江水暮。送此南浦人，孤帆雨中渡。别觴足自緩，前驛花滿路。春叢戀山鶯，晚絮迷汀鷺。我今獨愁居，芳月誰與度。佇立望遥波，相思積煙霧。

李舒章云：娟秀。

至蓮村

昔愛玆里幽，誓將構蓬廬。孰云墮世網，重到十載餘。喪亂喜獨完，煙火藹舊墟。柴門在深巷，落日榆柳疎。鄰翁念契闊，攜筐饋雙魚。苦問客何事，顔色與昔殊。焉知涉艱難，多戚長少娱。貧賤非所恥，中情在閒居。願翁勿相誚，終當遂吾初。

移家江上别城東故居

人情戀故鄉，誰樂遠爲客。我行豈得已，實爲喪亂迫。淒淒顧丘隴，悄悄别親戚。不去畏憂虞，欲去念離隔。雖有妻子從，我恨終不釋。出門未忍發，惆悵至日夕。

我昔

我昔在家日，有樂不自知。及玆出門遊，始復思往時。貧賤爲客難，寢食不獲宜。異鄉寡儔侶，童僕相擁持。天性本至慵，强使賦載馳。發言恐有忤，蹈足慮近危。人生貴安逸，壯遊亦奚爲。何當謝斯役，歸守東岡陂。

京師嘗吳杭

新杭粲如玉，遠漕來中吳。初嘗愛精鑿，想出官田租。我本東皋民，少年習耕鉏。霜天萬穗熟，恣啄從飢烏。日暮刈穫歸，妻孥共懽呼。茆屋夜舂急，風雨江村孤。晨炊滿家香，薦以出網鱸。如今幸蒙恩，遨遊在南都。門前半區田，別來想已蕪。長年盜寸廩，補報一事無。投匕忽歎息，飽食慚農夫。

送周四孝廉後酒醒夜聞雁聲

別時酒忽醒，客去唯空舍。風雪雁聲來，寒生石城夜。遥憶渡江船，正泊楓林下。

唐昭宗賜錢武肅王鐵券歌

妖兒初下含元殿，天子仍居少陽院。諸藩從此擁連城，朝貢皆停事攻戰。岐王一去梁王來，長安宫闕生蒿萊。天目山前異人出，金戈雙舉風煙開。羅平惡鳥啼初起，犀弩三千射潮水。歸來父老拜旌旗，釃酒搥牛宴鄉里。擊毬駿馬驕春風，錦袍玉帶真英雄。詔書特賜誓終始，黄金鏤字旌殊功。虎符龍節彤弓矢，後嗣猶令赦三死。盡言恩寵冠當時，天府丹書未逾此。摩挲舊物四百年，古色滿面凝蒼煙。天祐宰相署名在，尋文再讀心茫然。古來保族須忠節，受此幾人還覆滅。王家勳業至今傳，不在區區一方鐵。人生富貴知幾時，泰山作礪徒相期。行人曾過表忠觀，風雨斷蘚蘿殘碑。

送王太守遷雲間

男屠豬羊女釃酒，共禱神祠留太守。太守今年遷大州，除書已下誰能留。兩州相去無百里，失君應愁得君喜。安得如君數十人，一時盡福東南民。

劉松年画

樵青刺篙勝摇槳，船頭分流水聲響。青山渺渺波漾漾，白鷗飛過時一兩。載書百卷酒十壺，日斜出游女兒湖。鄰舟買得巨口鱸，醉拍銅斗歌嗚嗚，此樂除却江南無。

送葉卿東還

聞君辭家今幾年，布衣綫斷芒鞵穿。江湖夢回燈火夜，聽雨每憶山中田。兵戈忽斷故鄉路，雖有兩足歸無緣。上書願雪父兄恥，畫地聚米籌山川。居然無成困逆旅，白日但看孤雲眠。時人不容禰生傲，坐客豈信毛公賢。黄金已盡酒徒散，壯士反爲兒女憐。飢吟倚壁氣未餒，有似病鶻棲荒煙。却欲南遊探禹穴，僕夫整駕雞鳴前。波濤翻江畏飢鰐，霧雨連海愁飛鳶。相逢誰肯問憔悴，山水自爲窮人妍。乾坤無家去何止，飄泊不異回風船。區區願君自愛惜，今古遇合無非天。亂離貧賤何足歎，王孫亦在道路邊。我今豈少四方志，讀書坐破牀頭氈。恩讎兩無欲誰報，送子空歌寶劒篇。

煮石山房爲金華山人賦

山人不飯秔稻香，笑指白石爲餱糧。金華之石猶可食，元是舊牧初平羊。荆榛拾歸夜深煮，自言久服能輕舉。但令隨處有雲根，不問青天旱無雨。我生無力耕西疇，硯田欲枯抱飢憂。便當從君學此術，絶勝乞米監河侯。

夜發錢清

錢清渡頭船夜開，黄茆苦竹聞猨哀。客官釃酒水神廟，風雨滿江潮正來。蒸飯炊魚坐篷底，不覺舟行兩山裏。櫂歌早過越王城，東方未白啼鴉起。

獨遊雲巖寺寄周砥

城西諸山非不奇，我游獨與兹山宜。紅櫻春開山後寺，白水夏滿山前陂。幽居況與山不遠，鐘鼓每到空齋帷。雨餘煙中落日下，曳杖往讀頭陀碑。兩崖蒼蒼日色古，枇杷樹高陰滿池。殿燈欲昏上群鼠，塔鈴已靜蹲孤鴟。興來即遊興盡返，迎送豈要山僧知。困窮喪亂豈無感，正賴此境忘吾悲。嗟君何爲乃自苦，破輠短策塵中馳。挂帆能來亦未晚，浦口三日南風吹。

贈李外史

仙人飄飄若雲風，來去倏忽誰能窮。豈惟上界足官府，往往亦在塵埃中。我欲尋真向五岳，亂後舊路迷榛蓬。天雞未鳴夜谷暗，海鶴已去秋壇空。丹崖碧澗瑶草歇，洞府一閟無由通。陌頭驚逢李道士，自説杜史爲吾翁。傍人相傳解起死，袖裏有丹如日紅。我聞安期古策士，親見楚漢爭雌雄。終然濁世不肯住，渡海竟去先飛鴻。玄洲東望纔咫尺，彩霞幻結金銀宮。何當共赴食棗約，三花醉折春濛濛。回看城郭煙霧杳，大笑下士真沙蟲。

聽教坊舊妓郭芳卿弟子陳氏歌 時至正己亥歲作。

文皇在御昇平日，上苑宸遊駕頻出。仗中樂部五千人，能唱新聲誰第一。燕國佳人號順時，姿容歌舞總能奇。中官奉旨時宣喚，立馬門前催画眉。建章宮裏長生殿，芍藥初開勅張宴。龍笙奏罷鳳絃停，共聽嬌喉一鶯囀。遏雲妙響發朱唇，不讓開元許永新。繡陛花驚飄豔雪，文梁風動委芳塵。翰林才子山東李，每進新詞蒙上喜。當筵按罷謝天恩，捧賜纏頭蜀都綺。晚出銀臺酒未消，侯家主第強相邀。寶釵珠袖尊前賞，占斷春風夜復朝。回頭樂事浮雲改，瘞玉薶香今幾載。世間遺譜竟誰傳，弟子猶憐一人在。曾記霓裳學得成，朝元隊裏藝初呈。九天聲落千人聽，丹鳳樓前月正明。狹斜貴客回車馬，不信芳名在師下。風塵一旦禁城荒，誰是花前聽歌者。從此飄零出教坊，遠辭京國客殊方。閉門春盡無人問，白髮青裙不理妝。相逢爲把雙蛾蹙，水調梁州歌續續。江南年少未曾聞，元是當時供奉曲。朝使今年海上歸，繁華休說亂來非。梨園散盡宮槐落，天子愁多內宴稀。始知懽樂生憂患，恨殺韓休老無諫。傷心不見昔人歌，汾水秋風有飛雁。此日西園把一巵，感時懷舊盡成悲。含情欲爲秋孃賦，媿我才非杜牧之。

方隱君山園

吳興城南山水勝，竹樹參差萬家映。幽深誰似隱君園，車馬不來雞犬靜。兩溪回通柳港曲，一峰立對柴門正。東西别墅憐更好，孤櫂往來隨晚興。總令種菜不種桃，新製長鑱木爲柄。家童頗解候天時，鄰叟還能論地性。交交林路翳復開，活活野泉流不定。清晨聞鳥欣獨往，濃緑潑晴畦色淨。老葉垂根孤蚓號，殘英綴梗群蜂競。乍紫新蔓喜籬長，欲迸晚芽嫌土硬。此時采擷自足飽，肯爲食肝煩縣令。古來名園悉可數，金谷辟疆誇獨盛。鑿石圓開弄月池，買花深作行春徑。愛妾宵陪秉燭宴，狎朋晝接流觴詠。長年懽樂豈知極，回首芳菲屬他姓。只今誰解問遺蹤，斷甓摧垣無一剩。乃知厚業要德守，那得衰榮但言命。君能勤儉遺子孫，應有佳名書郡乘。

憶昨行寄吳中諸故人

憶昨結交豪俠客，意氣相傾無促戚。十年離亂如不知，日費黄金出游劇。狐裘蒙茸欺北風，霹靂應手鳴雕弓。桓王墓下沙草白，仿佛地似遼城東。馬行雪中四蹄熱，流影欲追飛隼滅。歸來笑學曹景宗，新擊黄獐飲其血。皋橋泰孃雙翠蛾，喚來尊前爲我歌，白日欲没奈愁何。回潭水緑春始波，此中夜游樂更多。月出東山白雲裏，照見船中笛聲起。驚鷗飛過片片輕，有似梅花落江水。天峰最高明日登，手接飛鳥攀危藤。龍門路黑不可上，松風吹滅巖中燈。衆客欲歸我不能，更度前嶺緑崚嶒。遠擕茗器下相候，喜有白首楞伽僧。館娃離宫已爲寺，香逕無人欲愁思。醉題高壁墨如鴉，一半攲斜不成字。夫差城南天下稀，狂遊累日忘却歸。座中爭起勸我酒，但道飲此無相違。自從飄零各江海，故舊如今幾人在。荒煙落日野烏啼，寂寞青山顔亦改。須知少年樂事偏，當飲豈得言無錢。

陳卧子云：跌宕淋漓。

李舒章云：神似太白。

洞庭山

朝登西巖望太湖，青天在水飛雲孤。洞庭縹緲兩峰出，正似碧海浮方壺。嘗聞此山古靈壤，蛇虎絶迹懽樵夫。濤聲半夜恐魂夢，石氣五月寒肌膚。居人彷彿武陵客，戸種橘柚收爲租。高風欲起沙鳥避，明月未出霜猨呼。中有林屋仙所都，銀房石室開金鋪。羅浮峨嵋互通達，别有路往非人塗。靈威丈人亦仙子，深入探得函中符。玄衣使者不暇惜，欲使出拯蒼生蘇。後來好事多繼往，石壁篆刻猶堪摹。千年玉鼠化蝙蝠，下撲炬火如飛烏。玄關拒閉誰復到，似怪衣上腥塵汙。勿言神仙事恍惚，靈蹟具在良非誣。我生擾擾胡爲乎，坐見白髮生頭顱。久欲尋真未能去，局束世故緣妻孥。何當臨湖借漁艇，拍浪徑渡先雙鳧。獨攀幽險不用扶，身佩五嶽真形圖。夜登天壇埽落葉，自取薪水供丹爐。此身願作仙家奴，不知仙人肯許無。

答余新鄭

前年吴門初解兵，君别故國當西行。有司臨門暮驅發，道路風雨啼孩嬰。倉皇不敢送出郭，執手暫立懷憂驚。我時雖幸脱鋒鏑，亂後生事無堪營。移家江上託地主，閒園借得親鉏耕。春朝起沐日照屋，野卉雜發鳴鸝鶊。思君萬里不可見，對此涕淚如盆傾。有壺當軒忍自酌，有句在卷邀誰評？走投北郭問消息，一客爲我言分明。君初隨例詣闕下，有旨謫徙鍾離城。齎無囊金從無僕，棄家獨去何惸惸。長淮黏天趣前渡，牙眼怖客浮鼉鯨。到州鞠躬謁太守，脱去官籍儕編氓。城荒無屋寓來客，旋乞廢地誅蓬荆。異鄉何人恤同患，喜有楊子兼徐卿。日高破竈煙未起，閉户不絶哦詩聲。去年聖恩念逐客，特賜拂拭加朝纓。勑君赴汴聽銓擢，路算舊驛猶千程。沙河無雨夏雲熱，茀葦夾岸多蚊蝱。舟中感癘得下泄，刃攪腸腹聞呷嚶。荒途無藥相救療，伏枕兩旬幾殞生。終藉神明佑吉士，疾勢漸脱身強輕。一官署作新鄭簿，捧檄已去詢田更。我雖歷歷聽客語，虚實未察憂難平。初春天子下明詔，欲纂前史羅儒英。菲才亦辱使者召，辭謝不得來南京。日斜出局訪君舍，草滿陋巷春泥晴。入門小女識父友，延拜學訴艱難情。且云父意念家遠，新遣兩卒來相迎。須臾出君寄我札，上有秀句如瑰瓊。自陳前事頗一一，與客舊説無虧盈。讀終呼卒問彼土，卒言幾年經戰爭。河山蕭條縣雖小，民少姦詐多淳誠。春秋古稱鄶子國，溱洧水活魴魚赬。雌兔咻咻草間走，雄雉角角桑顛鳴。谷深稀逢種田者，時有射户棲山棚。霜天赤棗收幾斛，剥食可當江南秔。官來撫民務無事，鞭挂壁上無敲搒。寒廳吏散獨坐嘯，遠對嵩少當檐楹。聞之離抱頓舒豁，如汲清露醒朝酲。便因卒還寄君語，此邑小鮮聊試烹。幸逢昌朝勿自棄，願更努力修嘉名。吾皇親手擁高篲，灑埽六合氛塵清。海中篚筐已入貢，隴外戶版初來呈。大開明堂議禮樂，學士濟濟登蓬瀛。太廟冬烝薦朱瑟，千畝春耤垂青紘。用材不肯略疎賤，銖寸盡上天官衡。况君磊落抱奇器，不異一鶚秋空橫。豈容久屈簿領下，天道始蹇終當亨。文章期君歸黼黻，借問報政何時成。

京師苦寒

北風忽發浮雲昏，積陰慘慘愁乾坤。龍蛇蟄泥獸入穴，怪石凍裂生皴痕。臨滄觀下飛雪滿，横江渡口驚濤奔。空山萬木盡立死，未覺陽氣回深根。茆檐老父坐無褐，舉首但望開朝暾。苦寒如此豈宜客，嗟我歲晚飄羈魂。尋常在舍信可樂，牀頭每有松醪存。山中炭賤地爐煖，兒女環坐忘卑尊。鳥飛亦斷况來友，十日不敢開衡門。朅來京師每晨出，强逐車馬朝天閽。歸時顔色黯如土，破屋暝作飢鳶蹲。陌頭酒價雖苦貴，一斗三百誰能論？急呼取醉徑高卧，布被絮薄終難温。却思健兒戍西北，千里積雪連崑崙。河冰踏碎馬蹄熱，夜斫堅壘收羌渾。書生只解弄口頰，無力可報朝廷恩。不如早上乞身疏，一蓑歸釣江南村。

張中丞廟

延秋門上烏啼霜，羯兒曉登天子牀。江頭老臣淚暗滴，萬乘西去關山長。公卿相率作降鹵，草間拜泣如群羊。當時不識顔平原，豈復知有張睢陽。孤城落日百戰後，瘦馬食尾人裹瘡。男兒竟爲忠義死，碧血滿地嗟誰藏？賀蘭不斬上方劍，英雄有恨何時忘？千年海上見祠廟，古苔叢木秋風荒。摩挲画壁塵網裹，勇氣曄曄虬髯張。巫歌大招客酹酒，忠魂或能來故鄉。

青丘子歌

青丘子，臞而清，本是五雲閣下之仙卿。何年降謫在世間，向人不道姓與名。躡屩厭遠遊，荷鉏嬾躬耕。有劍任羞澀，有書任縱横。不肯折腰爲五斗米，不肯掉舌下七十城。但好覓詩句，自吟自酬賡。田間曳杖復帶索，旁人不識笑且輕，謂是魯迂儒楚狂生。青丘子聞之不介意，吟聲出吻，不絶咿咿鳴。朝吟忘其飢，暮吟散不平。當其苦吟時，兀兀如被酲。頭髮不解櫛，家事不及營。兒啼不知憐，客至不果迎。不憂回也空，不慕猗氏盈。不慚被寬褐，不羨垂華纓。不問龍虎苦戰鬬，不管烏兔忙奔傾。向水際獨坐，林中獨行。斲元氣，搜元精，造化萬物難隱情。冥茫八極遊心兵，坐令無象作有聲。微如破懸蝨，壯若屠長鯨。清同吸沆瀣，險比排崢嶸。靄靄晴雲披，軋軋凍草萌。高攀天根探月窟，犀照牛渚萬怪呈。妙意俄同鬼神會，佳景每與江山爭。星虹助光氣，煙露滋華英。聽音諧韶樂，咀味得大羹。世間無物爲我娛，自出金石相轟鏗。江邊茆屋風雨晴，閉門睡足詩初成。叩壺自高歌，不顧俗耳驚。欲呼君山老父攜諸仙所弄之長笛，和我此歌吹月明。但愁欻忽波浪起，鳥獸駭叫山摇崩。天帝聞之怒，下遣白鶴迎。不容在世作狡獪，復結飛佩還瑶京。

周青士云：磊落嶔崟，極其生動。

登陽山絶頂

我登此山巔，不知此山高。但覺群山總在下，坐撫其頂同兒曹。又見太湖動我前，洶涌三十萬頃煙波濤。長風吹人度層嶂，不用仙翁赤城杖。峰回秋礙海鶻飛，日出夜聽天雞唱。中有一泉長不枯，乃是蜿蜒神物之所都。老藤陰森洞府黑，樹上不敢留棲烏。常年禱雨車，來此投金符。靈旗風轉白日晦，馬鬣一滴霑三吳。巖巒蒼蒼境多異，樵子尋常不曾至。探幽歷險未得歸，忽聽鐘來澗西寺。此時望青冥，脱略塵世情。白雲冉冉足下起，如欲載我昇天行。古來名賢總何有，只有此山長不朽。欲呼明月海上來，照把長生一瓢酒。浮丘醉枕肱，洪崖笑開口。秋風吹落浩歌聲，地上行人盡回首。

吳中逢王才隨朝京使赴燕南歸

江南草長胡蝶飛，白馬新自燕山歸。燕山歸，不堪說。易水寒風薊門雪。朝邸空隨使者車，禁闥不受書生謁。一杯勸君歌莫哀，歸時應過黄金臺。不見荒基秋來土花紫，伯圖已歇昭王死，千載無人延國士。

戎王追麑圖

前騎脫兔奔，後騎驚鴻急。火燒秋草獵場空，一麑窮追勢難及。大小當戶左右賢，衆中得雋知誰先？君不見，天策將真天子馳，一馬殪四豕。

南園

君不見平樂館，古城何處寒雲滿。君不見奉誠園，荒臺無蹤秋草繁。白日沈山水歸海，寒暑頻催陵谷改。皇天大運有推移，富貴於人豈長在？請看當年廣陵王，雙旌六纛何輝光！幸逢中國久多故，一家割據誇雄強。園中懽遊恐遲暮，美人能歌客能賦。車馬春風日日來，楊花吹滿城南路。疊石爲山，引泉爲池，辟疆舊園何足奇？經營三十年，欲令子孫永保之。不知回首今幾時，繁華埽地無復遺。

門掩愁鴟嘯風雨，種菜老翁來作主。空餘怪石卧池邊，欲問興亡不能語。春已去，人不來，一樹兩樹桃花開。射堂踘圃俱青苔，何須雍門琴，但令對此便可哀。人生不飲何爲哉，人生不飲何爲哉！

夜聞謝太史誦李杜詩

前歌蜀道難，後歌偪仄行。商聲激烈出破屋，林烏夜起鄰人驚。我愁寂寞正欲眠，聽此起坐心茫然。高歌隔舍與相和，雙淚迸落青燈前。李供奉，杜拾遺，當時流落俱堪悲。嚴公欲殺力士怒，白首江海長憂飢。二子高才且如此，君今與我將何爲。

贈金華隱者

我聞名山洞府三十六，一一靈蹤紀真籙。金華秀出向東南，遠勝陽明與句曲。樓臺縹緲開煙霞，天帝賜與神仙家。靈源有路不可入，但見幾片流出雲中花。子房之師赤松子，三千年前亦居此。飛行恍惚誰解尋，漫説至今猶不死。松花酒熟何處遊，瑶草自緑春巖幽。群羊卧地散如石，老鹿耕田馴似牛。聞有隱君子，乃是學仙者。自從入山中，不曾到山下。世人莫知其姓名，以山呼之不敢輕。樵夫忽見苦未識，只疑便是黄初平。嗟我胡爲在塵網，遠望高峰若天壤。茯苓夜煮儻許餐，鐵杖來敲石門響。

題黄大癡天池石壁圖

黄大癡，滑稽玩世人不知。疑似阿母旁，再謫偷桃兒。平生好飲復好画，醉後灑墨秋淋漓。嘗爲弟子李少翁，貌得華山絶頂之天池。乃知别有縮地術，坐移勝景來書帷。身騎黄鵠去來遠，縞素飄落流塵緇。潁川公子欣得之，手持示我請賦詩。我聞此中可度難，玉枕祕記傳自青牛師。池生碧蓮花，千葉光陸離。服食可騰化，遊空駕雲螭。奈何靈蹟久閟藏，荒竹滿野啼猩貍。尋真羽客不肯一相顧，却借釋子營茅茨。我昔來遊早春時，雪殘衆壑銷寒姿。磴滑不敢騎馬上，青鞵自策桃笻枝。上有煙蘿披拂之翠壁，下有沙石蕩漾之清漪。晴天倒影落明鏡，正似玉女曉沐高鬟垂。飲猨忽下藤梟梟，浴鶴乍立風漸漸。匡廬有地我未到，未省與此誰當奇。埽石坐其涯，沿洄引流卮。醉來自照影，俯笑知爲誰？落梅撲香滿接䍦，暮出東澗鐘鳴遲。歸來城郭中，復受塵土欺。十年勝賞難再得，恍若清夢一斷無由追。朝來觀此圖，惻愴使我悲。當時同遊已少在，我今未老形先疲。人生擾擾嗟何爲？不達但爲高人嗤。漢南已老司馬樹，峴首已仆羊公碑。唯應學道悟真訣，不與陵谷同遷移。仙巖洞府孰最好，東有地胏西峨嵋。高厓鐵鎖不可攀援以逕上，仰望白雲樓觀空峩巍。此山易上何乃遺，便與猨鶴秋相期。欲借太乙舟，夜卧浩蕩隨風吹。洞簫呼起千古月，照我白髪涼絲絲。傾玉醪，薦瑶芝，招君來遊慎勿辭。無爲漫對圖画，日夕遥相思。

嫣雌子歌

爲友王常宗作，蓋其號也。

嫣雌子，乃是軒轅之裔，虞鯀之孫。混沌既死一萬年，獨抱太樸存。竊伏在草野，冥心究皇墳。早逢三光五嶽之氣乍分裂，天狼下地舐血流渾渾。鹿走秦中原，蛇鬭鄭國門。俎豆棄草莽，干戈欻崩奔。嫣雌子，便欲東游渡弱水，沐髮滄海朝陽盆。又欲西行，泝河漢，踰崑崙。山横川阻，兩地俱不可以往兮，歸來掩户卧旦昏。蒔黍一區，注醪一樽。妻給井臼，兒牧雞豚。不詰曲以媚俗，不偃蹇而凌尊。作爲古文詞，言高氣醇温。手提數寸管，欲發義理根。上探孔孟心，下弔屈賈魂。其質耀金石，其芳吐蘭蓀。叩虚答有響，斲險成無痕。陸珍雜水怪，變狀弗可論。幾年兀兀不肯出，坐待真主應運，九五開乾坤。鶴書自天來，幽隱初見拔。使者遠造廬，雞鳴起膏轄。與纂金匱編，尚書爲給劄。姦魂泣幽冢，下恐遭誅殺。書成一代進紫宸，鸞旗羽衛夾陛陳。閤門導謁稱小臣，麻衣不脱拜聖人。捧函近前殿，龍顔喜回春。勑賚内帑之金與綺段，其文織作銀麒麟。蒙恩乞還家，以奉白髮親。戴古弁，垂長紳，自號山澤之臞民。嫣雌子，幸際明良時，無爲寂默坐老東海湄。青丘有客鈍且癡，與汝欲結同襟期。左鼓清瑟右吹篪，作歌共祝天子壽，五風十雨，萬國赤子同熙熙。

登金陵雨花臺望大江

大江來從萬山中，山勢盡與江流東。鍾山如龍獨西上，欲破巨浪乘長風。江山相雄不相讓，形勝爭誇天下壯。秦皇空此瘞黄金，佳氣葱葱至今王。我懷鬱塞何由開，酒酣走上城南臺。坐覺蒼茫萬古意，遠自荒煙落日之中來。石頭城下濤聲怒，武騎千群誰敢渡。黄旗入洛竟何祥，鐵鎖横江未爲固。前三國，後六朝，草生宫闕何蕭蕭。英雄來時務割據，幾度戰血流寒潮。我今幸逢聖人起，南國禍亂初平事休息。從今四海永爲家，不用長江限南北。

白下送錢判官岳

白門有垂楊，復有春酒香。此地逢君誰，乃是錢少陽。相逢既沽白門酒，相送還攀白門柳。不向公車更上書，却趨官署初垂綬。日落淮水頭，送君去悠悠。梁王苑裏花飛盡，明日相思過汴州。

題滕用衡所藏山水圖

滕君興在煙霞間，遠遊十年今始還。画圖示我有層嶂，竟似何處之名山。君言我初適東越，酒船横渡鏡湖月。醉詠謫仙天姥吟，海光欲曙清猨歇。瑶草春已生，便入金華行。道逢牧羊兒，疑是黄初平。

從此西遊楚江水，大帆如雲挂空裏。柁樓釃酒喚長風，一日看山一千里。不聞東林鐘，但見香爐峰。波迷洞庭闊，樹隔瀟湘重。白沙翠壁經過好，就中幾度曾幽討。麻姑壇上埽落花，堯女祠前薦芳藻。晚客湖南逢雁回，登臨長上楚王臺。天從朱鳥峰頭轉，江自黄牛峽外來。蒐奇歷險今應倦，默坐舊遊空數遍。時向明窗看此圖，好山一一皆重見。我聞君言自歎嗟，身如處女愁離家。閉門讀書無半車，髀肉漸生空鬢華。牀前塵土蔽雙屐，何不踏之踐苔石。幸逢盛世道路平，五嶽尋真皆可適。便當往抱綠綺彈松風，行盡萬壑千巖中。仙書探得金匱空。歸來誇君重相逢，握手一笑吳門東。

過胡博士郊居 胡善箎。

頭白蘭陵客，幽居共一村。老來吟力退，貧去告身存。夕吹鳴棃葉，秋泉注稻根。時因來問箎，獨叩樹間門。

送張司勳赴寶慶同知

乍出司勳幕，還乘別駕車。按圖猶漢地，輸布盡蠻家。山熱蛇懸樹，江晴鶴浴沙。郡樓回首處，北斗近京華。

贈鄰友

同居一塢中，只隔水西東。林近書燈露，溪回酒舫通。放鳧長合隊，移竹每分叢。只恐君徵起，難期作兩翁。

江上寄王校書行

寥落舊懽違，江邊獨掩扉。鄰家聞暮笛，客舍試春衣。宿鳥歸山亂，行人渡水稀。相思比花絮，斜日繞城飛。

送謝恭

凉風起江海，萬樹盡秋聲。摇落豈堪别，躊躇空復情。帆過京口渡，砧響石頭城。爲客歸宜早，高堂白髮生。

晚登南岡望都邑宫闕

落日登高望帝畿，龍蟠山下見龍飛。雲霄雙闕開黄道，煙樹三宫接翠微。沙苑馬閑秋獵罷，天街車鬬晚朝歸。明朝欲獻昇平頌，還逐仙班入瑣闈。

送沈左司從汪參政分省陝西 汪由御史中丞出。

重臣分陝去臺端，賓從威儀盡漢官。四塞河山歸版籍，百年父老見衣冠。函關月落聽雞度，華岳雲開立馬看。知爾西行定回首，如今江左是長安。

清明呈館中諸公

新煙著柳禁垣斜，杏酪分香俗共誇。白下有山皆繞郭，清明無客不思家。卞侯墓上迷芳草，盧女門前映落花。喜得故人同待詔，擬沽春酒醉京華。

春來

客愁擬向春來減，春到愁翻倍舊時。走馬已無年少樂，聽鶯空有故園思。日光晶晶濃熏草，風力颸颸緩墮絲。辟歷溝南酒家路，共誰來往問花枝。

謁甫里祠

衣冠寂寞半塵絲，想見江湖獨卧時。遁跡虚煩明主詔，感懷猶賦散人詩。釣船魚去雲迷浦，鬬鴨闌空草滿池。芳藻一杯誰爲奠，鼓聲只到水神祠。

遷城南新居

辛苦中年未有廬，東西長寄一囊書。未能避俗還依俗，堪信移居更索居。葉滿鄰園煙羃羃，竹連僧舍雨疎疎。何須許伯長安第，此屋翛然已有餘。

逢倪徵士

數千里外久相違，十八灘頭偶獨歸。自説病來辭幕府，只因愁絶念庭闈。吳歌重把還鄉酒，蠻布猶穿過嶺衣。話盡三年遊歷事，滿庭風雨送斜暉。

西塢

空山啄木聲敲鏗，花落水流縱復横。松風吹壁鶴翎墮，梅雨過溪魚子生。尚有人家機杼遠，更無塵土衣裳輕。斜陽已沒月未出，樵子歸時吾獨行。

送錢塘守

繁華莫歎異昇平，到郡初煩露冕行。幕下吏書催署字，湖中妓舫歇歌聲。潮來兩渡皆侵岸，日落諸山半入城。休沐南屏煩一到，松間尋我舊題名。

寄海昌李使君

海上波濤夜不驚，使君雖老尚能兵。荒煙白鹵家家竈，落日黄岡處處營。人雜島夷爭小市，潮隨山雨入孤城。明朝硤石山頭路，我欲停車聽頌聲。

次韻金文學送弟往海上

小陸賢如大陸賢，亂離爲客最堪憐。横金海上知虚席，打鼓津頭看發船。麥氣曉晴田雉鬭，蘹香春暖野鵝眠。明朝夢斷生芳草，風雨孤舟過練川。

西寺晚歸

遠寺别僧歸，隨鐘出煙嶺。犬吠竹林間，斜陽見人影。

陶祕書廣陵送别圖

暮雨潮生瓜步，春山樹繞蕪城。惆悵離舟欲發，江南煙寺鐘聲。

聞舊教坊人歌

渭城歌罷獨淒然，不及新聲世共憐。今日岐王賓客盡，江南誰識李龜年。

秋柳

欲挽長條已不堪，都門無復舊毵毵。此時愁殺桓司馬，暮雨秋風滿漢南。

秋夜同周著作宿婁浦

小廨寒依竹浦雲，酒闌相對說離群。一聲新雁誰先聽，今夜江南我共君。

春思

愁兼楊柳一絲絲，客舍江南暮雨時。自入春來才思減，杏花開過不題詩。

入郭過南湖望報恩浮圖

雨過春陂柳浪香，布帆歸緩怕斜陽。漁人爲指江城近，一塔船頭看漸長。

山中春曉聽鳥聲

子規啼罷百舌鳴，東窗卧聽無數聲。山空人静響更切，月落杏花天未明。

逢吴秀才復送歸江上

江上停舟問客蹤，亂前相别亂餘逢。暫時握手還分手，暮雨南陵水寺鐘。

吴宫

芙蓉水殿屧廊東，白苧秋來不耐風。教得君王長夜醉，月明歌舞在舟中。

《詩話》：李迪《楚宫詞》云：「細腰無限空相妒，不覺瑶姬夢裏逢。」《秦宫詞》云：「掖庭無用恩難報，願上蓬萊采藥船。」《魏宫詞》云：「至尊莫信陳王賦，那得人間有洛神。」思非不深，第傷於巧，不若《吴宫》之近雅也。

雨中登天界西閣

青山樓閣楚江東，自在蒼茫晚色中。故國自遥難望見，不關春樹雨溟濛。

送葛省郎東歸

金陵女兒踏春陽，金陵客子正思鄉。一杯況復送君去，目斷飛花江水長。

宿蟾公房

一禽不鳴深樹煙，明月下照高僧禪。獨開西閣詠清夜，秋河欲墮山蒼然。

雨中過山

春雲晻靄澗奔渾，風雨行人過一村。不似山家深竹裏，乳鳩啼午未開門。

吴王井

曾聞鑑影照宫娃，玉手牽絲帶露華。今日空山僧自汲，一缾寒供佛前花。

消夏灣

凉生白苧水浮空，湖上曾開避暑宫。清簟疎簾人去後，漁舟占盡柳陰風。

明詩綜卷九

小長蘆　朱彝尊　録
海昌　馬思贊　緝評

楊基四十九首

基字孟載。其先蜀人，居於吴爲饒介客。吴平，安置臨濠，復徙河南，既而放歸。起知滎陽縣，謫鍾離，用薦爲江西行省幕官。坐罪落職，居句曲山中。久之，起奉使湖南廣右。召還，授兵部員外郎，出爲山西按察副使，進按察使。尋被讒奪職，供役，卒於工所。有《眉菴集》。

徐子元云：　孟載天機雲錦，自然美麗，獨時出纖巧，不及高之沖雅。

王元美云：　孟載如西湖柳枝，綽約近人。情至之語，風雅掃地。

江東之云：　眉菴詩穠麗纖蔚，大有唐人風味。

顧玄言云：廉訪才長逸蕩，興多雋永，方之錢、劉，雖未迨元、白，斯有餘。

錢受之云：孟載少負才名，會稽楊廉夫來吴下，於坐上屬賦《鐵笛歌》，即效鐵厓體。廉夫驚喜與俱，東謂從游者曰：「吾在吴又得一鐵，優於老鐵矣。」孟載没後，詩多放失，吴人張習企翱訪求編次，得十二卷。

陳卧子云：孟載如吴中少年，輕俊可愛，所乏莊雅。

李舒章云：孟載如玉袖臨春，翩翩自喜。

王介人云：孟載詞勝於詩，其《詠春草》云：「六朝舊恨斜陽裏，南浦新愁細雨中。」亦不失為佳句也。《静志居詩話》：吴中四傑，孟載猶未洗元人之習，故鐵厓亟稱之。王元美《巵言》謂孟載七律「尚短柳如新折後，已殘梅似半開時」，類《浣溪沙》詞中語。予謂不特此也，如「芳草漸于歌館密，落花偏向舞筵多」，「細柳巳黄千萬縷，小桃初白兩三花」，「布穀雨晴宜種藥，葡萄水暖欲生芹」，「雨頡風頏枝外蝶，柳遮花映樹頭鶯」，「花有底忙銜蝶過，鳥能多慧學鶯啼」，「且自細聽鶯宛宛，莫教深惜燕恩恩」，「春色自來皆夢裏，人生何必在尊前」，「燕子緑蕪三月雨，杏花春水一群鵝」，「江柳淨無餘葉在，渚蓮池有一花開」，「花裏小樓雙燕入，柳邊深巷一鶯啼」，「江浦荷花雙鷺雨，驛亭楊柳一蟬風」，「山頂雪惟朝北在，水邊春已自東來」，「一路詩從愁裏得，二分春向客中過」，「春水染衣鸚鵡緑，江花落酒杜鵑紅」，「高樹緑陰千嶂濕，野棠疎雨一籬香」，「立近晚風迷蛺蝶，坐臨秋水映芙蓉」，「羅幕有香鶯夢暖，綺窗無月雁聲寒」，「眉暈淺顰横曉緑，臉消殘纈膩春紅」，「小雨送花青見蕚，輕雷催笋碧抽尖」，「蠶屋柘煙朝焙繭，鵲爐沉火畫熏茶」，試填入《浣溪沙》，皆絶妙好辭也。然其五言古詩，足與季迪方駕。集亦張企翱所編，吾鄉項氏天籟閣藏有孟載手録《眉菴集》六卷，中闕七言絶句，以勘張本，亦無大異。

感懷六首

蝮蛇冬未蟄，靡草寒更生。陽光泄爲雹，地雷忽有聲。上天號令乖，致此災異并。不然多殺傷，兵氣之所成。漢庭免三公，毋乃非政刑。願言調玉燭，仰見三階平。

一女不得織，三人欲無衣。一夫不暇耕，八口皆啼飢。飢寒迫于身，誰能不爲非？西伯善養老，仁人爲已歸。霜寒草木落，禽鳥相背飛。民心亦何求，在於得所依。此理勿暫失，君子慎其微。

鵲巢知避歲，終爲鳩所居。巧者勞不足，拙者安有餘。溪翁夜結網，山人朝煮魚。隆準入關中，不讀半卷書。當時微張韓，乃與勝廣俱。大拙乃至巧，巧者復何如？

驊騮日千里，亦在御者功。向無造父能，乃與凡馬同。韓彭要駕材，驅策遇沛公。增本渥洼兒，意不與項通。豈獨知馬難，所貴御馬工。駕御苟失宜，鮮不敗乃翁。蕭蕭帳下騅，千駟何足雄？

鞲鷹斂六翮，棲息如鷦鷯。秋風颯然至，聳目思凌霄。英雄在承平，白首爲漁樵。匪無搏擊能，不與狐兔遭。長星亘東南，壯士試寳刀。落落丈夫志，悠悠兒女曹。

東鄰夜從軍，西鄰曉上官。一爲死别愁，一爲知己懽。懽者承新恩，拂拭頭上冠。愁者囑妻孥，結束跨下鞍。悲懽何不同，一危復一安。黄塵障東華，平地生波瀾。朝榮夕賜死，轉盼異暑寒。寄語承恩人，莫歎從軍難。

送謝雪坡防禦出郭團練

朝催築城夫，暮點團結兵。民民皆動摇，一日十數驚。所賴官長賢，撫勞得衆情。防禦出郊來，父老拜且迎。垂髫及戴白，羅列車下聽。官家百萬師，自足與寇爭。汝自守汝鄉，汝自保汝生。閒暇苟不虞，倉卒恐見傾。我當徼汝勞，薄爾賦稅征。父老共感激，鬨然動歡聲。旌旗洎甲矛，五色稍鮮明。豈惟備抄掠，大敵固可嬰。問君何能然，子弟衛父兄。平川雨初收，馬嘶鼓鼙鼙。相送不同往，極目秋鷹横。

送陳資深歸廣

丈夫輕别離，投老欲入廣。奈何干戈際，萬里涉沆漭。兹城頗阜庶，有女供奉養。世亂得粗安，胡勞問鄉黨。君言苦無家，一夕魂九往。鄉書昨日至，捧讀屢泚顙。四喪寄淺土，未得掩諸壙。雖云敝廬在，誰復修祀享？感兹歸意迫，無力猶勉強。齒髮固已衰，尚足嬰擾攘。敢忘鄉土情，偷安戀兹壤。

吾聞重感激，惜别復加賞。天寒霜露繁，摵摵枯葉響。水宿慎蛟螭，山行避魍魎。田園雖荒蕪，果實羅栗橡。鄰居喜均還，相邀具醅盎。酒薄不得醉，且復歌慨慷。人生還鄉樂，無物堪比仿。喜極繼以悲，歡戚同反掌。翻思蘇臺月，照女夜績紡。此時父子情，兩地同惚怳。安得混車書，妻孥共羅幌。玆事竟難期，淚眼一悽愴。我家嘉陵江，蹤跡久飄蕩。亦欲問前塗，逡巡覓西瀼。

登靈巖和韻周左丞伯温饒大參介之

單艫集群英，席窄坐每盍。煙横半掩寺，木落全見塔。斜流出渠分，曲徑轉溪合。村妝妍醜竝，野話悲笑雜。童操吳音聞，僧作梵偈答。霜苔滑難躋，露棘手易拉。磴紆螘緣樹，扉敞蝸啓闔。娱賓列五豆，禮佛過三帀。晴厓暝憂雨，秋洞寒疑臘。窗攀盜果猨，檐入避鸇鴿。掬池萍沾袖，憩石蘚污衲。琴忘荒臺弄，屧響回廊踏。值險慮思筇，得奇即傾榼。感深怒鬚磔，愁極衰鬢颯。華年倏川駛，雅量浩海納。嘯歌激欷歔，雄辨肆交沓。禪寂虛無量，道祖清静蓋。喧嚣蝸觸蠻，變幻雀化蛤。狂遊類飲酎，薄宦避嚼蠟。終當謝塵鞅，埽屋分坐榻。

贈别龔行義

楚龔風雲姿，璞素玉不瑑。隻身躡雙屐，十載食破研。麻衣閲冬春，睥睨狐貉賤。胷中何所蓄，經史子集傳。酒酣文思涌，强弩機發箭。清真謝鉛鏑，越女巧笑倩。紆盤珠九曲，精粹金百鍊。粲如星森羅，勇若軍後殿。吾黨多英雄，氣索皮肉戰。西風忽歸來，塵土吹滿面。從容問所歷，揺首不復辯。但云秋水清，吳松淨如練。方同華表鶴，遽作幕上燕。去住何太輕，弗得絆以綫。君材非樗櫟，名字已交薦。淵泉暫蠖屈，霧雨終豹變。賢達坎坷多，豪傑窮乏先。嗟予書中蠹，髀消兩目眩。朝騎瘦馬出，夕飽藜與莧。志慙點爾狂，質匪由也喭。猥遭周秦厄，不識舜禹禪。因君動遐想，翅塌足若罥。螺卮白磁罌，聊爲江渚餞。回首芙蓉花，紛紛落紅片。

與陳時敏别

近别會有期，遠别易慘悽。一人失意行，衆賓顔色低。相顧各無語，握手立大堤。白沙飛輕煙，赤草漫路蹊。竈戶八九家，皮肉瘦且黧。再拜謁官長，鵠立無所齎。孤廳如荒郵，壁落新補泥。日没官吏散，角角野雉啼。歸來對寒燈，兒女相孩提。雖云去鄉國，喜不聞鼓鼙。官卑職易稱，牛刀用割雞。回首華亭鶴，月白露淒淒。

季迪病目醫令止酒因作此勸之

病目須飲酒，飲酒調微痾。氣血鬱不舒，賴此酒力和。所以雷公方，製藥用酒多。活血必酒洗，散鬱須酒磨。製藥既用酒，飲酒良匪他。酒可引經絡，酒能驅病魔。病目不飲酒，此蓋醫者譌。李白好痛飲，不聞目有瘂。子夏與丘明，不爲飲酒過。飲酒既無害，不飲如俗何。清晨呼東家，買置數斗醝。爛醉瞑目坐，滿面春風酡。陶然物我忘，夢見孔與軻。此藥豈不佳，而乃止酒那。我今勸君飲，君意無媕婀。庸醫或見責，請示眉菴歌。

贈毛生

丈夫遇知己，勝如得美官。棲棲無聊中，握手意便懽。古來豪傑人，所就非一端。狂言與危行，初若不可干。從容兩陣閒，一語九廟安。狐貉不外飾，而足禦大寒。嗟嗟隴西李，願識荊州韓。

長洲春

縠波流暖雲，花光豔緑蕢。津頭洗紅女，蝴蜨上羅裙。羅裙秋水上，明璫摇白槳。飛下雙鴛鴦，溘溘潮水響。

滄浪波

入苑緑泱泱，縠文融暖光。東風吹白浪，照見赤龍堂。龍堂負貝闕，陰火春波熱。鮫人賣鬋綃，夜夜唱明月。

登南浦

開船別西山，迤邐向南浦。帆輕去自速，初不用篙櫓。蒼蒼煙中樹，槖槖響斤斧。一女沙上汲，衆漁洲畔語。我行歲云晏，況復遠儔侶。回首北歸鴻，翩翩下寒渚。

過小孤

大孤俯如盤，小孤儼而立。群山如從使，左右相拱揖。孤根屹撐拄，萬竅爭噴噏。瀏瀏陰風旋，慘慘元氣濕。江流亘其下，震怒莫敢汲。洑爲盤渦深，馳作奔馬急。躋攀或失手，一駛不可及。我來值秋晚，木落衆鳥集。勿爨夜船犀，鮫人抱珠泣。

望南嶽

我從匡廬來，但覺諸山低。嵯峩望衡嶽，雲霄與之齊。下有赤蛇蟄，上有朱雀棲。仰瞻祝融拔，俯揖紫蓋迷。五嶺皆培塿，三江爲涔蹄。巍然南服尊，嵩霍相提攜。封秩崇君稱，諸神咸朝隮。丹書篆寶冊，萬古封金泥。百王重祀典，赤繅藉玉圭。自非精靈通，牲帛勞焚齎。予方向遠道，無由陟層梯。

蒼蒼煙霞中，喔喔聞天雞。緬思昌黎伯，恭默開雲霓。靈貺自昭格，誠敬良可稽。斯人久云沒，感念徒含悽。

發衡州

五日白一髮，十日皺一膚。人生冰雪容，終作韡紋麤。今朝清鏡中，已與昨日殊。不憂鬢眉蒼，但恐皮肉枯。肉枯亦常理，所念非壯圖。有親恩最深，撫養勞勤劬。憐我幼失怙，愛我如掌珠。斯恩未及報，不敢忘須臾。書來得凶問，哀頓空號呼。衣衾與棺斂，弗得親走趨。家山在萬里，那能返故都。樹頭啞啞啼，媿殺反哺烏。有子初學言，行步要母扶。已解索棃栗，未知識之無。重在託宗祀，豈暇問賢愚。弟妹皆飄零，遠在天一隅。仲氏久無信，夢中時友于。艱難斥鹵濱，何以保微軀。計工當已還，毋乃東歸吳。童僕各分飛，僅有赤脚奴。竛竮苦肺疾，終夜聲嗚嗚。憐渠亦解事，蒻伐供樵蘇。異鄉骨肉遠，賴此相支吾。嗟我客梁楚，隻身亦崎嶇。白晝畏豺虎，夜防貍與狐。所賴筋力強，竄伏幸無虞。今年覺衰倦，自怯行遠塗。東風洞庭波，落日青草湖。魚龍來欺人，煙濤慘模糊。玆晨過衡陽，霽景差可娛。桃花白練帶，春水綠菰蒲。感此顏色妍，暫使憂心甦。萬事信有命，撫膺長歎吁。

湘江道中思常宗

暮江散微雨，風定波自碧。一鷺立不飛，雙鴻遞相直。餘煙菱女唱，新月漁郎笛。此處忽懷人，相思杳何極。

遠浦歸帆

輕帆挂春風，倒影湘江緑。天低浦潋遠，歸向誰家宿。遥指落花西，黄陵廟前屋。

洞庭秋月

湘水秋更清，湘月秋更白。光輝一相蕩，水月不辨色。何處洞簫聲，巴陵夜歸客。

湘女

湘水既瀰瀰，湘山亦峩峩。空明影上下，但覺魚鳥多。我方駐輕橈，聽彼湘女歌。湘女佩幽蘭，徐行拂青莎。春風吹衣裾，芳香動微波。淑質自妍麗，不待綺與羅。真修慎所適，窈窕山之阿。盈盈青樓婦，日暮將如何。

清溪漁隱

清溪秋來水如練，歷歷魚鰕皆可見。綠蓑酒醒雁初飛，風急蘆花吹滿面。溪南一帶是青山，逢著垂楊便可灣。謾道白鷗閑似我，漁舟更比白鷗閑。

聞蟬

眉菴四十未聞道，偶於世事無所好。尋常惟看東家竹，屈指十年今不到。微軀之外無長物，寒暑一裘兼一帽。妻孥屢欲升斗絶，不獨無煙亦無竈。身輕自笑可駕鶴，眼明豈止堪窺豹。人情世故看爛熟，皎不如污恭勝傲。有瑕可指未爲辱，無善足稱方入妙。此意于今覺更深，靜倚南風聽蟬噪。

廢宅行

弓刀挂牆旗拂瓦，行人過門須下馬。日暮將軍縱酒歸，白棒横街人亂打。朱門一閉春草積，官印斜封泥涴壁。守卒收蝦屋後池，鄰翁曬麥階前石。簾幕當年盡綺羅，網絲顛倒腐螢多。杏梁風雨丹青濕，時有野鳩來做窠。樓臺易成還易廢，前年猶是桑麻地。

聞鄰船吹笛

江空月寒露華白，何人船頭夜吹笛。參差楚調轉吳音，定是江南遠行客。江南萬里不歸家，笛裏分明說鬢華。已分折殘堤上柳，莫教吹落隴頭花。

長江萬里圖

我家岷山更西住，正見岷江發源處。三巴春霽雪初消，百折千回向東去。江水東流萬里長，人今漂泊尚他鄉。煙波草急時牽恨，風雨猨聲欲斷腸。

秋霽雜賦 三首

劉表知先主，懷王識沛公。未聞收夏口，先已入關中。今古車書異，興衰曆數同。方驚雞作鳳，當信鷰非鴻。

今日長洲苑，秋風列羽旗。不圖新約法，復見舊威儀。鼓舞兒童樂，歌謠父老悲。煙埃方衮衮，禾黍正離離。

晚樹霜猶碧，秋花雨未黃。戎衣輕繡錦，旅食尚糟糠。驛路千山隔，河流一葦航。毋憂兵不戰，已定法三章。

雨

雨急愁雲黑，窗虛愛竹青。石泉流細細，山鳥去冥冥。醉裏傾荷葉，飢來煮茯苓。不知劉道士，何用換鵝經？

偶題

身嬾交游絶，時危感慨新。清江催短鬢，芳草怨歸人。花落縱横雨，鶯啼淡蕩春。欲摇舟楫去，波浪没平津。

送王仲容之上海

薄宦依東海，孤城隔戍煙。花疎寒食後，人遠暮帆前。深巷編蒲屨，斜岡種木棉。毋煩厭荒寂，微禄有畬田。

寄海鹽楊砦官

海嶼通村險，邊城出敵遥。旗燈秋塞雨，鈴柝夜溝潮。士飽爭投石，農閑數舞角。毋令廢收穫，高隴有枯苗。

夏夜有懷

重露澄秋色，輕風生夜凉。碧看湖草亂，紅愛渚蓮香。有弟徒相憶，何人不異鄉。悲笳在城上，雙淚落衣裳。

贈翟好問

笑爾山城隱，柴門對縣衙。酒資千畝苧，生計一園瓜。雨步荷巾濕，風吟蔗帽斜。時時扶短杖，看竹到東家。

長沙雜詠

湘人愛樓居，斜枕湘江起。樓下倚闌人，簪花照春水。

夢緑軒

夢裏緑陰幽草，画中春水人家。何處江南風景，鶯啼小雨飛花。

吳中行樂詞

單羅小扇夾紗衣，冠子梳頭插翠薇。知是范家園裏醉，無人不戴杏花歸。

紅緑蕉二仕女圖

兩樹紅蕉隔禁扉，曉凉攜伴試羅衣。金鈴小犬迎人吠，應怪秋來出院稀。

故山春日

千花萬萼委塵埃，只有荼蘼獨自開。應是鄰家更零落，過牆蝴蝶又飛來。

遇史克敬詢故園

克敬自長洲來，因詢吳中風景，大異往昔。賦此以寓鄉里之思。

三年身不到姑蘇，見説城邊柳半枯。縱有蕭蕭幾株在，也應啼殺樹頭烏。

贈京妓宜時秀

欲唱清歌却掩襟，晚風亭子落花深。坐中年少休輕聽，此曲先皇有賜金。

到江西省看花次韻

生色屏風一面開，輕羅團扇合懽裁。深深院落青青柳，縱是無花也看來。

鯉魚山阻風天甚寒雨皆成霰

江南天氣大無憑，草色煙光暖欲蒸。向晚鯉魚風乍急，盡吹小雨作春冰。

望武昌二首

吹面風來杜若香，離離煙柳拂鷗長。人家鸚鵡洲邊住，一向開門對漢陽。

春風吹雨濕衣裾，緑水紅妝画不如。却是漢陽川上女，過江來買武昌魚。

祁陽道中

疎煙小雨濕流光，愁得楊花不暇狂。半晌春晴便飄蕩，綴人簾幕上人牀。

張羽二十三首

羽字來儀，以字行，更字附鳳。潯陽人。從父宦游江浙，兵阻不得歸，遂居吳興。元末，授安定書院山長。明初徵起，廷對稱旨，擢太常司丞兼翰林院同掌文淵閣事。以事竄嶺外，未半道召還。抵京，知不免，自投龍江死。有《靜居集》。

張企翱云：國初以高、楊、張、徐，比唐之四傑，故老言不惟文才之似，而其攸終亦不相遠。眉菴、盈川令終如一；太史之斃同乎賓王；北郭雖不溺海，僅全首領，而非首丘；先生投龍江又與照鄰無異。噫，亦異矣。

王元美云：張來儀、徐幼文如鄉士女，有質有情，而乏體度。

程孟陽云：靜居五言古詩，學杜學韋，各有神理，非苟然者。歌行材力馳騁，音節諧暢，不襲宋元格調。律詩清員渾脱，不事雕繢，全是唐音，頡頏高、楊，未知前後。或謂張、徐不及高、楊，此耳食之論也。《詩話》：來儀五古，微嫌鬱轖。近體亦非所長。至於歌行雄放，駸駸欲度季迪前，固當含超幼文，跨躡孟載。

春初遊戴山

雲羅横四海，田野無遺英。尚賴二三子，共怡山水情。煦煦新陽動，寥寥天宇清。昔人稱四美，玆晨遂成并。前登高丘阻，遥睇澄湖明。憑林招遠風，松檜自成聲。俛仰天地閒，微軀良不輕。安能自羈束，坐使衆累縈。處賤足爲貴，抱素詎非榮。逍遥解神慮，庶以適吾生。

春山瑞靄圖

鶯啼山雨歇，前川緑正繁。人家在深樹，雞犬晝無喧。澮澮流水意，依依田父言。謾鼓木蘭楫，往溯桃花源。即此堪結廬，可以傲華軒。

立秋日早泛舟入郭

連霖啓秋期，金氣晨已兆。溪雲合餘陰，水霞相照耀。登艫泛涼颸，乘流駕奔峭。回波蕩塵襟，青山列遠眺。蒲茭迷森沉，菱荷爭窅窕。沙明衆女浣，潭淨孤禽嘯。端居積百憂，暫出窺衆妙。好爵豈不懷，衛生乃其要。寄謝滄海人，如予可同調。

擬過園隱阻雨

在遠每傷離，在近還成隔。飛雨渺無涯，佳期悵難得。人寒市井空，天晚江潮白。知君掩閤卧，終朝遲來客。

金川門

兩山夾滄江，拍浮若無根。利石侔劒戟，風濤相吐吞。維天設巨險，爲今國東門。試將一卒守，堅若萬馬屯。吾來犯清曉，天空霜露繁。列宿森在列，北斗峭可援。江光合海氣，溟涬神攸存。俯視不敢唾，中有蛟龍蟠。浮屠者誰子，高居凌風幡。下見渡口人，擾擾遙螘諠。媿彼超世士，去去將何言！

李辰山云：是詩作於洪武甲寅，未三十載而燕師從此入矣。讀之可勝浩歎。

清口

豁達兩河口，前與黄河通。高岸忽斗折，清淮匯其中。甘羅城在南，韓信城在東。一爲秦人英，一爲漢家雄。人生有不死，所貴在立功。方其未遇時，鹿鹿何異同。時命苟未會，丈夫有固窮。舍舟登高防，歲暮百草空。坡陀隴畝閒，一二老弱翁。遺跡不可問，但見荒榛叢。行行重回首，目斷雙飛鴻。

余將軍篆書搨本歌

即忠襄公闕也。

余將軍，守舒州。舒州之城大如礪，長江西來繞城流。賊船如雲壓城破，將軍提劒城頭坐。劒未動，虜已奔，鯨鯢蔽江江爲渾。孤軍六年二百戰，王師不來城自存。無兵猶足戰，無食安可支？豈無愛妾與愛馬，殺之不解壯士飢，力盡矢竭將奚爲？倉皇齰舌罵不已，義士千人同日死。祇今還有盡忠池，碧血清泠化爲水。將軍持節東州時，作此篆書形崛奇。妙墨已隨神物化，好事當時臨得之。雖非其真意獨在，垂金屈玉蟠蛟螭。我拜重是忠臣跡，秦相雖古其人非。嗚呼，將軍此書配者誰？請君摹取浯溪石上中興碑。

画雲山歌

我昔曾遊廬岳頂，欲上青天凌倒景。山中白雲如白衣，片片飛落春風影。雲晶晶兮花冥冥，萬壑盡送洪濤聲。恍然坐我滄海上，金銀樓觀空中明。上清真人笑迎客，夜然桂枝煮白石。手持鳳管叫雲開，虎咆龍吟山月白。明發邀我升東峰，導以絳節雙青童。天雞先鳴海出日，赤氣照耀金芙蓉。屏風九疊花茸茸，霧閣雲窗千萬重。胡不置我丘壑中，一朝垂翅投樊籠。空留萬片雲挂在，清溪千丈之寒松。愁來弄翰北窗裏，貌得雲山偶相似。遂令殘夢逐秋風，一夜孤飛渡江水。夢亦不可到，圖亦不可傳，不如早賦歸來篇。山之人兮待我還，安能齷齪塵土間。坐令白雲摧絶無所歸，青山笑我凋朱顔。

米南宫雲山歌

古之画法不復見，六朝人物留遺譜。後來山水出新意，一李三王差可覩。洪谷之後有關荆，營丘渾雄獨造古。華原處士志奇崛，餘子紛紛何足數。郭熙平遠疑有神，北苑爛熳皆天真。画院宣和衆史集，俗筆姿媚非吾倫。豈知南宫迥不群，一埽千古丹青塵。神閒筆簡意自足，窈窕青山行白雲。黄侯黄侯安得此，元氣淋漓猶滿紙。晴窗拂拭對高秋，怳忽神遊華山裏。生兮画癖奈此何，爲子試作雲山歌。珍藏什襲子須記，世間名画今無多。

李遵道墨竹歌

墨竹昉自何人始，輞川石刻今餘幾？後來蕭悅稍出群，香山侍郎獨稱美。洋州太守善寫真，長帽先生差可擬。江南謾作金錯刀，枝葉離蓰何足齒。北方作者誇澹游，房山繼之妙莫比。吳興公子最擅名，同時亦數薊丘李。薊丘有嗣能傳家，筆勢翩翩此其是。一筆玉立無因依，風露淋漓猶滿紙。想當塗灑發幽興，靜對山僧北窗裏。江湖無人老成盡，百藝荒凉今已矣。展圖三歎墨君堂，秋聲滿座悲風起。

唐子華雲山歌

前朝画品誰第一，房山尚書趙公子。二公何以能絶倫，丘壑乃自胷中起。由來書画總心畫，政自不在丹青裹。當時豈無劉與商，屏障紛紜何足齒。唐侯本是霅川秀，愛画仿佛董與李。長松平遠早已工，更上歙州看山水。歸來却師郭咸寧，參以房山勢莫比。始知絶藝老更成，庸夫俗輩那知此。此圖三尺誰爲贈，雲氣蒼茫石塊磊。牛羊未歸樵子出，戶牖寥落蒼厓底。寫成不題歲月字，要是頭白居鄉里。乾坤浩蕩江海空，後人未續前人死。爲君題詩三歎息，世上好手今餘幾。烏乎，尚書公子不復見，得見唐侯斯可矣。

画山水行

題趙待制仲穆所画《江浦歸帆》、《秋林瀟灑》二圖，沈才幹所藏也。

古來名画傳父子，唐有二李蜀兩黄。吳興公子冠當代，雍也繼之早擅場。宋祖子孫盡龍種，毛骨固是非尋常。珊瑚寶玦久零落，空有妙藝傳文章。至元天子親召見，徒步便賜中書郎。奏圖每得天顔喜，盛以金匱白玉堂。遂令世人爭貴重，門戶雜遝如堵牆。雍初騰踔晚一蹶，五陵豪氣無時忘。吳姬越娥坐相擁，始肯落筆揮縑緗。五日十日一水石，屏障仿佛生輝光。君家雙圖何所得，私印乃出牟陵陽。一圖汗漫秋水闊，雁鴻排序投瀟湘。山僧悄尋孤寺遠，客子喜甚高帆張。一圖嵂兀衆峰出，疎林葉赤天雨霜。消摇巾舄者誰氏，可是商顔之綺黄？風塵澒洞二十載，玉軸錦題多散亡。圖書祇應天上有，人間那得千金藏。從來好事多成癖，雲煙過眼如毫芒。君不見，王家桓家勢盡時，複牆走輅不得將。何如城南佳山水，千巖萬壑摩青蒼。與君對此飲美酒，雖無南宮北苑庸何傷？

米元暉雲山圖

前代幾人画山水，逸品只數南宫米。海嶽樓前北固山，頃刻雲煙生滿紙。古云丘壑起心胷，怳忽似與神靈通。素壁高懸卧清晝，耳邊怳若聞松風。怪底青山起毫末，森沉緑樹臨溪活。仙人道士疑可招，芝草琅玕俯堪掇。千里能移方寸間，天機揮灑過荆關。如今画史空無數，對此高蹤詎敢攀？

倪元鎮画竹沈御史所藏

雲林之子有仙骨，平生好潔如好色。紛紛濁士等沙蟲，嗚呼瓚也何由得？憶昔常登清閟堂，鵲尾爐爇龍涎香。紹京妙墨僧繇画，示我不啻千明璫。人間萬事如飛電，洗玉池空人不見。季子城東土一坏，何人爲著黔婁傳？繡衣使者騎青驄，曾聽竹枝湘水東。歸來見此若夢寐，巴陵洞庭生眼中。江湖豪翰今零落，君得此圖良勿薄。媿我題詩憶故人，黃鶴題詩下寥廓。

錢舜舉溪岸圖

憶昔至元全盛日，天子詔下徵遺逸。吳興八俊皆奇才，秀邸王孫稱第一。一朝玉馬去朝周，諸子聲名總輝赫。豈知錢郎節獨苦，老作画師頭雪白。江南没骨傳者希，錢也得法誇精奇。晴窗點染弄顏色，得錢沽酒不復疑。今人祇知重花鳥，豈識此圖奪天巧。玄雲抱石雷雨垂，蒼山夾水龍蛇遶。岸側溪回共杳冥，蒲稗深沉映魚鳥。漁舟乍隨遠煙散，客子競渡澄江曉。自云布置師北苑，只恐庸工未深了。卷餘更有魏公題，字擬鍾王差未老。鄭侯得之恐神授，使我一見喜絶倒。雙溪流水清何極，城外南山空黛色。文章翰墨何代無，二子儔能躡其迹。爲君題詩三歎息，於乎古人難再得。

胡廷暉画

画師我識吳興胡，身長八尺蒼髯須。目光至老炯不枯，藻繪萬象窮錙銖。大兒十歲能操觚，小兒五歲能含朱。得錢但供酒家需，時復縱博爲歡娛。魏公家藏摘瓜圖，妙筆奚翅千明珠？胡一見之神頓蘇，以指畫肚潛臨摹，落筆便與前人俱。祝融撐空閣道孤，朝雲暮雨相縈紆。中天碧瓦仙人廬，下有桃源風景殊。雞犬似是先秦餘，潯陽野客山澤臞。自從喪亂遭窮塗，幸逢治世容微軀。堯舜亦有巢由徒，已辦小艇長鬚奴。便欲往從漁父漁，江湖此境何地無！

趙文敏公家藏小李將軍《摘瓜圖》，歷代寶之，常倩廷暉全補。暉私記其筆意，歸寫一幅質公。公大驚賞，謂其亂真。由此名實俱進，故詩及之。

青弁雲林圖

前代何人画山水，長安關仝營丘李。華原特起范中立，三子相望古莫比。亦有北苑與河陽，後來作者誰能當。米家小虎出逸品，力挽元氣歸蒼茫。房山尚書初事米，晚自名家稱絶美。藝高一代誰頡頏，只數吳興趙公子。當時弭節匡廬峰，曾寫太平興國之神宫。五峰却立疑爭雄，臺殿突兀紛青紅，中有雲氣隨游龍。我對此圖卧三日，遂令奇氣生心胷。亂來學士遭漂蕩，文藝草草誰能工？筆精墨妙心更苦，那得再有前賢風？　於乎，乾坤浩蕩江海闊，使我執筆將安從？

莘叔耕画梅雪軒

自注：叔耕，名野，世居湖州蓮花莊。

好畫誰如莘棗強，墮馬折肱猶未忘。何年寫此寒林趣，精絶未數左手王。屋裏何人坐吹笛，似是南昌郡中客。曲終朔雪忽飛來，開門滿樹梅花白。

贈琴士

有客夜半來山中，橫琴坐石彈松風。松風曲罷抱琴去，落月一聲天外鴻。

聽老者理琵琶

老來絃索久相違，心事雖存指力微。莫更重彈白翎雀，如今座上北人稀。

取勝亭感舊

細雨微消紫陌塵，湖光泠落似無春。朱門記得曾游處，楊柳青青不見人。

寄天目山雍長老

天目之山青峩嶢，道人縛屋青山椒。白雲出山不歸去，春風吹老黄精苗。

燕山春暮

金水橋邊蜀鳥啼，玉泉山下柳花飛。江南江北三千里，愁絶春歸客未歸。

徐賁 二十七首

賁字幼文，其先蜀人，徙居吴。淮張開閫，辟爲屬，避去之吴興，隱蜀山中。洪武初，用薦授給事中，改監察御史。出按廣東，改刑部主事。陞廣西參政，遷河南左布政使，尋下獄死。有《北郭集》。

王元美云：方伯體裁精密，情喻幽深，頗似錢郎。

顧玄言云：方伯詞采遒麗，風韻淒朗，殆如楚客叢蘭，湘君芳杜，每多惆悵。

錢受之云：《北郭集》亦吴人張習編。謂：「幼文以丙辰起家，其卒以癸酉七月。」予考洪武六年癸丑，幼文與吕志學宿蜀山書舍，爲志學作画。次年甲寅，衍師過佛慧精舍，題此画云：「幼文仕於朝，季迪已登鬼籙。」則幼文以甲寅入朝，非丙辰也。庚申七月，志學題幼文画云：「幼文已矣，而画獨存。」則幼文之死於獄，當在己未、庚申間，非癸酉也。載觀高、張二集，高有《答余新鄭》詩云：「君初隨例詣闕下，有旨謫徙鍾離城。異鄉何人恤患難，喜有楊子兼徐卿。去年聖恩念逐客，特賜拔拭加朝纓。初春天子下明詔，辭謝不得來南京。」楊即孟載也。余則永嘉余堯臣，北郭十友之一。蓋三人同受淮張辟爲掾屬，吳亡例謫臨濠，洪武二年放歸。余主新鄭簿，楊知滎陽縣，徐未知何官，當亦此時銓授，而季迪徵修《元史》正在南京，得相贈荅也。楊有《夢緑軒詩序》云：「子與徐君幼文，同謫鍾離，結屋四楹。幼文居東楹，予居西楹。」詩云：「去年吳城正酣戰，却倚危樓望蔥蒨。今年放逐到長淮，萬緑時於夢中見。」則楊、徐謫濠，在吳亡之次年。其赦除在洪武二年，歷歷可考。而張習以爲吳亡後，幼文隱居蜀山，洪武七年用薦起家。習自謂得諸故老傳聞，其入朝、死獄之年，一一舛誤，何與？

《詩話》：吕志學題幼文所画山水圖，謂肆筆遒麗，清潤而帶書法。於詩亦然。才氣方之高、楊、張三君，稍爲未逮。然詩法耑然，森有紀律，長篇險韻，極其熨帖，頗有類皮、陸者。張來儀先從吳移居戴山，以詩招幼文云：「吳興好山水，子我盍遷居？繞郭群峰列，回波一鏡如。蠶餘即宜稼，樵罷亦堪漁。結屋雲林下，殘年共讀書。」幼文乃移居蜀山，兩山蓋相望也。

猛虎行

爾虎從何來，據住三叉口。昨日啖東家豬，今日噬西家狗。山中百獸不敢鳴，白楊黄竹陰風生。鄰家少年憑意氣，彎弓挂箭巡山行。夜深月黑候虎出，明朝荒草餘白骨。

農父謡送顧明府由吴邑陞常熟

我家茅屋臨官道，前種桑麻後梨棗。年年力作不違時，人有餘糧牛有草。官長下車今五年，老身不到州縣前。鄉無吏胥門户静，家家盡稱官長賢。大男入郭買田具，始知官長移官去。來時憶向官道迎，今日去時須送迎。攀轅欲留留不止，我民倉皇彼民喜。殷勤再拜官道旁，願飲三江一杯水。

柳短短送陳舜道

柳短短，春江滿。蘭渚雪融香，東風釀春暖。山長水更遥，浩蕩木蘭橈。蘭橈向何處，送君南昌去，離愁落日煙中樹。

白蘋花送王汝器

白蘋花，緑蘼草。南風吹碧波，五月湘江道。行人勸酒離緒多，櫂女櫂郎歌櫂歌。黄鸝啼時風景好，大堤日落奈君何。君今去，不可留。山疊疊，水悠悠。

八月十五夜飲王擴相川别業得動字

風高海雲收，月出天宇空。今日寒暑均，適與諸君共。懽深坐忘永，契合飲易痛。露螢寒不飛，水鳥夜停哢。山精各潛匿，銀蟾忽飛動。亭亭廣寒桂，不知何年種。我欲問嫦娥，素鸞無由控。佳節屢變更，壯心久悾惚。人生非仙骨，有樂當自縱。惜無桓伊笛，爲爾作三弄。

過荷葉浦

粼粼水溶春，澹澹烟銷午。不見唱歌人，空來荷葉浦。無處寄相思，停舟采芳杜。

尹明府吴越兩山亭

長江接海門，一水限吴越。兩山鬱相對，峰巒各羅列。勁勢爭吐吞，蒸嵐互出沒。尹君好游觀，結亭山水窟。闌干出層巔，細路縈百折。崩石絡垂蘿，老樹著棲鶻。平生登臨興，盡爲山水發。不知嘗膽人，此地幾征伐。至今兩山雲，來往似奔突。嗟余客江海，所歷多奇絶。何當上斯亭，長歌弔遺烈。

篬筤軒

小軒閟幽寂，回闌碧筠護。寒色晴梟池，垂梢晚縈露。陰凝訝煙積，籟起知飈度。瑟瑟含夕清，蕭蕭澹秋素。不有虚心人，何由同歲暮？

菜薖爲永嘉余唐卿右司賦

遠辭華蓋居，來卜山陰宅。乍到俗未諳，久住地旋闢。屋廬尚朴純，楹桷謝雕飾。高營踞山跗，深甃逗泉脈。檐將狼尾苫，門用鼠筦織。缺垣唯補蘿，圮砌總蒙藹。編籬限邇鄰，封梜表殊埸。本來是野性，豈是耽地僻。學圃欲擬樊，爲功敢侔稷。寧惜勞外形，自甘食餘力。耕鉏限兒課，灌溉當僕役。破塊何畇畇，陳器亦畟畟。駕許俗士回，屐向鄰翁借。筐筥織湘材，鍬鍤鑄棠液。卓钁鷹觜利，負蓑蝟毛磔。俯仰疲桔槔，沾灑漬襏襫。循畦行策鑱，偃林卧敧石。鐮拔欲芟丘，刈削竟驅礫。值阜即爲坡，遇凹就成洫。堤崩防密莀，竇隙拒亂棘。地同農畝計，區學井田畫。長畛縱復横，曲渠廣還窄。接流引餘清，疏沼匯深碧。架桁秋實垂，籬落夏蔓羃。雨露加膏腴，糞土發磽瘠。識種題裹藏，辨類分行植。蒔法常按譜，候時即看曆。蕨芽拳握紫，蘴檗拇駢赤。兩合憐蘮葦，叢生愛銚芅。初篛迸蟄雷，新薹長春蔌。雀弁莌葉峨，馬帚丼莖直。黄繁微颸繇，瓠老枯辦拆。芍苗卷龍鬚，蘗幹擁牛膝。黄獨雪晴收，紫蕣露晞摘。陰階茂莀芚，下田豐菲葸。卷輪木耳垂，攢刺菱角射。秋茄采更稀。夜韭剪仍殖，芝芳凝海瓊。茭鬱點池墨，枸杞香可醪。竹箈熟堪腊，石皮被柔藫。土酥膾肥葯，細蓴入饌鱸。鮮蔓雜羹鯽，荼苦檗與儔。菘脆冰爲敵，菌櫨西蜀致。苜蓿大宛得，長縈荇帶流。亂簇蒔絲繹，芹效野人獻。瓜爲天子副，決明纔一方。蒿苣連數席，璠蘼慰渴心。玉延起羸疾，蕈毒笑非喜。芥辛泣詎戚，盤根芽蘿壤。脫穎笋穿壁，擷香憐雞蘇。折甘嗜燕麥，粟腐切方圭。乳餅斲員璧，孕子椶受刳。贅聃石被皺，兔目淘夏槐。鹿角芼臘炙，菁託諸葛呼。巢以元修斥，諸葛、元修，二菜名。莧裒蔡守清，薇怨周節逆。邪蒿義所攘，薉荾理堪啞。薄利嘉拔葵，省謗惡遺薏。窮餐虀酸黄，儉啖薤留白。閑情付田園，生意仰膏澤。莢齊翠疑剪，甲坼綠訝擘。掩冉煙際姿，蔥蒨雨餘色。始掇惜滓染，載滌畏蟲螫。新薦或在籩，薄湘亦須鬲。求久漸投醝，致爽遽沃醯。不煩僚友送，敬向先聖釋。對屠誇大嚼，燕客忻小摘。柈羞不過三，甕菹當飲百。未能著蔬經，安敢踰食籍？旨蓄足山廚，素供過香積。用玆卒歲年，庶得勤朝夕。賓魏徐見厭，厄陳顔自懌。潔畚上恥污，造橋盜懷恤。抱甕忿設機，授書誚求益。用侯君房徵嚴光事。縱馬因致憂，吞蛭遂亡謫。萬錢柳復乞，片金華還擲。仕知呂姪妄，居味鄭人識。枕肱仲尼樂，傷指范宣扼。鼎臑固云嘉，食單亦足適。敷淡分所安，堪味欲易極。毋因口體累，遂使愆民德。

登戴山在湖州臨湖門外二十里。

平田渺空曠，孤岡忽高峙。新松蔭其巔，白石繚其趾。初登若嶄絶，稍上乃如砥。亭亭日晷側，肅肅征鴻駛。南招天目雲，北覽具區水。比來局羈絆，遊遨喜茲始。同心良可重，懽言得佳士。非惟外累遺，沉憂亦成委。薄暮聊旋歸，餘興會留此。

種菊

蕭條齋舍前，隙地頗高爽。茲焉倦耘鉏，而乃成廢壤。邇來學種竹，始爲驅草莽。掩苒籬落間，枝葉紛以長。雖煩灌溉勤，亦藉雨露養。秋香固所悦，晚節益可仰。匪曰表隱名，聊以備幽賞。

荆山

荆山揭高厓，塗山聳横崿。長淮出兩間，中斷見斧鑿。於焉束洪流，浪起石鬬角。誰能爲此功，在昔大禹作。至今遺廟存，香火乃寂寞。我來問邑人，往事竟緬邈。於時春正深，草木尚荒落。登臨欲開襟，覩茲反不樂。

壽州

舟行夜達曙，路入硤石口。平山帶孤城，一塔起高阜。問知古壽春，地經百戰後。群孽當倡亂，受禍此爲首。彼時土産民，十無一二有。田野滿蒿萊，無復識畎畝。去程不可稽，欲望敢遲久？

潁川

客程不論遠，所求在陰晦。惡風滿川來，雨勢晚逾倍。船爭急流上，寸進還尺退。枯葭夾崩沙，路轉數百匯。颯颯孤篷飛，琅琅萬珠碎。篙師左右呼，坐客默與對。去心雖云迫，前塗苦茫昧。德星無後覯，洗耳亦何在？有懷仰高風，令人發深慨。

盤子城

前登盤子城，山隘勢欲迫。路回土峭絶，傍夾千仞壁。石狀如矩斲，巨細總方直。無泉土脈死，草木盡改色。高巔有堡障，重門閉重棘。陰慘行人險，惡意叵易測。信知狐鼠輩，得在此中匿。我生好壯觀，努力更攀陟。立久日將晡，浮雲渺鄉國。

天井關

峰回抱深壑，下視天鑿井。昔人建重關，扼險備邊警。鍵鑰久已絶，垣石尚森整。峨峨尼父祠，門掩衆山靜。曾聞此回轍，無復過斯境。詢知鄉老言，此事古未省。餘氓數家在，破屋暮煙冷。我行力稍疲，景物不暇領。且爲投宿來，驚風夜愁永。

渡沁

陸行長苦渴，今渡沁河水。奔騰走百灘，聲遠聞數里。我來坐其涯，肩擔欣蹔弛。不意山塢間，偶得見清泚。連朝塵沙目，豁爾淨如洗。雖云倦行力，對此亦足喜。南風吹青蒲，白鷗忽飛起。

沁水縣

一水隨山根，宛轉流出迴。灘聲繞縣門，孤城數家靜。風土殊可怪，十人五生癭。土屋響牛鐸，壁滿殘日景。行遲欲問宿，連戶皆莫肯。亭長獨見留，半榻亦多幸。呼童此晚炊，糲飯穀帶穎。野蔌不可得，敢望肉與餅？塗行乃至此，儉素當自省。

太陰山

巍巍太陰山，厓壁拔嶄峭。積水嵌層墟，凜若太古造。凍深草木堅，僵立勢難撓。高寒橫障空，陽景未嘗到。鄰有義和墓，欲問莫可弔。如何於此地，獨不被臨照。至今山中鳥，性莫識晴昊。聊爲志其事，因之發長笑。

女媧墓

空山兩高冢，媧皇此中葬。焦土積層巘，勢助殿閣壯。大哉補天手，功出千古上。至今鍊餘石，火氣夜猶放。轟雷常祓護，烈風日掀蕩。陰林慘可畏，怪木高數丈。百鳥飛繞枝，欲止不敢向。地靈氣所鍾，祭禱土人仰。經過謁祠下，幸獲拜神像。

霍山

霍山古北鎮，勢尊出群麓。山深異風景，春盡樹未綠。居人苦多寒，鑿土爲住屋。屋頂土元厚，亦種麻與菽。乃知此方民，猶有上古俗。我欲拜其廟，日斜去程促。窯煙斂暝色，牛羊半歸牧。征塗多嶮巇，村館早尋宿。

兵後過罣亭山

罣亭西去遠，一過一淒然。雁宿蘆中月，人歸草際煙。漁家多近水，戎壘半侵田。尚喜餘民在，停舟問昔年。

送曾伯滋赴西河將幕

上將初分閫，儒官解習兵。風旗春獵野，雪帳夜歸營。洮水從岷下，祈山入隴平。知公能載筆，草檄報邊聲。

送朱知事

惆悵官亭酒，如何送客頻。尊前莫催別，明日異鄉人。

送呂庸南

雪色上征衣，雲沙雁自飛。去家千萬里，只解送人歸。

送别沈德虔

江聲千里萬里，客路長亭短亭。後夜相思何處，蘆花明月沙汀。

送張景則歸天台

浙江東去有名山，路遠天台雁宕間。我未得遊空悵望，是君鄉里喜君還。

明詩綜卷十

小長蘆　朱彝尊　録
長水　杜庭珠　緝評

余堯臣一首

堯臣字唐卿，永嘉人。元末，自會稽入吴。明初，謫濠，放還，授新鄭丞。有《菜薖集》。

錢受之云：唐卿居會稽，越鎮帥邁善卿、參政呂珍羅致幕下，有保越之功。無意仕進，於越之桐桂里，治圃結茆，署曰菜薖。已而入吴，居北郭，與里中楊基、張羽、徐賁、王行、王彝、宋克、呂敏、陳則，釋道衍爲高啓十友。洪武二年，授新鄭丞，見於啓詩。其曰「司馬」，曰「左司」，必東越鎮將版授之職銜，而今不可考矣。

《靜志居詩話》：高季迪《春日懷十友》詩，於余司馬堯臣云：「列戟衞嚴關，應無休沐暇」。

《夜飲余左司宅》云：「燈銷月窺闌，角警霜委砌。」《答余左司沈別駕元夕會飲城南》詩云：「故人念我有二子，省内郎官府中佐。」徐幼文《菜薖》詩題爲《永嘉余唐卿左司賦》，然則左司之稱，本於越鎮將版授，而司馬之銜，疑唐卿曾仕於淮張也。

秀野軒

濕翠浮草芽，空青散木杪。輕舟理横塘，歸人渡清曉。棲鴉返故巢，潛鱗濯新藻。倒景澹斜暉，回飈蕩晴昊。衡門夜不扃，燕坐事幽討。落葉秋自飄，殘花春嬾埽。我欲往從之，税駕苦未早。揮手謝孤雲，去去没蒼徼。

王行 三首

行字止仲，長洲人。洪武初，爲郡庠經師。藍玉延教其子，連坐誅。有半軒楮園二集。

徐子元云：行詩清雅，第不及高楊。

《詩話》：止仲好談兵，游都門，人或尼之，笑曰：「虎穴中好休息也。」既就涼國西塾，數以兵法説涼國。涼國卒用是敗。平居於十友中最契道衍，贈之序曰：「上人非若他人事佛奉師，碌碌作沙門者。今天下亂已極，且必治，治然後出於時以發其所藴，其上人之志與？當世之人，安知終無與上人同其志者？盍姑有所待也。」誦其言，亦傾危之士乎。至《墓銘舉例》一書，足爲學文者津筏，詩非所長也。

題趙元臨高房山鍾觀圖

北苑貌山水，見墨不見筆。繼者惟巨然，筆從墨間出。南宫實遊戲，父子並超軼。高侯生古燕，下筆蜕凡骨。沄沄水墨中，探破造化窟。嘗圖得鍾觀，景象照雲日。長松映飛泉，霞采互飄欻。今朝見兹畫，臨寫意無失。慘憺入窈冥，稜嶒隔岑蔚。高堂時一舒，六月氣蕭瑟。平生丘壑性，塵坌欣已拂。因之興我懷，山中斸苓朮。

趙吳興淵明像并書歸去來辭 後更畫竹石。

虚館坐清曉，高秋零露時。佳菊秀可餐，墨葩含晚滋。芳馨發孤思，寫此歸來辭。餘興猶未已，寒玉生疏枝。孰謂公子懷，不與幽人期。撫卷三歎息，繫年非義熙。

房山寒江孤島圖

千山萬山重復重，畫力筆力鬭奇雄。青紅蒼翠滿縑素，缺處淺碧分遥峰。歷觀畫史每如是，意謂此法由來同。昨嘗凌秋溯揚子，一舸縹緲乘長風。洪波吞天杳無際，出没但有孤輪紅。乃知山水有佳處，到此始覺塵埃空。當時海岳應飽見，落墨便自超凡庸。不將層疊競工巧，遂使氣象齊鴻濛。平生愛畫惟愛此，苦恨妙法無能攻。九州之表有人物，意象獨數房山翁。兹圖咫尺便千里，小米大米追高蹤。愛之歌詠乃常理，濡翰自媿言非工。詩成忽復三歎息，矯首長望青冥鴻。

宋克 一首

克字仲温，吴人。明初，徵爲侍書，出爲鳳翔府同知。

《詩話》：仲温任俠自喜，挾彈走馬，學《握奇陣法》。張氏據吴，欲致不得。闔門却埽，工草隸書。祝京兆評其書法天授，而高侍郎爲作《南宫生傳》，盛譽其詩。侍郎又有《酬宋軍諮見寄詩》云：「少爲鬬雞兒，鮮裘奮春明。走馬出飛彈，撇捩誇身輕。氣服諸俠徒，不倚父與兄。落花錦坊南，美人理妝迎。酒酣迸五木，脱帽呼輸贏。及壯家已破，狂游恥無成。遂尋鬼谷師，從之學言兵。業成事燕將，遠戍三關營。奇勛竟難圖，回臨石頭城。覽時識禍機，不因憶蓴羹。飄然别戎府，震澤還東征。恥求薦辟書，傲然揖公卿。知音竟爲誰，四海嗟惸惸。」又《答仲温見寄詩》云：「念昔文翰場，弱蹤繼清塵。鳴絃東閣夜，飛蓋西園晨。」誦之可得其行概矣，惜其詩集罕傳也。

秋日懷兄弟

相別幾多時，相思淚滿衣。家貧經難久，世亂得書稀。作吏余誠拙，從軍事亦非。鄉心秋塞雁，盡日向南飛。

吕敏 一首

敏字志學，無錫人。元末爲道士。洪武初，官無錫縣學教諭。有《無礙居士集》。

書雲林畫林亭遠岫

憶過梁谿宅，于今二十年。賦詩清閟閣，試茗惠山泉。夜雨牽離夢，春雲黯遠天。鄉情與離思，看畫共茫然。

陳則 一首

則字文度，崑山人。洪武六年，以秀才舉任應天府治中，俄進戶部侍郎。謫大同府同知，遷知府。

錢受之云：文度文詞清麗，元季僦屋授徒，以工詩名於吴下。高啓北郭十友之一也。

題雲林畫

落花愁殺未歸人，亂後思家夢更頻。縱有溪頭茆屋在，也應芳草閉深春。

孫蕡 二十首

蕡字仲衍，南海人。洪武中，授工部織染局使。出爲虹縣主簿，選入爲翰林典籍，復外補平原主簿。罷歸，尋除蘇州府經歷。謫遼東，坐黨禍死。有《西菴集》。

黄才伯云：仲衍詩，初若不經意，而氣象雄渾，興喻深致，駸駸乎魏晉之風。

徐子元云：嶺南五先生，惟仲衍清圓流麗，如明珠走盤，不能自定。彦舉雄俊豐麗，殆敵手也。

王元美云：孫仲衍如豪富兒郎入少年場，輕脱自好。

歐楨伯云：明興，五嶺以南五先生起，軼視吳中四傑。

李時遠云：仲衍豪邁瑋麗，足追作者。其七言古體不讓唐人。

葉處元云：先生五七言、古風，雖唐人不能遠過。

曹潔躬云：仲衍善言風景：於廣州則云：「丹荔枇杷火齊山，素馨茉莉天香國。」於羅浮，則云：「紫極房櫳倚日開，蕊珠樓閣中天起。」於雲南，則云：「蠻官見客花布襖，村婦背鹽青竹籃。」於武昌，則云：「武昌城頭黄鶴樓，飛檐遠映鸚鵡洲。漢陽樹白煙景濕，行人如鷗沙際立。」使未至其地者誦之，亦當神往。若「酒徒散落黄金空，獨臥茆檐夜深雨。松花酒熟人不歸，瑶草東風幾囬碧」，風韻不減唐人。他如「荒蘿遶屋秋夜凉，山鬼吹燈冷光濕。興闌移席傍寒梅，雙眼如貓對花碧」，亦不失爲韓冬郎語也。

《詩話》：自蕡以下，世所稱南園五先生也。仲衍才調傑出四人，五古遠師漢魏，近體亦不失唐音，歌行尤琳琅可誦，微嫌繁縟耳。集句亦工，若「秋水爲神玉爲骨，芙蓉如面柳如眉」，「遶籬野菜飛黄蝶，糝徑楊花鋪白氊」，「去日漸多來日少，别時容易見時難」，「三湘愁鬢逢秋色，半壁殘燈照病容」，「野草怕霜霜怕日，月光如水水如天」，「鶴群長遶三珠樹，花氣渾如百和香」，可稱巧合。繼之者，如「桂嶺瘴來雲似墨，蜀江風澹水如羅」，「風塵荏苒音書絶，人物蕭條市井空」，「歸目併隨囬雁盡，離魂潛逐杜鵑飛」，「長疑好事皆虚事，道是無情却有情」，「緑水青山雖似舊，紅顏白髮遞相催」，「此廬陵李楨昌祺所集也。如「眼前好惡那能定，夢裏輸贏總不真」，「東澗水流西澗水，錦江春似曲江春」，「雲收雨散知何處，燕語鶯啼亦可傷」，「千里關山千里夢，一番風雨一番啼」，「慘慘悽悽仍滴滴，霏霏拂拂又迢迢」，此瓊州丘濬仲深所集也。如「文章宇宙千年事，江漢風流萬古情」，「老去詩篇渾漫與，晚來幽獨轉傷神」，「欲知世掌絲綸美，肯信吾兼吏隱名」，「縱飲欲謀良夜醉，殊方又喜故人來」，「乘舟取醉非難事，送客逢春可自由」，「登第往年同座主，抱琴何處覓知音」，「疏檐看織蠨蛸網，遠信閒封豆蔻花」，「四海交游更聚散，十年京洛共風塵」，「漫説簡書催物役，猶將談笑出風塵」，「未央樹色春中見，茂苑鶯聲雨後新」，「自歎馬卿常帶病，也如光禄最能詩」，「春浮玉藻寒波落，水滴銅龍畫漏長」，「佳節每從愁裏過，遠書忽向病中開」，「江淹采筆空題恨，荀令香爐可待熏」，「小院回廊春寂寂，北湖南埭水漫漫」，「敢于世上明開眼，莫怪先生嬾折腰」，「苦節難違天子命，夢歸偏動故鄉情」，「舉世盡從愁裏老，暮年初信夢中忙」，「酒酣嬾舞誰相拽，客至從嗔不出迎」，「緩帶輕裘成昨夢，濁醪麄飯任吾年」，「古來賢達知多少，舊日人民果是非」，「新結草盧招隱逸，便應黄髮老漁樵」，「合歡却笑千年事，奉使虚隨八月查」，「復有樓臺銜暮景，但將懷抱醉春風」，「故國山川皆夢寐，昔年親友半彫零」，此長沙李東陽賓之所集也。如「病身最覺風露早，離夢杳如關塞長」，此休寧程敏政克勤所集也。如「一臥滄江驚歲晚，千家山郭靜朝暉」，「嗜酒何妨陶靖節，能詩重見謝玄暉」，此吳江周用行之所集也。如「坐看蕉葉題詩句，醉折花枝當酒籌」，「閶闔迴臨黄道正，樓臺直與紫微連」，「東風已緑瀛洲草，閣道回看上苑花」，「五夜漏聲催曉箭，千門曙色鎖寒梅」，「雲生紫殿幡花濕，月射珠光貝闕寒」，「深院沈沈人悄悄，春風澹澹影悠悠」，「笙歌縹緲虚空裏，臺榭參差煙霧中」，「小院回廊春寂寂，前峰後嶺碧濛濛」，「離岸游魚逢浪返，出林幽鳥向人飛」，「雲開日月臨青瑣，花擁絃歌咽畫樓」，「晴雲滿戶團傾蓋，瀑水侵階濺舞衣」，此錢塘沈行履道所集也。如「念我能書數字至，似君須向古人求」，此上海陸深子淵所集也。如「卿月夜臨仙掌動，御煙曾見衮龍浮」，「風煙迸起思鄉夢，霄漢長懸捧日心」，「病眼較來猶斷酒，新詩改罷自長吟」，「江清露白芙蓉死，雲散天高秋月明」，「蘄竹水翻臺榭濕，桐花風軟管絃清」，「胡蝶夢中家萬里，鳳皇聲裏住三年」，「愁將玉笛傳遺恨，暗擲金錢卜遠人」，「路遶寒山人獨去，江涵秋影雁初飛」，「陶令久辭彭澤縣，山翁長醉習家池」，「虚心願比郎官筆，感興平吟才子詩」，「漠漠稻花資旅食，輕輕柳絮點人衣」，「老妻畫紙爲棊局，童子開軒埽落花」，「細水浮花歸別澗，西風落葉掩重門」，「鳥啼深樹斸靈藥，馬飲春泉蹋淺沙」，「日落遠波驚宿雁，月明芳戍起啼鴉」，「共歡天意同人意，多說明年是稔年」，「倦客閉門三日雨，野橋流水一犂煙」，「侯門不把馮驩劍，客路空攜范蠡圖」，「暮雨自歸山悄悄，高樓獨上思依依」，「閒尋古寺消晴日，却聽疏鐘憶翠微」，「日暮酒醒人已遠，鳥啼花落水空流」，「清風未許重攜手，好月那堪獨上樓」，「魚躍鏡中將緑破，鳥還天外帶青來」，「過橋樹葉村邊合，隔岸柴門竹裏開」，「碎心雨夜重檐溜，滑足春融一徑泥」，此廣州張績□□所集也。

如「故里春光榮晝錦，上林晴日絢朝衣」，「莫言海上渾無地，應是壺中別有家」，「紅樹枝頭聞犬吠，寒山影裏見人家」，「溪邊瑶草含朝露，天上珠簾卷曙霞」，「鳥啼雲竇仙巖靜，樹入天台石路新」，「臺上鳳簫秦弄玉，鏡中珠翠李夫人」，「閒愁却恐驚巢燕，往事應須問塞鴻」，「楊柳亭臺凝晚翠，芙蓉簾幕扇秋紅」，「醉依華屋春多麗，貴想豪家月最明」，「天上吹笙王子晉，雲邊度曲許飛瓊」，「淚殘秋雨遺塵韈，腸斷春風爲玉簫」，「蝶粉亂翻迎笑臉，柳絲輕舞學纖腰」，「恍疑瓊島翻成夢，只是長安不見人」，「別酒不須花底勸，淚痕時傍枕函流」，「看花誰與同攜手，好月那堪獨上樓」，「望斷鴛鴻猶未見，可憐蜂蝶却先知」，石窗花落春歸處，山店燈殘夢到時」，「好夢肯隨胡蝶去，離魂暗逐杜鵑飛」，「三春景色佳期誤，半夜雨聲前計非」，「遶砌寒風號絡緯，閉門疏雨落梧桐」，「狂客漫歌金縷曲，佳人猶舞越羅衣」，「紅樹暗藏殷浩宅，青山空遶仲宣樓」，「那堪往事空牢落，誰共芳樽話唱酬」，此姑孰夏宏仲寬所集也。如「山横故國三年別，江至潯陽九派分」，「兩岸蘆花飛曉雪，幾家松火隔秋雲」，「迢迢霽野雲陰合，淅淅疏簾雨氣通」，「風月無情人暗換，江山有待我重來」，「九重霄漢天將近，萬轉雲山路更賒」，「武帝祠前雲欲散，胡公陂上日初低」，此安成王佩□□所集也。如「碧落有情空悵望，春山無伴獨相求」，「山中習靜觀朝槿，洞口經春長薜蘿」，「啼鳥歇時山寂寂，寒鴉飛盡水悠悠」，「人生有酒須當醉，世上浮名好是閒」，「嶺樹重遮千里目，故人那惜一行書」，此海鹽朱朴元素所集也。如「柴扉茆屋無人問，斷岸寒流到底清」，「歸鳥各尋芳樹去，寒潮唯帶夕陽還」，「花開花謝常如此，船去船來自不停」，「流水白雲常自在，晚山秋樹獨徘徊」，「茶煙漁火遥如畫，江水雲山杳莫窮」，此金華童琥廷瑞所集也。如「萬里悲秋長作客，一官羈絆實藏身」，此崑山方鵬時舉所集也。如「鱸魚正美不歸去，瘦馬獨吟真可哀」，「梁間燕子聞長歎，樓上花枝笑獨眠」，「勸君更盡一杯酒，與爾同消萬古愁」，此蜀中安磐公石所集也。如「霜彫碧樹作錦樹，色過櫻亭又草亭」，「諸葛大名垂宇宙，元戎小隊出郊坰」，「殘花爛熳開何益，妙舞逶迤夜未休」，「鍾鼎山林各天性，風流儒雅亦吾師」，「已聞童子騎青竹，喚取佳人舞繡筵」，「休怪兒童延俗客，不勞鐘鼓報新晴」，「病軀動覓藜牀坐，嬾性從來水竹居」，「庾信羅含皆有宅，李陵蘇武是吾師」，「煙緜碧草萋萋長，雨裛紅蕖冉冉香」，「萬里相逢貪握手，百年多病獨登臺」，此香山黄佐才伯所集也。如「歸信幾番勞遠夢，愁心一倍長離憂」，「自頋勤勞甘百戰，莫將成敗論三分」，此戴天錫維壽所集也。如「長疑好事皆虚事，莫遣佳期竟後期」，「素柰忽開西子面，芙蓉不及美人妝」，「徒勞掩淚傷紅粉，但惜流塵暗洞房」，此劉芳節聖達所集也。如「世態炎凉隨節序，人情翻覆似波瀾」，「笛怨柳營煙漠漠，馬嘶山店雨濛濛」，「緑樹碧檐相掩映，游絲舞蝶共徘徊」，「人世幾回傷往事，愁心一倍長離憂」，「浮生已悟莊生夢，末路虚彈貢禹冠」，「敗葉殘蟬連漢苑，古煙高木隔棉州」，「五千里外三年客，一寸心中萬斛愁」，「返照入江翻石壁，疏松隔水奏笙簧」，「鳥下緑蕪秦苑夕，雲凝碧樹渚宫秋」，此莆田陳言于庭所集也。如「念我能書數字至，悲君已是十年流」，「新添水檻供垂釣，許坐層軒數散愁」，此廣州黎民表惟敬所集也。如「衰草夕陽江上路，漁歌樵唱水邊村」，「一樽春釀蒲萄綠，滿甕秋香竹葉青」，「僧歸黃葉林邊寺，人候夕陽江上舟」，此□□□□□□所集也。如「顧我老非題柱客，凡今誰是出群雄」，「因知貧病人須棄，不露文章世已驚」，「逐客雖皆萬里去，雄豪復遣五陵知」，「獨當省署開文苑，未有涓埃答聖朝」，「天子亦應厭奔走，諸公何以答昇平」，「深山大澤龍蛇遠，古木蒼藤日月昏」，此關中南師仲子興所集也。如「天下何曾有山水，老夫不出長蓬蒿」，此南海陳子壯秋濤所集也。如「朝雲暮雨連天暗，野草閒花滿地愁」，「蘭亭舊路雖曾識，子夜新歌遂不傳」，「自歎馬卿長帶病，何曾宋玉解招魂」，「追思往事咨嗟久，始覺空門氣味長」，「瑶臺絳節游俱遍，粉壁紅妝畫不成」，「碧落有情應悵望，白雲何處更相期」，「鶯憐勝事啼空巷，蟬曳殘聲過別枝」，「大抵好花終易落，爭教紅粉不成灰」，「天長地久有時盡，物在人亡無見期」，「疏檐看織蠨蛸網，古木惟多鳥雀聲」，「去日已多來日少，他生未卜此生休」，「珊瑚枕上千行淚，白玉壺中一片水」，「不堪紅葉青苔地，早是傷春夢雨天」，「更恨香魂不相遇，真成薄命久尋思」，「碧莎裳下攜詩草，楊柳洲邊載酒船」，「春蠶到死絲方盡，古柏重生枝亦乾」，此秀水沈德符景倩所集也。如「孤櫂夷猶期獨往，崇山瘴癘不堪聞」，「漫說簡書催物役，可堪風景促流年」，「津樓故市生荒草，落日深山哭杜鵑」，「幸與野人俱散誕，不嫌門徑是漁樵」，此萊陽姜埰如農所集也。如「早春重引江湖興，嬾性從來水竹居」，「千樹桃花萬年藥，半池秋水一房山」，「側身天地更懷古，獨立蒼茫自詠詩」，「天下何曾有山水，人間豈不是神仙」，「王侯第宅皆新主，富貴榮華能幾時」，「閉戶著書多歲月，揮毫落紙如雲煙」，「莫愁前路無知己，幾處蠻家是主人」，「漢家城闕如天上，武帝旌旗在眼中」，此嘉興周篔青士所集也。如「芳草有情能下淚，野花無語自生愁」，「關門令尹誰相識，江上漁翁未易名」，「一曲正愁江上笛，十年如見夢中花」，「世人不識東方朔，谷口空稱鄭子真」，「獨在異鄉爲異客，自憐長病與長貧」，「那知白髮偏能長，莫遣黄金漫作堆」，「爲客馬卿真寂寞，依劉王粲本淒涼」，「坐中醉客延醒客，鏡裏今年老去年」，「樹影悠悠花悄悄，江離漠漠荇田田」，「中郎有女誰堪託，伯道無兒最可憐」，「仙人有待乘黄鶴，壯士徒令感白虹」，「啼鳥歇時山寂寂，寒鴉飛盡水悠悠」，「羞將短髮還吹帽，共踏清歌又舉尊」，「江上暮鴻遥送影，湖南春草但相思」，「蒼山迢遞成千里，明月何曾是兩鄉」，「千里雲山何處好，十年書劍總堪憐」，「波生野水雁初落，風靜寒塘花正開」，「獨坐黄昏誰是伴，每逢佳節倍思親」，「共説陳琳工奏記，焉知李廣不封侯」，「水浮花片知仙路，草帶泥痕過鹿群」，「晚景莫追窗外驥，銷憂已辦酒中蛇」，此蘭谿胡山天岫所集也。予叔父芾園先生亦雅好集句，客至觴行，恒舉數聮，坐客服其工緻。予所記憶者，如「細推物理須行樂，高視乾坤又可愁」，「庾信羅含皆有宅，伏波横海舊登壇」，「蕭何只解追韓信，賈誼何須弔屈平」，「料得也應憐宋玉，不知何處弔湘君」，「能將忙事成閒事，不薄今人愛古人」，「豈有白衣來剥啄，便應黄髮老漁樵」，「閣中帝子今何在，河上仙翁去不回」，「謝朓詩篇韓信鉞，老萊衣服戴顒家」，「笑拈霜管題詩句，閒向春風倒酒缾」，「野廟向江春寂寂，殘燈無燄影幢幢」，「滕王高閣臨江渚，漢主離宫接露臺」,「壺觴須就陶彭澤,勳業終歸馬伏波」,皆極自然。陸務觀所云:火龍黼黻手,非補綴百家衣者比也。

擬古三首

岐路一尊酒,送君今遠行。交持未及竟,絲管激哀聲。冉冉歲華暮,悠悠雲氣征。馳車戒往路,惻惻傷我情。我情默已傷,歡愛不可忘。昔爲春花妍,今爲秋草芳。秋草芳有時,夫君見無期。獨宿坐長夜,淚落如綆縻。白日儻回照孤懷君所知。

華月散高樹,列曜何參差。流光射結綺,思婦慘中闈。良人涉遠道,感歎夜何其。清聲發妙曲,宛轉有餘哀。妙曲固可聽,餘哀知爲誰?春至桃李妍,歲暮華色衰。居然獨處廓,顧影久徘徊。

離離谷中樹,燦燦春華芳。枝葉何盛茂,忽然隨風揚。流光有彫换,物理安可常?擾擾路傍子,哀歌使我傷。杪秋天氣肅,白露結嚴霜。攬衣不能寐,起視夜何長。明月出東壁,衆星羅縱横。歲暮鶗鴂鳴,百草青自黄。遠道者誰子,驅車登太行。太行鬱嵯峩,天路無津梁。興言念同志,涕下霑我裳。

寄琪林黄道士

雨絶天景佳,前榮樹光緑。遥憐採芝侣,遠在春山曲。琴歌久已斷,酒賦何由續。有約今夕同,開樽埽茆屋。

湖州樂

湖州溪水穿城郭，傍水人家起樓閣。春風垂柳綠軒窗，細雨飛花濕簾幕。四月五月南風來，當門處處芰荷開。吳姬畫舫小於斛，蕩槳出城沿月回。菰蒲浪深迷白紵，有時隔花聞笑語。鯉魚風起燕飛斜，菱歌聲入鴛鴦渚。

白雲山

白雲山下春光早，少年冶游風景好。載酒秦陀避暑宮，蹋青劉鋹呼鑾道。木棉花落鷓鴣啼，朝漢臺前日未西。歌罷美人簪茉莉，飲闌稺子唱銅鞮。繁華往似東流水，昔時少年今老矣。荔子楊梅幾度紅，柴門寂寂秋風裏。

送何都閫濟南省親至京還廣

伊昔關河事征戰，君家嚴君擁方面。君拜元戎領大藩，虎旗耀日光於電。北山之北南河南，鯨波虎壘相巉巗。轅門上日開將閫，白馬朱纓銀作銜。軍中呼盧日向午，錦筵置酒夜擊鼓。龍潭降卒解西歌，翁源女兒學東語。有時俘賊珠海頭，海門六月如九秋。牙旗揮天虎豹怒，霹靂迸火魚龍愁。銀漢淋漓洗穹昊，嚴親入覲承恩早。角巾還第誰最高，君與君家兄弟好。揭來寧親東入齊，歸舟一繫蔣林西。鶯花爛熳春如海，歌舞流連醉似泥。蟾溪高彬故部曲，開宴斗門橋下屋。宣州梨子鵝兒黄，吳姬指纖白如玉。酒酣耳熱悲故鄉，孫蕡在座情更傷。關河北去五千里，目斷南天如許長。秦淮水生風似雨，十幅蒲帆醉中舉。龍灣江口辭故人，小孤洲北失前侶。知君第宅遶西湖，門對羅浮列畫圖。梅花白白想猶昨，盧橘青青今有無。三郎今年三十幾，平生與蕡最知己。明歲春還若寄書，玉堂華館西清裏。

往平原别高彬

銀壺緑酒霑春宴，環佩朝回奉天殿。平生不作兒女悲，獨向高彬淚如霰。高彬昔年桑梓雄，好賢乃有古人風。東林詩社靜來結，北海酒樽長不空。揭來弓劍已蕭索，短髮如絲猶好客。塞上葡萄火齊紅，宣州梨子鵝兒白。沈緜不獨重相知，文采今還勝昔時。小樓焚香每讀易，淨几把筆常題詩。今晨我作平原别，高彬不意情欲絶。芙蓉香冷不堪贈，楊柳枝黄未宜折。龍灣江口石城頭，一幅蒲帆萬里秋。暮雲紅樹儻相憶，應有音書慰别愁。

次歸州

歸州城門半天裏，白雲晚向城下起。市廛架屋依巖巒，婦女提罌汲江水。巴山雪消江水長，城中夜聞灘瀨響。客船樹杪鈎石稜，漁父雲端曬罾網。家家蕪田山下犂，倒枯大樹燒作坭。居人養犬獲山鹿，稺子縛柴圈野雞。楚王臺高對赤甲，四時猛氣長颯颯。柁工鳴板避漩渦，櫓聲摇上黄牛峽。

發忠州

顛風翻山雲黑黑，星河無光江翕翕。摇船夜半發忠州，漩深浪緊船欲立。宣公祠下灘嘈嘈，船頭著水低復高。石稜割裂箕斗影，山鬼出雜魚龍號。亦知風水莽回互，王事有程那得顧？誰歌太白蜀道難，和我靈均遠遊賦？

下瞿塘

我從前月來西州，錦官城下十日留。四船正值九九節，巫山巫峽風颼颼。人言灩澦大於馬，瞿塘此時不可下。公家王事有程期，敢憚微軀作人鮓。人鮓甕頭翻白波，怒流觸石爲漩渦。柁工敲板助船客，破浪一撇如飛梭。灘聲櫓聲歷亂聒，緊摇手滑櫓易脱。沿洄劃轉如漩風，半側船頭水花没。船頭半沒船尾高，水花作雨飛鬢毛。爭牽百丈上崖谷，舟子快捷如猨猱。攏船把酒聊自勞，因笑輕生博奇好。吟詩未解追謫仙，天遣經行蜀中道。巴東東下想安流，便指歸州向峽州。船到岳陽應漸穩，洞庭霜降水如油。

題蘇名遠畫竹圖

蘇郎寫竹如寫帖，珊瑚爲枝篆籀葉。寒梢不及三尺長，遠勢直與青冥接。青冥不辨西與東，雲光竹色俱空濛。飛廉排山振鷟鸑，霹靂迸火驚蛟龍。奇搜不獨竹色老，竹傍有石仍更好。想其落筆當酒酣，人間屏幛愁絶倒。近時吳興趙子昂，最能寫竹窮青蒼。蘇郎晚出繼芳躅，湖海一妙相輝光。十年不到瀟湘浦，環佩空懷玉簫女。相期共泛書畫船，濃墨淒迷埽煙雨。

送翰林典籍張敏行之官西上

燉煌城下沙如雪，燉煌城頭無六月。關西勁卒築防秋，捷書夜半飛龍樓。九重下詔徵貔虎，推轂上將開都府。黄旗卷日大軍行，旄頭化石夜有聲。燉煌迢迢五千里，十月即渡黄河水。上將翩翩才且雄，平戎不數貳師功。叱咤猶在輪臺北，匹馬已入渠黎國。左較偏裨晚射鵰，倚鞍醉索單于朝。西山黑風吹墮瓦，霜角吹秋一作嗚嗚。塞垣下。太平今見遠宣威，君往從戎幾日歸。幕下文儒兼解武，詞林從此有光輝。

周青士云：嘉州遺韻。

武昌别魯侍儀舍人文濬

嘖嘖復嘖嘖，人生交契真罕得。我居翰苑君儀曹，幾載相聞不相識。君名早已播南衢，出入金門早奏書。不謂同乘建業水，還來共食武昌魚。武昌魚肥春酒好，竟日流連得傾倒。黄鶴樓頭葉亂飛，金沙洲上秋將老。狂歌謔浪清致同，看君更有古人風。才如關西楊伯起，氣一作性。似城東陳孟公。相親未幾還分手，可憐新知樂未久。君隨征雁入巴陵，我挂雲帆泝川口。歸期去去各悽然，今夕星河共一作各。一天。秋晚還期來促膝，與君同賦遠游篇。

冬至

冬至至日日初長，久客客懷懷故鄉。梅蕊惟愁雪爛熳，柳條又是春相將。嬾朝違世真自笑，憶遠寄書人未央。海門關外暮雲合，應有南還征雁翔。

秋風

秋風淅淅吹江亭，汴河之柳猶青青。黄姑東渡會七夕，白帝西來朝百靈。初開琪樹已云落，遠別客愁今未醒。欲寫鄉書寄南雁，故園萬里天冥冥。

懷四川

草堂煙樹入青霄，漢殿荒臺秀黍苗。宇宙大一作詩。名今尚在，風雲霸氣未全銷。寒星夜落支機石，錦水春明駟馬橋。花柳舊游今幾載，西風蓬鬢影蕭蕭。

龍江夜泊

蔣山山頭秋月明，龍江江上暮潮生。行人又是金陵客，卧聽西風鼓角聲。

寄王彦舉

緑楊陰下玉驄嘶，絲絡銀缾帶酒攜。夢入南園聽夜雨，不知身在蔣陵西。

出蜀

白帝秋高木葉黃，蜀中長是雨浪浪。瞿塘水落漩渦小，一路看山到岳陽。

王佐五首

佐字彥舉，家本河東，元末侍父宦南雄，遂占籍南海。洪武初，徵至京師，授給事中。有《聽雨軒》、《瀛洲》二集。

黃才伯云：彥舉才思雄渾，體裁甚工。

趙懷琛云：彥舉古風歌行伯仲高、岑，律詩、絶句方駕虞、揭。《詩話》：彥舉與孫仲衍結社南園，開抗風軒以延嶺表名士。及爲給事，孝陵賜宋學士黃馬，帝爲作歌，命詞臣和。彥舉有「臣騎黃馬當赤心」之句，賜鈔一錠。然其詩遠不及仲衍，而當時之論云：「構辭敏捷，王不如孫；句意沈著，孫不如王。」不可謂定評也。

唐仙方伎圖

開元天子承平日，錦繡山河壯京室。金殿璇題表集賢，玉屏粉繪圖無逸。夔龍接武居阿衡，萬方旭日當文明。衡山仙人一作老仙。何所有，亦復通籍承恩榮。縞衣黄一作白。髪酡顔老，自説時來致身早。綵篋初開玉仗分，白騾突出銀鞍小。榻前製號賜通玄，始信人間别有天。樓船未遣蕊珠賜，歲籥俄更天寶年。九齡歸卧曲江上，牛郎又入中書相。花雨香飄蘭若鐘，柳雲春拂一作撲。金雞帳。萬幾日少樂事多，梨園法譜聲相和。鬬雞舞馬看不足，不獨仙人呈白騾。仙人豈是呈仙伎，畫者傳之有深意。延秋門外羽書飛，却駕青騾向西避。青騾劍閣雨淋鈴，長路一作一段。閒愁尚不勝。不道畫圖今若此，碧雲芳樹滿昭陵。

醉夢軒爲錢公鉉賦

東吴高士索賦醉夢詩，我亦醉夢無醒時。問君醉夢緣何事，君言不解其中意。但知痛飲復高眠，即此悠悠是生計。乾坤偃仰如蘧廬，心寓鴻荒大古初。人皆掉舌譚臧否，君方默坐糟丘底。人皆明目辨妍媸，君獨黑甜渾不知。君不見汨羅江邊人獨醒，捐軀徒博千載名。人生適意此爲樂，何須苦覓揚州鶴。竹葉杯中閲四時，蘆花被底舒雙脚。錢公錢公真吾師，平生此意君得之。我生落魄惟貪飲，百事無聞只酣寢。生死真同力士鐺，榮枯付與邯鄲枕。行行無何有之鄉，麒麟作脯瓊爲漿。借得仙人笙與鶴，三清八極同翱翔。

憶舍弟彦常

庭草秋仍緑，江楓晚漸稀。年光隨水去，功業與心違。遠海猶傳箭，殊方未授衣。翩翩南去雁，故作一行飛。

書所見感舊

小小銀箏壓坐偏，曾將古調寄新絃。芙蓉緑水秋將老，鸚鵡金籠語可憐。兩鬢秋霜明鏡裏，十年春夢夜燈前。湖山隱約人何在，空負當年罨畫船。

美人紅葉圖

謝家夫人詠柳絮，黄陵女兒歌竹枝。誰信長門秋色澹，西風黄葉斷腸詞。

黄哲 十首

哲字庸之，番禺人。明初，用薦拜翰林待制，侍太子讀書，尋兼翰林典籤。出知東阿縣，升東平府通判，尋坐法死。有《雪篷集》。

《詩話》：嶺南無雪，惟楊孚宅僅一見之，杜子美詩所云「南雪不到地」也。庸之度嶺而北，倚篷聽雪，詫曰：「天下奇音，莫是過矣。」歸構一軒，名聽雪篷，鄉里遂稱爲雪篷先生。其五言詩源本六代，七言亦具體，品當在仲衍之下，彦舉之上。

自君之出矣

自君之出矣，無處託鱗音。思君如畫燭，淚盡不明心。

過梁昭明太子墓

帝子降南浦，飄飖蒼桂陰。神飈回震闕，玄跡閟坤岑。鳳陵輝璞蘊，龍沼媚珠沈。文藻絢華黻，芳芬揚素襟。遺編軼正雅，曠代馳徽音。玉馬風雲變，金鳧歲月深。霜蘭秋被坂，煙蘿夕翳林。采蘋思永薦，捐玦遂幽尋。靈脩忽爾逝，歲晏勞予心。遼東鶴馭遠，緱嶺鸞笙吟。眇眇因懷昔，營營徒慨今。瑶華竟衰歇，惆悵雍門琴。

黄才伯云：混選詩中，不可甲乙。

東平謁堯祠

初政禮群秩，晨趨鄆陰郭。稽古詢道源，放勳久徂落。齋宫委華梲，黼扆銷丹堊。庭榛蜼雉升，裳薜宗彝剥。惟馨思可薦，廢墜予猶怍。緬言垂衣時，東狩兹方岳。儀像儼欽明，聲容被韶邈。茆茨遵曩儉，階蓂傳舊朔。遺澤紛在斯，今皇仰先覺。亦播康衢謡，紹爾雍熙樂。

秋夜雜興呈涂典籤穎

璿杓運西宇，華月麗中楹。坐知流序易，遥夜秋風生。銀漢呈霄景，金堂含夕清。柔條棲湛露，嘉蕙茁幽莖。撫迹遂成感，如何君遠征。相思雲陽浦，岧嶤限玉京。寸心渺何極，摇蕩如懸旌。

舟次靈洲候廣雄飛使回不至

湛露晨未晞，秋華被原隰。征塗夙已戒，承命履遐邑。桂水寒悠悠，揚帆望不及。川鱗想同泳，羈羽尚云戢。維楫乖素期，臨流重於邑。睠然桀溺耦，詎灑楊朱泣。惆悵芳菲情，日暮空佇立。

與伯貞彧華二友會

二妙聮英標，睠言顧榛莽。良晤諧宿心，玄談慰幽愴。江蘼澹新緑，谷鶯聞遠響。感此離索情，浩蕩煙霞想。夷白抗浮雲，臨清延素賞。何因繼芳躅，一丘同偃仰。

餞區伯寬領歸善邑教

横塘候秋色，芳蕖颯已變。渺渺波上舟，忽如翔風燕。琴觴激幽思，籩豆徒有踐。所念同襟者，飄飖各鄉縣。章縫協沖素，况復斯文彦。此邦多奇勝，名山蔚葱倩。暄壑棲雲霞，寒松閟霜霰。爾行問津處，沮溺因可見。

贈劉仁仲昆季還浙東

沉憂自多緒，復此送歸人。昨夜淮南雨，不知芳樹春。朅來持别酒，相與慰兹晨。日暮行艫渺，東南瀰越津。

扶溪春望

溪頭望春春色深，美人不見勞予心。緑波渺渺向南浦，罨畫樓臺芳樹陰。天涯滿目丹青障，春日春花兩搖漾。翡翠蘭苕不可思，鴛鴦桂樹長相望。相望相思雲路遥，金塘流水亂春潮。採菱風急桂舟晚，疑是當年揚子橋。橋邊楊柳青青好，惆悵春心被花惱。浦口回船欲訪君，相思一夜蘼蕪老。

游洪範池與劉文正

洞門斜日照金潭，千尺藤蘿挂石龕。騎馬獨來高處望，滿山松柏似江南。

李德 五首

德字仲修，番禺人。洪武中，用薦授雒陽長史，遷濟南府經歷。調西安，改漢陽教諭，陞義寧知縣。有《易菴集》。

《詩話》：長史好效長吉，孫仲衍戲之曰：「子誠混元皇帝孫也。」然其詩實與長吉相遠。

送友回真定

君自邯鄲來，復向邯鄲去。邯鄲月色好，夜照江南樹。太行多峻坂，中有羊腸路。往來不憚煩，知君爲親故。

棲雲菴

石室凝紫煙，空洞懸石乳。陰崖含風泉，終日灑飛雨。臨流結精舍，六月不知暑。道人養清虛，適與高僧處。垢淨俱已忘，孰爲舍與取。諸幻既遠離，白雲日相與。何當謝時人，來作塵外侶。

種麻

種麻滿東園，種花亦盈畝。麻生但芃芃，花發映戶牖。容華能幾時，零落他人手。豈如爲絺綌，與君同永久。向來灼灼姿，于今復何有。

立秋日登漢陽朝宗樓懷鄉中諸友

湖山興不淺，而我亦淹留。得罪緣微祿，懷君屬早秋。澹雲鄉樹遠，孤月旅情幽。借問衡陽雁，何時到廣州？

金陵逢趙汪中

十年長契闊，萬里各分飛。岐路風煙杳，江湖消息稀。加餐俱努力，訪舊各霑衣。春草無勞緑，王孫自不歸。

趙介 二首

介字伯貞，番禺人。屢薦辭免，坐累，逮至京。道南昌，卒于舟中。後以子純貴，贈監察御史。有《臨清集》。

陳廷器云：臨清出入漢、魏、盛唐諸大家閫奥，而尤究心《三百篇》之旨，以故所作出乎情性，止乎禮義。讀之有關世教，非若世之絢采色調聲響者所能及也。

《詩話》：伯貞絶意仕進，植雙松於庭，榜曰「臨清」，蓋以淵明自擬也。屢往還西樵山中，有索題詩者，去不顧。其集雖不傳，然名在五先生之列。乃刊詩者，去伯貞而冠汪忠勤於卷首，可爲失笑也。

聽雨

池草不成夢，春眠聽雨聲。吳蠶朝食葉，漢馬夕歸營。花徑紅應滿，溪橋緑漸平。南園多酒伴，有約候新晴。

瑶池

宴罷瑶池暮雨紅，碧桃花落幾番風。重來八駿無消息，擬逐青鸞入漢宫。

林鴻十六首

鴻字子羽，福清人。洪武初，以薦授將樂訓導，久之拜禮部員外。與高棅、陳亮等同時，稱閩中十子。有《膳部稿》。

劉子高云：子羽詩已窺陳拾遺之奥大，有唐開元之風。

李賓之云：子羽詩專學唐人，極力摹擬，不但字面句法，并其題亦效之。開卷驟視，宛如舊本，然細味之，求其流出肺腑卓然有力者，指不能一再屈也。

徐子元云：　子羽師法盛唐，唐臨晉帖殆逼真矣，惜惟得其貌耳。
穆敬甫云：　員外自負良高，晚與浦舍人結社，愈詣妙境。兩人皆詩家俊豪也。
胡元瑞云：　林員外諸體皆工，五言律尤勝，置唐錢、劉間，不復辨别。七言如「珠林霽雪明山殿，玉澗飛流帶苑牆」，氣色高華，風骨遒爽。
顧玄言云：　林員外才情藻麗，如游魚潛水，翔鳶薄天，高下各適情性。
蔣仲舒云：　子羽命才充裕，標格華秀，雖以「隄柳宫花」之句得名，他作實多勝者。
錢受之云：　閩人言詩者皆本鴻。黄玄、周玄、林敏、陳仲宏、鄭關、林伯璟、張友謙、趙迪，悉鴻之弟子。其詩派瀰三唐而祧宋元，摹其色象，按其音節，庶幾似之。其所以不及唐人者，正其摹仿形似，而不知由悟以入也。
李舒章云：　子羽如出林新鶺，羽翮初成。
宋轅文云：　明初閩中詩人，子羽爲冠，王弇州呵爲小乘，要亦是作家。
《詩話》：　閩中十子，子羽稱巨擘焉。而循行矩步，無鷹揚虎視之姿。此猶翡翠蘭苕，方塘曲渚，非不美觀，未足與量江海之大。

感秋

撫劍中夜起，氣候何淒清。天高白露下，北斗當前楹。嗷嗷雙飛鴻，隨陽亦宵征。微禽爾何知，寒暑嬰其情。始知玩物化，中復念吾生。三十志有立，一經尚無成。緬懷古哲人，信與大運并。道在無終始，時來暫衰榮。感歎不能寐，延首東方明。

飲酒

儒生好奇古，出口談唐虞。儻生羲皇前，所談乃何如。古人既已死，古道存遺書。一語不能踐，萬卷徒空虛。我願但飲酒，不復知有餘。君看醉鄉人，乃在天地初。

金雞巖僧室

遠公青蓮宇，百尺構雲闕。一徑入松蘿，山泉濯苔髮。石房彈玉琴，清響在林樾。夜來滄海寒，夢遶波上月。微吟白雲篇，高興了未輟。未能悟聲聞，安得離言說。

沈山子云：頗似王龍標。

遊芙蓉峰

密竹不知路，渡溪微有蹤。懸知石上約，定向松間逢。物候變黃鳥，菖蒲花蒙茸。相望不可即，裊裊霜天鐘。

經東山別墅

別墅在東山，經過感疇昔。縱横醉時墨，猶在池上石。林氣颯以凉，山容澹將夕。緬懷攜手人，念念不能釋。

精巖寺

香刹象天界，名僧辭世氛。一峰獨凌削，衆壑相氤氲。作禮向金仙，宴林投鶴群。山犬銜人衣，却走避腥葷。於時春向暮，林亭藹餘曛。蒼然草木氣，盡濕西江雲。登閣見千里，眇懷滄海濆。山鐘忽播蕩，應此悟音聞。

送吳士顒

吳生跌宕人，脱略當世事。欲識平生心，悠悠江海是。布衣何飄飄，孤劍千里至。斗酒未及歡，看雲起歸思。長風吹古城，寒日下秋水。分手從此辭，車塵望中起。

齋中曉起

颸颸城鴉散，鼛鼛戍鼓絶。空庭寂無人，衣上有殘月。爽氣山前來，吾襟抱水雪。

秋夜憶周模

傾蓋一分手，沈思長在襟。况兹離居夕，復此秋城砧。露下葉初落，草根蟲又吟。雖云感物候，終念曠幽尋。瀫水東南流，故人千里心。無因達尺素，夢遶青楓林。

江閣秋雲圖

山容初歛夕，雲氣已歸壑。何以散沖襟，孤琴坐江閣。美人期不來，天寒楓葉落。

賦得獨樹邊淮送人之京

君不見秦淮水流東到海，淮邊獨樹如車蓋。九月微霜赤葉乾，枯枝颯颯鳴天籟。枝上啼鴉散曙煙，枝頭殘照咽寒蟬。離人留飲停車騎，俠客相逢挂馬鞭。南國高僧從此去，駐錫雨花臺下路。一飯淮邊洗盋時，六時晏坐祇園樹。野鶴孤雲任往還，禪心不道别離難。山中亦有長松樹，待爾青青共歲寒。

經綺岫故宫

行人曉飯青山裹，驅馬蒼茫經洛水。昔聞綺岫盛繁華，不謂荒凉今若此。憶昔行宫初構時，梯巖架壑相逶迤。美人桂殿夜看月，公子柘弓朝射麋。翠華一去金門鎖，露電飛螢山葉墮。往事吹殘牧笛風，危基半入樵人火。今古消沈能幾回，春風依舊野花開。君王巡狩不復見，禾黍空山鳥雀哀。

巫峽啼猨歌送丘少府歸四明

巫山巫峽連三巴，猨啼三聲客思家。停舟聽之聲未了，却過青枝猶裊裊。野人乍來錦官城，清秋滿峽啼猨聲。黄牛灘下緦楓落，白帝祠前哀月明。商聲清冽羽聲亂，倏忽東崖復西澗。久客聞之淚欲乾，壯夫聽此魂亦斷。故人歸卧越山雲，憶得啼猨歌送君。扁舟獨宿剡溪夜，叫月三聲誰共聞。

送高郎中使北

漢使臨邊日，天驕已請和。看花辭紫陌，犯雪渡交河。水草留行帳，雲沙想玉珂。誰知清漠北，婁敬策居多。

鍾廣漢云：絶似郎士元。

留别蔡秀才原

别離無遠近，暫去亦傷神。正是千山雪，誰悲獨往人？江空螺女夜，花暗冶城春。不見同游侣，酣歌淚滿巾。

憶龍門高逸人

浮亭露飲玉樽空，千里心期此夕同。海路想經春草緑，越吟愁對夜燈紅。他山花發鶯啼後，别墅春歸積雨中。聖代祇今無隱逸，不應多病卧孤蓬。

陳亮二首

亮字景明，福州長樂人。明初，累詔不出。有《儲玉齋集》。

李時遠云：亮詩沖澹，有陶韋風。

夜泊古崎

寒山夜蒼蒼，清猨數聲響。風生蘆葦鳴，水落洲渚廣。月落知潮來，時聞人蕩槳。

秋暮懷劉宗魯

海國別來久，長懷瓊樹枝。閒齋坐幽獨，悵望秋風時。自非物外人，邈焉難與期。空傷緑華歇，坐惜白日馳。對酒更愁予，勞歌空爾思。

唐泰 一首

泰字亨仲，福州閩縣人。洪武甲戌進士，授行人，終陝西副使。有《善鳴集》。

江上書懷寄周大林大

昔年曾共醉蘭舟，明月閒情憶舊遊。獨客荒村空向暮，異鄉多病畏逢秋。殘煙野戍聞寒笛，落日楓林見驛樓。爲報別來憔悴甚，漫因尊酒一消憂。

鄭定 一首

定字孟宣，福州閩縣人。陳友定辟爲記室。友定敗，浮海亡交廣間，久之還居長樂。洪武中，徵授延平訓導，歷齊府紀善，終國子助教。有《澹齋集》。

伏波祠懷古

荒祠衰草已凄然，猶有居人話昔年。銅鼓苔生秋雨後，石牆花落夕陽邊。竹書早著平蠻策，沙井空餘飲馬泉。詞客經過休感慨，雲臺麟閣總寒煙。

王褒 一首

褒字中美，閩縣人。洪武癸酉舉人，官至王府紀善。有《養静集》。

題秋林泉石圖

高林頗深邃，遠洲亦縈紆。風景亦何異，中有隱者廬。陽崖落日明，陰磵浮雲虛。耕野見秋火，扣舷聞夜漁。揭來塵網中，機務日相拘。念兹膏肓疾，媿彼泉石圖。抱拙謝簪紱，養素宜琴書。俯仰天宇寬，所樂恒有餘。

高棅八首

棅字彦恢，仕籍名廷禮，長樂人。永樂初，以布衣召入翰林，爲待詔。久之，陞典籍。卒於官。有《木天清氣》、《嘯臺》二集。

林尚默云：詩始漢、魏，至唐極盛。宋失之理趣，元滯於學識，而不知由悟以入。自襄城楊士弘始編《唐音》，然知者尚鮮。先生選《唐詩品彙》，議者服其精博。平生賦詠流傳海内，又能書工畫，時稱三絶。

俞汝成云：漫士意興俱佳，而歌行尤勝。

顧玄言云：翰籍才識博達，惜文多意少，且乏新興。至擬古諸作，頗擅雕蟲，往往有青於藍者。

李時遠云：廷禮深得唐人風致。

錢受之云：漫士《嘯臺集》，其山居擬唐之作，音節可觀，神理未足，時出俊語，錚錚自賞。《木天集》應酬冗長，塵坌堆積，不足與宋、元人作僕，何况三唐？

李舒章云：廷禮如製錦善手，頗有尺度。

《詩話》：廷禮擬唐，如薛稷、鍾紹京之雙鈎，終下真蹟一等。五古若「長空一飛雁，落日千里至」，「夜色不映水，微風忽吹裳」，「銜杯雙樹間，百里見海色」，「飛雨一峰來，微雲度疏竹」，不失唐人遺韻。

九月八日郭南山亭宴集分得下字

海國霜氣凉，秋聲落遥野。乾坤肅以清，收納屬多暇。出郭尋幽期，同人命軒駕。載酒入翠微，憑高憩層榭。蒼山横黄雲，大江天同瀉。飛雨霞際晴，夕陽雁邊下。江山滿陳迹，今古成代謝。高興殊未平，臨風獨悲咤。

同群公餞鄭五秀才至鼓山寺分題贈别賦得臨滄亭

岧峣海上秀，中峰開禪宫。飛亭挂空翠，直上臨方蓬。溟漲在几席，天光映簾櫳。目極萬里外，但見青濛濛。曙色從東來，晃然霧境空。登臨豈不偉，别意歎無窮。

賦得羅浮霜月懷二逸人

海國梅始白，飛霜動鳴鐘。寒空一片月，挂在羅浮峰。夜色不映水，清光與之同。百里皆瑶華，千林閟幽風。蕭條巖際葉，嘹唳雲邊鴻。遠客起遥念，滄波思千重。夢回明鏡没，寂歷聞幽蛩。

題邑生陳溢鍾山草堂

鍾山抱藍田，水木含清氣。愛爾静者居，草堂在山翠。簾櫳映竹開，几席侵花置。野客載酒過，山僧抱琴至。陶然接歡賞，邈爾成幽契。月出天海空，雲生石門閉。岱溪樵唱來，沙頭松聲細。佳趣足淹留，遠心更迢遞。維時屬休明，巖穴無遺棄。終南登捷徑，北山裂荷製。予亦問山靈，斯人果忘世。

賦得燈前細雨贈别鄭浮丘

野館昏色來，明燈静深塢。故人惜暌違，共此尊前雨。寒影明遠心，夜深帶離苦。飄蕭初拂席，颯沓仍近戸。重靄溼餘芳，宿雲暗平楚。明發送君行，凄凄滿南浦。

水竹居

清溪入雲木，隱處林塘深。微月到流水，泠泠竹間琴。虚聲起遥聽，天影澂遠心。余亦鸞鶴侣，將期此投簪。

酬林一和閒齋見懷之作

東山遥夜雁歸聲，兩地相思舊感生。芳草白雲無那别，春風黄鳥若爲情。雙溪日下鷗波静，獨樹原頭獵火明。誰道離居成寂寞，好文地主久知名。

擬蘇許公頲侍宴安樂公主新宅應制

飛構雲邊帝子家，宸遊天上駐仙車。玉杯春醉平陽館，銀漢秋行博望查。萬樹芳花迎日吐，千條弱柳向風斜。皇情愛物懽無極，能使群心戀翠華。

蔣仲舒云：運斤成風，信堪膾炙。

胡元瑞云：諸詩殊有唐風，國初襲元，此調罕覯。

王偁七首

偁字孟揚。其先東阿人，從父翰宦流寓閩中。洪武庚午舉人。永樂初，用薦授國史院簡討，命參英國公張輔軍事，坐黨下獄死。有《虛舟集》。

解大紳云：孟揚詩，欲凌駕盛唐。

徐子元云：孟揚凌駕漢唐，見推解子，東南天柱，焉用洪達。

顧玄言云：孟揚典雅清拔，綽有天寶俊聲。

蔣仲舒云：虛舟詩句從新鑄，材自故來。

穆敬甫云：王詩從容典麗，得風人體裁者。

曹能始云：孟揚詩本李白，矯矯不羈。

《詩話》：孟揚才名，與解大紳相伍，其獲罪亦同。然詩格華整，遠勝學士。聞當日有《明詩選》本，惜無從見之。

車遥遥

車輪何遥遥，西上長安道。不見車上人，空悲道傍草。君行日已遠，恩愛難自保。憂來當何如，一夕夢顛倒。豈無中山酒，一浣我懷抱。但恐三春華，顏色不再好。車聲何鄰鄰，風吹馬蹄塵。願隨馬蹄塵，飛逐君車輪。

短歌行

東風吹花墮錦筵，綠楊搖蕩青樓煙。主人自爲鸜鵒舞，小伎更奏鴛鴦絃。當杯入手君未醉，落日已在西山巔，短歌一曲心茫然。請看明鏡高堂上，何須白髮悲芳年。

入西山訪張隱士

兩崖噴飛瀑，結屋煙蘿裏。山人不冠屨，客至同隱几。獨鶴海上歸，孤雲澗中起。浮埽白石牀，風來墮松子。

邕州

五管推名郡，雙江接上游。人家蠻霧曉，山雨瘴煙秋。遠客誰青眼，殊方易白頭。今宵南極外，分野望牽牛。

楊秀才幽居

楊子幽居處，閒窗面遠空。水喧明鏡裏，雲落畫屏中。卷幔留山月，揮絃送晚鴻。何人問奇字，載酒野橋東。

宿巴陵聞笛

玉笛飄殘月下聲，空江秋入思冥冥。怪來楊柳移關塞，可是梅花落洞庭。半夜旅魂隨調切，誰家少婦倚樓聽？曉來更覓龍吟處，一點君山水面清。

左江録似友人

左江江水日潺潺，鳥語莎裳住百蠻。莫道天涯應在此，交州更隔萬重山。

王恭十九首

恭字安中，自稱皆山樵者，閩縣人。永樂初，以儒士薦起待詔翰林，與脩《大典》，授翰林典籍，投牒歸。有《白雲樵唱》、《鳳臺清嘯》、《草澤狂歌》。

顧玄言云：安中思多悽怨，託喻頗深。

穆敬甫云：王詩工而有調，乃潛心風雅者。

林衡者云：皆山善得中唐之韻，如「渭水寒流秦塞晚，灞陵殘雨漢原秋」，「他鄉見月長爲客，別路逢霜半在船」，「鳥外明河秋一葉，天涯涼月夜千峰」，「雲歸獨樹天邊小，雪罷孤峰鳥外青」，「驛館夜殘明候火，市樓霜曉度寒砧」，「椶櫚葉上驚新雨，砧杵聲中憶故園」，「幾處移家驚落葉，十年歸夢在孤舟」，「家臨故苑長洲樹，鐘度寒山半夜船」，「帆飛楚水舟中飯，夢繞淮山樹裏行」，均有大曆十子遺音。

《詩話》：袁景文以白燕詩得名，然如「月明湘水初無影，雪滿梁園尚未歸」，翻不若琴川時大本之「珠簾十二中間卷，玉剪一雙高下飛」也。顧光遠以《白雁》詩得名，然如「錦瑟夜調水作柱，玉關曉度雪侵衣」，亦不若王安中之「夜雨蘆花看不定，夕陽楓樹見初飛」也。安中整練不及子羽，而風華跌宕，多縹緲之音，固似勝之。

去婦詞

刺促何刺促，東家迎昏西家哭。哭聲休使東家聞，東家車馬方如雲。滿堂笑語看珠翠，夾道風傳蘭麝熏。浮雲上天花落樹，君心一失無回悟。明知遣妾何所歸，飲淚行尋出門路。青銅鏡面無光采，妾心尚在容華改。東家新婦傾城姿，似妾從前初嫁時。

舟次鐔津

木落川氣凉，鴻飛水容夕。微燈射遠沙，夜榜鄰幽石。月色棲處寒，霜花坐來白。遥見九華峰，蒼蒼但蘿薜。

初秋同叔㻞彦時遊崇山蘭若

習靜厭紛擾，幽尋給孤園。翛然香林下，似得桃花源。一鳥落天鏡，千花秀禪門。紛吾道機淺，謬接甘露言。月色隱秋思，荷香清夜魂。終希偶緇錫，永矣超塵喧。

雞公壟

荒岡古墓雞壟邊，蔓草離離生野煙。狐貍養子隱荆棘，烏鳶作巢銜紙錢。石麟薶沈土花澀，月下精靈語還泣。此墳未必無子孫，浮榮一去不復存。誰家新冢高數尺，又買西家墳上石。

感懷

不彈貢禹冠，不結蕭朱綬。幾處移家任轉蓬，半生失路惟耽酒。兔園挾策竟徒然，欲逐長沮學種田。秋風僅有相如壁，舊物空餘子敬氊。異鄉淪落無朋友，論交昨日今何有？誤將偃蹇對時人，豈謂新知不忠厚？萬事蕭然一布衣，白頭夢想故山薇。抱琴欲奏猗蘭曲，目送雲天斷雁飛。

聞笛歌送人之塞上

橫笛對離亭，扁舟越江口。月下何人最斷腸，天涯怨別驚楊柳。此夜愁心獨對君，明朝悵別又離群。單于城上吹羌管，知爾相思不忍聞。

題扇

山蒼蒼兮白雲，谷窅窅兮夕氛。鴻高飛兮遠逝，蟬薄暮兮空聞。泛木蘭兮容與，隱薜荔兮氤氳。紛吾老兮既拙，誓相從兮夫君。

書江山别意圖送羽人還神樂觀

羽人何處去，歸事玉宸君。飛珮花間别，横簫鶴上聞。過關閩樹斷，挂席楚江分。想到齋宫夕，圓丘候五雲。

江樓聞笛

纖月挂風林，晴樓覆夕陰。誰家吹鳳管，永夜作龍吟。楊柳邊頭恨，梅花笛裏心。天明漢江上，惟見水雲深。

寄滄洲狂客

三年憔悴得君憐，君上青雲益惘然。客裏思鄉何日到，天涯見月幾回圓。未期歲晚同攜手，預恐新正對别筵。貧賤獨慚無可贈，臨岐空憶繞朝鞭。

鷓鴣

緑樹殘春暗，雙飛錦翼齊。長沙有遷客，莫向雨中啼。

題水墨小景

白鷗門外孤艇，黃葉山中一瓢。惆悵青雲舊侶，相思不到漁樵。

詠秋風

青蘋江上響蕭蕭，吹得林間萬葉飄。何處淒涼最關別，數株殘柳灞陵橋。

村居

草徑茆扉帶軟沙，隔林雞犬幾人家。青山盡日垂簾坐，落盡棱櫚一樹花。

春雁

春風一夜到衡陽，楚水燕山萬里長。莫怪春來便歸去，江南雖好是他鄉。

老馬

百戰沙場老此身，長楸宮草幾囬春。只今棄擲寒郊路，猶自悲鳴戀主人。

山樓對酒

樓前積水映蒼苔，卷幔孤雲落酒杯。更盡一樽秋雨外。故山曾有幾人回。

月下聞箏

愁心不見薛瓊瓊，何處銀箏半夜聲。腸斷十三絃上月，一絃一柱總關情。

二馬圖

紫騮嘶逐玉花驄，曾是沙場百戰功。今日奚官重翦拂，落花芳草灞陵東。

黄玄 一首

玄字玄之，候官人。官泉州訓導。

《詩話》：林子羽倡風雅於八閩，從之游者頗衆，而獨矜許二玄爲入室弟子。其贈玄之詩云：「予也夙穎悟，十五始知文。冥心三十年，尋源頗知津。探奇始有得，服膺如獲珍。逝將覺後生，庶以酬先民。青衿二十徒，達者惟黄玄。持此欲有授，二玄乃其人。」然二子詩太荏弱，句續字湊，不能成家，似非孟揚、漫士、皆山之伍。南皮李氏稱二子詩，託興悠遠，殊不爾也。

河上立春

故國幾時别，殊鄉今早春。青陽開霽雪，殘日送歸人。漸與雲霄隔，空驚歲月新。不堪零落處，愁淚滿衣巾。

周玄 一首

玄字微之，閩縣人。以文學徵爲禮部郎中。有《宜秋集》。

題青城圖

青城辭家仙路遥，秋後白雲還見招。商山老人不歸去，巖徑松扉長寂寥。

明詩綜卷十一

小長蘆　朱彝尊　録
濡須　朱　端　緝評

陶宗儀四首

宗儀字九成，黄巖人。少舉進士不中即棄去，僦居松江。至正間，累辭辟舉。張氏開閫，辟軍諮，亦不就。洪武六年，舉人才至京，以病固辭，得放歸。有《滄浪櫂歌》、《南村集》。

唐士絅云：公以黍離、麥秀之餘，而有駿發蹈厲之氣；撫羇窮淪落之景，而無危苦憤激之辭。足以見其所存矣。

錢受之云：九成詩自敘：「洪武二十九年丙子，率諸生赴禮部考試，讀《大誥》，賜鈔遣歸。」豈其晚年亦曾列官教授邪？高二鮑云：九成畫《天台山圖》，自題云：「予挈家避地雲間杜樹之北，背負九峰，皆平衍無奇，每憶故山，爲作此圖。」所謂杜樹之北，在松江府治東北十餘里，即今泗涇，南村草堂之址在焉，又名小栗里。倪元鎮、王叔明俱爲之寫圖，予皆見之。《静志居詩話》：南村練習掌故，元朝野舊事，藉《輟耕録》以存。其餘若《草莽私乘》《游志續編》《書史會要》皆有裨史學。入明，自稱其居爲小栗里。雖好爵未縻，然其集中詩，如《乙卯人日》云：「天子居大室，念民日孜孜。上帝昭聖心，報錫以雍熙。」《紀行詩》云：「弭棹中和橋，僦舍千步廊。報名謁鴻臚，會朝簉鵷行。國安四方静，君明六卿良。聖德湛汪濊，慶祚衍靈長。」《入都門詩》云：「虎踞龍蟠真聖主，天開地設古神州。」《早朝詩》云：「黼坐正中天咫尺，叩頭丹陛益凌兢。」《聞皇太孫即位詩》云：「先帝逍遥游碧落，神孫端拱坐明堂。九重統握乾坤大，萬國恩霑雨露香。動植飛潛滋德色，都俞吁咈慶明良。老臣舞忭南村底，笑對兒孫兩鬢蒼。」竊謂此等詩可以不作；可以不作而作之，宜録入明詩矣。

折楊柳送夏西疇謫居大梁

折楊柳，贈君别，楊柳未折心已折。丈夫落落志四方，到此誰能不嗚咽。江南九月天雨霜，雁聲墮地秋風長。出門行行幾千里，寒煙落日增離傷。令嚴獨許攜家室，藤笈編花載書帙。可憐身上千金裘，阿孌手縫鍼線密。吾聞中原百戰餘，民物鮮少城邑虚。君去結廬得幽勝，便可小擬西疇居。荆榛塞路猛虎伏，髑髏如山冤鬼哭。願言緩轡毋疾驅，疾驅恐妨傷馬足。折楊柳，歌苦詞，呼酒酌君君莫辭。

黄河之水東南馳，人生會合還有時。

五里塘

破屋三家市，扁舟五里塘。冷波浮落照，飢雀聚枯桑。氛祲乾坤戚，兵戈道路長。漂流無倚著，何日定歸鄉。

題王筠菴水村

垂楊舊種成籬落，小徑初開近石矼。夜雨漁舟添个个，晴沙鷗鳥下雙雙。夢魂不到鳴珂里，卜築何須濯錦江。沽酒鱠魚從野老，高歌招隱壓新腔。

次韻答楊廉夫

移家正在小斜川，新買黄牛學種田。奏賦不騎沙苑馬，懷歸長夢浙江船。窗浮爽氣清山近，書染凉陰緑樹員。樂歲未教缾有粟，全資芋栗應賓筵。

舒頔二首

頔字道原，績溪人。元末台州學正；明初禮聘，以疾辭，不出。學者稱爲貞素先生。有《華陽貞素齋集》。

唐仲實云：公之爲詩，盤桓蒼古，不貴纖巧織紝之習。錢受之云：道原辭召之後，名其齋曰貞素，嘗有詩曰：「湖海半生客，乾坤一布衣。義哉周伯叔，飽食首陽薇。」其寄託如此。

《詩話》：道原以貞素名齋，雖絶意仕進，然觀其集，如《祀事詩》《三賢堂》《登源廟碑》，既孫其言，未免降其志矣。其《自傳》云：「先生喜歌詠，或古風、長律，取意而足，不蹈襲，不求奇，務在理勝。」又《自敘》云：「當飢寒鬱悒不堪於懷，發而爲哀怨憤切之語，關乎風教，繫乎世事，概見乎辭。」可謂「得失寸心知」矣。《爲苗民所苦》一歌，直寫胸臆，絶少支辭，苐用韻太雜，故置不録。

繅絲歎

東家繅絲如蠟黄，西家繅絲白如霜。黄白絲出蠶口長。短繅出婦手，大姑停車愁解官，小姑剥繭愁冬寒。向來苦留二月賣，去年索逋今未完。手足皸瘃事亦小，官府鞭笞何日了。吏胥夜打門，稺耋生煩惱。君不見江南：人家種麻勝種田，臘月忍凍衣無緶，却過廬州換木棉。

雨

黑雲壓天殷其雷，白雨如注西南來。於時我方高枕卧，池上菡萏花初開。從渠雷昏與霧暗，推起篷窗時一看。頃刻陰霾盡掃除，幸免衝隄及破岸。天風不來如鏡平，一輪明月海底生。

謝應芳九首

應芳字子蘭，武進人。自號龜巢老人。有《龜巢集》。

張志道云：子蘭詩雅正純潔，可與傅與礪相伯仲。

《詩話》：《龜巢集》未鏤板，予得其手鈔本一十八冊，大半酬應之作。所居龜巢，一在滆上，一在横山，先後有記，其略云：「千歲之龜，巢於蓮葉，以葉爲巢。初不費經營之力也，暇與田夫野老，涉桑苧之園，過桃李之蹊，瓦盆濁醪，歌舞酬酢，若曳尾泥塗者然。雖巢外之樂，其樂亦因巢而得也。」又云：「予所至，以龜巢名室，蓋不以棟宇爲巢，而以天地爲巢也。峻宇雕牆，莫知其光；華門圭竇，莫知其陋。」誦其文，可謂達觀之士矣。其《上饒參政啓》云：「辭親日下，奉檄浙東。紛紛服州縣之勞，區區益升斗之禄。望蓬萊於滄海，棲枳棘於慈溪。」《謝張雲門啓》云：「鮎上竹竿，往歲之功名可笑；龜巢蓮葉，近年之身世如浮。」則嘗仕於元者也。

歸故里

憶昔走避兵，棄別鄉井去。意將朝暮歸，行行罷回顧。安知踰一紀，方踏去時路。四郊皆蔓草，白日暝如霧。披榛訪閭里，隔水拜丘墓。傷哉鵪鴿原，黄蒿走狐兔。别墅破垣在，郵亭乃新作。鄰兒二三輩，衡茅晝扃户。初若不相識，熟視肖厥父。坐久泣且言，爲我話親故。什九死兵戈，餘亡不知處。其詞吐未終，我淚已如注。對食不能餐，相期歸螘聚。吾將語吾兒，賣書買農具。歸耕漏上田，此心庶無負。

逸菴詩爲吴子明賦

日高三丈餘，先生睡初起。瀫山小湖邊，草亭脩竹裏。消揺漉酒巾，傲兀燒香几。放鶴上晴霄，觀魚戲春水。世事了不聞，無勞洗吾耳。

河鲀

世言河鲀魚，大美有大毒。彼美我不知，彼毒聞已熟。其子小若芥，俄可大如菽。雖有膳夫經，務使血出漉。烹熫一失飪，禍至不轉矚。西家昨留賓。登盤偶欲速。先聞笑啞啞，後乃號咷哭。良由流涎饞，豈是鬼伯促。或言直一死，輕命重口腹。溺愛多不明，奚止此水族。吾作河鲀詩，逢人敢忠告。

踏車婦

吳田水深三尺許，猶是去年秋暮雨。勸農使者催春耕，田甲頻撾水車鼓。江村破屋能幾家，家家婦姑俱踏車。蓬飛兩鬢赤霜脚，亦有兒女雙髻丫。淞江太湖愁滿眼，白汗霑衣足生繭。車輪鹿鹿羊角轉，水波翻翻龍舌卷。春來十日九日晴，不聞鵓鳩呼雨聲。牛毛微飂土未濕，辛苦又加三日程。當家豈無夫與子，打魚糴米去城市。城中禁米難出關，田上忍飢還戽水。四郊未種圍田穀，三邊催運官倉粟。

吳下詠懷

近聞哀痛詔，使者又江東。兵革何時已，車書四海同。落梅春雨後，芳草夕陽中。欲作菟裘計，桃源路不通。

贈慶別駕

台州别駕不之官，烟水孤村共歲寒。偶有濁醪留晚酌，旋挑生菜簇春盤。三年鄰里通家好，四海兵戈行路難。且喜門前金色柳，東風堪作畫圖看。

伏日寄懷江浙高掾史

伏日常年苦炎熱，今年伏日風雨凉。官曹早出丞相府，賓客高會清暑堂。垂楊繫馬緑陰淨，畫舸采蓮紅粉香。西子湖頭歌一曲，前身合是水仙王。

雨中懷秦主簿

東門之東西市西，人家屋頭啼竹雞。新年十日九風雨，老子幾時能杖藜。

寄徑山悦堂長老

每憶城南隱者家，崑山石火徑山茶。年年春晚重門閉，卧聽階前落地花。

沈貞十首

貞字元吉，長興人。元末隱居横玉山之士林，自號茶山老人。明初不仕。有《茶山集》。《詩話》：茶山老人敦「蠱上」「履干」之節，從白雲游，始終不出。方之楊廉夫輩，呼來即來，遣去便去者，如論奕然，更高一品矣。集五十卷，惜不傳，從陳編中搜得《樂神曲》一十三首，不無冗長，且多闕文；因汰其六，稍爲删易補綴。頗覺奇古。

樂神曲七首　有序

《樂神曲》者，擬《楚辭九歌》而作也。吳人尚鬼祀，必以巫覡迎送，舞歌登獻，其辭褻嫚，禳災徼福，不知其分，滋黷甚矣。故爲此辭，以明鬼神之理，禱祀之意，祛其荒淫之志焉。

城隍

保我之民兮邑此方，祟其墉兮浚其隍。民不驚兮志定，眷靈修兮作民命。隄楊兮結陰，青青兮蔽林。女牆堅兮有郛有郭，繞洄灣兮濠歸于壑。靈之來兮玄都，颶旂旌兮若荼。陳一豕兮兩羭，載斟之兮百壺。城兮隍兮，吾永無虞。

風伯

嗟靈伯兮御清泠，洗袢歊兮滌炎蒸。駘蕩兮春初，颭颸兮夏徂。颼飀下兮木葉枯，號空桑兮吹雪載塗。靈之來兮憑女巫，女巫兮屢舞。笤簫兮伐鼓，靈醉飽兮無怒。蕭蕭來兮颯颯去。

雨師

佩芳蘭兮擥芬椒，潔新服兮綴珠瑤。駕靈螭兮翔重霄，要靈輅兮下迢迢。我禾兮成役，我田兮龜坼。烈日兮驕陽，利行水兮熱湯。靈之徠兮天外，下土乾兮需一溉。維靈布澤兮惠我無私，嗟我民兮其敢斁思。靈皇皇兮萃只，舞僛僛以醉止，福穰穰兮歲復歲只。

社公

月維仲兮日維剛，肅齋宮兮神所藏。靈輝輝兮垂佩，儼飛馭兮高蓋。降靈雨兮來斯，左有翁兮右有妃。悵嘉期兮難又，羌永歎兮陳辭。靈修修兮不語，逝翩翩兮歸去。

太湖神

波震蕩兮具區，既底定兮奠神之居。芙蓋兮菱車，導翠黿兮文魚。神之來兮孰俱？後子皮兮前靈胥。與神游兮湖之滸，衝風息兮極浦。有倡兮妙舞，有冽兮清酤。神飽聿歸兮或返而顧，灌吾田兮受神之祜。

鄉厲

雄何爲兮厲於鄉，祀有時兮享有嘗。赭白馬兮青蓋，明而無兮晦而在。屛方相兮去儺，神巫進兮舞且歌。雄欣欣兮遠逝，不水旱兮不疵厲，樂吾民兮世世。

青苗神

兩旗兮分張，舞輕風兮悠揚。神之司兮我疆，原田每每兮立我青秧。不稂不莠兮無蝨無蚄，時雨兮時暘。俾百穀兮登場，維神兮降康。報之兮肴蒸腯羊。

桃花塢山行

青絲玉壺當馬提，山花笑壓銀鞍低。冷霧衮衮襲瑶草，暖風拂拂吹棠棃。詩筆落紙興不淺，醉眼傲人春自迷。幽禽應笑客狂甚，飛入落紅深處啼。

湖上

遠水晴山湖上村，柳花飛雪擁柴門。魚吹浪沫翻萍葉，鳥浴隄沙糁草根。獨老一區揚子宅，誰爭三里謝公墩。清吟冷館無寥賴，皓首空招楚客魂。

陳墓嶺

陳墓憑高興倍增，酒闌扶力強來登。山禽下啄薔薇子，野鼠高懸薜荔藤。夜雨長廊蕭帝寺，夕陽衰草漢家陵。西風并入干戈眼，猶憶高臺舊晾鷹。

華幼武 二首

幼武字彦清，無錫人。有《黄楊集》。

俞有立云：樓碧翁處患難流離，未嘗廢吟詠，老而愈工。要其胸中，不以窮通得喪易其志，概可見矣。其詩一以工部爲法，句不苟造，章不漫成，務去其觕鄙，而求其雅麗。長篇春容，短吟潔淨，有人所不及者。

《詩話》：彦清以貲雄於鄉，陳子貞謂其「愛詩甚篤，而奪於多事」，題其集曰《黄楊》，且云：「黄楊遇閏則厄。彦清能不爲閏所厄，則干霄聳壑，予將承其餘陰之下矣。」其後宅燬於火，始移吴郡。繼遷海虞，又居吴江。瑣尾播遷，吟詠不廢。當明之初，富家類多徙濠，彦清獨以《上中山王詩》得免於禍，幸矣。詩頗淺易，《寄曲林》《睡起》二絶特工，選家多不録，特表出之。

寄曲林

湖上春風也太顛，燈前愁殺泛湖船。故人何處聽春雨，應在江樓未得眠。

睡起

梅子將黄杏子肥，緑陰門巷客來稀。南窗一枕睡初覺，胡蝶滿園如雪飛。

貢悦 五首

悦初名性之，字友初，世家宣城之南湖，人號南湖先生。仕元爲閩省理官；明初隱居越之山陰，卒。門人私謚曰貞晦。有《南湖集》。

李賓之云：南湖詩清新可傳。

《詩話》貞晦詩渭而不澀，縱而不控，固是雲林、玩齋家法。若《越王臺》作「風作鳴潮吹雨散，山如走馬渡江來」，則警策也。

接曹孟圭

曲江新漲黄梅雨，雨裏客船江上來。對酒肯辭今夕醉，有懷能向幾人開。歌傳皓齒香生席，舞按纖腰月滿臺。縱是金吾嚴禁夜，也須容我更遲回。

畫馬

天閑牽出許奚官，飲罷春流未解鞍。記得曾陪仙仗立，五雲深處隔花看。

畫蓮

吳王宫殿水流香，步屧廊深暑氣凉。長日香風吹不斷，藕花多處浴鴛鴦。

題畫

桃花紅綻斷橋邊，楊柳垂陰散緑煙。記得少年曾取醉，玉人扶上總宜船。

題菜

西風吹動錦斕斑，曉起窺園露未乾。三日宿酲醒不得，正思風味到辛盤。

張昱九首

昱字光弼，廬陵人，遷杭。元末行樞密院判官。有《張光弼集》。

楊東里云：先生詩氣宇閎壯，節制老成而從容，雅則稱其所傳。

《詩話》：光弼策張士誠之必敗，作詩刺之云：「一陣東風一陣寒，芭蕉長過石闌干。只消幾箇瞢騰醉，看得春光到牡丹。」士誠招之不赴，投以詩云：「山中棊局迷樵客，溪上桃花誤釣船。」又云：「殘夢已隨舟楫遠，五湖春水一鷗飛。」其居在西湖壽安坊，今之花市也。貧無以葺廬，凌彦翀草《募疏》云：「昌黎寄玉川子，首稱洛城破屋數間，東坡題緑筠軒，終比揚州纏腰十萬。必能修我牆屋，方可有此室廬。一笑居士在江西生，爲斗南望。詩名優於張籍，生計劣於陶潛。囊無一錢之留，家徒四壁之立。若非慷慨多助，安得輪奐一新？必欲取杜工部草堂貲，何時可辦？儻葺得楊太尉槐市塾，今歲無憂，諸賢圖之，名教事也。」後孝陵徵至京，深見温接，憫其老，曰：「可閒矣。」遣還。因自號「可閒老人」。嘗於酒邊爲瞿宗吉誦已作《歌風臺詩》云：「世間快意寧有此，亭長還鄉作天子。」以界尺擊案，淵淵作金石聲。其詩派出西崑，未免過於濃縟，如「萬斛春光金盞酒，百年心事玉人箏」，「燒殘蠟燭渾成淚，折斷蓮莖却是絲」，「暮雨欲來銀燭上，春寒猶在酒尊空」，「星河織女從離别，海水蓬萊見淺清」，「蛺蝶畫羅官樣燭，珊瑚小柱教坊箏」，「自從玉樹成歌後，曾見銅仙下淚來」，「牡丹開後春無力，燕子歸來事可憐」，「分司御史心先醉，多病相如渴又生」，「月色夜留江叟笛，花枝春覆市樓箏」，「揚州城郭高低樹，瓜步帆檣上下風。」令楊大年見之，定把臂恨晚也。

少年行

看取木槿花，朝榮夕已萎。芳容有彫謝，膩澤何所施。壽命如可長，仙人今何之？高堂有歌舞，及此少年時。

上巳日偕徐大章游智果寺

佳辰際上巳，屬此清明前。春景已云晏，風光猶未暄。往尋智果寺，竟得參寥泉。雲物豈殊昔，人世自更遷。邈哉長公詠，高吟憶當年。吾輩復登臨，花界何因緣。古佛儼香閣，真詮積華軒。境超萬念空，道勝諸妄捐。緬彼此會難，徘徊未言旋。申章續芳藻，冀或來者傳。

白翎雀歌

烏桓城下白翎雀，雄鳴雌隨求飲啄。有時決起天上飛，告訴生來毛羽弱。西河伶人火倪赤，能以絲聲代禽臆。象牙指撥十三絃，宛轉繇音哀且急。女真處子舞進觴，團衫鞶帶分兩旁。玉纖羅袖柘枝體，要與雀聲相頡頏。朝彈暮彈白翎雀，貴人聽之以爲樂。變化春光指顧間，萬蕊千花動絃索。只今蕭條河水邊，宫庭毀盡沙依然。傷哉不聞白翎雀，但見落日生寒煙。

《詩話》：陳雲嶠云：白翎雀生於烏桓朔漠之地，雌雄和鳴，自得其樂。世皇因命伶人碩德閭製曲以名之，曲成，上曰：「何其末有哀怨衰婺之音乎？」時譜已傳矣，故至今莫之改。陶九成云：《白翎雀》者，教坊大曲也。始甚雍容和緩，終則急躁繁促，殊無有餘不盡之意。楊廉夫云：白翎雀能制猛獸，尤善擒鴐鵝。廉夫有二詩詠之，張思廉、王子充、張光弼皆有作。

第雲嶠言製曲者碩德間，而光弼獨云「西河伶人火倪赤，能以絲聲代禽臆」，微有不同。

惆悵

三山夢斷綵雲空，幾把長箋賦惱公。畫閣小杯鸜鵒緑，玉盤纖手荔支紅。春衫汗裛薔薇露，夜帳香回茉莉風。惆悵近來江海上，却將鞍馬學從戎。

繡毬花次兀顏廉使韻

繡毬春晚欲生寒，滿樹玲瓏雪未乾。落遍楊花渾不覺，飛來胡蝶忽成團。釵頭嬾戴應嫌重，手裏閑抛却好看。天女夜凉乘月到，羽車偷駐碧闌干。

感事

雨過湖樓作晚寒，此心時暫酒邊寬。杞人唯恐青天墜，精衛難期碧海乾。鴻雁信從天上過，山河影在月中看。洛陽橋上聞鵑處，誰識當時獨倚闌。

如此江山清集同王仲玉陸進之吕世臣作

吴越江山會此亭，暮春風景晝冥冥。長空孤鳥望中没，落日數峰煙外青。不用登臨生感慨，且憑談笑慰飄零。古今何限英雄恨，付與江湖醉客聽。

題揚州左史臣畫扇

后土祠前路，金鞍憶舊游。春風雙燕子，渾似在揚州。

臨平湖

船過臨平欲住難，藕花紅白水雲間。只應一霎溟濛雨，不得分明看好山。

周砥二首

砥字履道，吴人，寓居無錫。與宜興馬治，游荆谿山水，有《荆南倡和集》。

顧仲瑛云：履道與倪雲林最相友善，故其詩畫亦似之。

登西岡望龍池諸峰贈馬二山人

登臨不陟險，緩步情始暢。振衣西岡頭，矯首一長望。朝陽匿光彩，宿霧隱巖嶂。回風過林莽，草木皆震蕩。山人地志熟，指顧名所向。窮歷吾豈能，高情倚疏放。平生煙霞志，配此丘壑尚。思欲逃喧卑，結茅計非曠。緣知兵革後，已恐淳朴喪。蕭條采芝意，臨流重惆悵。

春日

空山寂寂行人稀，岡頭落花如雨飛。罷琴惆悵不能已，故鄉寥落何當歸。南去百粤羽書急，北來三吳戎馬肥。安得龍驤擁戰艦，掃除俘寇揚軍威。

吴志淳 一首

志淳字主一，以字行，無爲州人。仕元爲翰林待制。濠、泗兵起，徙家豫章，復徙鄞。有環碧軒《柳南》《漁隱》二集。

《詩話》：待制草隸著名，詩亦雅正。虞道園贈詩云：「揮毫妙得中郎法，倚席長吟老杜詩。」爲名流傾倒若此。晚賦《遣懷詩》云：「爲儒已入他州籍，垂老頻收故國書。」誦之淒然，增淪落之感。

小姑山

長江數千里，屹立一峰尊。開闢由神禹，朝宗自海門。魚龍藏白晝，星斗動黄昏。祇有孤舟客，歸心逐浪翻。

顧觀 一首

觀字利賓，丹陽人。仕元爲星子縣尉，遇亂流寓紹興。

劉彦昺云：利賓詩可方秋露芙蓉。王元美云：觀《送人詩》：「重經白下橋頭路，頗憶玄都觀裏花。」《吴江詩》：「鴻雁一聲天接水，蒹葭八月露爲霜。」此等語參之貞元、長慶，亦無媿色。

《詩話》：吴主一、顧利賓，入明未聞通籍，然其詩編入劉仔肩《明雅頌正音》。

過吳淞江

吳淞三萬六千頃，震澤與之俱渺茫。鴻雁一聲天接水，蒹葭八月露爲霜。輕風謾颭漁榔笛，落日偏驚估客航。我亦年來倦游歷，解纓隨處濯滄浪。

高明 一首

明字則誠，瑞安人。元至正進士，爲處州録事。太祖聞其名，召之，以老疾辭還。有《柔克齋集》。

《詩話》：顧仲瑛輯元耆舊詩，爲《玉山雅集》，中録高則誠作，稱其長才碩學，爲時名流，可知則誠不專以詞曲擅美也。世傳《琵琶記》爲薄倖王四而作，此殆不然。陸務觀詩云：「斜陽古柳趙家莊，負鼓盲翁正作場。死後是非誰管得，滿村聽説蔡中郎。」是南渡日已演作小説矣，聞則誠填詞，夜案燒雙燭，填至《喫糠》一齣，句云：「糠和米本一處飛。」雙燭花交爲一，洵異事也。蔣仲舒《堯山堂外紀》謂「撰《琵琶記》者，乃高拭，其字則成，别是一人。」按涵虚子《曲譜》，有高拭而無高明，蔣氏或有所據，俟再考。

宿詵公房曉起偶成

曉雨池上來，微風動寒緑。幽人睡初起，開窗見修竹。西山帶層雲，隱隱出林木。境寂塵自空，慮澹趣常足。獨坐無與言，流泉下深谷。

徐昛二首

昛字仲由，淳安人。洪武初徵秀才，至藩省辭歸。有《巢松集》。《詩話》：識曲者目《荆》《劉》《拜》《殺》爲元四大家。《殺狗記》則仲由所撰也。其言曰：「吾詩文未足品藻，惟傳奇詞曲，不多讓古人。」蓋自知之審矣。《葉兒樂府·滿庭芳》云：「烏紗裹頭，清霜籬落，紅葉林丘。淵明彭澤辭官後，不事王侯。愛的是青山舊友，喜的是緑酒新篘。相拖逗，金尊在手，爛醉菊化秋。」比於張小山、馬東籬，亦未多遜。詩雖非所長，然亦不俗。

除夕

我家四兄弟，彫零半不完。存者惟二人，况復髮盡斑。亂離因析居，破屋各數間。薄田不周饑，何以能當官。我比兄更劣，運蹇家多艱。中年再鼓盆，豈特貧且鰥。落落羈芹宫，空載儒者冠。池魚與樊鳥，鱗鬣欲縱難。邇來遂吾志，腰脚俱兩閑。歸田理松竹，手植青琅玕。俯視庭下孫，皎皎雙玉環。坐膝挽我鬚，眉目如春蘭。焉知匪丘冢，天道終好還。晚年得細君，所執供厨餐。固無桃李姿，端厚勝小蠻。客來供酒脯，聊足盡主歡。雪消楊柳陂，春動梅花山。緑窗閑香閣，獸炭燒春盤。何如飲長夜，燭短夜未闌。酒盡塤篪鳴，慷慨出肺肝。願言敘天倫，相期永團欒。

四月十七喜王德剛過訪

故人去此久，遠若天一涯。雖曾入我夢，未獲親見之。胡爲忽叩門，使我倒接䍦。初逢固知喜，動問還可悲。杳絶二十年，人事想參差。吾翁與若翁，世世心相知。今雖盡物化，眼見孫與兒。其如年運韉，我輩逢亂離。昔爲少壯交，今我窮誰依。閭巷日蕭條，十家九無炊。向來車馬地，零落如殘棊。我守先人廬，强以一木支。門閭設雀羅，親友過者稀。焉知寂寞後，君獨重來兹。請君爲我留，爲君具酒巵。醖發春泥封，盞洗青花甆。殺雞具餚脯，作饌充晨饑。劇談善戲謔，亹亹俱忘疲。酒盡更起謀，情到不復疑。君猶執謙退，一飲三致辭。人生無百歲，焉能長娛嬉。浮雲無定蹤，爝火無流輝。黄河不西返，白日長東馳。與君兩萍水，蹔合仍相違。但守金石心，後會終可期。

姚璉二首

璉字廷用，又字叔器，歙人。元季爲理問所知事。明初，與唐仲實同迎蹕于街口，被顧問，事見《五倫書》。

漁梁結屋

石梁之上姚家莊，隔溪指點山蒼蒼。飛樓傑閣非我事，翠竹老梅開此堂，新豐雞犬歸未得，韋曲桑麻如許長。三間茅屋吾老矣，攜兒擬拜龎公牀。

冬日

野人曝背向牆隈，時飲茅柴酒兩杯。滿階落葉渾不掃，拄杖去尋江上梅。

唐仲實 一首

仲實名桂芳，以字行，歙人。元季南雄路學正。明初攝紫陽書院山長。有《武夷小稿》。

送湯生執中

薄暮雲已收，微寒雨還作。居人念暌離，戚戚意不樂。何時竹屋眠，共看燈花落。

涂幾 一首

幾字守約，又字孟規，宜黄人。有《涂子類稿》。

《詩話》：涂君於文，高自矜許，集有《弔余文賦》云：「負予才之宏異兮，早卓倜而莫群。較錙銖于古人兮，又何數乎今之人。」而又云：「芰荷不可以爲衣兮，女蘿不可以爲帶。」則匪安於遯世者也。嘗撰《時事策》十九篇，上書孝陵，自稱「臣平生苦學，見於文章。時輩妄推，謂當與漢、唐諸文人略相先後。使居館閣，紀述聖君賢臣之事業，足以載當世而垂無窮。」亦大言不怍矣。然其文頗牽率，鄉人鄒矩元方序之，謂「沉雄悲壯，佚宕奔逸」，此欺罔之言也。詩亦平平乏警策。俗傳《酒詩》一卷，或云是幾所作。

兵後述懷

世亂遭漂泊，途窮轉寂寥。每懷經濟業，無補聖明朝。歲月戎機失，風霜客恨銷。故園春草緑，隨意狎漁樵。

李勝原一首

勝原字源澤，當塗人。明初，保障鄉里立功。有《盤谷遺稿》。

涇縣

古木荒碑對縣門，數家煙火自黄昏。河流故遶山邊市，驛路斜通郭外村。煙雨園林梅結子，春風籬落竹生孫。愁看市井蕭條甚，喪亂曾經幾戍屯。

黄樞二首

樞字子運，休寧人。洪武初被徵，以躄免。鄉人稱爲後圃先生。有《後圃存稿》。

游汝潛云：先生詩温厚平澹，所以可傳。

吴子芳楓林牧隱

露晞春草細，林遠青楓長。中有沮溺徒，結廬先隴旁。於焉可耕稼，自牧牛與羊。揷腰笛竹短，插笠山花香。犢飽夕言歸，濯足澗月凉。喟彼塵世人，馬蹄終日忙。横眠緑草嫩，肯羡金鞍光。老農願卜鄰，持鞭白雲鄉。招手金華仙，與爾相翱翔。

婺州竹枝詞

桃花雨晴春水生，東風去船如箭行。鯉魚活煮蘭溪酒，篷底醉眠江月明。

吕不用三首

不用字則耕，新昌人。洪武初舉本學教諭，以聾辭。自號石鼓山聾。有《得月稿》。

曾伯曼云：則耕詩老邁放曠，有傲世不羈之懷，蓋山林草木之秀傑者。

王叔雨云：則耕長篇短歌，無一語塵腐。

題顧雲屋雲山圖

我識東吳顧文學，早歲丹青動黄閣。揮毫得意傲王侯，霜刮虬髯面如削。一自塗窮悲濩落，旅食南州夢非昨。蛟龍爲魚氣鬱勃，散作春雲滿丘壑。乾坤無地著茅茨，寫向雲根亦奇作。荒林日色曉蒼凉，古木風聲晚蕭索。首陽蕨根秋土深，商嶺芝苗今寂寞。看圖爲問人何在？晚交駐意歸猨鶴。

東山寺題樓壁

白雲幾曾散，却作一樓貯。明月夜夜來，無人敢攜去。

題送別圖

何處瞻衡宇，西江煙水村。彭郎磯上月，送汝到柴門。

沈夢麟五首

夢麟字原昭，歸安人。元末武康尹。入明，以賢良徵，不仕。有《花谿集》。

《詩話》：原昭元季隱於花谿，劉伯温曾相依谿上，贈以詩云：「杜陵老去詩千首，陶令歸來酒一樽。」及入明雖不受爵，而校文閩、浙者三，同考會試者再，故孝陵以老試官目之。其分校閩闈，在洪武丙子歲，當時同考官有劉子彦、蔣文質、劉季治、蘇鳳儀，均有詩酬和，今不能悉舉其名矣。花谿在歸安縣治東南七十里，土人名曰花城。原昭田産頗饒，其子孫坐事謫戍，田亦沒官，歸於誠意伯劉廌。廌集中有《花谿田舍詩》云：「田間處處三楹屋，門外家家半曲湖。婦踏水車欹抱子，兒撐漁艇笑驚鳧。」想見風景之足以移情矣。原昭詩格清穩，特少警拔句。

余中

余中瀕海門，望望斥鹵地。居民多四散，共享牢盆利。昔人生厲階，於此置官吏。摧鹽限程期，立笶事鞭箠。煙飛朱火騰，海立銀濤沸。漉沙鉛淚凝，椎甓瓊英碎。天高歲崢嶸，草白北風厲。玄雲閑萬竈，積雪照千里。陸輸車軋軋，水運舟尾尾。雖云國課集，民力已彫瘁。蹇驢歷亭場，攬轡察地里。大江繞長淮，殺氣寒贔屭。增科苟不息，禍亂恐未已。吾將叩閶闔，悃悃訴微意。狂言儻欺君，薄命有如水。

野航

一室淨無塵，門通畫舫鄰。若分鷗鷺席，能受兩三人。江水家家緑，溪花岸岸春。杜陵貪佛日，隨意賦詩頻。

中秋夜泊黄河

黄流滚滚浪翻盆，百尺颿檣上下奔。月色偏於今夜白，河源不改舊時渾。雷行西北通天極，風送蛟龍入海門。欲酹一觴歌九敘，千秋萬歲禹功存。

趙待制席上

春城飛絮日顛狂，簾幕風微燕子忙。醉後不知羅袖薄，牡丹花上月如霜。

發華家步

華家步頭山作城，溪中小船如奕行。五更風雨到篷底，八十二灘春水生。

滕克恭 一首

克恭字安卿，祥符人。仕元爲集賢院直學士。遇亂，避地錢塘。洪武初，兩聘充本省考試官。有《謙齋稿》。

李川父云：先生詩律清婉，頗有足觀。

《詩話》：崑山周壽誼一百一十四歲，魏觀守蘇州，舉爲鄉飲賓。新昌吕不用有叔祖百歲，作《百歲老人歌》，其辭曰：「吾家老人一百歲，盎盎晴檐曝駘背。自言生見宋餘黎，元氏興亡身尚在。大明洪武聖人作，坐沐雨露又七載。」蓋兩人皆生於宋，歷元及明尚存，信人瑞矣。然兩人初無文采表見，斯猶草木之年爾。若吾鄉鮑仲孚，八十餘被徵，以白衣克會試考官，歸田久而後没。吳興沈原昭、錢塘寓公滕安卿，皆以元廢官，屢典文衡。原昭年九十，安卿至百有餘歲，斯則儒林之盛事也。

寄李提舉

錢塘經亂後，應是減繁華。遠信秋憑雁，鄉魂夜到家。兩江罹戰伐，四海廢桑麻。何日重攜手，春風汴水涯。

葉顒 四首

顒字景南，金華人。有《樵雲獨唱》。

顧俠君云：景南自序所作詩，以爲「薪桂老而雲山高寒，音調古而巖谷絶響」，故名其集曰《樵雲獨唱》。長孫雍編次成帙，曾孫戶部尚書淇重刻之，廣東布政使安丘袁凱爲之序。錢牧齋《列朝詩集》稱：「顒字伯愷，洪武中登進士，官行人司副，免歸。」按集中《挽荊山上人》云：「大德庚子春，生我及此公。」以年計之，當洪武戊申，景南年六十有九矣。詩多高曠之言，絶無及仕宦者。凱序云：「使先生後生數年，際我朝之明盛，與一時俊乂，并列庶職，其事業必有可觀。惜其不然，而徒於言語文字間見之，其志不亦可哀矣乎。」袁序作於成化間，不應有誤。牧齋所云，未知何所據也。又《震澤編》所載東山葉顒，字伯昂，嘗以鄉貢爲和靖書院山長。此則又一同名姓者爾。

《詩話》：永康應廷育撰《金華先民傳》，乃不及葉顒。牧齋謂「顒登洪武進士」，考之《登科録》，惟建文庚辰榜有葉顒，金華縣人。樵雲既生于大德庚子，洪武初元，年已六十有九，至建文二年，則百有餘歲始釋褐矣。無是理也。今改從顧氏。

漁父曲

雨過暮雲收，江空涼月出。輕蓑獨釣翁，一曲秋風笛。宿鷺忽驚飛，點破煙波碧。

秋懷次童中州韻

長空好明月，燦爛今夕晴。萬里皆月色，四顧無人聲。徘徊下青松，照我茅屋明。我望長歎息，悠然萬感生。取杯挹清光，和此松露傾。嚥之清肺腑，快我平生情。

九日寄興

黄菊香殘夜雨，烏紗醉落秋風。回首十年舊事，亂雲流水西東。

月夜梅邊即事

香裏寒雲滿溪，月明津渡人迷。夢入江南舊路，夕陽流水橋西。

張庸九首

庸字惟中，慈谿人。元季兵亂，竊據者署爲上虞山長，不就。明初聘不仕。有《全歸集》。烏繼善云：處士律詩，渾淪雄偉，鏗鏘典麗，不待論矣。其歌行，性所喜而尤用意者，如長江萬里，其靜也湛然一碧，雲漢萬里，參錯其内。及其怒也，波濤奮迅，蛟龍魚鼈，出入其中，而莫之測。馮損之云：先生與寓公都事龍子高、編修馬易之、少監揭汯、正字桂彦良爲倡和交，風晨月夕，意有所到，一於詩發之。

《詩話》：惟中高遯世之節，然與龍提學子高、桂正字彦良、烏永新繼善諸君子，先後往還酬和，其《送胡維舟金陵歌》云：「金陵帝都天下壯，萬國會同天浩蕩。昔年聘我我曾游，曾上鳳皇臺上頭。」則明初亦嘗受聘幣而未通籍者。殆昔人所云「隱不違親，貞不絶俗」者邪！

桃花牛歌爲桃源山人王敏功賦

五陵年少五花馬，兩耳生風汗流赭。金絡絲韁白玉鞭，鬭雞每過長楊下。桃源山人桃花牛，青蒲爲韉繩作鞦。不與年少爭風流，來往桃源溪水頭。桃源由來風景美，桃花無數亂紅綺。花飛片片點牛身，幾度春風吹不起。春風浩蕩日色和，款款騎牛行且歌。唐虞世遠知奈何，笑指落日如流梭。君不見中原戰爭時已久，白骨相撑豺虎走。五陵年少家何有，流落江南衣露肘。江南又復兵甲興，天下紛紛何日寧？我欲騎牛亦向桃源去，只恐漁郎知住處。

殺犬謡

君不見天媢蓋被蓋瞎，人養虎被虎齧，玉川作詩何激烈。主人養犬忘施恩，一朝難作身取滅。當時得犬一尺高，身上褵褷覆金毛。朝夕呼之餧飼勞，一月不見大如獒。金鈴懸項食人食，家人睥睨那敢叱。風吹簾影聞吠聲，日轉花陰見行跡。毛色纔深親爲剪，舞裀容卧不教卷。犬心有恃挾其曹，舐鐺翻甕日驕蹇。主家綺席羅高堂，豹胎熊掌雜羔羊。厭犬之横蹴犬去，利主之食齧主吭。壯士聞之氣憤結，手揮金錘犬腦裂。磔犬之肉祭犬血，主人之讎始一雪。嗚呼世降忠義銷，不獨人閒犬作妖。項家有奴類如此，試作王公殺犬謡。

賣驢買牛歌爲胡維舟賦

驢可以跨不可耕，牛可以耕還可跨。山人賣驢歸買牛，買得牛來頗同價。溪雨初收水繞門，山人曉耕溪上雲。土膏不覺秋成早，香秫釀成新酒渾。翻思養驢竟何益，空將芻豆飽其食。軀小蹄薄終無力，有時跳梁蹶側石。草深牛背穩於舟，浩歌白石南山秋。却笑哦詩灞橋上，滿身風雪歸來休。

腰帶鈴

腰帶鈴，郵夫傳命風火生。夜逢猛虎當前行，銜入南山鈴有聲。鈴有聲，被虎食，夜夜山邊候人隙。十里嚴程時四刻，後知來者還絡繹。君不見：官拾斷鈴重鑄鑼，虎怕鑼聲將渡河。

行路難書所見

昨朝殺虎潘家園，今朝殺虎蘆浦團。獵人羽箭銅牙弩，連朝殺虎來送官。送官歸去日將夕，沙路紛紛皆虎跡。四山哮吼刮腥風，手驚弩墮那能射？君不見；一虎死，百虎生。行路難，路難行。

癸丑歲梅溪聞鵑

杜鵑生子百鳥巢，百鳥哺之成羽翼。飢鷹反目不敢親，百鳥亦自逃荊棘。千年遺恨只自憐，四野無營何處食。空將憤氣結春愁，勸人歸去成何益。我家只在鄞江頭，欲歸未歸汝知不？有人正逐中原鹿，無心更理梅溪舟。汝身胡不自歸去，錦官城裏多高樹。尾長翼短路復迷，雨横風狂春已暮。且向庭前樹上棲，莫向天津橋畔啼。

丙午歲感懷

中原無限好山河，都付尊前感慨歌。斗酒十千愁裏醉，三春一半雨中過。落花寂寞渾無數，短髮飄蕭白更多。苦欲山深延暮景，憑誰一舉魯陽戈。

揚子江晚泊與同舟劉伯瑾諸公

東鄞倦客家何許？北固鐘聲暝却聞。小汎候潮船已泊，上弦看月鏡初分。憑誰貰酒酬三益，且自題詩詠五君。謾憶南湖垂釣處，磯頭新水緑生紋。

梅

拄杖尋春路不賒，小橋流水野人家。千年老榦屈如鐵，一夜東風都作花。

藍仁二十四首

仁字靜之，崇安人。明初内附，隨例徙濠，尋放還。有《藍山集》。

蔣師文云：靜之昆仲切磨，塤篪迭奏，和平雅澹，辭意融怡，語不雕鏤，氣無脂粉，出乎性情之正，而有太平之風。惜其不列承明，著作浮湛閭里，傲睨林泉。有達士之襟懷，無騷人之哀怨。即屢更患難，而心恒裕如。要其所作，皆治世之音也。

張雲松云：靜之詩，平居時優柔沖澹，處患難則憤激而憂思。交朋友則眷戀而情深，箴規而意篤。不怒罵，不諛諂。不蹈襲以掠美，不險怪以求奇。麗則而不苟，雋永而有餘。深得詩史之遺意。

陳廷器云：藍山詩力追盛唐，規員矩方，靡不合度。

蔣仲舒云：二藍勢力相敵，已入作者之室。

《詩話》：二藍學文於武夷杜清碧，學詩於四明任松卿，其體格專法唐人，間入中、晚。蓋十子之先，閩中詩派，實其昆友倡之。藍澗仕而藍山隱，其《戲題絶句》云：「朝野文章自不同，壤歌何敢敵黄鍾。山林別有鈞天奏，長在松風澗水中。」然其《述懷詩》云：「無才甘下位，有識笑庸人。」又云：「何事漁磯棄，空煩鵲印隨。」又有《甲寅仲冬攝官》詩題，則静之亦不終於山林者也。集有蔣易、張榘二序。易字師文，自號橘山真逸，嘗選《皇元風雅》，予有其書。榘字孟方，自號雲松樵者，静之贈詩云：「文宗曾子固，篆逼李陽冰。」惜其著作罕傳矣。

秋山懷友

天寒草木疏，落日照平野。孤雲西北馳，獨鳥東南下。仰聆寒蟬悲，俯見驚湍瀉。物情自索寞，秋色正瀟灑。良朋久相違，離思何由寫。

擬貧士二首

其一

蠨蛸網我戶，蟋蟀號我壁。被褐不掩脛，采薇豈充食。歲有飢寒憂，巷無車馬跡。豈知曠達觀，不以貧病迫。昔聞孔顔聖，亦有陳蔡厄。澹然忘世慮，弦歌自朝夕。

其二

蓬門有一士，被褐恒苦飢。朝飲南澗流，暮食西山芝。雖有二頃園，蕪穢亦不治。妻子共寂寞，彈琴詠書詩。荒林積雪深，古屋炊煙遲。高卧自有適，何必他人知。

宿田家望武夷山

仙厓蓄靈異，怪石盤空曲。一水隔花村，千峰入茅屋。金芝暖逾秀，瑶草寒更緑。雲中武夷仙，一一顔如玉。白馬去不歸，玄猨叫相逐。昔陪丹丘侶，酣歌紫霞谷。雞鳴洞天曉，落月在林木。空瞻仙子高，舊夢那可續。荒林激悲風，日入對樵牧。佇立望歸雲，解衣田舍宿。

暮宿田家作

木落天正寒，山空日將暮。荒林倦鳥歸，亂水行人渡。窮年滯草莽，短褐被霜露。晚宿依田家，主人情亦故。汲水泉滿澗，燒竹煙在戶。鐘殘溪上村，月照階前樹。濁酒初潑醅，嘉蔬亦時具。且慰飢渴懷，况諳村野趣。老翁八十餘，有子沒征戍。秔稻歲莫收，官司日加賦。我願息兵戈，海宇重農務。媿乏經濟才，徒然守章句。

正月十四日西山感興

久曠山水遊，今晨願無違。松林收殘雨，郊園澹朝暉。憩澗弄清泚，緣岡陟翠微。池魚暖始遊，巖花寒尚稀。高人坐空堂，深竹對巖扉。山中聞犬吠，谷口見樵歸。心賞適有契，仙遊詎能希。賴此一樽酒，暫然息塵機。古來朝市間，榮華多是非。所以首陽士，白首當采薇。

風雨不已川流渺漫感事敘懷簡我同志

雲雷中夜興，風雨達清旦。開門山木昏，隱几波瀾亂。鸛鵲下空庭，蛟螭上高岸。舟航遠樹杪，石壁中流半。黍豆或漂流，蓬蒿乃滋蔓。北風不掃除，南海盡瀰漫。迺知兵戈氣，鬱結久不散。坤軸恐欹傾，陽烏失光燦。傷哉轉凄凉，涉世正憂患。微躬媿鳥雀，何由塞天漢。

暮秋懷鄭居貞

季秋霜露降，草木日已衰。暮登城門丘，遥望滄海涯。鳥鳴求其群，况在遠别離。美人顏如玉，夢寐恒見之。飄蕭紫鳳毛，照耀珊瑚枝。海水不可越，丹砂詎能期。灩灩杯中酒，泠泠桐上絲。豈無一日歡，念子來何時？少壯難合并，流光倏如馳。悠悠逝川歎，渺渺停雲思。

宿橘山田家懷蔣先生

蒼峰落日微，白鶴秋風遠。客路入疏鐘，田家背山阪。孤煙桑柘寒，歸鳥茅茨晚。欲覓紫芝翁，山深白雲滿。

西山暮歸

涼葉墜微風，秋山正蕭爽。天寒獨鳥歸，日夕百蟲響。偶從桂樹招，遂有桃源想。石磴闃無人，山猨自來往。

暮歸山中

暮歸山已昏，濯足月在澗。衡門棲鵲定，暗樹流螢亂。妻孥候我至，明燈共蔬飯。佇立松桂涼，疏星隔河漢。

題鄭德彰員外所藏高彥敬畫楚江春曉圖

旭日未出群山昏，蒼茫楚江多白雲。芳洲無人采蘅杜，落花飛絮春紛紛。晴嵐滿戶漁家曉，花枝髣髴聞啼鳥。巫陽夢斷三峽空，湘渚愁深九疑小。風流文采高尚書，如此江山歸畫圖。平湖煙靄水空闊，陰壑松檜天模糊。左司郎官何處得，高堂紫翠生春色。是中疑有五湖人，一葉扁舟蕩空碧。

雲峰秋霽圖爲方焕賦

茅屋溪頭紅樹村，石梁秋水清無痕。枌榆過雨鳥鳴澗，秔稻如雪山對門。老翁日高睡未起，稺子讀書窗戶裏。干戈如此賦斂煩，雞犬晏然鄉曲喜。山中酒熟黄花開，仙人候我芙蓉臺。雲林今夜好明月，擬跨幔亭黄鶴來。

贈武夷魏士達

武夷山水天下無，層巒疊嶂皆畫圖。山川直疑渾沌鑿，秦漢而下靈仙都。中天積翠開宫殿，石壁虹光夜如電。鸞鳳常驂神姥遊，猨猱共醉曾孫宴。洞中别有昇真天，瓊林遺蜕如枯蟬。露盤仙掌千年藥，春水桃花九曲船。萬松岡頭羽衣客，更入三山采真訣。神游不計海天遥，夢覺長懷海天白。歸來高隱萬年宫，天香時降雙青童。道參元始鴻濛外，身寄虚空象緯中。嗟予久慕煙霞侶，天遣空山作詩苦。清歌曾遶幔亭雲，凍筆空題草堂雨。金丹儗就玉蟾分，木葉西風鐵笛聞。野老只知堯舜世，樵夫或遇武夷君。

寄余復嬰

道士清溪住，扁舟久未回。井垂霜後橘，門掩雨前苔。鳧舄長相候，魚書杳不來。虹橋他日宴，又負紫霞杯。

石村除夕

衰病身爲累，窮愁歲又除。枕戈鄰境靜，卜宅遠村居。海舶追編戶，山田責簿書。應門兒不暇，休問過庭疏。

寄張兼善

故人卜隱依山寺，野老遷居到石村。濁酒近篘謀共醉，新詩未穩許同論。南風吹笋初成竹，宿雨移松已引根。肯向草堂尋杜甫，百年地僻有柴門。

病起偶成

春來春去總怱怱，九十光陰卧病中。緩步也愁平地險，加餐不與去年同。生增野草侵階緑，可惜殘花過眼空。昨日鄰童偶相值，不知何處一衰翁。

寄雲松

雲松隱者巢居處，上有屏山下藉溪。花徑夕陽眠鹿豕，釣磯春雨集鳧鷖。十年種术春林遠，萬卷藏書草屋低。久欲相從叩羲畫，負苓長往碧巖西。

梅村與雲壑會宿

清泉白石趣難忘，又得春前會草堂。對酒先拚今夕醉，題詩還倚少年狂。山林寂寞形容老，水雪閒關道路長。共愛雞鳴聽山雨，後期何處更連牀。

小樓對雪有懷西山道人

西山白雪一丈深，北風吹倒長松林。千厓無人虎豹死，中夜有客烏鳶吟。高樓此時最相憶，弱水隔海知難尋。凡身毛骨更蕭爽，願借黃鶴棲雲岑。

雲壑寄惠黄楊木簪并詩

黄楊爲木至精堅，寸榦三春長未全。偶乞餘材簪短髮，兼煩佳句寄衰年。箨冠不用傍人正，槲笠還宜覆頂圓。慚媿病軀梳沐少，鬖鬆雙鬢日高眠。

賦網巾

白頭難掩雪霜蹤，纖手穿成絡索同。映帶暮年微矍鑠，遮藏秋色久鬖鬆。牽絲祇訝蛛臨戶，覽鏡翻愁鶴在籠。便與黄花相見好，不愁破帽落西風。

《詩話》：網巾之制，相傳明孝陵微行，見之於神樂觀，遂取其式，頒行天下。冠禮加此，以爲成人，三百年末之改。然題詠者寡，獨藍靜之有三詩，予録其一焉。其二詩《謝劉蘭室見惠而作》，一云：「故人於我最相親，分惠青絲作網巾。鏡裏形容加束縛，眼中綱目細條陳。少遮白髮安垂老，轉襯烏紗障俗塵。更與箨冠藜杖稱，世間還有葛天民。」一云：「故人念我鬢毛疏，結網裁巾寄敝廬。白雪盈簪收已盡，烏紗著紙畫難如。門臨寒水頻看鏡，籬掩秋蓬不用梳。昨日客來應怪問，衰容欲變少年餘。」

題青山白雲圖

茆屋何人共住，石林似我曾遊。白雲只在半嶺，青山誰到上頭。

王沂八首

沂字子與，泰和人。洪武初，徵爲諸王說書，授福建鹽運司副使，以老辭歸。學者稱爲竹亭先生。後以孫直貴，贈光禄大夫、少傅、兼太子太師、吏部尚書。與弟佑俱以詩名。有《竹亭遺稿》。

烏繼善云：子與四言詩春容嫻雅，如陶淵明。五言沖澹瑩潔，如魏、晉、齊、梁七言《宮詞》情景悠遠，如王建。七律、歌行，典麗鏗鏘，莫非方軌盛唐諸君子。

胡行簡云：子與詩根於學問之功，發乎性情之正，沖澹高雅，音韻鏗鏘，卓然成家。非世之琢句鍊字、極意模仿者比。

彭聲之云：先生五言迥出流輩，瑩如冬水，清如秋露，馥如春蘭，潤如夏籜。歌行有天驥之馳驟，無寒螂之悲鳴。而律絶之佳者，若秋水芙蓉，映照初日，清麗無塵。胡光大云：子與詩春容典則，優入盛唐。

楊東里云：竹亭先生於詩，古體用意魏晉以上，近體不肯出中唐下。

梁用之云：先生昆弟肆力於詩，與大梁辛好禮、楊伯謙、上元周伯寧、清江彭聲之、豫章萬德躬，倡詩學於東南。觸景遇事，凡可喜、可愕、可怒罵、可太息者，一寓於詩。音調格律之嚴，必合於典則。所傳《二妙集》者，門人蕭翬所收輯，直十百中一二耳。

鄒仲熙云：先生之詩，平澹簡遠，如玄酒在尊，而自有至味，非世俗夸靡相尚者可企及也。

《詩話》：子與詩格清婉，如水墨雲山，絶勝調鉛殺粉。

題觀泉圖

毖彼泉水，其清瀏瀏。既出于山，亦經于丘。原則有坎，陸則有岐。汪汪洋洋，莫知所之。奔壑西馳，經天東注。夫豈性然，勢激而寓。斂此涓滴，至于尋丈。隨波同流，惟海是向。彼觀泉者，朋簪童琴。洗耳其操，濯纓其心。鳴雨林臻，霏雪厓至。時不待人，圖不盡意。漆園蒙莊，妙契淵默。君子人與，果行育德。養正之功，有漸無已。最爾後來，是之取爾。

由竹垻望錦川桃李春色如畫有懷陳邑令

涉淺上輿梁，憑高眺鄉縣。灼灼桃李花，層層遠皆見。兵餘草根盡，此地芳菲遍。氣暄雉雙雊，景淑鸎百囀。邑里齒故繁，絃歌俗丕變。懷賢思如渴，敷政速於傳。孰是潘安仁，而猶宓子賤。

九月十一日鄰寇逼境倉皇南渡感賦

鄰邑舉烽燧，長驅寇南平。中宵始聞警，挈家遂遠行。倉皇具舟楫，所志惟弟兄。初謍暫涉水，將謂復還城。歸塗逼煙燄，戎馬亂縱橫。父子兩隔絶，慘哉生别情。慈親力疾起，負掖同遐征。饑分路人食，渴飲田婦羹。兒童不遑息，踽踽昧前程。爲謀苦不早，臨難迺無營。前事杳難測，逢人空涕零。存亡有至理，瞬息且偷生。

望南屏山同吕仲鉉仲實作

游目南屏山，逍遥税塵鞅。清溪亂流涉，疊巘緣雲上。輝輝瀑泉落，隱隱天籟響。荒塗理通塞，虚室静弘敞。中有餐霞人，長聆御風想。不乘緱嶺鶴，還顧漁郎舫。芝草甘若飴，雕胡大盈掌。雖爲頹齡駐，亦忌流光往。永懷山中遊，觀化歷清賞。

壬寅紀異同劉以和賦

壬寅仲春天雨雹，南屏城中盡驚愕。初從屋瓦亂崩騰，散入階除更跳躍。兒童不識挽衣盛，兩兩相看恣相謔。老年閲歷憂患餘，却顧兒童淚雙落。春秋咎徵不一書，兹事班班宛如昨。自從兵變十年來，湏洞風塵亘沙漠。奮當車轍小物爲，天理何嘗宥元惡。竊聞李郭收兩京，元氣依然萃光岳。旄頭夜夜燦中天，風虎雲龍聖人作。嗚呼風虎雲龍聖人作，吾徒勿憂在溝壑。

過臨江訪彭聲之

金鳳洲邊路，維舟重憶君。江虛秋氣入，沙淨曙光分。斷雁前汀起，鳴鐘隔岸聞。因過鑑池上，詩思亂愁雲。

小莊道中

客路千厓裏，春風二月中。虎蹄荒逕少，鸎語故鄉同。澗水縈回緑，山花自在紅。物華空滿眼，去意只怱怱。

秋江送別圖題贈黄通守允中

秋江木落楚天低，目送歸船渡聶溪。莫道浮雲千里隔，君山只在洞庭西。

陳週 一首

週字仲昌，閩縣人。布衣，隱居石潭，以子叔剛貴，封監察御史。

倚竹歌

修竹兮青青，中虛兮外直。素節兮貞姿，寒暑兮一色。泠泠兮朝夕，予舍之兮焉適？

易恒 二首

恒字久成，廬陵人，徙家崑山。洪武中，應薦至京，以老罷歸。有《陶情集》。

莫士安云：久成年逾八十有四，而能吟詠太平，娛樂晚節。短句嶄絶，長什沖融，近體齊整，不難步追先古。

周叔訓云：久成五古優柔詳雅，七古敦厚春容，近體清新美麗，誠爲治世之音。

《詩話》：《陶情》一集，邊幅太拘。其《示諸生詩》云：「情婉味終涵雋永，調高語不在矜持。」其所尚然也。

晚泊揚子江口述懷

落日雲山外，孤舟野寺陰。招魂悲楚些，歌榜起吳音。風色洲前定，江痕雪後深。頻呼秣陵酒，聊慰白頭吟。

風雨憶瀼西

故園十畝瞰林塘，花竹陰陰覆小堂。好友肯來惟一二，老夫不出是尋常。白魚寒鱠槎頭雪，朱橘秋嘗屋角霜。雨雨風風歸未得，空勞飛夢繞滄浪。

逯昶 一首

昶字光古，修武人。有《逯光古集》。

《詩話》：光古詩學晚唐，句如「潭淨開天鏡，山昏著霧巾」，「樹枝猨挂折，花片鳥銜來」，「僧舍竹松院，人家瓜菜園」，「雲來群壑暗，日下半川明」，「秋色老棲樹，夕陽明在山」，令賈島佛見之，當亦點頭也。

舟下淮水

伐鼓下淮津，川光回暮色。數峰雲外青，一鳥沙上白。悠悠水驛浮，颭颭風帆側。舟人有嚴程，知我歸朝客。

韓奕八首

奕字公望，吳人。有《蒙齋集》。

錢受之云：公望生於元文宗時。少目眚，筮得蒙卦，遂扁其室曰「蒙齋」。絶意仕進，與王賓偕隱於醫。姚善守吳，造請之。公望於布簾内，答云：「不在」。一日，掩入其室，公望走楞伽山，善隨至，則泛小舟入太湖，善歎息曰：「韓先生所謂名可得聞，身不可得而見也。」當日吳中高士，以公望與賓爲稱首。

《詩話》：明初吳中高士三人，一爲長洲王賓仲光，一爲崑山王履安道，其一則公望也。三人皆隱于醫。仲光詩多俚率；安道遊華山，作詩一百五十首，然無足録者；必以公望爲巨擘焉。

秋齋

林居近冬候，雨晴天已冷。露蛩啼夕陰，風竹亂窗影。衰來身自覺，欲寡事斯屏。偶此山中人，清談坐宵永。

夜訪隱者家

舍舟陟伊岸，遠思一翛然。幽人田中廬，高柳當門前。微月照疏雨，夜花靜凉天。相見愜始願，懽言殊未眠。

湖州道中

百里溪流見底清，苔花蘋葉雨新晴。南潯賈客舟中市，西塞人家水上耕。岸轉青山紅樹近，湖摇碧浪白鷗明。櫂歌誰唱彎彎月，仿佛吳儂子夜聲。

春望次韻

春城柳色幾家連，廚舍多時似禁煙。處處緑蕪生夜雨，村村白水落平田。花稀野圃東風外，人遠江天去雁邊。盡日百花洲上路，往來惟有一漁船。

寄江陰夏翁

殘山剩水舊吳宮，幾度相期杖屨同。夜雨新晴桃葉渡，春寒已過杏花風。人生暮景方多暇，春事濃時一半空。邂逅逢人因問信，酒船何日過湖東。

春思

積雨柴門草色新，一經白首又青春。也知性癖難趨俗，却喜身閒不屬人。冷食鄰家將禁火，軟泥門巷不生塵。高懷誰肯同蕭散，放櫂煙江采白蘋。

雜興

一巷西風落葉，半窗斜日殘書。年老怕逢人事，天寒不出吾廬。

惜春

漠漠晴光淡淡天，山青水白景依然。杜鵑啼處花如雨，白髮傷春又一年。

王賓 一首

賓字仲光，長洲人。有《姑蘇雜詠》。錢受之云：仲光與姚榮國交，榮國定策後，徒步往訪，歡若平生。作《賑災記》，鋪陳其功德。没而榮國爲立傳。兩公契分如此。世傳仲光詆諆榮國，方盥却走，終身不見。吴兒委巷妄語，流誤史家不可不正。

越來溪

吴人舊地越人開，岸上誰將柳樹栽。春水緑波三二月，畫船全是賽神回。